Britta Bolt

DAS BÜRO DER EINSAMEN TOTEN

Roman

Aus dem Englischen von Kathleen Mallett
und Heike Schlatterer

WILHELM HEYNE VERLAG
MÜNCHEN

Die Originalausgabe erschien 2012 unter dem Titel *Heldhaftig* bei De Arbeiderspers, Amsterdam.

FSC www.fsc.org
MIX
Papier aus verantwortungsvollen Quellen
FSC® C014496

Verlagsgruppe Random House FSC®N001967

Taschenbuchausgabe 09/2016

Printed in Germany
Umschlaggestaltung: Eisele Grafik Design unter Verwendung
des Umschlags von glanegger.com, München;
Umschlagabbildungen: © Shutterstock
Druck und Bindung: GGP Media GmbH, Pößneck
ISBN 978-3-453-43838-5

www.heyne.de

Für Victor und für Christopher Chambers,
der unserem Helden seinen Namen gab

Anmerkung der Autoren

Die Stadt Amsterdam kommt bei anonymen Leichen, die im Stadtgebiet gefunden werden, tatsächlich für die Bestattung auf und bereitet den Toten ein »einsames Begräbnis« mit Musik und Gedichten, die speziell für die Verstorbenen geschrieben werden, Blumen und Kaffee. Unser Buch ist jedoch Fiktion. Die Protagonisten weisen keine Ähnlichkeit mit realen Personen in Behörden auf, und das Amt für Katastrophenschutz und Bestattungen ist ebenso frei erfunden wie seine Struktur und Arbeitsweise. Entsprechend verhält es sich mit dem NASD, der zwar eine ähnliche Funktion hat wie der echte niederländische Geheimdienst AIVD, dessen Abteilung »Staatsschutz« jedoch frei erfunden ist, ebenso wie seine Mitarbeiter.

Prolog

Eine Straßenbahn donnert über die Eisenbrücke und übertönt jedes Geräusch, als der Körper ins Wasser fällt.

Amsterdam: 22.58 Uhr
Ein junger Mann. Schlank, bewusstlos, in der traditionellen marokkanischen Djellaba. Jeder Muskel zittert.

Der schmale Körper sinkt hinab, stößt am Grund des schlammigen Westelijk Marktkanaals gegen eine umgedrehte Kloschüssel, dreht sich, bleibt einen Moment liegen und steigt dann auf, weil sich Luft unter der Djellaba verfangen hat. Er gerät in den Strudel eines vorbeifahrenden Bootes und tanzt dicht unter der Wasseroberfläche Richtung Kanalmitte. Er zuckt und ruckt, die Lungen versuchen mit aller Macht, das Wasser loszuwerden und Luft zu bekommen, die zappelnden Arme erwecken für einen Augenblick den Eindruck, als würde jemand unter Wasser schwimmen.

Nach drei Minuten ist der Körper leblos.

Boudewijn Krijnen, der sich nach einem weinseligen Abend mit Freunden auf seinem neuen Boot ziemlich angeschlagen fühlt, flucht und wendet sein PS-starkes Motorboot, wobei er gefährlich nahe an die Kanalmauer kommt. Irritiert durch eine Kreuzung, bei der vier Grachten aufeinandertreffen, ist er auf der Kop-van-Jut-Seite in den Westelijk

Marktkanaal gefahren, anstatt die Kostverlorenvaart zu nehmen, die zu seinem Liegeplatz außerhalb der Stadt führt. Er lässt das Boot einen Moment lang treiben, den Motor im Leerlauf, und schaut auf sein Navigationsgerät. Dann gibt er wieder Gas und fährt zurück zur Kreuzung. Das Boot kommt nur mühsam voran. Er gibt noch mehr Gas. Einmal abbiegen, die Kostverlorenvaart hinunter Richtung Nieuwe Meer. Der Motor heult auf, doch das Boot macht kaum Fahrt. Da muss sich Müll in der Schraube verfangen haben, denkt er und dreht den Gashebel auf volle 90 PS. Das Boot macht einen Satz nach vorn, der Motor jault noch einmal kurz auf, dann klingt wieder alles normal. Boudewijn drosselt schnell den Motor in der Hoffnung, dass keine Polizei in der Nähe ist.

Träge treibt die Leiche in die Mitte des Westelijk Marktkanaal, gerät dann aber ins Stocken, als eine langsam drehende Schiffsschraube den Schulterriemen der Umhängetasche aus Leinen erfasst, die der Tote trägt. Die Schiffsschraube packt sich den Riemen, der schräg über der Brust des Toten liegt. Ihre Beute fest im Griff, dreht sie sich schneller, bohrt sich ins Fleisch, zerreißt die Djellaba und zerrt den Leichnam um eine Biegung in die Kostverlorenvaart. Dort beißt sie wieder zu, dieses Mal noch heftiger, gräbt sich ins Fleisch und durchschneidet den Trageriemen, wickelt ihn um die leblose Schulter und den Hals, bevor das Boot vorwärts schießt und davonfährt. Im Kielwasser wird die Leiche dorthin zurückgespült, von wo sie herkam, bis die Strömung nachlässt und der Tote wieder hinabsinkt.

23.20 Uhr

In der schwachen Strömung der Kostverlorenvaart vom Nieuwe Meer Richtung Stadtzentrum gleitet der Leichnam zurück zur Gabelung der vier Kanäle. Er driftet sanft dahin, nur manchmal ruckt er vorwärts, wenn ein vorbeifahrendes Boot das Wasser aufwirbelt oder sich um einen Müllhaufen am Grund der Gracht ein Strudel bildet, der ihn hin- und herschiebt. Und so treibt er allmählich von der Kostverlorenvaart in eine Gracht, die zum Stadtzentrum führt.

Mitternacht

Zeeburg, am nordöstlichsten Rand von Amsterdam. In der städtischen Pumpstation springen gigantische Turbinen an und sorgen dafür, dass frisches Wasser in die Stadt gelangt. Während die Leiche langsam unter Wasser dahintrieb, haben Mitarbeiter der städtischen Wasserwerke sämtliche Schleusentore der Stadt geschlossen. Wimmernd und scheppernd schließen sich die Tore und geben den Weg frei für das saubere Wasser aus dem IJ, das den Dreck aus den Grachten von Amsterdam spült. Die einsetzende Strömung aus Zeeburg treibt den jungen Mann vor sich her. Das Wasser der Grachten entwickelt ein Eigenleben, die Oberfläche kräuselt sich, es strömt und fließt. Eine Viertelmillion Kubikmeter Wasser in Bewegung. Fünf Stunden lang. Stark strömend drängt sich das Wasser durch eine breite Gracht, schiebt sich in eine schmalere, trifft auf das Wasser, das aus einer weiteren Gracht heranbraust, wird aufgewühlt und schleudert den jungen Mann hin und her, seine Glieder zappeln in einem verrückten Unterwassertanz.

Gegen 4.30 Uhr

Die Leiche ist am Ende ihrer Reise angekommen, sie hat sich in einem Fahrradrahmen verfangen, der im Schlamm am Grund der Prinsengracht in der Nähe der Westerkerk steckt.

8.45 Uhr

Vor dem Anne Frank Haus wartet bereits eine lange Schlange. Die Touristen sehen halb gelangweilt, halb fasziniert zu, wie eine flache Barkasse mit einem mechanischen Arm Müll aus der angrenzenden Gracht fischt. Jemand schreit. Zwischen den Fahrrädern, die der Greifarm aus dem Wasser hievt, hängt ein Körper. Verrenkt. Fast nackt. Und sehr tot.

Mittwoch, 11. Mai

1

Pieter Posthumus hatte einen schweren Tag. Drei Leichen vor dem Mittagessen waren mehr als genug. Mehr als sonst in einer ganzen Woche. Normalerweise. Und jetzt auch noch dieser besserwisserische Grünschnabel von der Polizei, der meinte, er müsse einen lahmen Scherz über Posthumus' Nachnamen und seinen Beruf durchs Telefon flöten. Posthumus reagierte nicht darauf, verabschiedete sich kurz angebunden und legte auf.

Das Amt für Katastrophenschutz und Bestattungen war eine seltsame Behörde innerhalb der Amsterdamer Stadtverwaltung. »Leichen und andere Katastrophen« wurde es von den Mitarbeitern genannt. Und Posthumus war dort in einem besonders obskuren Bereich tätig – im Bestattungsteam, von den Amsterdamern »Büro der einsamen Toten« getauft. In Amsterdam hatte es seit Jahrzehnten keine größere Katastrophe mehr gegeben. Natürlich war das Amt trotzdem gewappnet, spätestens seit dem Anschlag auf das World Trade Center vor zehn Jahren. Die Hauptaufgabe aber waren die »Leichen«. Sie ging auf die jahrhundertealte Verpflichtung des Amsterdamer Bürgermeisters zurück, sich um namenlose Tote im Stadtgebiet zu kümmern – Menschen ohne Angehörige. Heutzutage waren das hauptsächlich Obdachlose und Junkies oder einsame alte Männer und Frauen, die keinen Kontakt mehr zu ihren Familien hatten, dazu noch der eine oder andere Tourist, der auf der Straße tot umfiel, oder eine der Prostituierten mit falschen Papieren, die hinter den Fenstern des Rotlichtviertels saßen. Häufig auch ein Opfer einer Unterweltfehde. Ein Toter, den plötzlich niemand mehr kennen wollte.

Alex Tomassi steckte den Kopf durch den Türspalt und flüsterte verschwörerisch: »Ganz schön viel los heute Morgen! Such dir einen aus.« Posthumus grinste. Er war allein im Büro. Alex kam herein, schnitt eine Grimasse hin zu Maya Wesselings leerem Stuhl und setzte sich auf die Ecke von Posthumus' Schreibtisch. Den Rücken gerade, die Hände über dem Knie gefaltet, posierte sie als devote Sekretärin. Posthumus' Laune besserte sich schlagartig. Alex war eine echte Schönheit. Ihr Vater stammte aus Sizilien. Das erklärte die schwarze Lockenmähne und die dunklen Augen – den sahnig weißen Teint hatte sie von ihrer holländischen Mutter geerbt. Und schlau war sie obendrein, studierte neben ihrem Job noch Philosophie. Posthumus mochte Alex.

»Madame ist noch bei einer Einäscherung, sie kommt später. Von mir aus kann sie gleich ganz wegbleiben.« Alex blickte zum anderen Schreibtisch. »Geht's Sulung besser?«

»Hab heut Morgen mit ihm telefoniert. Er meinte, er kommt morgen wieder.«

»Dann liegt er also gemütlich daheim vor der Glotze, während wir mit drei neuen Fällen zu kämpfen haben? Also *wirklich,* Sulung!« Alex gab sich selbst einen tadelnden Klaps aufs Handgelenk. »Aber im Ernst, welchen hättest du denn gern?«

»Tja, rate mal.« Posthumus legte die vier Stifte auf seinem Schreibtisch akkurat nebeneinander, die Spitzen zeigten alle in dieselbe Richtung.

»Die Mansarde?«

Er schaute auf und musste wieder grinsen. »Du kennst mich gut.« Neben ihrer Tätigkeit am Empfang war Alex zuständig für ›Traffic‹, das heißt, sie koordinierte die Termine der drei Teammitarbeiter. Sie wusste, wer wann eine Beisetzung organisierte und wann der- oder diejenige wieder zurück war. Außerdem stellte sie die Paare für die Hausbesuche zusammen (die Regel der Abteilung lautete: »Gemeinsam hin, gemeinsam heim«, weil sich in den Wohnungen der Verstorbenen eventuell Geld oder andere Wertsachen befanden). Alex erledigte ihre Arbeit sehr effizient und verhielt sich immer angemessen – aber sie hatte eindeutig ihren Liebling im Team.

Da seine Kollegen heute Morgen nicht im Büro waren, hatte Posthumus zahlreiche Anrufe erledigt und kurze Zusammenfassungen zu den verschiedenen Fällen geschrieben. Er hatte die üblichen zwei Anfragen zu jedem Fall losgeschickt (per Fax, das war immer noch so üblich): die eine Anfrage ans Einwohnermeldeamt, die andere ans Nachlassgericht. Wenn sich so keine Familienmitglieder ausfindig machen ließen, bedeutete das: Hausbesuch.

Komisch, gleich drei Tote an einem einzigen Morgen, dachte Posthumus. Andererseits, so seltsam war das auch wieder nicht, das gab es eben manchmal. Ganz unterschiedliche Schicksale. Eine Frau über neunzig, im Altenheim Zonhof. Ein typischer Fall: Demenz, Freunde und Bekannte alle schon tot. Sie war nicht verheiratet gewesen, daher gab es wahrscheinlich auch keine Familienangehörigen. Ein paar öde Telefonate, dann ein stilles Begräbnis mit ein paar alten Omis aus dem Heim.

Der zweite Tote hatte allein in einer Wohnung im Osten der Stadt gelebt, in der Madurastraat. Nachbarn hatten den

Gestank gemeldet. Seit einer oder zwei Wochen tot. Die Wohnung war wahrscheinlich abbruchreif. »Ein richtiger *Saustall*«, hatte die Frau vom Sozialamt am Telefon gesagt. »*Berge* von Müll. Überall Kartons, haufenweise Plastiktüten, eine ganze *Flut* von Zeitungen. Das können Sie sich gar nicht vorstellen!« Oh doch, das konnte er. Posthumus kannte solche Typen zur Genüge. Der absolute Albtraum, wenn man nach einem Testament, nach Kontoauszügen oder einer Versicherungspolice suchen musste – irgendetwas, das einen Hinweis auf noch lebende Freunde oder Familienangehörige geben konnte oder darauf, ob Geld für die Bestattung da war. (Bei den vielen Kürzungen heutzutage wurde die Stadtverwaltung immer knauseriger.) Nein danke.

Doch der dritte Fall faszinierte ihn. Bart Hooft, ein jüngerer Mann. Nun ja, Ende vierzig, also etwa sein Alter. Typ Einzelgänger mit Depressionen. Hatte als Untermieter in einer kleinen Mansarde gelebt und sich dort erhängt. Kein Abschiedsbrief, aber das war nicht weiter ungewöhnlich. Augenscheinlich keine Unstimmigkeiten – die Polizei hatte den Fall als Selbstmord abgeschrieben. Der allzu muntere Jungpolizist vorhin am Telefon hatte ihn darüber informiert. Allerdings wusste der Wohnungsbesitzer nichts über irgendwelche Angehörige oder Freunde. *Das* war ein Fall ganz nach Posthumus' Geschmack.

»Also gut, dann die Mansarde«, lächelte Alex.

Posthumus nickte. »Für mich ist das der Sinn dieser Tätigkeit«, sagte er. Er hatte sich den Job nicht ausgesucht. Ebenso wenig hatte er vorgehabt, bei seiner vorigen Abteilung, der Internen Revision, aufzuhören, die über die Einhaltung professioneller Standards wachte und Dienstvergehen verfolgte. Das war jetzt neun Monate her. Eine diskrete Versetzung in eine weniger wichtige Abteilung. Das Verhältnis zu seinem Chef war schon länger schwierig gewesen. »Unkooperativ, nicht teamfähig«, lautete das offizielle Urteil über Posthumus. Er konnte einfach nicht loslassen. Vor allem nicht in Sachen Korruption. Wenn seine Kollegen einen Fall schon längst ad acta gelegt hatten, stieß Posthumus oft auf eine einzelne Unstimmigkeit – nicht einmal einen eklatanten Widerspruch, eher etwas, das nicht so ganz ins Bild passte. Allzu häufig hatte er auf eigene Faust ermittelt, hatte nachgebohrt, aber nichts zutage gefördert. Er sprengte Zeitvorgaben und stand im Ruf, sich zu verzetteln und sinnlose Recherchen anzustellen. Die wenigen Fälle, in denen sich seine Beharrlichkeit ausgezahlt hatte – etwa ein Skandal um Schmiergeldzahlungen bei der Vergabe von Bauvorhaben –, hatten den Unmut seines Chefs nur noch verstärkt. Am Ende hatte sich der Chef durchgesetzt, und Posthumus wurde abgeschoben. Nein, er war nicht erfreut gewesen, als er zu »Leichen und andere Katastrophen« versetzt wurde, aber wo er schon mal hier war, wollte er jetzt auch das Beste daraus machen.

Posthumus schob den Schreibtischstuhl zurück und streckte die Arme über den Kopf. Er wollte nicht, dass Alex schon wieder ging.

»Das klingt jetzt vielleicht verschroben, aber ich glaube wirklich, dass man da etwas tun kann«, sagte er. »Bei den richtigen Einzelgängern, meine ich. Oder den anonymen Toten. Ihnen ein letztes bisschen Würde geben, einen persönlichen Abschied, selbst wenn sonst niemand da ist, der das mitbekommt. Damit sie nicht einfach nur so abgewickelt werden.«

»Tja, damit stehst du ziemlich allein da«, meinte Alex. »Ich finde es wunderbar, wie du das machst, aber du solltest etwas aufpassen.« Sie nickte zu Mayas Stuhl hin. »Ich krieg ja den Tratsch an der Kaffeemaschine mit.«

Posthumus gab sich nicht damit zufrieden, einfach nur ein Testament, Adressbücher oder Kontoauszüge aufzustöbern. Er ging weiter. Er durchsuchte Bücherregale, kramte in CD-Sammlungen und las sogar Tagebücher, um sich ein Bild von den Menschen zu machen, die er seine »Klienten« nannte. Wenn schon keine Freunde oder Familienangehörigen auftauchten, hatte er wenigstens etwas Musik, einen Text oder sogar eine kurze Rede parat. Etwas, das den Moment in der leeren Friedhofskapelle oder im Krematorium weniger funktional wirken ließ. Maya Wesseling war natürlich der Ansicht, dass Posthumus damit nur Zeit vergeudete.

Er schaute aus dem Fenster. Ein Smart der Abteilung quetschte sich auf einen Parkplatz vor dem Grachtenhaus aus dem 17. Jahrhundert, in dem ihre Büros untergebracht waren.

»Wenn man vom Teufel spricht.«

»Nichts wie weg«, sagte Alex, schwang ihren Po von seinem Schreibtisch und verschwand eilig durch die Tür runter zum Empfang. Posthumus lächelte vor sich hin. Alex verstand ihn. Sie war ihm auf Anhieb sympathisch gewesen, weil sie nicht den üblichen blöden Scherz über seinen Namen gemacht hatte. Sie hatte bloß gesagt: »Oh, ich hatte mal einen Lehrer, der so hieß.« Sein Name war in Holland auch gar nicht ungewöhnlich. Er überlegte, wie alt Alex wohl war. Zweiundzwanzig? Dann könnte er ja beinah ihr Vater sein. Vor zweiundzwanzig Jahren, da war er fünfundzwanzig. Das reichte. So alt waren seine Eltern gewesen, als sein Bruder Willem auf die Welt kam. Willem …

Posthumus starrte immer noch aus dem Fenster, schaute abwesend über die Hausboote hinweg auf die geschwungenen Giebel auf der anderen Seite der Amstel, als seine Kollegin Maya hereinpolterte.

»Anscheinend haben wir heute ja sehr viel zu tun«, sagte sie spitz und ohne ein Wort der Begrüßung. Alle Mitarbeiter des Bestattungsteams waren gleichgestellt und direkt dem Abteilungsleiter verantwortlich. Maya gab sich trotzdem gern als Vorgesetzte.

»Ich habe die Faxe verschickt. Ich nehme an, Alex wird sich melden, sobald sie etwas hört«, antwortete Posthumus und griff zum Telefon. »Ich muss nur noch ein paar Sachen erledigen. Irgendetwas am Bloemstraat-Fall lässt mir keine Ruhe.« Er hatte Maya ein paar Tage zuvor bei dem Hausbesuch begleitet. »Am Schlüsselbund waren drei Schlüssel, stimmt's? Aber wir haben nur zwei gebraucht, um reinzukommen …«

»Herrgott noch mal, Pieter«, schnauzte Maya ihn an. »Was weiß denn ich. Abstellraum. Fahrrad. Kannst du denn nie loslassen? Die Sache ist erledigt. Wir haben die Familie ausfindig gemacht, sie kümmert sich um die Beerdigung. Das ist jetzt nicht mehr unsere Sache. Der Fall ist abgeschlossen.«

»Es war ein Wohnungsschlüssel«, sagte Posthumus. Er wandte sich um und sprach ein oder zwei Minuten ruhig ins Telefon, legte auf und reagierte dann endlich auf Mayas forschenden Blick. »Alles in Ordnung. Wahrscheinlich der Ersatzschlüssel der Nachbarin.«

Maya antwortete nicht, schaute nur auf ihre Uhr und widmete sich weiter ihren E-Mails.

»Übrigens, sie will ihn wieder zurückhaben«, fügte Posthumus hinzu.

Donnerstag, 12. Mai

2

Die beigefarbene Baumwollhose würde gehen. Dazu die braunen Budapester, die er sich in London gekauft hatte, handgenäht, aber schon ein bisschen ramponiert. Zu gut gekleidet durfte man auf keinen Fall sein. Man wusste schließlich nie, was einen bei diesen Hausbesuchen erwartete. Posthumus besaß keine Jeans, und Turnschuhe trug er nur zum Sport. Er suchte ein Hemd aus, zog es schnell an, leerte die Tasse mit seinem Wachmach-Espresso und schlängelte sich die metallene Wendeltreppe hinunter, die sein Schlafzimmer unterm Dach mit der restlichen Wohnung verband. Er ging zum Vorderfenster und schaute auf die Gracht hinaus. Ein schöner Tag. Ein sanfter Amsterdamer Morgen, der die ganze Stadt in warmes Licht tauchte, wie auf einem Gemälde von Vermeer. Jeder Giebel entlang des Krom Boomssloot war von einer zarten Aureole gekrönt. Die Sonne gab den Backsteinbögen einen rosigen Schimmer und tanzte auf den Verzierungen der Brückengeländer. Aus der Gracht vor seinem Haus stieg leichter Dunst auf, das Wasser bewegte sich kaum merklich und glänzte im Morgenlicht. Er lebte jetzt schon mehr als zwanzig Jahre in Amsterdam, aber an einem Morgen wie diesem konnte die Schönheit der Stadt ihn entzücken, als sähe er sie zum ersten Mal. Er seufzte und schaute auf die Uhr. Er sollte sich jetzt wirklich beeilen, frühstücken konnte er irgendwo unterwegs.

Posthumus nahm ein Jackett von der Garderobe direkt neben der Wohnungstür – ein weiches schokoladenbraunes von Ermenegildo Zegna, das er günstig auf dem Flohmarkt gekauft hatte. Schon in seiner Zeit als Hausbesetzer, damals in den Achtzigern, als er in einem großen Haus mit Künstlern, Revoluzzern und diversen ungepflegten Erscheinungen lebte, hatte er sich immer elegant gekleidet – und sich damit den Spitznamen »Schnieker Pieter« eingebrockt. Heutzutage kaufte er seine Sachen neu, anstatt sich ein klassisches Outfit aus Second-Hand-Fundstücken zusammenzustellen, aber sein Gespür für Schnäppchen hatte er nicht verloren.

Keine dreißig Sekunden später war er die drei Stockwerke hinuntergestürmt und stand draußen am Recht Boomssloot, einer kleinen Gracht, die zum Nieuwmarkt führte, dem Marktplatz in der alten Innenstadt. Ein Lastkahn, der mit Backsteinen beladen war, glitt lautlos unter der Brücke hindurch, ein goldener Labrador am Bug reckte die Nase in die frische Morgenluft. Posthumus gefiel es, dass knapp die Hälfte aller Amsterdamer zu Fuß zur Arbeit gingen oder mit dem Rad fuhren. Er überquerte die Brücke und marschierte zügig den Krom Boomssloot hinunter, der senkrecht auf die Gracht stieß, an der er wohnte. Erstaunlich, wie still diese Ecke der alten Innenstadt jetzt war – abends und nachts ging es nämlich hoch her am Nieuwmarkt, der nur wenige Minuten entfernt lag. An der letzten Brücke bog er links ab, dann wieder rechts am windschiefen alten Schleusenwärterhaus, das heute ein Café beherbergte, vorbei am Rembrandthaus, wo der Maler seine besten Zeiten verbracht und einige seiner größten Meisterwerke geschaffen hatte, und dann die Stufen hinunter zum Waterlooplein, wo eben die Flohmarktverkäufer ihre Stände aufbauten. Secondhand-Kleider, Kunstgewerbe, nicht ganz echte Antikmöbel und Krimskrams wechselten sich ab mit Imbissständen und Hobbymalern, die den Touristen ihre Amsterdam-Bildchen aufschwatzten.

»Morgen, *schat*! Herrlich heute, oder?« Lotti mit ihrem Verkaufskarren, die Kaffee und Frühstücks*broodjes* für die Händler bereithielt. Vollbusig, blondiert und üppig, behandelte Lotti ihn wie einen ihrer Jungs. »In letzter Zeit mal ein paar attraktive Herren bestattet?« Schelmisch zwinkerte sie Dirk zu, der an seinem Stand abgewetzte Tweedsakkos auf einen Kleiderständer hängte.

»Wir bekommen die Leichen doch gar nicht zu sehen«, sagte Posthumus mit gespieltem Bedauern.

»Da schau her! Immer smart und immer ein nettes Lächeln. Ich weiß nicht, allmählich verliere ich die Geduld. Wann stellst du mir endlich die Frage aller Fragen, Süßer? Ich werd nicht ewig auf dich warten. Irgendwer schnappt mich dir weg, und dann guckst du in die Röhre, ich warne dich!«

»Ach, Lotti, ich trau mich einfach nicht.«

»Ich glaube eher, dass du dich noch so richtig austoben willst, du böser Junge. Langsam solltest du mal zur Ruhe kommen. Ein so netter großer Mann wie du. Und so schlecht siehst du auch wieder nicht aus. Ein bisschen dünn, aber damit würde ich schon klarkommen.«

»Ich versprech's dir, Lotti, wenn ich so weit bin, wirst du es als Erste erfahren.«

»Das sollte verboten werden. Was für eine Verschwendung. Und, schau nur, du wirst ja schon grau!«

Posthumus fasste sich an die Stirn. Sein rotblondes Haar wurde tatsächlich grau an den Schläfen.

»Hast du was gegen den fortschreitenden Verfall? Ich sterbe vor Hunger. Hab noch nicht gefrühstückt.«

»Leckere Erdbeer-*Broodjes*, speziell für dich, *schat*.«

Weiche weiße Brötchen mit einem üppigen roten Fruchtklecks. Es war noch früh in der Saison, aber die Erdbeeren waren bereits köstlich weich und süß, der Saft war in die Brötchen gedrungen. Lottis Kaffee schmeckte nach Plastik, aber das gehörte irgendwie dazu. Er nahm einen Schluck und setzte den Deckel drauf, wischte sich den Mund mit einer Papierserviette ab, nickte Lotti, die gerade mit Dirk plauderte, zum Abschied zu und nahm den Kaffee mit – um Lottis Gefühle nicht zu verletzen. Vorbei am hässlichen Stadhuis (zum Glück musste er nicht dort arbeiten) und über die Brücke in die Staalkade, wo seine Abteilung in einem bescheidenen Grachtenhaus mit Schweifgiebel ihr abgeschiedenes Dasein fristete.

Die Staalkade war die Amsterdamer Variante einer Sackgasse, ein vergessener Kaiabschnitt an einer Stelle, wo zwei Grachten beinahe, aber eben nicht ganz zusammentrafen, bevor sie in die Amstel mündeten. Eine Häuserzeile weiter strömten die Leute durch die schmale Straße, die von der einen Brücke zur nächsten führte, aber niemand bog in die langweilige u-förmige Straße ab, es sei denn, man hatte etwas in einem der sechs Gebäude zu erledigen, die an der äußersten Ausbuchtung der Staalkade lagen.

Posthumus ging zu dem dunklen Giebelhaus in der Mitte der Häuserreihe und schloss die Tür auf. Das freistehende Empfangsmöbel aus den sechziger Jahren, das sie vom Vormieter geerbt hatten, konnte inzwischen wieder als modisch gelten. Ein Kunstdruck von Andy Warhols Portrait der Königin komplettierte den Retro Chic, aber Alex gab dem Ganzen immer noch eine persönliche Note. Diese Woche war es eine einzelne Blume, eine gezackte Bird of Paradise in einer schlanken schwarzen Vase. Alex saß am Telefon und winkte ihm zu, als er auf dem Weg nach oben am Empfang vorbeikam. Er goss Lottis Plastikkaffee weg und machte sich in der winzigen Pantryküche im Gang einen Nespresso, während sein Computer hochfuhr. Er hatte die Espressomaschine selbst mitgebracht, nachdem er das schale Gebräu der Abteilung zum ersten und letzten Mal getrunken hatte. Der Duft des frischen Kaffees mischte sich mit dem Geruch von Vanille und Zitrone. Alex musste gerade oben gewesen sein. Der kaum wahrnehmbare Duft ihres Parfüms hing immer noch für ein paar Minuten in der Luft, nachdem sie gegangen war. *Allure* von Chanel, das wusste Posthumus inzwischen. Er nahm seinen Kaffee und ging zurück ins Büro.

Posthumus klickte auf das Mailsymbol und nippte an seinem Kaffee, während der Computer, leise vor sich hin summend und ohne sich übermäßig zu beeilen, das Programm startete. Noch keine Spur von Sulung oder Maya. Auf Sulungs Schreibtisch, der links von seinem in der Ecke stand, herrschte das übliche Chaos von Aktenstapeln und ungeordneten Papieren. Mayas Arbeitsplatz auf der anderen Seite war das genaue Gegenteil. Ihr Schreibtisch war völlig leer, bis auf den Computer und das Telefon.

An der Wand gegenüber, zwischen den Schreibtischen seiner beiden Kollegen, hing ein Bild, das eine Reihe Backsteinhäuser am Amstelfluss zeigte. Das Aquarell spiegelte genau die Szenerie wider, die man aus dem Fenster hinter Posthumus' Schreibtisch sehen konnte. Der Computer kam mit einem ›Pling‹ zur Ruhe. Zwei neue Mails, beide von Alex. Die erste ging CC an alle:

Guten Morgen!
Ich denke mal, dass du wieder da bist, Sulung, und hoffe, es geht dir besser!
Neue Fälle:
Auf unsere Faxe wurde schnell reagiert. Leider keine guten Nachrichten.
Frau Vissers Angehörige sind alle tot, und bei Herrn Hageman gibt es keine neuen Spuren (eventuell gibt es einen Bruder, aber beim Einwohnermeldeamt in Amsterdam ist er nicht gemeldet), und Bart Hooft war unter der Adresse nicht einmal gemeldet. Testamente wurden keine hinterlegt, nicht einmal bei Frau Visser. Zwei Hausbesuche bei den beiden Herren, also, bei Frau V. genügt eine schnelle Klärung der Formalitäten.
Maya, kannst du Frau Visser im Zonhof übernehmen (das Zimmer ist bereits geräumt, wende dich an Frau van Dyck, die Pflegedienstleitung, sie wird dich über alles in Kenntnis setzen)?
Sulung, könntest du Herrn Hageman in der Madurastraat übernehmen (mit Pieter als Nr. 2)?
Pieter, übernimmst du Bart Hooft (Identität muss noch bestätigt werden), Mansarde in der Delistraat (Sulung als Nr. 2)?
(Ist beides noch heute möglich? Den Schlüssel für Hageman bekommt ihr bei Eva vom Sozialamt. Den Schlüssel für Hooft habe ich schon bei der Polizei abgeholt. Auch die Bilder von seinen merkwürdigen Tattoos, aber ich vermute, die werden keine große Hilfe sein. Das Auto ist den ganzen Tag für euch reserviert.)
Details zu allen drei Fällen im Ordner »Neue Fälle« unter dem Datum von gestern. Kopien liegen in euren Postfächern.
Alex

Typisch Alex, dachte Posthumus, dass sie bereits herausgefunden hatte, auf welchem Polizeirevier der Schlüssel zu

Hoofts Wohnung lag. Sie wusste, wie sehr es ihn nervte, wenn er wie jeder x-beliebige Bürger unter der allgemeinen Nummer der Polizei anrufen musste, was etliche Warteschleifen und automatische Weitervermittlungen nach sich zog, bis er endlich einen echten Menschen von der Vermittlung an den Apparat bekam. Und dann musste er (immer dieselbe) Fahrstuhlmusik ertragen, um endlich zu erfahren, welches Revier den Schlüssel hatte (was nicht immer logischen Kriterien folgte). Eigentlich dauerte all das gar nicht lange. Zehn Minuten vielleicht. Aber schon diese zehn Minuten ärgerten Posthumus. Umso dankbarer war er Alex. Sie hatte sogar die Schlüssel abgeholt. (Wusste sie etwa, dass sich Posthumus in Gegenwart der Polizei unbehaglich fühlte – ein Überbleibsel aus seinen Tagen als Hausbesetzer, als er hin und wieder mit dem Gesetz in Konflikt geraten war? Er war ein paar Mal verhaftet worden: bei Demonstrationen, bei Streitigkeiten im besetzten Haus, einmal bloß wegen ungebührlichen Verhaltens. Es war nie zu einer Anklage gekommen … aber trotzdem.)

Die zweite E-Mail war nur für ihn:

Sorrrry, dass ich dich als Nr. 2 für den Messie eingeteilt habe! Seine Wohnung ist ganz in der Nähe von der Mansarde, deshalb ging es nicht anders. Sinnvoll, dass ihr beides gemeinsam macht.
Ax

Um Viertel vor zehn war Sulung im Büro eingetroffen. Sie hatten die Wohnungsschlüssel beim Sozialamt abgeholt, die Ausrüstung in der schwarzen Reisetasche überprüft (eine Kamera und, nur für den Fall der Fälle, Plastiküberzieher für die Schuhe, Handschuhe und Gesichtsmasken – bei manchen Hausbesuchen sahen sie aus wie Forensiker) und sich auf den Weg Richtung Osten zur Madurastraat gemacht.

»Ach du Scheiße!« Sulung bekam die Wohnungstür nur mit Mühe auf. Ein umgefallener Stapel Reklamepost und Prospekte – die meisten noch in Plastik verschweißt – blockierte den Flur. »Das reicht ja bis zur Decke!« Vier ramponierte Staubsauger, dazu Bürsten und Rohre von vielen weiteren, ein Stapel alter Eimer, vermutlich irgendwo auf der Straße aufgesammelt, vier, nein sechs Supermarkttüten vollgestopft mit Gummihandschuhen – sortiert: gelbe in den einen, rosafarbene in den anderen Tüten. »Tja, zumindest hatte er wohl vor, irgendwann mal zu putzen.« Ein Blick in die Küche. Coladosen. Hunderte und Aberhunderte Coladosen. Auf dem Herd vier mit Essensresten verkrustete Töpfe – Gott weiß wie alt – und auf den Töpfen, zwischen ihnen, bis hinunter zum Boden, zusammengelegte Fetzen Alufolie. Überall ekelhafter Dreck. Die Tür in ein anderes Zimmer war komplett blockiert. Jahrzehntealte Zeitungen, eine Pyramide aus Plastiktüten, in sich zusammensackende Türme aus Schachteln, in denen noch mehr Zeitungen lagen. Auf dem Boden eine zentimeterdicke Schicht aus Staub, festgetrampelten Papierschnipseln und einzelnen Blättern Papier.

Und dann der Gestank.

Der Bruchteil einer Sekunde, in der man nur etwas Süßliches roch, beinahe angenehm – dann der dunkle, bestialisch faulige Geschmack, der einen hinten an der Gurgel packte und dann tief in den Magen hinunterstieß. Posthumus würgte, vergrub die Nase in der Armbeuge und fummelte in der Tasche nach einer Maske.

»Sie hätten wenigstens ein Fenster aufmachen können«, sagte Sulung. Er war an so was gewöhnt. Machte den Job schon länger, obwohl er mindestens fünf Jahre jünger war als Posthumus. Sulung war ein bisschen merkwürdig, immer freundlich, wohltemperiert, aber zugleich unnahbar. Posthumus konnte ihn nicht recht einordnen. Aber er schätzte inzwischen die seltenen Augenblicke, in denen Sulung ihn direkt ansah, wenn er mit ihm sprach.

»Manche liegen wochenlang rum und riechen kaum, andere stinken schon nach einem Tag«, sagte Sulung. Der penetrante Geruch legte sich über das Gesicht, unter die Nase, auf die Zunge, und dann blieb er dort den ganzen Tag – das kannte Posthumus schon. Noch beim Abendessen würde er ihn riechen.

»Wie kann man es bloß so weit kommen lassen?«, fragte Sulung. »Wir sehen das ja häufig. Ich weiß auch nicht.«

»Manchmal sind die Leute senil, haben Depressionen oder eine Psychose«, sagte Posthumus hinter seiner Maske. »Das nennt man Diogenes-Syndrom.« Nach dem ersten derartigen Erlebnis hatte er Recherchen angestellt. Posthumus war zwar der Neue im Team, aber in den Jahren bei der Internen Revision hatte er gewissenhaftes Ermitteln gelernt. »Das ist eine ziemlich destruktive Mischung. Dreck und Elend, das Horten von Sachen, Verwahrlosung. Dann der völlige soziale Rückzug, das kann bis zur Feindseligkeit anderen gegenüber gehen. Die vom Sozialamt meinten, er hätte seit Jahren niemanden mehr in die Wohnung gelassen.«

»Da hat wohl jemand seine Hausaufgaben gemacht«, sagte Sulung, aber ohne die Schärfe, die Mayas Stimme bei solchen Bemerkungen hatte. Er nahm eine große Kamera aus der Tasche und begann zu fotografieren – zunächst die erste Seite der Akte, um festzuhalten, wo sie sich befanden, und dann die Wohnung. Jedes Zimmer, immer wieder klickte und blitzte es. Eine Standardprozedur. Die Wohnung, wie sie sie vorgefunden hatten. Man konnte nie wissen, ob nicht doch noch Angehörige auftauchten und behaupteten, der liebe, lange vermisste Verwandte habe alles Mögliche an Wertsachen in seiner Wohnung gehabt. Posthumus wartete, bis Sulung fertig war.

»Fangen wir hier an?«, fragte Sulung und deutete auf eine freie Stelle am Boden, etwa in Matratzengröße. Vermutlich war Hageman hier gestorben. »Und arbeiten uns dann durchs Zimmer?«

Er legte die dünne Mappe mit der Fallakte in die Mitte der leeren Stelle, die die Matratze hinterlassen hatte.

»Ich weiß nicht.« Posthumus zögerte. »Wir sollten versuchen, uns in ihn hineinzuversetzen.«

»Nein danke!«

»Ich meine das ganz ernst. Das könnte uns Zeit sparen. Alex hat gemeint, es gebe vielleicht einen Bruder. Allerdings nicht in Amsterdam. Ich sehe hier kein Telefon, und es wurde auch kein Handy bei der Leiche gefunden. Das könnte bedeuten, dass er noch altmodisch per Brief kommunizierte. Aber wahrscheinlich hat er sich jeglichem Kontakt verweigert. Keine Besuche, keine Briefe, auch keine von einem Bruder.« Posthumus hielt inne. Vielleicht vor allem nicht die eines Bruders. Wieder Willem. Er konnte ihn einfach nicht vergessen.

»Und was heißt das für uns?«, fragte Sulung.

»Tja, er hatte ja wohl eindeutig was für Papier übrig, vielleicht hat er Briefe aufgehoben. Rückzug und Horten.«

Sulung schaute skeptisch. »Also?«

»Vielleicht müssen wir uns gar nicht durch diesen Müllhaufen wühlen. Die Frage ist nur, wo würde er die Briefe aufbewahren?«

»Falls es sie überhaupt gibt.«

»Falls es sie gibt.«

Nichts im Briefkasten an der Wohnungstür. Nichts zwischen der Reklamepost oder unter der Matratze. Keine Schachteln, die sich von den anderen irgendwie unterschieden.

»Aber er scheint doch ein gewisses System gehabt zu haben«, überlegte Sulung. »Ich meine, Putzzeug im Flur, rosa Handschuhe in der einen, gelbe Handschuhe in der anderen Tüte, Dosen in der Küche, Papier hier im Zimmer. Aber es wird uns nicht viel helfen, wenn die Briefe in einem der Papierhaufen liegen – dann sind wir genauso weit wie vorhin.«

»Es sei denn«, sagte Posthumus, »es sei denn, die Briefe sind für ihn *kein* Papier.«

»Wie meinst du das?«

»Diese Sache hat ihn im Griff. Die Feindseligkeit, das Horten, das Sortieren, der Dreck. Aber vielleicht *will* er ja sauber machen. Er besorgt sich einen Staubsauger, kauft Gummihandschuhe. Vielleicht *will* er Kontakt aufnehmen. Und dann würden die Briefe nicht hier liegen unter dem ganzen Papier, sondern ganz woanders.«

Sie fanden die Briefe in der Küche, in der Warmhalteschublade unter dem Backofen. Alle ungeöffnet. Nicht viele. In den letzten zehn Jahren ein oder zwei pro Jahr. Die ältesten kamen aus Thailand, die jüngsten aus Deutschland.

»Vor zwei Monaten«, sagte Posthumus und drehte den Umschlag um. »München. W. J. Hageman. Und eine Adresse.«

Sulung jauchzte. »Das muss er sein!« Er riss den Umschlag auf und überflog den Brief. »Hoffe es geht Dir gut, blablabla, Maria lässt Dich lieb grüßen … *bitte* schreib uns doch, bla-

bla ... weißt du noch, wie Mama ... Ja!« Triumphierend hielt er den Brief hoch. »Das ist er! Muss der Bruder sein ... klingt doch ganz freundlich. Der übernimmt bestimmt die Bestattungskosten.«

Posthumus griff tief in den stinkenden Schlund des Backofens. Er holte einen angekohlten Schuhkarton hervor, zur Hälfte gefüllt mit Geldscheinen, dazu noch ein paar geöffnete Umschläge – vielleicht Kontoauszüge oder Versicherungspolicen.

»Sieht aus, als könnte er für sich selbst zahlen. Wir müssen das fotografieren und zählen. Ein paar Tausend, schätze ich. Die Dokumente bringen wir dann den Mädels.« Alex und ihre Kollegin am Empfang hatten die Aufgabe, Fundstücke wie diese durchzugehen, alles Nützliche herauszufiltern und den Papierkram zu erledigen. Posthumus fotografierte die Banknotenbündel und stopfte sie dann in die Plastikmappe, in der sich die Fallakte befand; die Dokumente und Umschläge legte er in eine der sorgfältig zusammengefalteten Plastiktüten, die er für diesen Zweck mitgebracht hatte.

»Das war's dann wohl«, sagte Sulung. »Wenn Herr«, er schaute auf den Brief, »wenn Herr Willem Hageman die Verantwortung übernimmt, geht alles an ihn. Ich denke, wir können den Fall ruhen lassen, bis wir etwas von ihm hören. Alles in Ordnung bei dir?«

»Ja ja, schon gut«, sagte Posthumus. Dann: »Dein Fall, deine Entscheidung.«

Sulung warf die Wohnungsschlüssel in die Luft und fing sie wieder auf.

»Delistraat?«

***

Die Mansarde in der Delistraat bot einen angenehmeren Anblick. Sie war so gut wie leer. Ein billiger Dachausbau – ohne Baugenehmigung, wie Posthumus annahm; die Kücheneinrichtung bestand aus einem Kühlschrank, Kochplatte und Mikrowelle, einem Waschbecken und einer Duschkabine. Die Toilette war im Treppenhaus und stammte wohl noch aus den Tagen, als hier das Personal untergebracht war. Ein Einzelbett, ein Schreibtisch – kein Computer –, ein Stuhl, der vermutlich mitten im Zimmer unter dem Dachgebälk gelegen hatte, als der Tote gefunden wurde. Posthumus hatte bereits mit dem Vermieter telefoniert. »Hat anscheinend als Putzhilfe in einer Bar gearbeitet«, sagte er, während er Fotos machte. »Der Vermieter meint, der Mann hat von zwei Uhr morgens bis sechs gearbeitet, die übrige Zeit war er fast immer hier. Armer Kerl. Heftige Depressionen. Saubere Bettwäsche gehört hier zum Service, aber die blieb manchmal einfach draußen vor der Tür liegen. Die alte Bettwäsche hat er rausgelegt und schlief dann auf der nackten Matratze.«

Immer die gleiche Geschichte, hatte der Polizist am Telefon gemeint. »Trauriger einsamer Typ steht eines Tages auf und macht Schluss.« Die Polizei kannte so etwas nur zu gut. Kein Einbruch. Keine verdächtigen Umstände. Fazit: Selbstmord. Keine definitive Bestätigung, dass er wirklich Bart Hooft hieß, doch die Ressourcen der Polizei waren begrenzt. Also wurde das Etikett »unbekannt, vermutlich illegal« angehängt und der Fall ans Bestattungsteam abgeschoben.

Der Mann hatte ein Prepaid-Handy gehabt, aber entweder war das Adressbuch schon immer leer gewesen oder kürzlich gelöscht worden. Die einzige Nummer, die er gewählt hatte, war nicht mehr aktiv. Der Vermieter wusste nicht, in welcher Bar er gearbeitet hatte, und war wohl sehr damit einverstanden gewesen, dass sein Mieter nicht gemeldet war, weil er so dem Radar des Finanzamts entging. Mit Ausnahme des Namens, den er seinem Vermieter genannt hatte, hatte die Polizei nichts in Erfahrung gebracht. Selbst in dieser durch und durch bürokratisierten Stadt gab es Menschen, dicht unter der Oberfläche, die – aus welchen Gründen auch immer – durchs Raster fielen. Sie arbeiteten zwar, wurden aber bar bezahlt, lebten als nicht gemeldete Untermieter und hofften jeden Tag, dass sie nicht krank wurden oder mit dem Gesetz in Konflikt gerieten, damit sie nie einen Ausweis vorlegen mussten. Sie hinterließen keine Rechnungen, keine Spuren. Bart Hooft, wenn das sein richtiger Name gewesen war, war völlig losgelöst von dieser bürokratisierten Welt durch die Stadt getrieben. Eine angemessene Bestattung für jemanden wie ihn zu organisieren, war nicht einfach. Aber genau das reizte Posthumus an seiner Arbeit. Er schaute sich in dem kahlen Raum um.

Ein einziges Plakat, von einer Mark-Rothko-Ausstellung in Notre Dame, Indiana. Eine Kleiderstange mit drei oder vier Outfits zum Wechseln, eine Lederjacke, darunter eine große Schachtel mit T-Shirts, Unterwäsche und Socken. Über dem Schreibtisch ein Bücherregal. Kaum Bücher. Frühe Sachen von Remco Campert. Ein Buch mit düsteren Cartoons von einem gewissen Leunig. Ein Wörterbuch. Bücher über indische Religion oder etwas in der Art. Essays von Emerson. Ein abgegriffenes Exemplar von Nietzsches *Ecce Homo*. Die gesammelten Gedichte von Apollinaire, auf Französisch. Keine Romane. Keine Musik.

»Tja, er war eindeutig nicht dumm«, sagte Posthumus und stellte den Apollinaire zurück. Er zog die Schreibtischschubladen auf. Ein Umschlag mit etwa 300 Euro. Das reichte bei weitem nicht für eine Beerdigung. Ein paar Bleistifte, ein Spitzer, ein alter Füller – ansonsten nichts Persönliches. Kein Schnickschnack, keins dieser kuriosen Erinnerungsstücke, die sich bei so vielen ansammeln: das Strandgut des Lebens. Man hätte meinen können, dass Bart Hooft sich auf sein Ende vorbereitet hatte. Als ob er ganz bewusst die Tafel seines Lebens leer gewischt hätte. Vielleicht aber auch schlicht eine minimalistische Existenz in resoluter Anonymität.

Posthumus schaute wieder zur Kleiderstange. Weiße T-Shirts, schwarze und blaue Jeans. Alles andere in dunklen, gedeckten Farben, schwarz oder dunkelgrün. Ein paar Sachen mit Camouflagemuster, Militärklamotten vom Flohmarkt. Gab es hier irgendetwas, das etwas über den Toten erzählte? Auf dem Schreibtisch lag ein Din-A4-Schreibblock. Unbenutzt. Darunter ein großes Notizbuch mit schwarzem Pappeinband. Posthumus kannte diese Notizbücher aus seiner Schulzeit. Das hier war ziemlich dick und abgegriffen. Er schlug es auf.

»Gedichte!«, sagte er. »Bart Hooft schrieb Gedichte.« Seite um Seite war gefüllt, fein säuberlich geschrieben, eindeutig letzte Fassungen. »Das könnte uns weiterhelfen«, sagte er. »Das nehmen wir mit.« Er legte das Notizbuch neben die Fallakte.

Dann öffnete er noch einmal eine der Schreibtischschubladen. »Und den Füller auch.« Er hob ihn hoch. Sulung, der die Taschen der Hosen und Jacken auf der Kleiderstange durchsuchte, sah ihn fragend an. »Ich weiß nicht warum. Der hat irgendwas. So einen hab ich noch nie gesehen.« Posthumus wog ihn in der Hand. Der Füller hatte eine seltsam abgeflachte Spitze und eine altmodische Vorrichtung zum Befüllen. Der schwarze Kolben war golden gefleckt und an einer Seite aufwendig mit einem Paradiesvogel bemalt. »Sieht wertvoll aus«, sagte er. »Wir sollten ihn in den Safe legen. Vielleicht können wir damit ja die Bestattung finanzieren.«

Aber Sulung war ganz vertieft in eine Schachtel mit Socken und Unterwäsche. »Sieh mal einer an«, sagte er. »Vielleicht doch nicht ganz so abgehoben und intellektuell, wie du gedacht hast.« Mit einem metallischen Klirren zog er ein Paar Handschellen hervor, dazu mehrere Lederriemen. Er umwickelte seine Hand mit einem sauberen T-Shirt und hielt einen Dildo hoch, in Größe und Form einem menschlichen Unterarm mit geballter Faust nachempfunden. »Das sollte uns eine Lehre sein: Wer weiß, wer später mal in unseren Sachen herumstöbert.«

»Der arme Kerl«, sagte Posthumus. »Das geht uns eigentlich nichts an.« Dann: »Kann ich das mal haben?«

»Wusste ja gar nicht, dass du auf so was stehst.«

»Nein, schau mal.« Posthumus wendete den Arm. Auf die Unterseite hatte jemand mit schwarzem Edding einen seltsamen Vogel gemalt, drumherum einen Kreis und dann einen fünfzackigen Stern. »Das hatte er auch auf den Arm tätowiert. Du weißt schon, die Fotos, die Alex von der Polizei bekommen hat ... die vielen Tattoos.«

»Die hab ich mir nicht richtig angesehen.«

»Ich bin mir sicher. Allerdings hatte das Tattoo keinen Text. Unter der Zeichnung auf dem Dildo stand: *Something to remember me by ...*«

Posthumus schlug den Fallbericht auf. Vier Fotos. Er zog eins heraus.

»Hier, schau mal.«

Nicht am Unterarm, sondern auf der Unterseite des Bizeps, in der Nähe der Achselhöhle. Dasselbe Symbol, nur befand sich darunter ein kleines rotes Herz mit einem Schlüsselloch in der Mitte.

»Also, *das* Ding nehme ich nicht mit zurück«, sagte Sulung und ließ den Dildo wieder in die Schachtel fallen. »Du kannst ja ein Foto machen, wenn du willst.« Er gab Posthumus die Kamera.

»Nicht nötig. Wir haben ja die Polizeifotos. Und wahrscheinlich führt das ohnehin zu nichts. Ich glaube kaum, dass Tattoo-Studios eine Kartei mit den Tätowierungen ihrer Kunden haben.«

Ansonsten fand sich nichts in der Wohnung, was einen Hinweis auf Bart Hooft gegeben hätte. Sulung und Posthumus waren noch vor dem Mittagessen fertig.

»Ich finde, wir haben uns eine extra-lange Mittagspause verdient«, sagte Sulung. »Das lief doch hervorragend heute Vormittag. Und ich weiß genau das Richtige für uns.«

Ein indonesischer Imbiss nur wenige Straßen entfernt. Die Inhaberin, eine krumme alte Frau mit grauen Haaren, begrüßte Sulung wie einen alten Freund.

»Der einzige Mensch in der Stadt, der besser kocht als meine Mutter«, sagte er, während sie auf ihr Essen warteten. »Schön, mal wieder in der Gegend zu sein. Ich muss sonst durch die ganze Stadt fahren, wenn ich hier essen will.«

»Scheint sehr gut herzupassen, der Laden«, meinte Posthumus. Die umliegenden Straßen waren sämtlich nach indonesischen Inseln benannt, den früheren Kolonien in Niederländisch-Indien.

»Ah, das Kolonialviertel«, sagte Sulung, obwohl das Viertel heute als »indonesisches Viertel« bekannt war.

Posthumus hob eine Augenbraue. »Das ist ein bisschen gemein«, sagte er.

Sulung zuckte mit den Schultern. »Ich weiß nicht. Ich bin in Holland aufgewachsen, meine Eltern hatten es hier ziemlich schwer, mussten sich an ein neues Land anpassen, versuchen, sich zu integrieren. Und wir Kinder haben auch so einiges abgekriegt. Kleines Dorf im Süden, die einzige nichtholländische Familie.«

Ein großer Teller mit Satay-Spießen wurde gebracht, verführerisch glänzend, die Erdnusssauce war eindeutig hausgemacht.

»Aber jetzt … jetzt ist das doch anders, oder?«, fragte Posthumus.

»Vielleicht für uns in den großen Städten. Ich glaube, heutzutage bekommen die Marokkaner die ganze Scheiße ab.«

Sulung nahm einen Hühnchenspieß und aß ein Stück Fleisch. »Aber meine Eltern haben sich immerhin bemüht. *Das* ist es, was mich so ankotzt.«

Draußen auf der Straße gingen zwei tiefverschleierte Frauen vorbei.

»Das macht es schwieriger für uns alle«, sagte er.

Jetzt war Posthumus an der Reihe, mit den Schultern zu zucken.

***

Zurück im Büro übergab Posthumus die Fundstücke aus der Madurastraat dem Mädchen am Empfang, dazu noch Hagemans Geld und den Füller aus Bart Hoofts Dachwohnung. Sie quittierte den Erhalt und verstaute alles im Safe. Alex war nicht da. Eigentlich war sie nur freitags und am Dienstagmorgen in der Uni, aber heute Mittag hatte sie freigenommen, für den Vortrag eines Gastdozenten, den sie unbedingt hören wollte. Posthumus verbrachte den Nachmittag mit der Internetrecherche nach Füllfederhaltern und mied dabei Mayas giftige Blicke. Außerdem las er Bart Hoofts Gedichte.

»Einige sind richtig gut«, sagte er zu Sulung. »Allerdings ziemlich düster. Und in manchen geht es heftig zur Sache.«

Sulung ballte die Faust und hob den Unterarm. Posthumus runzelte die Stirn und sah weg. Er überblätterte eine Reihe Gedichte mit dem Titel *(K)Nights in the Black Tulip*.

»Es gibt aber auch welche, die sind sehr berührend und schlicht. Eine ganz andere Seite von ihm. Hör mal.«

Er las vor:

Der gute Freund

Ich
War immer
Allein
Im Raum nebenan
Während der, den ich liebte
Sich liebte
Mit ihm, den er mehr liebte.

Maya schlug geräuschvoll eine Akte zu.

»Ergreifend, findest du nicht? Wenn man bedenkt, was passiert ist«, sagte Posthumus.

»Nicht so mein Ding«, sagte Sulung.

»Leider ist nichts dabei, was ich für die Bestattung verwenden könnte«, fuhr Posthumus fort, »aber es macht die ganze Sache noch trauriger. Es ist einfach furchtbar traurig.«

»Wir sollten uns verhalten wie Ärzte«, sagte Maya. »Gefühlsduseleien haben hier nun wirklich nichts verloren.«

3

Wie viele Amsterdamer hatte Posthumus einen bestimmten Weg hin zu einem Ort und einen völlig anderen Weg zurück. Amsterdam, dieses merkwürdige Spinnennetz von einer Stadt, hatte die Eigenschaft, seine Form zu wechseln, je nach Standort – wie ein Kaleidoskop, dessen Muster sich durch leichtes Schütteln veränderte. Es wirkte jedes Mal völlig einleuchtend, eine bestimmte Route zu wählen, auch wenn es jeweils eine andere war. Er bog rechts ab und ging die Staalkade hinunter, wieder rechts an der Gracht entlang, über eine kleine weiße hölzerne Brücke und weiter bis zum Nieuwmarkt. Die Glocken der Zuiderkerk spielten alte Volkslieder. Einen Block vom Nieuwmarkt entfernt, änderte sich die Atmosphäre mit einem Schlag, als hätte jemand einen Schalter umgelegt. Die gedämpfte Eleganz der Grachtenhäuser wich den Neonreklamen, dem Geruch von Fastfood, Cannabisschwaden und der lärmenden Betriebsamkeit des Rotlichtviertels. Und mitten drin, als ob sie aus einer Märchenerzählung hergeweht und auf dem Nieuwmarkt gelandet wäre, stand De Waag. Das trutzige mittelalterliche Stadttor mit seinen Rapunzelfenstern und Spitzdächern, die aussahen wie Zwergenmützen, wurde später zur Stadtwaage umfunktioniert; heute beherbergte es ein hippes Restaurant.

Nach diesem Tag brauchte Posthumus dringend einen Drink. Und er wollte mit Anna plaudern. Die Arbeit hatte ihn geschlaucht. Diese erste Wohnung. Aber mehr noch Bart Hoofts Gedichte. Jemand in seinem Alter, dessen Leben der Welt – und womöglich auch ihm selbst – nichts bedeutete. Und doch hatte er so bewegende Texte geschrieben. Gedichte, die wahrscheinlich noch nie jemand gelesen hatte. Und niemand mehr lesen würde.

Anstatt also direkt auf der Recht Boomssloot nach Hause zu gehen, ging Posthumus links an De Waag vorbei, direkt unter den Fenstern des Saales, in dem im 17. Jahrhundert die Leichen von Kriminellen, die auf dem Nieuwmarkt gehängt worden waren, zu anatomischen Zwecken seziert wurden (auch hier hatte sich Rembrandt gern aufgehalten), Richtung Zeedijk. Als er zum ersten Mal in dieses Viertel gekommen war – vor fast zwanzig Jahren –, war der Zeedijk die zwielichtigste Straße im schäbigsten Teil der Stadt gewesen, ein Treffpunkt für Junkies und Dealer – dort wo der Rotlichtbezirk auf Chinatown traf. Nachdem die Stadtverwaltung die Gegend zum Sanierungsgebiet erklärt hatte, gab es hier heute viele beliebte Kneipen und Restaurants. Posthumus ging den Zeedijk entlang. Er kam am großen chinesischen Tempel vorbei und winkte dem Besitzer des Wing Kee Eating House zu (nach all den Jahren immer noch sein Lieblingsrestaurant). Links drängten sich Scharen gaffender Touristen. Er mied die schmaleren Gassen, wo sich Schlangen um Schlangen älterer Männer an den Mädchen hinter den Fenstern vorbeischoben. Die nächste Brücke. Eine der wenigen Gegenden von Amsterdam, die wirklich an Venedig erinnerten, weil die Häuser nicht durch eine Straße von der Gracht getrennt waren, sondern direkt ans Wasser grenzten. Weiter zu De Dolle Hond in unmittelbarer Nähe des Rotlichtviertels, wo man seit fast vierhundert Jahren Bier und gute Laune serviert bekam.

Posthumus' Wein stand schon bereit, als er durch die Tür kam. Ein hervorragender zitroniger Sauvignon Blanc aus Neuseeland, den Anna de Vries extra für ihn einkaufte. Posthumus war kein Biertyp.

»Was ist los?«

Sie hatte es sofort bemerkt. Posthumus und Anna kannten sich schon Ewigkeiten. Aus der Zeit, als er nach Amsterdam gekommen war, ein Dorfjunge aus Krommenie, mit großen Träumen, dem das Leben in der Provinz noch in den Knochen steckte. Anna war Amsterdamerin durch und durch. Das Lokal hatte ihren Eltern gehört und davor ihren Großeltern. Vielleicht reichte die Tradition noch eine Generation weiter zurück, Posthumus konnte sich nicht mehr erinnern. De Dolle Hond gab es sowieso schon viel länger als die Familie De Vries. Anna hatte ihm die Stadt gezeigt. Und auch sonst so einiges. Sie waren ein Paar gewesen, aber das war lange her. Und was waren sie jetzt? Beste Freunde klang zu sehr nach Spielplatz. Eher eine Familie. Sie hatten beide niemanden sonst; weder eine feste Beziehung noch Verwandte. Ihre Eltern waren tot. Sie war ein Einzelkind. Und er … tja, er hatte auch niemanden.

»Später«, sagte er. »Zuerst muss ich was trinken. Den Tag runterspülen.«

De Dolle Hond war leer. Abgesehen von Frau Pling. Tagaus, tagein saß Frau Pling am Automaten und spielte sich die Finger wund. Das machte sie schon seit Jahren. Sie sagte kein Wort, vermied jeden Kontakt. Vielleicht konnte sie gar kein Niederländisch. Und auch kein Englisch – sie hatten es versucht. Sie hatten ihr den Spitznamen Frau Pling gegeben, weil der Spielautomat »pling« machte, wenn sie gewann. Den Spielautomaten gab es erst, seit Annas Vater die Kneipe übernommen hatte. Anna war zunächst dagegen gewesen; sie fand, dass der Automat nicht zur alten Holzvertäfelung der Bar passte, aber irgendwie war er geblieben, auch nach dem Tod ihrer Eltern. Außerdem ließ sich damit etwas verdienen. Vor allem, wenn Frau Pling dran war.

Posthumus setzte sich auf einen Hocker an der Bar. Auf seinen Stammplatz, wo der Tresen unter einer Sammlung alter Medaillen, Anstecker und Abzeichen (aus längst vergessenen Tagen) an die Wand stieß: Militärabzeichen, alte Beatles-Fanclub-Anstecker, ein Button mit der Aufschrift *FREE KUWAIT*, ein anderer mit *ONLY CONNECT*, die meisten unergründlich. Er hatte sie oft genug betrachtet, an geschäftigen Abenden, wenn Anna kaum Zeit zum Reden hatte. Postumus rückte einen Stapel Bierdeckel auf dem Tresen gerade. Anna schlug die Zeitung zu, die sie gelesen hatte.

»Die Mitglieder der Amsterdamer Zelle sollen wieder auf freien Fuß kommen«, sagte sie. »Aber wo Rauch ist, da ist auch Feuer, wenn du mich fragst.«

»Ach, ich weiß nicht. Manchmal habe ich das Gefühl, wir reagieren hysterisch.«

Posthumus warf einen Blick auf die Schlagzeile und hob eine Augenbraue. Ein rechtes Boulevardblatt.

»Ein Gast hat sie vorhin liegen lassen«, sagte Anna. »*De Nieuwe Post* ist heute nicht gekommen.« Ihre Tageszeitung. »Das ist diese Woche das dritte Mal. Ich habe dem Zustelldienst gerade die Hölle heiß gemacht. Aber natürlich gibt es da keine Telefonnummer mehr. Beschwerden laufen über die Website, wer weiß, ob da jemals etwas ankommt.«

»Das hier hingegen beunruhigt mich«, sagte Posthumus und zeigte auf das Foto eines bärtigen jungen Mannes in der traditionellen Djellaba. »Das wirkt so extrem. Und wie sie

Schwule bedrohen und Frauen behandeln. Kein Wunder, dass die Leute aufgebracht sind.«

Frau Pling hatte gerade eine Glückssträhne. Sie warteten. Keine Reaktion. Anna lächelte. Irgendwie zog Anna Leute wie Frau Pling an. De Dolle Hond war eine dieser gemütlichen Amsterdamer Kneipen, die klein genug waren, um praktisch allein vom Inhaber geführt zu werden (Anna hatte noch eine Putzfrau und gelegentlich eine junge Aushilfskraft namens Simon). Ein *bruin café,* das nicht nur wegen der dunklen Holzdielen, Möbel und Vertäfelung »braun« genannt wurde, sondern auch, weil der Tabakrauch von Jahrhunderten die Wände und Decken mit einer Patina überzogen hatte. Diese Patina gab es auch in anderen Kneipen, allerdings waren dort Lack oder Farbe zum Einsatz gekommen, De Dolle Hond war authentisch. Man musste nur einen der alten Stiche über der Holzvertäfelung von der Wand nehmen und die scheinbar braune Tapete entpuppte sich als strahlend weiß. Oder zumindest beige.

Vielleicht lag es daran, dass De Dolle Hond von einer Frau geführt wurde, auf jeden Fall fanden hier viele Leute Zuflucht, die sonst keine Kneipen besuchten. Hauptsächlich lag es wohl an Annas Gabe, anderen zuzuhören. Dabei war sie kein zartes Seelchen. Anna de Vries strahlte eine raue Herzlichkeit aus. Wenn sie anderer Meinung war, sagte sie das auch unverblümt. Zum Teil war das der Amsterdamer Widerspruchsgeist. Anna hing der für Amsterdamer typischen Auffassung an: »Mir hat niemand etwas zu sagen.« Aber sie war klug, konnte sich gut in andere hineinversetzen und kombinierte eine rasche Auffassungsgabe mit Taktgefühl. Mit ihrem spöttischen Blick, dem zerzausten kastanienbraunen Haar und ihrer burschikosen, aber warmherzigen Art zog sie eine merkwürdige Schar Stammgäste an: alte Amsterdamer aus dem Viertel, die sie seit ihrer Kindheit kannten; ein paar Polizisten, deren Stammkneipe De Dolle Hond gewesen war, als es um die Ecke in der Warmoesstraat noch ein Polizeirevier gegeben hatte; die eine oder andere zwielichtige Gestalt, ein Kleinkrimineller, den die Polizisten quer durchs Lokal beäugten, ein oder zwei Mädchen vom Strich, die jedoch im Dolle Hond nicht ihrem Broterweb nachgehen durften – da war Anna streng. Aber ebenso junge, smarte Singles auf dem Heimweg in das mittlerweile schicke Altstadtviertel, in dem auch Posthumus wohnte und das nur zehn Minuten entfernt lag. Ihren Freunden schwärmten sie vor, De Dolle Hond sei ein »echter Geheimtipp«. Und natürlich Touristen, die vom historischen Ambiente angelockt wurden: dem großen offenen Kamin mit den antiken Kacheln und den Delfter Fayencen (die Anna nach Posthumus' Meinung dringend einmal schätzen lassen sollte), dem Krimskrams aus vielen Jahrhunderten. Sie kamen auf ein Getränk vorbei, um – verführt von der fröhlich-geselligen Atmosphäre – bis zur letzten Runde zu bleiben.

»Paul heute nicht da?«, fragte Posthumus.

Eine von Annas Neuerungen, nachdem sie das Lokal von ihrem Vater übernommen hatte: Live-Musik am Wochenende. Paul de Vos spielte Klavier und hatte eine Band namens The Fox Trio; donnerstags gab es zwar keine Live-Musik, aber Paul entwickelte sich allmählich zu einem Teil des Inventars.

»Er wollte noch was essen … also, was macht dir denn nun zu schaffen?«

»Ach, eigentlich nichts Konkretes. War einfach ein Scheißtag.«

Anna wartete.

»Zwei Wohnungen, vor allem die zweite war schlimm. Ein Typ in meinem Alter. Hat sich erhängt. War Putzhilfe in einer Bar, hatte so gut wie kein Leben, keine Freunde. Depressiv, Einzelgänger. Nur etwa sechs Bücher im Regal. Nietzsche, Gedichte von Remco Campert – nicht gerade heitere Lektüre.«

Frau Pling hatte schon wieder gewonnen.

»Daran wirst du dich wohl gewöhnen müssen«, sagte Anna.

»Ja natürlich, aber dieses Mal war es anders. Er schrieb Gedichte. Die meisten auf Niederländisch, aber auch ein paar auf Englisch, hatte ein altes Schulheft dafür, trug sie von Hand ein, mit einem schönen antiken Füllfederhalter. Ich habe ein bisschen recherchiert. Könnte ein japanischer sein, Japanlack, vielleicht aus den Dreißigerjahren; muss eine Art Erinnerungsstück gewesen sein, vielleicht ein Erbstück von seinem Großvater.«

»Und die Gedichte?«

»Tja, das ist es ja, die sind richtig gut. So eine Verschwendung.«

»Könntest du sie veröffentlichen lassen?«

»Ich weiß nicht. Das möchte er ja vielleicht nicht. Wäre eine ziemliche Einmischung. Und sie sind sicher nicht jedermanns Geschmack.«

»Du redest so, als ob er noch leben würde. Du solltest das alles nicht so sehr an dich heranlassen.«

»Du hörst dich an wie meine Kollegin Maya. Ich muss etwas tun, damit der Job nicht so …«

»… nervtötend ist?«

»Anna!« Aber er lächelte. Sie hatten schon häufiger darüber geredet. Dass er das Gefühl hatte, man habe ihn abgeschoben. Die Probleme bei der Internen Revision. Sein Vorsatz, nicht aufzugeben. Und das bedeutete nicht nur, dass er durchhalten würde in seinem neuen Job, sondern dass er etwas daraus machen wollte. Etwas Sinnvolles.

»Du tust doch etwas«, sagte Anna. »Mit diesen persönlichen Begräbnissen, zu denen du die anderen überreden willst. Die Musik, das Vorlesen. Mach doch so etwas für ihn. Lies ein oder zwei Gedichte von ihm vor.«

»Daran hab ich auch schon gedacht, aber dafür sind sie nicht geeignet. Makaber, ein bisschen drastisch.«

»Und ich nehme an, es spielt keine Rolle für dich, dass niemand zuhören wird?«

»Man kann nie wissen. Bei Sulungs letzter Trauerfeier waren zweihundert Leute! Er hatte nur für das Nötigste gesorgt. Was wir halt so machen, wenn wir keine Freunde oder Angehörigen finden: ein Blumengesteck von der Stadtverwaltung, Kaffee für zwanzig Personen im Vorraum, falls doch jemand kommen sollte. Wie sich herausstellte, war der Typ Ajax-Fan und hat nach jedem Spiel großzügig Lokalrunden spendiert. Der halbe Fanclub ist aufgekreuzt.«

Kundschaft: ein Touristenpärchen, das Fotos machte, als Anna ihnen die Getränke servierte. Sie kam zu Posthumus zurück.

»Du könntest einfach andere Gedichte bei der Trauerfeier vortragen. Etwas aus seinem Bücherregal?«

»Hab ich auch schon überlegt. Ich werde mir die Bücher am Wochenende ansehen. Aber es wäre schön, wenn ich noch etwas anderes hätte. Ich weiß nicht, etwas Persönlicheres. Auf ihn zugeschnitten. Ich würde ja selbst etwas schreiben, ich finde einfach, dass er etwas … Eigenes verdient. Ich kann eine Trauerrede halten, auch wenn das schwierig genug ist. Aber selbst ein Gedicht schreiben? Unmöglich.«

»Das kannst du laut sagen. Also, zumindest wenn man deine Sinterklaas-Gedichte als Maßstab nimmt. Aber wie wäre es, wenn du jemanden fragst? Kennst du irgendwelche Autoren? Wie wäre es mit Alex, sie studiert doch Literatur?«

»Philosophie. Hast du nicht vielleicht einen dichtenden Stammgast?«

»Fällt mir keiner ein.« Anna überlegte einen Moment, während sie Gläser polierte. Das war immer ein gutes Zeichen. »Gabrielles Ehemann«, sagte sie. Gabrielle Lanting gehörte zu ihrer alten Clique, sie hatte sich von einer linken Aktivistin zur Leiterin der Green Alliance gewandelt. Anna hatte noch Kontakt zu ihr. Gabrielles Mann war ein halbwegs bekannter Dichter und hielt hin und wieder Lesungen.

»Meinst du, er würde das machen?«, fragte Posthumus. »Constantijn, oder wie hieß er?«

»Cornelius. Man könnte es probieren. Möglich, dass er sich dafür begeistert. Er ist so etwas wie die Stimme des Volkes. Manchmal erscheinen Gedichte von ihm zum aktuellen Zeitgeschehen in der Zeitung. Er hat auch ein Gedicht über das kleine Mädchen geschrieben, das am Hauptbahnhof ausgesetzt wurde.«

»Das spricht für ihn – er hätte ja nur ein oder zwei Tage Zeit. Vielleicht gibt es sogar ein Honorar, falls wir nach all den Kürzungen noch so etwas wie ein Budget haben. Ich glaube, dem Abteilungsleiter gefällt meine Idee mit den Trauerreden, auch wenn Maya sie unsinnig findet. Neulich meinte er, das sei ›typisch Amsterdam‹. Du weißt schon, ein bisschen schräg, aber menschlich. Er sagte: ›Wir mögen die Menschen hier, sogar die Toten.‹ Ich könnte ihn fragen.«

»Und ich rede mit Gabrielle. Bevor du etwas im Büro unternimmst, fragen wir erst mal Cornelius.« Anna schaute auf. Zwei weitere Gäste, hinter ihnen Paul, der den schwachen Duft von Pommes und Mayo mitbrachte.

Er setzte sich neben Posthumus.

»Howdy, Partner!«

»Paul. Was zu trinken?«

»Danke. PP.« So nannte Anna ihn. Und Alex komischerweise auch. Bei Paul störte es ihn. Da wäre ihm das übliche »Pieter« lieber gewesen. Allenfalls noch Piet. Er ließ sich nicht nachschenken, blieb aber aus reiner Höflichkeit noch ein Weilchen sitzen, und machte Small Talk, bis sein Glas leer war. Er stand auf.

»Ich muss los«, sagte er zu Anna.

»Sehen wir uns später? Oh Gott, warte, das hätte ich ja fast vergessen.« Sie kam hinter dem Tresen hervor. »Eine Nachricht für dich. Auf dem Anrufbeantworter hier im Lokal, muss irgendwann heute Vormittag gewesen sein.«

»Für *mich? Hier?*«

»Tja, du stehst nicht im Telefonbuch, nehme ich an. Sie hat gefragt, ob du manchmal noch hierherkommst. Limburger Akzent. Sie hat eine Nummer hinterlassen, wart mal kurz.«

Anna wühlte in den Rechnungen, Visitenkarten und anderem Papierkram neben der Kasse und fischte einen Zettel hervor.

Posthumus warf einen Blick darauf. »Ich kenne niemanden aus Limburg. »Merel Dekkers?« Eine Handynummer.

»Ich gestehe: Ich habe sie gegoogelt«, sagte Anna munter, aber auch ein bisschen verlegen. »Heute Mittag war nicht viel los. Sie ist *sehr* hübsch. Einunddreißig. Lebt in Amsterdam, eine Journalistin bei *De Nieuwe Post*.«

»Merel *Dekkers?*« Posthumus zuckte mit den Schultern, runzelte die Stirn, steckte den Zettel ein, küsste Anna dreimal auf die Wangen und ging.

Als er die Brücke erreichte, die zurück zum Wing Kee führte, holte er sein Handy raus und wählte die Nummer. Sie ging sofort ran, war aber offenkundig gerade in einem anderen Gespräch.

»Hör auf! Schluss! Nicht lachen!« Sie lachte selbst. »Sorry. Merel Dekkers.« Der singende Limburger Tonfall war unverkennbar.

»Posthumus. Sie haben eine Nachricht für mich im Dolle Hond hinterlassen.«

Einen Herzschlag lang Schweigen.

»Onkel Pieter.«

Posthumus erstarrte. Er blieb mitten auf der Brücke stehen. Passanten drängten an ihm vorbei. Er brauchte eine Weile, bevor er sagte: »Wir müssen reden.«

4

»Verdammte Scheiße, sie kommen frei! Entlassen. Die ganze verdammte Bande. Es gibt nicht genügend Beweise. Hab gerade den Anruf bekommen. So eine gequirlte Scheiße! Lammers, kommen Sie in mein Büro. *Sofort.*«

Onno Veldhuizen, Abteilungsleiter der Sektion Staatsschutz, verschwand so abrupt aus der Kantine, wie er hereingestürmt war, nur die Schwingtüren flappten noch in den Angeln. Seine Mitarbeiter wechselten über den Tisch hinweg vielsagende Blicke. Lisette Lammers formte mit den Lippen ein stummes *»Shit!«*, stand auf und folgte ihm. Ihren Thunfischsalat ließ sie unangetastet stehen.

Der Fahrstuhl war schon weg. Veldhuizen hatte nicht gewartet. Ungeduldig drückte Lisette auf den Knopf nach oben, schloss die Augen und lehnte sich an die Wand. Sie strich sich mit den Fingern durch die Haare und schob eine Strähne hinters Ohr. Sie hasste es, wenn er sie nur mit Lammers anredete. Der zweite Lift war schon unterwegs und verkündete mit einem »Ping« seine Ankunft. Die Tür ging auf, und die Leute strömten heraus, alle auf dem Weg in die Kantine. Lisette nickte einen Gruß, drängte sich an ihnen vorbei, hielt ihren Ausweis an den Sensor und drückte den Knopf für den fünften Stock.

An der Tür zum Flur brauchte sie drei Versuche, bevor ihr Ausweis akzeptiert wurde, ein grünes Licht blinkte und sie eingelassen wurde. Ein nichtssagender Korridor, wie in einem mittelständischen Unternehmen: gepflegt, aber gänzlich ausdruckslos. Weiße Wände, an denen in regelmäßigen Abständen biedere Kunstdrucke hingen, die man gleich wieder vergaß, ein Hauch unmodernes Olivgrün an den Leisten, strapazierfähiger brauner Teppichboden. Unauffällig wie das Gebäude: sechs Stockwerke aus Glas und Beton in einem langweiligen Industriegebiet zwischen Amsterdam, Rotterdam und Den Haag. Das einzig Auffällige war wohl die hohe Schutzmauer. Und die zahlreichen Überwachungskameras sowie die zusätzlichen Antennen auf dem Dach. Ansonsten reihte sich das Gebäude des NASD (Nationaler Aufklärungs- und Sicherheitsdienst) nahtlos in die Gewerbebauten des Industriegebiets ein.

Veldhuizens Tür stand offen, das Schloss piepste verärgert. Lisette zog die Kragenenden ihrer Bluse dichter zusammen, strich die Vorderseite der Bluse glatt und ging hinein. Ihr Chef hob eine Augenbraue. Lisette schloss die Tür. Das Büro war schlicht und funktional eingerichtet. Veldhuizen hatte keinen Versuch gemacht, dem Ganzen einen persönlichen Anstrich zu geben: weder Familienfotos auf dem Schreibtisch noch irgendwelcher sonstiger Schnickschnack. Die Wände waren kahl, außer einem verloren wirkenden Kunstdruck einer holländischen Weidelandschaft, der zur Standardeinrichtung gehörte. So wie Lisette ihn kannte, hätte Veldhuizen bestimmt auch darauf lieber verzichtet. Anscheinend hatte er sich wieder etwas beruhigt, und seine Wut köchelte auf einer niedrigeren Garstufe. Es sah ihm eigentlich gar nicht ähnlich, dass er seine professionelle Haltung vergaß und so aus der Haut fuhr. Wahrscheinlich hatte ihn der Staatsanwalt mächtig unter Druck gesetzt. Lisette hatte das ungute Gefühl, dass die Dominosteine umfielen, und zwar in ihre Richtung.

Veldhuizen war groß und mit Mitte fünfzig noch ziemlich fit – und wenn sich seine Gesichtszüge so wie jetzt verhärteten, strahlte er durchaus etwas Bedrohliches aus. Blaue Augen, die in ihrem Gegenüber lasen wie in einem Buch – auch das Kleingedruckte. Veldhuizen kam aus dem Polizeidienst und war keiner dieser Verwaltungstypen, die mittlerweile so oft beim Geheimdienst Karriere machten. Typen wie Lisette. Ihr war sehr wohl bewusst, dass ihr Chef sie als eine dieser Akademikerluschen betrachtete. Und dann noch eine Frau. Natürlich. Ihre blonden Haare waren auch eher hinderlich. Er deutete auf einen Stuhl und legte sofort los.

»Der Fall ist in sich zusammengebrochen. Komplett. Nicht genug harte Fakten.« Lisettes Team beobachtete seit fast sieben Monaten eine Gruppe, die von den Medien den Namen »Amsterdamer Zelle« erhalten hatte. Hauptsächlich junge Marokkaner, die ganz eindeutig irgendetwas vorhatten. Lisette und ihr Team waren akribisch vorgegangen. Sie hatten registriert, dass zwei der »Zielpersonen« neuerdings statt Turnschuhen und T-Shirts traditionelle Gewänder trugen, sie hatten Predigten in radikalen Moscheen abgehört und Gespräche über den Jihad. Alles deutete darauf hin, dass es sich nicht bloß um gelangweilte junge Kerle handelte, die einen Kick suchten. *Deutete darauf hin.* Das war das Problem. Sie hatten genügend Material gesammelt, damit der Staatsanwalt mehrere Festnahmen mit der Begründung »Verschwörung mit dem Ziel eines terroristischen Anschlags« anordnen konnte. Und das hatte er dann auch umgehend getan. Schließlich wollte er nicht derjenige sein, dem man Untätigkeit vorwarf, wenn die Bombe hochgegangen war. Aber aus irgendwelchen Gründen hatte das Material nicht für weitere Schritte ausgereicht.

»Als es hart auf hart kam, hatte der Staatsanwalt wohl nicht genug in der Hand, um Ihren Bericht zu stützen«, fuhr Veldhuizen fort. Seine Finger malten Anführungszeichen in die Luft. »Das Material war ›zu schwammig‹.« Dass man in den Berichten aber auch immer so vorsichtig sein musste! Dieses »haben Grund zu der Annahme« und »es gibt Anzeichen dafür«. Dabei *wussten* sie es doch.

»Wir mussten etwas unternehmen. Wir konnten nicht länger warten«, sagte sie. Ein Drahtseilakt. Man sammelte so viele Hinweise wie möglich – Abhörprotokolle, Observationsberichte, Informantengespräche, Internet-Tracking –, aber irgendwann musste man sich entscheiden und zugreifen, die Polizei einbeziehen, die Sache dem Staatsanwalt übergeben. Und die ganze Zeit diese Angst, dass man eine Woche, einen Tag zu lange gewartet haben könnte und die Bombe explodieren würde. Nichts schlimmer als das – außer vielleicht das hier. Lisette konnte nicht verstehen, dass die Beweise, die sie so sorgfältig zusammengestellt hatten, in den Händen des Staatsanwalts plötzlich nicht mehr stichhaltig waren. Jetzt würde es noch schwieriger werden. Noch gefährlicher.

»Tja, Sie hätten wohl besser noch warten sollen.« Er lehnte sich in seinem Schreibtischstuhl zurück. »Und jetzt hat der Staatsanwalt kübelweise Scheiße über mir ausgekippt. Er plärrt rum, weil *er* die volle Breitseite abbekommt, schließlich wird *er* ja morgen im Fernsehen zu sehen sein.«

Das war es also, dachte Lisette. Ja, da kamen die Dominosteine.

Sie wollte etwas sagen, aber Veldhuizen schüttelte den Kopf und redete weiter.

»Noch haben wir nicht den Super-GAU. War bloß beschissenes Timing«, sagte er. »Er hat nicht genug in der Hand, um sie weiter festzuhalten, aber was immer er denkt, wir behalten die Kerle weiter im Blick. Also … zurück an die Arbeit. Ich halte es für sinnvoll, dass Sie und Ihr Team weitermachen. Schließlich sind Sie mit dem Fall vertraut.«

Sonderlich begeistert wirkte er nicht. Aber immerhin, sie behielt den Fall. Es gab hier nicht viele Frauen in Führungspositionen. Lisette hatte eine schwierige Aufgabe vor sich, und ihr Team, »Team C«, war auch nicht gerade leicht zu händeln.

»Aber so etwas darf nicht noch mal passieren. Und jetzt kein Gejammer. Wir müssen am Ball bleiben«, sagte Veldhuizen. »Die Kerle kommen heute Nachmittag frei, spätestens morgen früh. Die werden in Zukunft noch viel vorsichtiger sein. Schließlich wissen sie jetzt, dass sie überwacht werden. Aber wer weiß, vielleicht riskieren sie auch etwas, aus lauter Übermut. Also setzen Sie Ihre Leute wieder auf sie an, und zwar pronto. Und morgen früh melden Sie sich bei mir im Büro. Ich muss jetzt nach Den Haag und den Minister über den Schlamassel informieren. Der wird gar nicht erfreut sein. Bis morgen erwarte ich also ein paar *gute* neue Strategien von Ihnen. Und was den Rest betrifft, machen Sie weiter wie bisher.« Er hielt kurz inne. Wieder dieser durchdringende Blick. »Mit einer möglichen Änderung.« Er sah sie weiter an. Lisette bemerkte, dass seine Hand zu seinem Handy auf dem Schreibtisch wanderte. »Aber darüber reden wir morgen.« Mit einem Blick zur Tür gab er ihr zu verstehen, dass das Gespräch beendet war.

»Ich werde meine Leute gleich zusammentrommeln.«

Lisette kannte ihn gut genug und wusste, dass es keinen Sinn hatte, sich für ihr Vorgehen zu rechtfertigen oder ihm irgendwelche überzogenen Versprechungen zu machen. Sie stand auf und öffnete die Tür. Draußen ging gerade ein anderer Teamleiter vorbei.

»Ach, und Lammers …«

Lisette blieb auf der Schwelle stehen. »Ja?«

»Vermasseln Sie es diesmal nicht.«

***

Die drei Mitglieder von Team C leerten gerade ihre Kaffeebecher, als Lisette zurück in die Kantine kam – auch als Café Minus bekannt, weil sie im ersten Untergeschoss lag und das Essen ziemlich unterirdisch war. Jemand hatte ihren Salat für sie eingepackt.

»Das ging schnell. Hat er dich rund gemacht?« Mick Waling lächelte. Er war für die Auswertung der Informationen zuständig und der sympathischste Kollege in ihrem Team.

»Ziemlich. Also, ich denke, wir reden besser in meinem Büro weiter.«

Alle drei standen auf und folgten ihr. Im Fahrstuhl waren sie allein.

»Wir machen also weiter?«, fragte Rachid el Massoui.

Lisette nickte.

»In derselben Besetzung?«

»Das ist so üblich«, sagte Lisette.

»*Genau* wie vorher?«

Lisette nickte wieder. Sie hörte sein leises verächtliches Schnauben. Er hätte gern den Job eines Analytikers gehabt, das wusste sie. Hielt sich für etwas Besseres und wollte nicht den ganzen Tag am Computer sitzen und Mitschnitte abhören, schließlich hatte er doch Psychologie studiert. Er war ziemlich sauer gewesen, als die etwas jüngere Ingrid vor ein paar Monaten zur Analytikerin befördert worden war, und hatte sich übergangen gefühlt. Mit zweiunddreißig war er wirklich an der Reihe für eine Beförderung, aber sie brauchten seine Sprachkenntnisse beim Abhören. Gute Abhörspezialisten waren schwer zu finden. Rachids Groll wegen der Beförderung einer jüngeren Frau war nur eine von vielen Bruchlinien im Team, die Lisette im Auge behalten musste. Oder hegte er etwa einen Groll gegen *sie*?

Dritter Stock.

»Go, go, *go*!«, Ben Bos, mit neunundzwanzig der Jüngste im Team, stand auf *action*. Hatte was von einem Ganoven, sah sich selbst als Machertyp. Dennoch einer der Besten. Clever. Hart im Nehmen. Wusste seinen Verstand zu gebrauchen – und war eigentlich recht vernünftig hinter seinem ganzen Gehabe, außerdem ein echtes Chamäleon, das Leute dazu brachte, ihm zu vertrauen, von denen man das nie erwartet hätte. Gut im direkten Kontakt mit Informanten. Lisette war froh, dass er da war.

Sie versammelten sich in ihrem Büro. Mick setzte sich mit dem Rücken zur Wand auf den Gästestuhl, Ben lehnte sich gegen den Aktenschrank (wie konnte jemand, der auf die dreißig zuging, diese lächerlichen tiefsitzenden Hosen tragen?). Rachid blieb einfach mitten im Raum stehen. Lisette stellte sich vor ihren Schreibtisch.

»Wie ihr sicher schon mitbekommen habt, werden unsere Zielpersonen freigelassen. Der Staatsanwalt sagt, dass seine Ermittlungen nicht genug ergeben haben, um Anklage zu erheben.«

»Aber die Polizei hat doch die Wohnung durchsucht!«, meinte Ben. »Sie müssen die DVDs doch gefunden haben und den Vorrat an Bleichmittel und Säure und Nägeln und den ganzen Scheiß. Und die Computer haben sie doch auch mitgenommen, oder? Was ist mit den Downloads? Mit den radikalen Predigten und den Anleitungen ›Bombenbau für Vollidioten‹?«

»Tja, das alles hat dem Staatsanwalt wohl nicht gereicht«, sagte Lisette. »Aber sie sind nach wie vor Zielpersonen, wir machen weiter. Also wieder Grundlagenarbeit. Das ist ein Rückschlag, aber keine Niederlage. Wir wissen, dass mit denen etwas nicht stimmt, und ich weiß, dass ihr drei euer Bestes gebt. Dieses Mal brauchen wir handfeste Beweise. Und zwar, bevor etwas passiert. Wir haben da eine Verantwortung.«

»Schade, dass der Staatsanwalt nicht auch so denkt, dieser Depp«, sagte Ben.

»So liegen die Dinge nun mal. Wenn uns etwas gelingt, erfährt niemand davon, genauso wie damals beim Flevopark.« Ihr vorheriger Fall: zwei Albaner, die einen Minister mit einer Autobombe töten wollten, aber rechtzeitig von der Einwanderungsbehörde aufgegriffen und abgeschoben worden waren. Zügig und ohne viel Aufhebens. Nichts davon war bekannt geworden. »Wenn wir es aber vermasseln und die Bombe hochgeht, wird man uns dafür zur Rechenschaft ziehen. Und das wollt ihr doch wohl nicht. Es ist ganz einfach: Der Staatsanwalt ist unzufrieden, also müssen wir weitermachen.«

»Aber wir haben doch mit denen zusammengearbeitet in den letzten Wochen.« Ben ließ nicht locker.

Vor zehn Jahren wäre so ein Vorgehen rechtswidrig gewesen, dachte Lisette. Jetzt fiel es in eine Grauzone, im Namen effektiver Sicherheitsmaßnahmen. Aber wohin würde das noch führen?

»Die kriegen einfach ihren verdammten Job nicht auf die Reihe«, sagte Ben. »Oder sie wollen uns eins reindrücken.«

»Wir hätten ihnen sicher weitere Beweise liefern können, wenn sie uns gefragt hätten«, sagte Mick. Seine sanfte Stimme ließ Ben mit einem Mal umso schriller klingen. »Dieselben Ziele haben wir ja. Man könnte fast meinen, da ist ein unguter Wettbewerb im Gange, oder?«

Lisette antwortete nicht.

Micks Blick sagte: Veldhuizen?

»Sei's drum, jedenfalls müssen wir weitermachen, und zwar so schnell wie möglich«, sagte Lisette. »Unsere Zielpersonen können jeden Moment freikommen. Vermutlich gehen sie direkt nach Hause. Ich wüsste gern über ihre ersten Telefonate und Kontakte ganz allgemein Bescheid. Und wir sollten ein Auge darauf haben, was morgen nach dem Freitagsgebet passiert. Wie der Chef sagte, vielleicht sind sie jetzt vorsichtiger, weil sie wissen, dass sie überwacht werden, vielleicht aber auch nicht. Wird Mansouri noch abgehört?« Hassan Mansouri: fünfundzwanzig, Anführer der Zelle. Zumindest deuteten ihre Erkenntnisse – ihre unzureichenden Erkenntnisse, wie man nun offiziell beschieden hatte – darauf hin.

Rachid zuckte mit den Schultern. »Wenn er weiter sein altes Telefon benutzt. Kann ich mir aber nicht vorstellen. Und, vergiss nicht: Seit letzter Woche bin ich für Coco auch noch an diesem belgischen Fall dran.«

»Keine Sorge, ich regle das für dich. Wir brauchen jetzt alle Kräfte für diesen Fall. Könntest du dich wieder an Mansouri hängen, nur für den Fall? Ich denke, wir sollten uns auf ihn und Alami konzentrieren, die beiden sind gefährlich. Habt ihr Leute für eine Überwachung, die sofort anfangen könnten?«, fragte sie zu Ben gewandt.

Er boxte schwach in die Luft.

»Danke, Leute«, sagte Lisette. »Es wäre gut, wenn ich dem Chef schon morgen etwas vorlegen könnte. Was haltet ihr von einem neuen Namen für den Fall? Vielleicht haben wir dann mehr Glück. Irgendwelche Ideen?«

»Mission Impossible«, schlug Ben vor. Niemand lachte.

»Rembrandtpark?«, entgegnete Mick. Dort hielten sich die Verdächtigen manchmal auf. Keine Reaktion. »Kolenkit?« So hieß das Viertel im Amsterdamer Westen, wo drei Mitglieder der Zelle lebten, nach dem Spitznamen für die moderne Kirche, die wie eine Kohlenschütte aussah.

»Kurz und knackig. Das gefällt mir«, sagte Lisette. »Was meint ihr?«

»Cool!«, sagte Ben.

Rachid signalisierte schulterzuckend »mir doch egal«. Er hatte dort gelebt, bis er zwölf war.

»Also, Aktion Kolenkit«, sagte Lisette. Sie schenkte ihnen ein seltenes Lächeln und setzte sich an ihren Schreibtisch. »An die Arbeit!«

Freitag, 13. Mai

5

Onno Veldhuizen schaltete den Motor aus. Immer wieder warf er einen kurzen Blick in die Seitenspiegel, ohne dabei den Kopf zu bewegen. Die Landstraße von Boskoop nach Zoetermeer, einem Vorort von Den Haag, war still. Niemand auf dem Seitenstreifen. Er holte sein Telefon aus der Innentasche seines Jacketts. Ein Prepaid-Handy, das er erst gestern in einem Supermarkt gekauft hatte. Drüben auf den Feldern waren ein paar Bauern mit dem Traktor unterwegs. Eine Frau im Trainingsanzug fuhr langsam auf dem Fahrrad vorbei. Er schaute auf die Uhr. In zwanzig Minuten könnte er im Büro sein, dann wäre er immer noch früh dran. Er wollte den richtigen Zeitpunkt erwischen. Damaskus war vier Stunden voraus, und Freitag war der erste Tag des Wochenendes. Haddad war also zu Hause, nicht bei der Arbeit, und hatte bestimmt schon gefrühstückt. Für Besucher war es noch zu früh, und seine Frau stand vermutlich gerade in der Küche. Veldhuizen tippte die Nummer ein. Sie war nicht im Telefon gespeichert. Sie war nirgendwo notiert. Er kannte sie auswendig.

Natürlich nahm niemand ab. Keine Ansage auf der Mailbox. Nur ein Piepton. Veldhuizen sprach englisch. »Der junge Mann in Amsterdam, den du erwähnt hast. Das ist geklärt, aber jetzt kannst du mir einen Gefallen tun. Ruf mich an, unter dieser Nummer. Jetzt gleich.« Er behielt das Telefon in der Hand und kontrollierte sein Umfeld wieder mit kurzen Blicken. Spiegel. Felder. Straße nach Boskoop. Die Frau auf dem Rad war stehen geblieben und schrieb eine SMS. Nach ein paar Sekunden klingelte sein Handy.

»Ja?« Veldhuizen lauschte kurz, dann entspannte sich sein Ton. »Hallo, alter Sack.« Sie kannten sich schon lange, er und Haddad. Seit dem Ersten Golfkrieg. Sein erster Auslandseinsatz für den Geheimdienst, er war gerade erst von der Polizei gekommen. Die Chemie zwischen ihnen stimmte auf Anhieb. Sie hatten viel gemeinsam. Und im Laufe der Jahre, während sie in ihren jeweiligen Organisationen Karriere machten, hatten sie einander immer wieder ausgeholfen. Gerade hatte er Haddad einen Gefallen getan. Einen sehr großen Gefallen. Jetzt war Haddad an der Reihe. »Du hast von ihm gehört, oder?«, fragte Veldhuizen. »Es geht ihm gut. Die Papiere sind einwandfrei, dafür habe ich gesorgt«, fuhr er fort. »Derselbe Name wie in dem Pass, den du ihm besorgt hast. Von der Seite hat er nichts zu befürchten, alles astrein. Außer natürlich, er fällt unangenehm auf … Ich weiß, ich weiß. Aber er war früher schon mal für dich hier, oder? Ein paar Monate, im Mostafa-Fall.« Veldhuizen lachte. Trocken. Schneidend. »Natürlich wussten wir das. Es gibt da etwas, was du für mich tun kannst. Oder genauer, was dein Sohn für mich tun kann. Aber ich möchte, dass *du* ihm das sagst. Da bedarf es väterlicher Autorität. Mit allem, was dazugehört. Ich will ihn treffen, am besten heute noch. Vor dem Mittagessen … Nein, nein, hab ich nicht, noch nicht … ich würde den Lümmel wahrscheinlich gar nicht wiedererkennen. Wie alt ist er jetzt – achtundzwanzig, neunundzwanzig? Als ich ihn das letzte Mal gesehen habe, war er acht. … Aber du hast seine Nummer? O.k., sims sie mir, wenn du mit ihm gesprochen hast. Und sag ihm, dass er rangehen soll, wenn ich anrufe. Also ...«

Und tatsächlich war Veldhuizen ganze zehn Minuten früher als sonst an seinem Schreibtisch.

***

Lisette war bereits in ihrem Büro, als Veldhuizen kam. Sie sah, wie sein Lexus die Rampe hinunter zur Parkgarage fuhr. Fünf vor neun stand sie vor seiner Tür. Sie klopfte zweimal.

»Herein!«

Es gab nicht viel zu berichten. Das Abhörteam war bereit, falls Mansouri und Ahmed Bassir ihre alten Telefone benutzten. Ein Überwachungsteam stand zur Verfügung, um sofort einen Tracer zu starten, wenn einer der beiden eine neue SIM-Karte kaufte, außerdem sollte es beobachten, was später beim Freitagsgebet passierte. Beim äußeren Kreis der Gruppe war die Überwachung verstärkt worden, etwa bei Tarik Alami, der nicht verhaftet worden war.

»Alami weiß bereits Bescheid«, sagte sie. »Er und ein neuer kleiner Handlanger, Najib Tahiri, sind heute Morgen in Amsterdam losgefahren, bestimmt nach Vught.« Vught war das Hochsicherheitsgefängnis im Süden des Landes, wo Mansouri, Bassir und Kaddaoui in U-Haft waren und wo man sie wahrscheinlich in diesem Moment wieder auf freien Fuß setzte.

»Tahiri kennt Bassir vermutlich aus dem Viertel. Kurz vor der Verhaftung hat Tahiri angefangen, mit den schweren Jungs abzuhängen. Er ist neunzehn, also jünger als die anderen. Wahrscheinlich hat Bassir ihn angeworben, zu ihm schaut er regelrecht auf. Wirkt harmlos, hat aber einen älteren Verwandten, einen Cousin oder so, der vor ein paar Wochen aus Marokko eingereist ist, ein gewisser Amir Loukili: traditionell gekleidet, Bart, Ende zwanzig. Wir behalten ihn im Auge.«

Veldhuizen sagte nichts.

Lisette hielt inne. Herrgott, sie hatte nur einen Nachmittag Zeit gehabt …

Veldhuizen stand auf. »Bleiben Sie dran.«

Er wandte ihr den Rücken zu, trat ans Fenster, stützte die Hände auf den Sims. »Dieses Mal dürfen wir es auf *keinen Fall* vermasseln.«

Lisette spürte, dass etwas im Busch war.

Veldhuizen drehte sich um. »Wir müssen jemanden in die Gruppe einschleusen, einen V-Mann. HUMINT ist immer noch am besten.« Das Kürzel für »Human Intelligence«, also Informationen aus menschlichen Quellen. Typisch Veldhuizen, dass er den englischen Jargonbegriff verwendete.

»Ich habe da jemanden«, fuhr er fort. »Das ist alles schon arrangiert. Er berichtet direkt an mich. Ich werde Sie regelmäßig informieren.«

Lisette hatte das Gefühl, als würde ihr ein eiskalter Dolch in den Magen gejagt, ähnlich wie damals, als sie zum ersten Mal bei einer Beförderung übergangen worden war, obwohl Logik, Erfahrung und ihre bisherige Laufbahn eindeutig für sie gesprochen hatten. Die Entscheidung, einen V-Mann einzuschleusen und zu führen, die Grenzen für ihn festzulegen, die Informationen auszuwerten – all das fiel in ihren Zuständigkeitsbereich. Sie allein sollte solche Entscheidungen treffen.

»Das ist reichlich ungewöhnlich, wenn ich das sagen darf, und sieht für mich nach mangelndem Vertrauen in meine Arbeit aus.«

Er starrte sie an. Dann ließ er die Schultern sinken, und seine Gesichtszüge entspannten sich.

»Lisette, Sie leisten gute Arbeit. Sie und Ihr Team. Das ist schlicht eine Frage der Strategie. Ich will damit nicht Ihre Arbeit hintertreiben; Ihre Leute müssen davon gar nichts erfahren. *Werden* nichts erfahren; aus operativen Gründen. Kenntnis nur bei Bedarf, so läuft das. Und Ihr Team hat keinen Bedarf.«

Lisette presste die Lippen zusammen. Sie merkte, dass sie blass wurde und sich gleichzeitig zwei hitzige rote Punkte auf ihren Wangen bildeten. Sie zog die Füße weit unter ihren Stuhl zurück.

»Sie verlangen von mir, dass ich meine Leute anlüge. Dass ich ihnen wichtige Informationen vorenthalte. Das macht die Arbeit noch schwieriger, ganz abgesehen von allen moralischen Bedenken.«

»Gefährliche Zeiten, gewagte Strategien. Das wissen Sie doch.«

»Dürfte ich wenigstens den ›operativen Grund‹ erfahren?«

»Dazu kann ich nichts sagen. Zumindest nicht im Moment. Kommt von ganz oben. Wir dürfen einfach keine undichten Stellen riskieren. Keine Ausrutscher. Und wenn es nur ein Memorystick ist, der in der Straßenbahn liegen bleibt.«

»Ich weiß, dass in der Vergangenheit so einiges durchgesickert ist, aber das hatte nie etwas mit meinem Team zu tun. Nicht im Entferntesten. Ich habe absolutes Vertrauen …« Veldhuizen schnitt ihr das Wort ab.

»Mir ist schon klar, dass Ihnen das nicht behagt, aber ich muss Sie bitten, sich eine Weile damit zu arrangieren«, sagte Veldhuizen. »Wir haben doch beide dasselbe Ziel, oder nicht? Die kleinen Scheißer daran hindern, andere Menschen zu töten. Also, lassen Sie uns erst mal sehen, wie das funktioniert. Gedulden Sie sich ein bisschen, o. k.?«

Er wartete, aber es war nicht dieses typische Veldhuizen-Schweigen mit angespanntem Kiefer und starrem Blick.

»O.k?« Er zog die Augenbrauen hoch.

Lisette nickte.

Veldhuizen ging an ihr vorbei und hielt ihr die Tür auf.

Fast hätte man meinen können, dass er lächelte.

»Viel Glück.«

***

In der Damentoilette im fünften Stock war es ruhig. Es gab nicht viele Frauen auf dieser Etage. Lisette blickte in den Spiegel, wischte sich ein Staubkörnchen unterm Auge weg, ordnete ihr Haar, richtete sich auf und strich die Bluse glatt. »Gedulden Sie sich ein bisschen«, ja, aber nur ein bisschen. Sie würde die Informationen nicht ewig zurückhalten. Das wäre Vertrauensbruch. Und wenn ihr Chef doch recht hatte? Der mit seinem Gefasel über »gewagte Strategien«. Aber was war heutzutage noch moralisch, wo es so viele Grauzonen und dehnbare Auslegungen gab? Was ließ sich rechtfertigen? Die »notwendigen Grenzüberschreitungen«, über die so viel geredet wurde? Und was war, wenn da wirklich etwas lief? Wenn einer aus ihrem Team sie tatsächlich hinterging, sie alle betrog? Sie hatte sich bei Veldhuizen für ihre Leute stark gemacht, ihre fabelhaften Leistungen gelobt, und trotzdem waren sie ein ziemlich seltsamer Haufen. Bis auf Mick vielleicht. Von Ben wusste sie, dass er einen sehr lockeren Umgang mit den Dienstvorschriften pflegte, und Rachid zeigte seinen beruflichen Frust nur allzu deutlich. Aber sie waren bestimmt keine Verräter. Außerdem gab es andere Möglichkeiten, mit so einer Situation umzugehen. Wenn einer von ihnen unter Verdacht stand, hatte sie ein Recht darauf, das zu erfahren. Sie musste es erfahren.

Die Sache gefiel ihr nicht. Sie gefiel ihr überhaupt nicht. Aber wenn sie dem Team gegenüber etwas andeutete, auch nur den geringsten Hinweis auf den V-Mann gab, und dann doch einer plauderte, würde es an ihr hängen bleiben. Sehr clever, Veldhuizen. Sie hatte zugelassen, dass er sie benutzte. Manipulierte. Zumindest fühlte es sich so an. Aber die Entscheidung war bereits gefallen. O. k. Sie würde eine Zeit lang gute Miene zum bösen Spiel machen, und dann noch einmal darüber nachdenken. Aber in der Zwischenzeit hatte sie ein Problem. Was sollte sie sagen, wenn einer von ihren Leuten auf den V-Mann aufmerksam wurde? Wie sollte sie das unterbinden? Sie würden riechen, dass da etwas nicht stimmte. Verdammt noch mal, dafür waren sie ja schließlich ausgebildet. Wenn einer von ihnen herausfand, oder auch nur vermutete, was Veldhuizen da trieb – Mick zum Beispiel war sehr schlau –, konnte die ganze Sache nach hinten losgehen. Komplett. Sie würden den Fokus verlieren. Und was dann? Die Bombe? Würden die Medien wieder einmal über den Geheimdienst herfallen? Und was war mit ihrer Karriere? Mein Gott. Lisette schloss die Augen und holte tief Luft. »Reiß dich zusammen!« Klar denken. Zielorientiert handeln. Sie hatte für 10 Uhr 15 eine Lagebesprechung mit dem Team anberaumt. Ihr blieb noch eine halbe Stunde.

Im Büro tippte Lisette ihr Passwort in den Computer. Falsches Passwort. Sie legte die Hände auf den Schreibtisch, die Finger gestreckt, und starrte ein, zwei, drei Sekunden lang auf ihre Nägel. Dann probierte sie es noch einmal. Sofort blinkte eine E-Mail auf. Von der internen Sicherheitsabteilung. Es ging mal wieder um Ben: »Sicherheitsverstoß am Arbeitsplatz«. Wahrscheinlich hatte er wie so oft ein Post-it an seinem Bildschirm kleben lassen. Sie seufzte. Das zweite Mal in diesem Monat. Er war reif für eine mündliche Verwarnung. Das letzte Post-it war nur eine Zeichnung gewesen. Ein Smiley. Ein *Smiley*, verdammt noch mal. Das Letzte, was Lisette jetzt gebrauchen konnte, war ein schmollender Ben.

Sie schickte eine Rundmail ans Team, in der sie die Sitzung bestätigte. Und eine Mail an Ben: Bitte in zehn Minuten in mein Büro. Er konnte einen wirklich in den Wahnsinn treiben. Aber hinter seinem Getue und Geschwätz steckte immerhin ein ausgeprägter Gerechtigkeitssinn. Und den konnte man gut gebrauchen. Lisette sicherte den Computer, nahm einen Schreibblock und notierte verschiedene Punkte für die Besprechung. Das half immer. Brachte Ordnung in ihre Gedanken und führte manchmal zu neuen Ideen. Sie musste bei der Sache sein, sich konzentrieren.

In welche Moschee gehen sie heute Nachmittag zum Gebet? (in eine im Viertel zusammen mit ihren Vätern, um nach der Haft mit der Familie zusammen zu sein oder in die El-Tawheed-Moschee, wo sich ihre radikalen Kumpels treffen? Das wird einiges aussagen.)

Ihr Anführer Mansouri hatte Heiratspläne (ein Grund, warum Lisette beschlossen hatte zu handeln, eine Hochzeit war oft Vorbote eines Selbstmordanschlags). *Existieren diese Pläne noch? Braucht er eine neue Wohnung? Sollte man da was arrangieren?* (Erforderte einiges an Arbeit, Kontakte beim Wohnungsamt, eine Big-Brother-Installation, könnte sich aber lohnen.)

Neues Gesicht: Najib Tahiri (der kleine Najib, »dünn wie ein Spargel«, hat Ben gesagt, ein Freund von Ahmed Bassir) *und seine ältere Schwester Aissa – beteiligt? Trägt Kopftuch, ihre Mutter nicht.*

Lisette hielt inne. Sie hatte nur begrenze Ressourcen. Vom Faktor Zeit ganz zu schweigen. Sie seufzte, zuckte mit den Schultern und schrieb weiter.

Ihr Verwandter: Amir Loukili. Warum ist er aus Marokko gekommen? Welche Absichten hat er? Warum wohnt er am anderen Ende des Viertels und nicht bei den Tahiris oder zumindest bei ihnen in der Nähe? Warum ist er einen Tag nach der Verhaftung nach Belgien gefahren?

»Yo, Boss!«

Ben klopfte natürlich nicht an.

***

Zehn Minuten vor zwölf. Veldhuizen schaute sich um. Das Café Mozaïek war perfekt für dieses Treffen. Hier grenzte ein gentrifizierter Teil von Amsterdam West an die Einwandererviertel Bos en Lommer und Kolenkit. Das Café war zu teuer, als dass sich eine der Zielpersonen oder deren Bekannte dort aufhalten würden, hatte aber eine ziemlich bunte Kundschaft – ein Holländer Mitte fünfzig und ein Syrer Anfang zwanzig würden also nicht weiter auffallen. Ein Regisseur mit einem Schauspieler vielleicht, oder ein Mäzen und ein Musiker. Im Mozaïek, das im Gebäude eines internationalen Kulturzentrums untergebracht war, trafen sich viele Leute aus der Kunstszene. Außerdem war das Café groß und die Tische hatten genügend Abstand zueinander. Im Hintergrund lief Musik. Um diese Zeit waren nur wenige Gäste da, und die wenigen, die da waren, saßen alle vorn am Fenster. Ausgezeichnet. Veldhuizen wählte einen Tisch im hinteren Bereich des Raums mit Blick zur Tür und bestellte ein Steak-Sandwich. Das musste als Mittagessen reichen.

Der Junge kam kurz vor zwölf. Er ging quer durchs Café direkt auf Veldhuizen zu, gab ihm die Hand, legte die Handfläche aufs Herz und wartete, bis Veldhuizen ihn aufforderte, sich zu setzen. Er kam nach seinem Vater, dachte Veldhuizen: die Augen. Aber er war drahtiger, nicht so stämmig, und trug westliche Kleidung. Und einen Bart, der irgendwo zwischen modischem und religiösem Statement lag. Vielleicht hatte er ihn sich in den letzten Wochen wachsen lassen. Oder er trug ihn so, damit er in beiden Welten durchging. Schließlich war er ein Profi. Mit den besten Erbanlagen. Man durfte einiges von ihm erwarten.

»In Damaskus will dir also jemand ans Leder?«, fragte Veldhuizen auf Englisch.

Fayyad Haddad nickte.

»Mehr muss ich nicht wissen. Und auch nicht, was du hier für deinen Vater erledigst.«

»Ich mache hier überhaupt nichts für meinen Vater.«

»Warum dann Amsterdam?«

»Amsterdam hat einiges zu bieten.«

Veldhuizen meinte, einen spöttischen Unterton zu hören, doch Haddads Gesicht zeigte keine Regung.

»Außerdem«, fuhr der junge Mann fort, »muss ich selbst ein paar Dinge regeln.«

»Es geht jetzt aber nicht darum, was du für dich tust, sondern was du für mich tun kannst«, sagte Veldhuizen.

Haddads Miene blieb ausdruckslos.

»Das Gleiche, was du schon zu Hause gemacht hast«, fuhr Veldhuizen fort.

»Zielpersonen?«

»Eine islamistische Zelle. Hauptsächlich Marokkaner.«

»Marokkanisch-Arabisch ist praktisch unverständlich.«

»Die meisten sind Berber. Und hier geboren, mit ihrem Arabisch ist es also nicht weit her. Sprichst du niederländisch?«

»Nicht besonders gut. Ich hab ein bisschen was gelernt, als ich das letzte Mal hier war, aber diese Reise … kam ziemlich unerwartet.«

Veldhuizen lächelte. »Englisch dürfte reichen. Bring ihnen ein bisschen anständiges Arabisch bei. Das könnte ein Weg sein. So kommst du an sie ran. Deine Vergangenheit muss natürlich auch etwas hermachen. Mach Eindruck mit deiner Erfahrung, deinem Wagemut, mit ein bisschen Abenteuer – und natürlich mit deinem inbrünstigen Glauben.«

Nur wenige Menschen hielten einem Blickduell mit Veldhuizen stand, geschweige denn, dass sie es gewannen. Der Junge hatte diese Fähigkeit, wie sein Vater.

»Aber nichts Überkandideltes«, sagte Veldhuizen. »Wegen der Sprache musst du Syrer bleiben. Aber ändere um Himmels willen deinen Namen. Noch besser, nimm den, der in deinem neuen Pass steht. Deine Vergangenheit sollte auf Tatsachen gründen, dann kennst du die Details schon und musst nicht zu viel erfinden. Schmück das einfach ein bisschen aus, verändere den Blickwinkel.«

»Das weiß ich doch alles.«

»Und du solltest dich beeilen. Ich möchte, dass du jetzt anfängst, sofort. Freitagsgebet. Ich schätze, dass sie in die El-Tawheed-Moschee gehen. Kennst du die? Gut. Drei wurden heute Morgen aus der U-Haft entlassen und sind wahrscheinlich schon seit einer Stunde oder so wieder in der Stadt. Aber ich würde vorschlagen, dass du dich ihnen über jemanden aus ihrem Umfeld näherst. Dich in die Mitte vorarbeitest.«

Haddads Augen funkelten. Veldhuizen schob ein Blatt Papier über den Tisch.

»Das ist die ID eines Hotmail-Accounts. Das Passwort ist der Name deines Vaters, rückwärts buchstabiert. Details zu den Zielpersonen findest du in einem Dokument, das unter ›Entwürfe‹ gespeichert ist. Ich muss dir ja wohl nicht sagen, dass du den Zettel vernichtest, sobald du das Log-in auswendig kannst?«

Veldhuizen sah ihn an. Haddad hatte die ID gelesen und schob den Zettel zurück.

»Und noch was. Das hier ist …« Veldhuizen zögerte. »Das ist keine offizielle Sache. Meine Behörde hat nichts damit zu tun. Das ist ein persönlicher Gefallen, weil ich dir einen Gefallen erwiesen habe. Du bist allein mir verantwortlich. Anweisungen sind unter ›Entwürfe‹ abgespeichert, und *ich* werde *dich* kontaktieren. Dir muss klar sein, wenn etwas schiefgeht, bist du ganz auf dich allein gestellt. Ich habe noch nie von Fayyad Haddad gehört, und schon gar nicht von Khaled Dings, wie auch immer du dich jetzt nennst.«

»Suleiman.«

»Schön. Suleiman. Noch Fragen?«

»Bezahlung?«

Der Junge hatte Mumm. Das musste Veldhuizen ihm lassen. »Darüber können wir später reden. Sagen wir mal, dass ich dir bereits einen Vorschuss gezahlt habe«, sagte er und tippte auf die Innentasche seines Jacketts. »Die schönen neuen Dokumente, die du bekommen hast. Sie könnten ganz plötzlich nicht mehr das Papier wert sein, auf dem sie gedruckt sind. Und wir alle wissen, was das bedeutet. Verstanden?«

»Verstanden.«

»Und sicher möchtest du deinen Vater nicht verärgern. Ich kann mir vorstellen, dass er sehr viel unangenehmer werden kann als deine … Freunde … in Damaskus.«

»Mein Vater wird stolz auf mich sein. Dafür werde ich sorgen. Ich werde ihm zeigen, was ich wert bin.«

»Dann tu das. Du hast nicht viel Zeit.«

Veldhuizen sah zu, wie der junge Mann das Café verließ und an der Tür gleich nach rechts abbog, weg vom Kolenkit-Viertel, in Richtung El-Tawheed-Moschee, die näher am Stadtzentrum lag. Haddad schaute auf sein Telefon, wahrscheinlich informierte er sich per Hotmail-Account bereits über die Zielpersonen. Veldhuizen bestellte einen Kaffee und wartete gute zehn Minuten, bis er ebenfalls aufbrach.

***

Die Mevlana-Moschee, die hinter dem monströsen Betonbau eines Sportzentrums lag, hauchte dem tristen asphaltierten Platz im Kolenkit-Viertel etwas Leben ein. In diesem bislang ungewöhnlich warmen Mai zeigten die Weinranken, die an der Pergola über dem Eingang wuchsen, bereits erste zarte helle Blätter. In einer Ecke des geschützten Innenhofes gediehen in Holzkisten Tomaten, Zitronen, Auberginen, Kopfsalat und aromatische Büschel Minze, Koriander und Petersilie. Auf der anderen Seite, unter dem Vordach, standen zwei Klappstühle und eine zum Tisch umfunktionierte Kiste. Dort saßen drei Männer, in ein Gespräch vertieft. Alle drei waren mittleren Alters, einer trug Djellaba und Käppchen, die beiden anderen formlose Anoraks in verschiedenen Beigetönen. Im Hintergrund waren die Doppeltüren der Moschee geöffnet. Es war noch früh, nur etwa zehn Paar Schuhe waren im Regal am Eingang zu sehen.

Mohammed Tahiri schloss die Tür seines Ladens ab und machte sich auf den Weg zur Moschee. Mevlana war eine türkische Moschee, aber sie lag nur fünf Minuten von seinem Laden entfernt und ganz in der Nähe seiner Wohnung. Wenn er in Eile war, ging er zum Freitagsgebet in die Mevlana. Außerdem hatte er dort Freunde. Und es gefiel ihm, dass in türkischen Moscheen die Türen immer offen standen – ein Zeichen dafür, dass man nichts zu verbergen hatte. Er wünschte, mehr marokkanische Gebetshäuser würden es genauso halten. Vielleicht würden sich die Holländer dann weniger bedroht fühlen.

Mohammed blieb stehen und ließ vier Frauen vorbei, die im Hidjab und leuchtend gelben Warnwesten auf Fahrrädern an ihm vorbeistrampelten, während ihnen ihr holländischer Fahrlehrer Ratschläge zurief. »Schulterblick! Vor dem Abbiegen. *Vor* dem Abbiegen! *Linke* Schulter! Achtung, Radfahrer!«

Mohammed lächelte. Tja, zumindest versuchten sie es. Wahrscheinlich irgendein Integrationsprogramm der Stadt. Und besser, als auf Motorrollern durch die Stadt zu brausen, wie es so viele Jugendliche heute machten. Er sah auf die Uhr: zwanzig vor eins, der erste Ruf zum Freitagsgebet, zum *Salāt al-dschum'a,* würde bald ertönen. Es blieb noch Zeit für eine kurze Unterhaltung. Er rückte seine Krawatte zurecht und fuhr sich mit den Fingern durch den kurzen, grau gesprenkelten Bart. Er trug ein leichtes Tweedjackett und graue Hosen. Gute Qualität. Mohammed Tahiri hatte es in dreißig Jahren weit gebracht. Aus dem schüchternen jungen Mann, der bei seinem Onkel – einem Gastarbeiter, der hiergebliebeben war – gewohnt hatte, war der Besitzer eines gut gehenden Möbelgeschäfts geworden. Mittlerweile war er sogar im Internet vertreten und verkaufte dort Sofas im marokkanischen Stil an junge trendbewusste Holländer. Davon verstand er allerdings nichts. Darum kümmerte sich sein Sohn Najib. Ein kluger Junge. Seit fast zwanzig Jahren konnten Freunde Mohammed »Abu Najib« nennen, Vater von Najib. Es waren gute Jahre gewesen. Erst seit einigen Monaten machte der Junge ihm Sorgen. Er war verschlossen und mürrisch und fast ausschließlich mit seinem Computer beschäftigt. Vielleicht war es Zeit, seinem Leben eine neue Wende zu geben. Vielleicht sollte er den Jungen eine Zeit lang nach Marokko schicken.

Mohammed bog von der Hauptstraße ab Richtung Moschee. Sein Leben hier war nicht immer einfach gewesen. Fließband in der Fabrik, ein Job auf dem Markt, sein eigener Stand und schließlich der eigene Laden. Etliche Rückschläge. Vieles war ihm unverständlich gewesen, vor allem am Anfang, als sein Niederländisch noch schlecht war. Inzwischen durchschaute er sogar die lächerlich komplizierte Bürokratie. Doch für Karima war es noch viel schwerer gewesen, als sie in den achtziger Jahren aus Marokko zu ihm kam, als junge Braut. Er hatte darauf bestanden, dass sie Niederländisch lernte; viele seiner Landsleute wollten das nicht, selbst heute noch nicht. Mittlerweile gab Karima Frauen Sprachunterricht, die schon länger hier waren als sie und kein Wort Niederländisch konnten. Manche von ihnen waren Analphabeten. Alle verschleiert, einige sogar mit Niqab, und aus dem Haus durften sie nur zum Einkaufen oder zum Unterricht, das war ihr gesamtes soziales Leben. Sie hatten überhaupt kein Interesse daran, etwas zu lernen. Das bereitete Karima Kopfzerbrechen. Als sie hergekommen war, hatte er ihr gesagt, dass sie den Hidjab ablegen sollte. Sein Onkel hatte getobt. Inzwischen war Karima ihm dankbar. Allerdings hatte ihre Tochter Aissa nach der Schule damit angefangen, ein Kopftuch zu tragen, und kritisierte ihre Mutter, ihre eigene Mutter, dass sie sich für ihre Traditionen schäme, ihre Kultur. Ihm war das alles ein Rätsel. Aissa war ganz bestimmt keine traditionelle junge Frau. Sie ging abends aus, hatte auch ein paar holländische Freunde. Sie war noch klüger als ihr jüngerer Bruder. Hatte gute Noten an der Universität. Ihre Abschlussfeier war einer der stolzesten Momente in seinem Leben gewesen. Und jetzt noch ein Aufbaustudium. Bald, so hoffte er, würde sie heiraten. Eine gute Ehe, Enkelkinder.

Er erreichte den Ernest Staesplein und überquerte den Platz zur Moschee. Mohammed überlegte, ob der junge Amir ein guter Ehemann für Aissa wäre. Sie war jetzt fünfundzwanzig. Amir entstammte einem sehr guten Zweig der Familie, er war der Sohn eines entfernten Cousins, nur ein paar Jahre älter als Aissa, und sie schien ihn wirklich zu mögen. Als Amir vor ein paar Wochen aus Marokko gekommen war, war sich Mohammed nicht so sicher gewesen. Er hatte sich unbehaglich gefühlt in Amirs Gegenwart. Amir wirkte nervös und aufgewühlt, als würde ihn irgendetwas sehr belasten. Außerdem gefiel es Mohammed nicht, dass Amir manchmal mehrere Tage lang verschwand, ohne jemandem etwas zu sagen. Er habe Geschäfte für seine Familie in Brüssel zu erledigen, hieß es. Aber er war ein stiller, ernsthafter junger Mann und immer sehr respektvoll. Streng gläubig, was Mohammed nicht erwartet hatte. Aber nicht auf die zornige Art – kein »Radikaler«, wie man so sagte, ein Ausdruck, der in Mohammeds Generation tabu war –, nicht wie einige junge Muslime im Viertel. Sein Glauben hatte etwas Altmodisches und erinnerte Mohammed an die Männer seiner Kindertage. »Vielleicht«, hatte er zu Karima gesagt, »sollten wir einfach abwarten und schauen, was passiert.«

Die Moschee. Mohammeds Freund Yunnis saß zusammen mit zwei anderen Männern unter dem Vordach. Ja, abwarten und schauen, was passiert, dachte Mohammed. Außerdem, überlegte er, würde er allein schon seinem Cousin zuliebe ein Auge auf Amir haben. Sein Cousin hatte angenommen, dass Amir bei ihnen wohnen würde. Schließlich gehörte er zur Familie. Aber Amir hatte bereits eine Bleibe gefunden, anscheinend über die Familie seiner Mutter. Eine Wohnung, die ohnehin ein paar Monate leer stand. Mohammed fand es etwas seltsam, dass Amir allein wohnen wollte, aber immerhin war seine Wohnung nicht allzu weit vom Kolenkit-Viertel entfernt, sodass er oft zum Essen kommen konnte. Und ihr Haus war zugegebenermaßen klein, ein Reihenhäuschen aus den dreißiger Jahren, das zwischen den großen Wohnblocks aus den Fünfzigern seltsam deplatziert wirkte.

»*As-salāmu 'alaikum*«, grüßte er die Männer unter dem Vordach.

Der *Adhān*, der erste Gebetsruf, setzte ein.

»*Alaikum us-salām*, Abu Najib.«

Die Männer standen auf. Der jüngste räumte die drei Stühle und die Kiste beiseite. Ein paar Minuten lang tauschten sie die üblichen Grüße und Höflichkeiten mit Mohammed aus, dann fragten sie: »Wo ist dein Junge, Abu Najib?«

Mohammed konnte sich nicht überwinden zu sagen: »Ich weiß es nicht.«

»Er ist heute Morgen mit Freunden aufs Land. Sollte aber bald wieder zurück sein«, erklärte er. Mit Freunden? Mit einem Kerl, den Mohammed noch nie gesehen hatte. Gehörte wohl zu Najibs geheimer Internet-Welt. Das gefiel ihm nicht. Er verstand es nicht. Karima sagte, es liege am Viertel, dass sich Najib mit solchen Gestalten abgebe. Sie sollten nach De Aker ziehen, wo die Wohnungen größer und die Leute »respektabler« seien. Erst neulich hatte sie wieder davon gesprochen, ähnlich wie vor ein paar Jahren, als die Presse das Kolenkit-Viertel zum »schlimmsten Viertel der Niederlande« gekürt hatte. (Mohammed hatte sich lange dagegen gewehrt, eine Satellitenschüssel für arabische Sender zu kaufen, und die Familie gezwungen, holländisches Fernsehen anzuschauen – bis er merkte, dass Najib deshalb in der Schule gehänselt wurde.) Natürlich hatten sie genug Geld, um in ein besseres Viertel zu ziehen, aber das Kolenkit-Viertel war ihr Zuhause. Sie kannten ihre Nachbarn, hatten einen guten Metzger und verkehrten auf freundschaftlichem Fuß mit den Ladenbesitzern, außerdem lag sein eigener Laden nur wenige Minuten entfernt. Und schließlich konnte das Kolenkit-Viertel doch nichts dafür. Heutzutage war es ja auch gar nicht mehr so schlimm; es gab alle möglichen Programme, die Jugendlichen halfen selbst mit, die Dinge in Ordnung zu bringen. Schuld war nicht das Viertel, sondern das Internet. Sein Sohn entglitt ihm, das spürte er. Und er wusste nicht, was er dagegen tun sollte.

Najib war immer mit seinem Vater zum Freitagsgebet gegangen. Selbst in den letzten Wochen, als er so aufgebracht und missmutig gewesen war. Und er *war* wieder in der Stadt. Mohammed hatte das Auto etwa vor einer Stunde am Laden vorbeifahren sehen, vollbesetzt mit jungen Männern.

Er sah auf. Er war völlig in Gedanken vertieft gewesen. Weitere Männer trafen vor der Mevlana-Moschee ein. Auch ein paar Frauen. Die kleine Gruppe, die unter dem Vordach geplaudert hatte, ging gerade hinein. Der zweite Ruf war fast zu Ende. Er musste sich ihnen anschließen.

Er wusste, dass Najib heute nicht kommen würde.

Sonntag, 15. Mai

6

Ein Sonntagnachmittag im Dolle Hond hatte etwas Beschauliches und Heimeliges. Die Nachtschwärmer kurierten noch ihren Kater aus, die Touristen waren im Museum, und die Amsterdamer, die nach der Arbeit auf ein Bier vorbeikamen, hatten am Wochenende anderes zu tun. Die Sonntagnachmittage waren für Stammgäste, befreundete Nachbarn und all die Leute, die Anna seit Jahren kannte. Sie kaufte hausgemachten Apfelkuchen von De Bakkerswinkel um die Ecke, gab eine bessere Kaffeesorte in die Kaffeemaschine, und De Dolle Hond wurde zu einer Art Wohnzimmer.

Posthumus war sonntags immer da, so wie Anna montags, an ihrem freien Tag, immer zu ihm zum Abendessen kam. So hielten sie es seit Jahren. Für Posthumus war De Dolle Hond an einem Sonntagnachmittag der ideale Ort für ein erstes Treffen mit Merel. Eine Mischung aus privat und öffentlich. Ein Ort, an dem er sich wohlfühlte, den er aber auch jederzeit verlassen konnte. Er setzte sich an einen Fenstertisch direkt am Eingang und wartete. Anna ließ ihn in Ruhe, ohne dass er sie darum bitten musste. Sie plauderte mit Paul de Vos, der auf der kleinen Bühne hinten im Lokal saß. Er fläzte sich auf dem Klavierhocker, die schlaksigen Beine weit ausgestreckt, die Ellbogen hinter sich auf den Deckel des Klaviers gestützt. Er hatte sich nicht rasiert und trug augenscheinlich dieselben Sachen wie am Vorabend.

Posthumus nippte an seinem Kaffee. Merel *Dekkers*? Offenbar war sie verheiratet. Wieso hatte sie ihn gerade jetzt angerufen? Das letzte Mal, dass ihn jemand »Onkel Pieter« genannt hatte, war in den Wochen nach der Beerdigung seines Bruders gewesen. Bevor Willems Frau Heleen jeden Kontakt abbrach und mit den beiden Mädchen nach Maastricht zog. »Onkel Pieter« wurde mit einem Bann belegt. Er sollte die drei nie wiedersehen.

Er erkannte sie sofort, als sie hereinkam. Obwohl von dem kleinen blonden Mädchen von vor zwanzig Jahren nicht mehr viel zu sehen war. Sie hatte sich zu einer weiblichen Ausgabe von Willem entwickelt. Sie war ja jetzt auch fast so alt wie er, als er ums Leben kam. Der schöne Willem. Der Goldjunge. Einen Moment lang dachte Posthumus, dass er kein Wort herausbringen würde. Er war froh, dass Merels Blick zuerst den hinteren Teil des Lokals absuchte, bevor sie sich dem Tisch am Fenster zuwandte. Anna war in die Küche verschwunden.

Posthumus stand auf. Beide zögerten. Es schien falsch, sich die Hand zu geben, aber ein Küsschen auf die Wange oder eine Umarmung wären noch unpassender gewesen. Schließlich berührten sie sich leicht an der Schulter. Merel setzte sich.

»Kaffee?«

»Vielen Dank.«

Anna tauchte nur kurz auf, um den Kaffee zu machen, und ging dann wieder in die Küche. Posthumus und Merel setzten sich. Er hatte sich für den Anfang ein paar Sätze zurechtgelegt, aber jetzt alles vergessen.

»Du siehst aus wie er«, sagte er. »Aber das hörst du wahrscheinlich ständig.«

»Ich kann mich noch gut an ihn erinnern. Ich war ja schon elf.«

Nach dieser Feststellung schwiegen sie.

Posthumus verlegte sich auf Small Talk.

»Du bist jetzt also in Amsterdam.«

»Meine Mutter hält gar nichts davon. Sie war sauer, als ich nach Rotterdam ging, um bei Papas alter Zeitung zu arbeiten. Und noch weniger gefällt ihr, dass ich jetzt hier bin und für *De Nieuwe Post* schreibe.«

»Weiß sie, dass du dich bei mir gemeldet hast?«

»Ich habe ihr gesagt, dass ich dich gefunden habe. Erst hat sie nichts dazu gesagt, dann: ›Ich kann's dir nicht verbieten.‹« Merel sah ihn forschend an.

»Lebt sie immer noch in Maastricht?«, fragte Posthumus.

Merel nickte. »Sie ist Lehrerin.«

»Und *De Nieuwe Post*?«

Merel ging auf sein Ausweichmanöver ein. Sie redete schnell. Ein bisschen zu schnell. »Ganz schön wild dort. Und ein immenser Druck, das kannst du dir nicht vorstellen. Wegen des Internets und der sinkenden Abonnentenzahlen und allem. Letzte Woche ist mir eine Story durch die Lappen gegangen. Man hätte meinen können, ich hätte die Königin umgebracht! Mein Redakteur brüllte was von letzter Chance und dass ich besser so schnell wie möglich und vor allem als Erste eine super Geschichte bringe. Ich brauche ein Wunder, sonst …« Merel zog den Zeigefinger schnell über ihre Kehle.

»Du bist in der Inlandredaktion, oder? Ich glaube, ich habe schon ein paar Mal deinen Namen gelesen.«

»Ja, und Gesellschaftsthemen. Zurzeit schreibe ich über muslimische Frauen in Amsterdam, ihre Einstellung und Meinung, du weißt schon, wegen der Amsterdamer Zelle.«

»Ich bin wegen ›Dekkers‹ nicht draufgekommen. Bist du verheiratet?« Sie bewegten sich wieder auf vermintem Terrain.

»Meine Mutter hat nach zwei Jahren wieder geheiratet. Sie wollte, dass Bella und ich den Namen unseres neuen Vaters annehmen. Er hat uns adoptiert. Jetzt kommt mir das ganz normal vor. Es ist mein Name.«

Posthumus ging nicht weiter darauf ein.

»Und Bella?«

»Sie ist auch Lehrerin. Eine Tochter in den Fußstapfen des Vaters, die andere in denen der Mutter.«

Wieder Schweigen.

»Sie will nicht darüber reden, weißt du. Nie. Nach der Beerdigung war sie ... ich weiß nicht ... ich glaube, sie hat dich gehasst. Und ihn hat sie völlig ausgeblendet. Wir sind nach Maastricht gezogen, und da ist sie Wim begegnet – er heißt auch Willem –, und dann hieß es: ›Ihr habt jetzt einen neuen Vater.‹ Das war's. Bella und ich, wir haben nach dir gefragt, zumindest am Anfang, aber nach einer Weile ...« Merel hielt inne. »Sie gibt dir die Schuld, Mutter meine ich. An Papas Tod – meinem ersten Papa.«

»Das ist ihr gutes Recht.«

»Howdy, Partner, wie geht's?« Paul de Vos beugte sich breit grinsend über den Tisch. »Du musst irgendwelche verborgenen Talente haben, PP! Willst du mich deiner bezaubernden Freundin nicht vorstellen?«

»Meine Nichte, Merel Dekkers. Paul de Vos.«

»Nichte? Ich wusste ja gar nicht ... *sehr* erfreut, Sie kennenzulernen, ich bin mir sicher, wir ...«

Anna rettete sie. »Paul! Kannst du mal kommen und mir helfen, bitte?«, rief sie vom anderen Ende des Lokals. Der Eindringling brachte Onkel und Nichte einander ein bisschen näher.

»Igitt!«, sagte Merel.

»Das kannst du laut sagen.«

»Und du magst es nicht, wenn man dich PP nennt.«

»Jedenfalls nicht, wenn *er* mich so nennt.«

Merel lachte. Das leise Glucksen, das er schon am Telefon gehört hatte. Posthumus lächelte. Familie hatte doch etwas – sogar eine so seltsame, zerrüttete Familie wie seine. Das Gespräch hatte mit einem Mal eine gewisse Vertrautheit. Wie sehr sie ihn doch an Willem erinnerte. Nicht nur das Aussehen, da war noch mehr. Für ihre Mutter musste es unerträglich sein.

»Wie meinst du das, dass das ihr gutes Recht ist? Es war doch ein Unfall, oder? Ein irrer Raser. Alle haben das gesagt.«

Merel hatte eindeutig das journalistische Gespür ihres Vaters geerbt. Nicht nur den scharfen Blick, auch die Gabe, den Finger in die offene Wunde zu legen. Und die Hartnäckigkeit. Posthumus redete mit niemandem über den Unfall. Nicht einmal mehr mit Anna. Trotzdem verging kein Tag, an dem er nicht davon heimgesucht wurde. Ein Echo, ein plötzliches bitteres Schuldgefühl.

»Du musst eins über mich und deinen Vater wissen«, sagte er. »Wir waren sehr verschieden. Er, der ideale Sohn. Heiratete früh, bekam zwei hübsche Töchter, machte beruflich schnell Karriere. Ich, der Aussteiger mit abgebrochenem Soziologiestudium. Monatelang war ich im Ausland unterwegs, hielt es nie lange in einem seriösen Job aus, lebte in einem besetzten Haus in Amsterdam, wollte nicht erwachsen werden. Trotzdem standen wir uns unglaublich nahe. Wir waren nicht nur Brüder. Wir liebten uns.« Seine Stimme wurde brüchig. »Wir waren Seelenverwandte, auf eine komische Yin- und Yang-Art.«

Posthumus stockte. »Jetzt klinge ich wie ein alter Hippie … Tut mir leid. Dein Anruf, das Wiedersehen nach so langer Zeit … Können … können wir es einfach dabei belassen? Zumindest für dieses Mal?«

»Und meine journalistische Neugierde einfach unterdrücken?«, fragte Merel. Aber ihre Stimme klang sanft. »Also wirklich, Onkel Pieter. Du kennst mich halt schlecht.«

Das war zu viel für ihn.

Merel wartete, dann beugte sie sich vor und drückte seinen Arm. »Ich wusste nicht, dass Männer noch Stofftaschentücher haben«, sagte sie.

Ihr sanfter Spott erinnerte ihn an Alex aus dem Büro. Posthumus musste lächeln. Er schnäuzte sich kräftig und steckte das Taschentuch wieder ein.

»Ich sollte mich entschuldigen«, fuhr Merel fort. »Es tut mir leid.« Sie zögerte. »Das ist kein Feldzug oder so. Es war nur … ich habe viel an dich gedacht. Wie viel Spaß Bella und ich mit dir hatten. Ich konnte nicht nach Amsterdam ziehen und *nicht* versuchen, dich zu finden. Ich möchte einfach verstehen, worum es damals ging …«

»Hallo, du bist Merel, oder?«

Annas feine Antennen hatten ihr signalisiert, dass es Zeit war, sich einzuschalten.

»Erinnerst du dich an mich?«

»Anna?«, sagte Merel. »Onkel Pieters Freundin? Also damals jedenfalls. Deshalb hab ich ja hier angerufen. Ich dachte, ihr seid vielleicht noch zusammen.«

»Schon lange nicht mehr«, sagte Anna. »Das mit dem ›Onkel‹ solltest du besser lassen. Es macht ihm schon genug zu schaffen, dass er langsam grau wird. Noch einen Kaffee?«

»Nein, nein … ich muss los. Ich hab um vier einen Vortrag.«

»Einen Vortrag?«

»Na ja, eigentlich eine Podiumsdiskussion, in der Bibliothek. Für meine Arbeit. Über junge Frauen und das Kopftuch.« Merel sah Posthumus an. »Du brauchst auch bald eins. Du wirst wirklich grau.« Sie schaute ihn einen Moment lang an. »Also dann … PP? Darf ich? Und wir sehen uns bald wieder?«, fragte sie.

Anna lächelte.

»Das … das wäre nett«, sagte Posthumus.

Merel stand auf, beugte sich vor und küsste ihn vorsichtig auf die Wange. »Jetzt muss ich aber wirklich los«, sagte sie. Sie legte die Hand auf Annas Unterarm. »Schön, dich wiederzusehen. Ich schau mal wieder vorbei.« Dann war sie zur Tür hinaus und lief Richtung Damrak.

Posthumus stand ebenfalls auf. Anna fasste ihn kurz und herzlich bei den Schultern.

»Tut mir leid, wenn ich die glückliche Familie gestört habe!«, dröhnte ihm die Stimme von Paul de Vos ins Ohr. »Ich geh jetzt was essen.«

Er zwinkerte Posthumus zu und tätschelte im Vorbeigehen Annas Po.

Posthumus sah ihm entsetzt nach. »Anna, du hast doch nicht! Du hast doch nicht? Nicht mit *dem*!«

7

Auf dem Damrak und dem Bahnhofsvorplatz wimmelte es von Touristen und Sonntagsausflüglern, auf dem Weg zum nahe gelegenen Königspalast auf dem Dam, der Nieuwe Kerk oder zu einem der vielen Läden und Kaufhäusern in der Innenstadt, die alle auch am Sonntag geöffnet hatten. Noch ein warmer Tag mit strahlend blauem Himmel in diesem ungewöhnlich schönen Mai. Verglaste Schwimmbusse umrundeten den Rumpf des schiffsähnlichen Nemo Science Centre, das aus dem Wasser des IJ ragte. Amsterdam, die Stadt der Kontraste. Das ultramoderne, von Renzo Piano entworfene, Technologiemuseum und ein paar Meter weiter die altehrwürdigen Grachtenhäuser der Innenstadt. Eine Gruppe Studenten, dicht gedrängt in einem kleinen Boot, stieß zu lauter Musik mit Bierflaschen an. Möwen schnappten im Sturzflug nach einer halben Pizza, die im Wasser trieb. Auf dem knallbunten schwimmenden Restaurant Sea Palace, das die Form einer Pagode hatte, versammelten sich chinesische Familien an großen runden Tischen zu einem nachmittäglichen Dim Sum.

»Kein knuspriger Sesamtoast und keine Krabben-Dumplings für mich«, grummelte Ben, als er die Treppe zur OBA (Openbare Bibliotheek Amsterdam) hinaufging, Amsterdams öffentlicher Bibliothek. »Wehe, das hier geht nicht als Überstunden durch. Und wegen den ›Sicherheitsverstößen am

Arbeitsplatz‹ und den dämlichen Post-its könnten die sich auch mal einkriegen.« Er trat aus dem Sonnenlicht in den Schatten der OBA. »Design-Blingbling« nannte er die Bibliothek wegen der schicken Ausstattung. Zahllose Reihen von Flachbildschirmen bestimmten das Innere, auf den Bildschirmschonern wechselten sich in zufälliger Reihenfolge fettgedruckte schwarze Wörter ab: OH! KLEMPNER, BUCH, STRUMPFHOSE, ZEITBOMBE. Schräg, dachte Ben. Demnächst steht da auch noch JIHAD. Freier Internetzugang. Hunderte von Computern. Das lockte die Kids an. Kinder, deren Eltern sich keinen Computer leisten konnten. Gelegentlich kamen auch Mansouri und seine Gang hier vorbei. Allerdings nicht für ihre zwielichtigen Geschäfte – dafür gab es die schäbigen Callshops im Westen der Stadt –, sondern um abzuhängen, Kontakte zu knüpfen, ein Auge auf die kleinen Brüder beim Computerspielen zu haben.

In der OBA herrschte reger Betrieb. Alle Altersgruppen waren vertreten. Eine bunte Mischung. Es gab acht Stockwerke, die über Rolltreppen kreuz und quer miteinander verbunden waren. Unzählige Studierecken, Rückzugsorte, Gesprächsnischen – stille Sitzgruppen mit Designermöbeln, abgeschirmt durch strategisch platzierte Bücherregale. Perfekt für einen Meuchelmord, wie Ben gern mit Freunden scherzte, zum Beispiel den traditionellen Füller in den Rücken, getränkt mit einer giftigen Injektionslösung. Ben nutzte die OBA für Treffen mit seinen Informanten, seinen »Go-Men«, wie er sie nannte. Und um sich selbst einen Eindruck zu verschaffen. Natürlich inoffiziell. Auf eigene Faust. So war es ihm am liebsten.

Er ging hoch in den ersten Stock – eine u-förmige Galerie mit Blick auf den Haupteingang und die Rolltreppen. Direkt an der Galerie befanden sich die Computerarbeitsplätze, auf einem Bord, das sich die ganze Brüstung entlangzog; die Computer am hinteren Ende lagen im Schatten eines schummrig beleuchteten Ruhebereichs. Dort waren weniger Leute. Eigentlich kaum jemand. Am letzten Computer saß eine Frau mittleren Alters im Trainingsanzug. Daneben wahrscheinlich ihre Tochter. In der Ecke ein junger Marokkaner mit einem modischen Undercut. Ben ließ einen Stuhl Abstand, setzte sich und achtete dabei darauf, dass er die Lobby im Blick hatte. Er öffnete Facebook.

»Yo, *mattie*. Was geht?«, sagte er leise, als ob er mit dem Bildschirm sprechen würde.

»Null, Mann«, sagte der Undercut. »Der Amir, der Neue, aus Marokko, der ist immer noch in Brüssel. War ganz schön lange hier, vorher. Und immer um die Tahiri-Schwester rum, volle Anmache. Er ist eine Art Vetter oder so. Sie ist heute hier, Mann. Redet über den Hidjab bei irgend so 'ner Laberrunde.«

»Und unsere Freunde?« Ben tippte ein paar Wörter auf der Tastatur.

»Voll aggro wegen der Verhaftung! Aber so richtig, Mann. Null Party oder so, als sie raus waren. Einfach nur stinksauer. Mansouri war beim Freitagsgebet, mit Bassir. Hat rumgebrüllt. Also, der ist voll ausgetickt.«

»Waren die anderen auch da?«

Der Undercut starrte weiter auf den Bildschirm und schüttelte fast unmerklich den Kopf. »Mm-mm. Bis auf den Typen, der sie in Vught abgeholt hat, und den kleinen Tahiri-Bruder, Najib. Und dann ist da noch ein Neuer. Syrer oder so. Kann Arabisch, aber nur ganz beschissen Holländisch. Khaled heißt der.«

»Freund von …?«

»Weiß nich'. Hing mit Najib rum, haben englisch geredet. Hat dauernd gefragt, was Mansouri gesagt hat. Dann jede Menge ›Bruder hier‹ und ›Bruder da‹, weißt schon. Erzählt dauernd von seiner krassen Vergangenheit, macht einen auf dicke Hose.«

»Cool, *mattie,* danke.« Ben stand auf. »Und pass auf den Neuen auf.«

»Hey, Mann, bin total auf null!«, sagte der Undercut.

Ben schaute ihn verständnislos an. Zum ersten Mal sahen sich die beiden an.

»Pleite. Blank. Keine Knete«, sagte der Undercut.

»Ja, klar, sicher«, sagte Ben. »Und ich bin ja *so* schlampig mit meinen Sachen.« Er stand auf und ging. Unter der Tastatur lag ein kleiner verschlossener Umschlag.

***

Posthumus öffnete den Kühlschrank und holte eine Flasche Wein heraus. Er konnte nicht glauben, dass Anna mit diesem Schleimbeutel geschlafen hatte. »Eine einmalige Sache«, hatte sie gesagt. »Wo ist das Problem?«, hatte sie gefragt. »Außerdem hast du ja keine Ahnung!« Das Funkeln in ihren Augen gefiel ihm gar nicht. Der Korken ploppte. Ein großes Glas. Die Flasche nahm er gleich mit. Was für ein Nachmittag!

Er ging durch seine Wohnung – ein ehemaliges *pakhuis* aus dem 17. Jahrhundert – zum Wohnzimmerbereich an der Vorderseite und öffnete das Fenster mit Blick auf die Gracht. Ein großes Bogenfenster, das bis zum Boden reichte und früher einmal eine Tür gewesen war, durch die Waren hereingehievt wurden. Posthumus hatte das Sicherungsgeländer entfernt, das beim Umbau angebracht worden war. Im Haus waren sowieso nie Kinder. Er nahm ein Kissen vom Sofa, legte es auf den Boden in ein Dreieck aus Licht, das die Nachmittagssonne warf, setzte sich in die Fensteröffnung und streckte die Beine aus.

Familie. Er konnte sich Willems Tod nicht verzeihen; hatte geglaubt, dass Heleen ihm zu Recht die Schuld gab und allen Grund hatte, die Mädchen dem Einfluss ihres rücksichtslosen Onkels zu entziehen. Die Mädchen, denen er den Vater genommen hatte. Und dann die Begegnung mit Merel heute Mittag. Es war, als hätte er Willem wiedergesehen. Willems Tod hatte ihn zutiefst erschüttert. Bald danach verließ er das besetzte Haus, suchte sich einen Job bei der Stadtverwaltung. Er nahm sein abgebrochenes Studium wieder auf und machte seinen Abschluss. Nach dem Tod der Mutter kaufte er sich von seinem Erbe eine Wohnung. Nun, da er sesshaft geworden war, einen Job und etwas vorzuweisen hatte – hätte er da nicht den Versuch unternehmen können, sich mit Heleen auszusöhnen? Die familiäre Vertrautheit heute Mittag hatte ihn überrascht. Kleine Momente der Nähe, die ihn völlig unvorbereitet erwischten. Sicher, Anna war so etwas wie Familie. Sie hatten einander gefunden. Ihre Bindung war stark. Er war kein trauriger Einzelgänger, wie der junge Polizist den armen Kerl genannt hatte, der sich in seiner Mansarde in der Delistraat erhängt hatte.

Posthumus' Gedanken verweilten bei Bart Hooft. Wie konnte ein Bruder oder Sohn auf diese Art und Weise sterben, ohne dass jemand etwas mitbekam? Ja, er musste im Auftrag der Stadtverwaltung Angehörige ausfindig machen – um die Bestattungskosten zu sparen –, aber für ihn steckte viel mehr dahinter. Es war ihm ein Bedürfnis. Er hatte den

Großteil des Wochenendes damit verbracht, Hoofts Gedichte zu lesen. Keins gab irgendwelche Hinweise. Keine Namen, keine Ortsangaben, nichts. Die obszönen Gedichte unter dem Titel *(K)Nights in the Black Tulip* schienen sich auf einen bestimmten Ort zu beziehen. Die Schwarze Tulpe – vielleicht eine Bar oder ein Club? Er würde dem nachgehen. Und der Füller? Irgendetwas war mit dem Füller. Posthumus stand mit einer einzigen fließenden Bewegung auf und ging zu seinem Schreibtisch hinter der Wendeltreppe, die zu seinem Schlafzimmer führte. Er öffnete eine mit schwarzem Stoff bezogene Schachtel.

Die Schachtel stammte aus seiner Zeit bei der Internen Revision und war so etwas wie die erwachsene Variante der Schatztruhe, die Willem und er als Schuljungen unter dem Bett versteckt hatten. Sie enthielt verschiedene Fotos, Kopien von Dokumenten, handschriftliche Notizen und eine kuriose Sammlung von Gegenständen: einen Bierdeckel, einen Spielzeugferrari, die Einladung zu einer Cocktailparty. Beinahe Fetische. Erinnerungen an Unstimmigkeiten, die ihn bei seinen Ermittlungen zu Korruptionsaffären irritiert hatten. Fälle, die längst abgehakt und zu den Akten gelegt worden waren – bei denen er aber trotzdem das Gefühl hatte, dass er die Hintergründe nicht richtig durchschaut hatte, selbst wenn die Schuldigen erfolgreich belangt worden waren. Oft öffnete Posthumus abends die Schachtel und holte die Gegenstände heraus, wie jemand, der sich mit einem schwierigen Kreuzworträtsel vergnügt. Und grübelte. Einmal, nur einmal, war es dadurch zu einer Wiederaufnahme gekommen. Seit fast einem Jahr war nichts mehr dazugekommen. Bis zu diesem Wochenende. Ganz oben lag jetzt ein Foto des japanischen Füllfederhalters.

Posthumus starrte auf das Foto, griff danach und warf einen Blick auf die Küchenuhr: 17 Uhr 25, eine einigermaßen vernünftige Zeit für einen Sonntagnachmittagsbesuch. Er öffnete die Wohnungstür und rannte ein Stockwerk tiefer zu seiner Nachbarin. »Gusta, warum hab ich nicht gleich an sie gedacht?«, sagte er laut zu sich selbst, als er an der Tür klopfte. Gusta verbrachte ihr halbes Leben auf Kunst- und Antiquitätenmessen.

»Gusta! Hallo! Ich hoffe, ich störe nicht.«

»Du bist ja ganz aufgeregt … komm doch rein.« Die Wohnung war vollgestopft mit Krimskrams aus den zwanziger und dreißiger Jahren. Es roch nach Talkumpuder und Zigarettenrauch.

»Geht um die Arbeit. Ich habe überlegt, ob du mir nicht etwas dazu sagen kannst.« Posthumus zeigte ihr das Foto. »Wo dieser Füller herkommt. Sieht irgendwie ungewöhnlich aus.«

Gusta zog beide Augenbrauen hoch, nahm die Zigarette, die sie geraucht hatte, aus dem Halter und drückte sie in einem rechteckigen Schildpatt-Aschenbecher aus.

»Das ist einfach. Das ist ein Namiki.«

»Auf den Namen bin ich auch schon gestoßen. Ich hab ein bisschen im Internet gesurft, aber weißt du mehr darüber? Ist das denn etwas Besonderes?«

»Auf jeden Fall. Die Firma gibt es immer noch, ich glaube, sie wurde Anfang des letzten Jahrhunderts gegründet. In den zwanziger Jahren fing man an, diese schönen Lackfederhalter zu produzieren, deshalb kenne ich sie, und in den Sechzigern gab es dann diese wunderbaren Drachenmotive. Viele waren Sonderanfertigung. Aber eigentlich ist das nicht mein Spezialgebiet, zum Wert kann ich dir also nichts Genaues sagen. Aber weil ich es schon lange auf so einen Füller abgesehen habe, weiß ich, dass ein echter Namiki mehrere Tausend Euro wert ist.«

»Mir geht es weniger um den Wert, sondern mehr darum, ob man vielleicht die Herkunft herausfinden kann, wenn diese Füller so selten sind; kennst du jemanden in Amsterdam, der sie sammelt oder damit handelt?«

»Du könntest bei Akkerman in der Kalverstraat nachfragen, aber ich glaube, das ist eine Nummer zu groß für die. Sonst fällt mir niemand ein. Zumindest nicht in Amsterdam. Es gab mal einen alten Mann, der solche Federhalter sammelte. Ein sehr netter alter Herr. Wir haben uns oft unterhalten. Er hatte einen Stand auf dem Looier – du weißt schon, der Antikmarkt im Jordaan. Ich habe damals überlegt, ins Antiquitätengeschäft einzusteigen, und jobbte am Wochenende an einem Stand neben seinem, aber das ist lange her, da habe ich noch studiert. Er ist vor Jahren gestorben, irgendwann in den Achtzigern.«

»Hat jemand den Stand übernommen? Jemand aus der Familie?«

»Den vom alten Hooft? Nein, ich glaube nicht.«

»Hooft?«

»Es gab einen Sohn. Ein Akademiker oder so, ist in den Siebzigern ausgewandert. Kam nicht mal zur Beerdigung seines Vaters. Mittlerweile ist er selbst in die Jahre gekommen, denke ich.«

»Ausgewandert? Wohin?«

»Das weiß ich nicht mehr. Australien vielleicht oder Kanada.«

Posthumus strahlte. Hooft. Das musste er sein. Nicht, dass die Suche damit stark eingegrenzt wäre. Aber es hätte auch schlimmer kommen können, er hätte auch Smit oder Van Dam heißen können. Irgendwo musste es Unterlagen über seine Ausreise geben. Immerhin ein Anfang.

»Gusta, du bist ein Schatz! Vielen Dank.« Posthumus küsste sie auf die Wange und eilte davon.

Augusta Besselink schaute verblüfft drein und stand einen Moment reglos da, während ihr Nachbar schon wieder die Treppe hinaufrannte. Dann schüttelte sie den Kopf, nahm sich eine Zigarette aus ihrem silbernen Etui, steckte sie in den Zigarettenhalter und zündete sie an.

***

Ben sah auf sein Handy. Kurz nach halb sechs. Er stellte das Tablett mit seiner Tasse und dem Teller voller Krümel vom Würstchen im Schlafrock auf das Band, das das benutzte Geschirr zur Spülküche transportierte. Er kaufte sich noch einen Kaffee und ging damit hinaus auf die Terrasse. In dieser Stadt der niedrigen Häuser war die OBA ein Wolkenkratzer. Am Ende der Dachterrasse hatte man das Gefühl, man würde fliegen. Als ob man davonschweben könnte, über die modernen Bauten mit ihren scharfkantigen Formen in die eine Richtung, oder über die alten Kirchturmspitzen und Giebel hinweg in die andere Richtung. Ein erhebendes Gefühl. Ben trat ans Geländer und hielt sein Gesicht in den Wind, schaute über die Dächer des Rotlichtviertels. Er nippte an seinem Kaffee, stellte die Tasse auf einen Tisch hinter sich und holte wieder sein Handy hervor:

Was geht? Drink?

Die Antwort kam sofort.

@ Diep in 20 Min?

Ben tippte schnell »O. k.« und drehte sich um, wollte nach seiner Tasse greifen, hielt dann aber abrupt inne. An der Tür zur Terrasse stand Rachid. Sie bemerkten einander fast gleichzeitig.

Rachid zögerte kurz, als ob er wieder nach drinnen verschwinden wollte. Dann kam er zu Ben.

»Hi, Kumpel!«, sagte Ben. »Surprise, surprise.«

»Ich hab DVDs zurückgebracht«, sagte Rachid. »Und dann bin ich noch zu dieser Kopftuchdebatte gegangen. Das Tahiri-Mädchen hat da mitgemacht, Aissa, weißt schon, die Schwester. Anschließend wurde sie von einer Journalistin interviewt. Bei der Podiumsdiskussion redete sie darüber, der Hidjab wäre Ausdruck des Widerstands, gegen die Rechten, gegen die Generation der Eltern, die ihre Wurzeln verloren haben. Ansonsten nicht viel Neues. Die üblichen ausgelutschten Gegenargumente. Und du?«

»Ich hab ein bisschen recherchiert.« Ben zwinkerte. Es entstand eine kurze Pause. »Kommst du oft her? Ich hab dich hier noch nie gesehen.«

»Die haben eine gute Filmesammlung. Normalerweise bringt meine Frau die Sachen zurück, aber sie ist mit unseren Töchtern nach Rotterdam und besucht dort ihre Tante, deshalb bin ich heute hier. Unglaublich, oder? Als Junge war ich früher immer in der alten Bücherei in der Prinsengracht, aber das war überhaupt kein Vergleich.«

Die beiden Männer standen immer noch.

»Wollen wir uns kurz setzen?«, fragte Rachid.

»Ich wollte gerade gehen«, sagte Ben. Beide schauten auf seine fast volle Tasse. »Aber klar, ich muss das eh noch austrinken.«

»Hektisches Wochenende?«, fragte Rachid.

»So was in der Art.« Sie setzten sich. »Unser Mann …« Ben sah sich um. Niemand in Hörweite. »Ich hab gehört, dass Mansouri ganz schön durch den Wind ist. Hat sich lautstark beklagt. Interessant, oder? Vielleicht macht er ja einen Fehler.«

Rachid blickte unbehaglich. »Darüber können wir ja noch am Montag reden.«

»Ja, klar. Und ich könnte ein paar Fleißpunkte beim Boss sammeln. Sagt dir der Name Khaled etwas? Ein Syrer.«

Rachid schüttelte den Kopf.

»Dachte ich mir schon. Hör dich mal ein bisschen um. Den sollte man im Auge behalten, wenn du mich fragst. Informationen, die den trüben Montagmorgen der Chefin ein bisschen aufhellen.«

Ben schaute auf das Stück Pizza, das Rachid nicht angerührt hatte.

»Hey, iss auf! Du magst sie nicht, oder?«

»Lisette? Sie ist sehr kompetent.«

»Veldhuizen, der ist mir nicht geheuer. Knallhartes Arschloch. Macht das nur für sich. Rücksichtslos, und mit einem Riesenego, eine ganz schlechte Kombination. Denkt, er sei der Coolste überhaupt.«

»Du meinst, wegen seines Lexus?«

Ben lachte. »Und der rasierte Schädel … aber was ist mit dir los? Warum warst du letzte Woche so schlecht drauf?«

Rachid setzte die reservierte, ungerührte Miene auf, die er auch im Büro so oft zur Schau trug.

»Nichts«, sagte er. Dann: »Meine Arbeit langweilt mich einfach, das ist alles. Es ist so sinnlos. Ich sollte die Analysen machen.«

»Ingrid ist gut. Sagt nie ein Wort zu viel, und wenn sie mal was sagt, steckt wirklich was dahinter.«

»Wir brauchen einen marokkanischen Analytiker. Oder zumindest jemanden, der sich mit der Kultur besser auskennt und nicht nur Bücherwissen hat. Sie macht Fehler.«

»Zum Beispiel?«

»Zum Beispiel, als sie sagte, spontane Besuche der Zielpersonen untereinander, bei sich zu Hause, fielen unter ›verdächtiges konspiratives Verhalten‹. So steht es im Bericht. Aber das ist Quatsch. Junge Marokkaner machen so was. Man ruft nicht vorher an. Man kommt einfach vorbei. Schaut, was los ist. Oder dass Mansouri sich einen Bart wachsen lässt und eine Djellaba trägt. Das heißt vielleicht bloß, dass er gläubig ist. Aber deswegen muss er noch lang kein Radikaler sein.«

»Und warum sagst du dann nichts?«

»Tu ich doch. Na ja, früher. Aber offenkundig bringt das ja nichts.«

»Ach, komm.«

»Tja, du wolltest es wissen. Jetzt weißt du es.«

»Aber was ist mit den anderen Sachen? Den Chemikalien für eine Bombe und so? Man sieht doch, dass da was läuft.«

»Oh ja. Und die Zielpersonen wurden wieder auf freien Fuß gesetzt.«

»Weil der Staatsanwalt ein unfähiges Rindvieh ist.«

»Weil der Bericht nicht wasserdicht war. Ich sag's dir, wir brauchen einen Analytiker, der sich in der Community auskennt.«

»Und natürlich gibt es nur einen echten Marokkaner, der dafür geeignet ist …«

»Ich bin Niederländer.«

»Du weißt, was ich meine.«

»Und du weißt, was *ich* meine.«

»Du bist aber echt ein Einzelfall. Wenn ihr euch mehr integrieren würdet …«

»Guck dir die Fußballclubs an. Oder das Fernsehen. Musik, Comedy – Ali B, Najib Ambali. Die neuen holländischen Schriftsteller. Und du behauptest, wir integrieren uns nicht?«

»Und erst die Coffeeshops. Super integriert, würde ich sagen. Im kriminellen Milieu. Geschäft in Amsterdam, nette kleine Familie, die das Zeug in der alten Heimat anbaut. Und in ein, zwei Monaten geht's dann mal wieder zurück, oder? Die große Massenauswanderung im Sommer. Zurück in die ›Heimat‹. So seht ihr das doch, oder? Man kann nun mal nicht beides haben.«

»Was ist denn falsch daran, wenn man sich beiden Welten verbunden fühlt? Man kann zwei unterschiedliche Heimaten haben, das ist, wie wenn du zwei verschiedene Kinder liebst. Ich weiß noch, wie ich mal in einem kleinen Dorf im Atlasgebirge war, ich war vollkommen entspannt und zufrieden, und dann sah ich diesen Typen im Ajax-Trikot und bekam plötzlich furchtbares Heimweh. Sogar meinen Eltern fehlt Amsterdam nach einer Weile, wenn sie im Sommer in Marokko sind.«

»Na ja, egal. Auf jeden Fall wird die halbe Besetzung unserer Zelle in den nächsten paar Wochen nach Marokko verschwinden. Deshalb sollten wir besser schnell vorankommen. Denn wenn was passiert, dann passiert es bald. Den

Sommer über können wir dann eh die Füße hochlegen. Das ist *meine* Analyse.«

Rachid schwieg. Dann sagte er leise: »Ramadan ist dieses Jahr im August. Die Leute sind nicht gern in Marokko, wenn Ramadan in den Sommer fällt, weil es dort so heiß ist und man den ganzen Tag nichts trinken darf. Das heißt, die Chancen stehen gut, dass sie dieses Jahr hierbleiben. Zumindest, bis Ramadan vorbei ist.«

Bens Handy piepste schrill.

Eine SMS.

Oi! Bin im Diep. Und du?

Ben steckte das Handy ein, stand auf, formte mit den Fingern eine Pistole und zielte auf Rachid.

»Noch mal gerettet. Ich muss los.« Er legte zwei Finger grüßend an die Schläfe und verschwand im Innern der OBA.

Zwei Wochen später
Montag, 30. Mai

8

»Kannst du aufmachen, bitte?« Posthumus war in der Küche mit der Sauce Hollandaise beschäftigt, als es klingelte. Riskant, jetzt schon damit anzufangen, das wusste er, aber später wollte er Zeit für seine Gäste haben, und das Risotto brauchte auch eine Weile. Außerdem hatte er einen Trick: Er füllte die Sauce in einen Thermosbehälter mit breiter Öffnung, in dem sie perfekt temperiert blieb. Den Behälter hatte er von Rob Mulder aus dem städtischen Leichenschauhaus; aber das hatte er Anna lieber nicht gesagt.

Anna drückte den Türöffner. Sie war immer noch ein bisschen sauer, dass ihre montägliche Zweisamkeit von einer Gästeinvasion gestört wurde. Die Montage waren kostbar für sie. »Zuhause-Abende mit Familie«, sagte sie dazu, wie früher ihr Vater, wenn sie sich zum Essen um den Tisch in der Wohnung über dem Dolle Hond versammelt hatten, wo Anna auch heute noch lebte. »Dritter Stock«, rief sie die Treppe hinunter. »Und ihr müsst ein bisschen nachhelfen mit der Tür, sie schließt nicht von alleine.« Manchmal konnte sie Simon, der eigentlich nur vormittags im Lokal arbeitete, dazu überreden, den ganzen Dienstag für sie zu übernehmen, dann hatte sie zwei freie Tage am Stück. Sie war froh, wenn sie an diesen Abenden keinen Small Talk machen musste. Heute würde sich das nicht vermeiden lassen. Aber sie sah es ja ein. Gabrielle war schließlich ihre Freundin, und

PP wollte etwas Besonderes machen, als Dankeschön für Cornelius. Cornelius hatte ein Gedicht geschrieben, für den Mann, der sich das Leben genommen hatte.

Jetzt standen sie vor der Wohnungstür. Küsschen auf die Wangen. Blumen.

»Bin gleich bei euch!«, rief Posthumus.

***

Najib lärmte im Wohnzimmer. Hob Sachen auf, legte sie unnötig laut wieder hin. Zappte durch drei, vier, fünf Programme und schleuderte die Fernbedienung dann aufs Sofa. Mohammed mied den Blick seines Sohnes, ignorierte den flimmernden Fernseher und las weiter seine holländische Zeitung. Seine Frau Karima war in der Küche, seine Tochter Aissa deckte den Tisch fürs Abendessen. Amir hatte sich verspätet.

»Du bleibst zum Essen mit Amir«, hatte Mohammed Najib befohlen. »Wir haben schon so lange nicht mehr alle zusammen gegessen.«

»Ist doch sein Problem, wenn er dauernd nach Brüssel fährt«, hatte Najib geantwortet. »Ich bin schon verabredet. Mit Khaled.« Er polterte weiter durchs Zimmer. »Was ist überhaupt so toll an diesem Amir? Du willst doch nur, dass er Aissa heiratet.«

Aissa fixierte ihren Bruder und zog die Augenbrauen hoch. Najib wandte sich abrupt ab und schaute aus dem Fenster. Er sah sich als Beschützer seiner älteren Schwester und hatte anscheinend etwas gegen den Verwandten aus Marokko.

»Ich mag ihn«, sagte Aissa. »Er bringt mich zum Lachen. Er

redet mit mir wie mit jemandem, der ein Gehirn hat. Das tun nicht viele deiner Freunde.«

»Khaled schon.«

»Nur weil er nicht gut Holländisch kann und mein Englisch besser ist als deins. Mein Arabisch übrigens auch.«

Najib reagierte nicht darauf.

»Amir ist ein sehr vernünftiger und ernsthafter junger Mann«, sagte Mohammed. Die Erklärung galt seinem Sohn, aber er sah dabei seine Tochter an. Er wusste nicht, wer dieser Khaled war, eigentlich kannte er keinen von Najibs neuen Freunden. »Außerdem entscheidet Aissa selbst, wen sie heiratet. Du weißt, wie deine Mutter und ich darüber denken. Wir geben nur Ratschläge …«

»Ernst zu nehmende Ratschläge«, rief Karima aus der Küche.

»Ernst zu nehmende Ratschläge«, bestätigte Mohammed, »aber am Ende ist es deine Entscheidung, Aissa.« Er wandte sich wieder an Najib. »Was hast du denn Wichtiges vor?«

»Nichts. Einfach nur Freunde treffen.«

»Das kann ja wohl bis nach dem Abendessen warten.«

Najib zuckte mit den Schultern und gab ein abschätziges »Pffff« von sich.

Trotzdem blieb er. Er war in letzter Zeit trotzig und frech, gehorchte seinem Vater aber weiterhin. Mohammed fragte sich, wie lange noch. Hinter der Zeitung hervor warf er einen kurzen Blick auf Najib. »Freunde treffen«. Na ja, immerhin etwas. Besser, als wenn er die ganze Zeit in seinem Zimmer hockte. Vor fünf Jahren hatte es angefangen, als Najib in der Schule gehänselt wurde. Er blieb den ganzen Tag in seinem Zimmer und weinte. Seinem Vater erzählte er nie etwas. Karima und Aissa vertraute er sich manchmal an – und so hatte

Mohammed von dem Problem mit dem Fernseher erfahren und schließlich nachgegeben und eine Satellitenschüssel gekauft. Dann einen Computer. Einen eigenen Computer – den hatten nur wenige seiner Klassenkameraden. Zumindest damals noch nicht. Den ersten von dreien. Wie etwas so Teures so schnell nutzlos und veraltet sein konnte, verblüffte Mohammed. Aber er liebte seinen Sohn und wollte, dass er glücklich war und erfolgreich, mit beiden Beinen fest auf dem Boden.

Dann war es langsam aufwärts gegangen. Najib hatte die Webseite eingerichtet, über die sie Sofas verkauften. Mohammed war stolz auf seinen Sohn, auch wenn er nicht genau wusste, wie das alles funktionierte. Er freute sich darauf, dass Najib bald in die Firma einsteigen und, wenn die Internetverkäufe gut liefen, ein prosperierendes Geschäft übernehmen würde. Aber in den letzten Monaten hatte alles wieder von vorn begonnen. Najibs Rückzug in sein Zimmer. Sein Schweigen. Die Distanz. Es hatte angefangen, überlegte Mohammed, als Najib diesen Zusammenstoß mit der Polizei gehabt hatte – er war in einem Nachtclub abgewiesen worden oder etwas in der Art. Nichts Ernstes, keine Anzeige. Wenn der Junge nur nicht so ein Hitzkopf wäre. Es war einer dieser Tage gewesen, an denen alles zusammenkommt, ein Tag, an dem aus Mücken Elefanten werden und man meint, die ganze Welt habe sich gegen einen verschworen. Najib hatte eine Absage für einen Computerjob bekommen, er war nicht einmal zum Vorstellungsgespräch eingeladen worden. »Ein Blick auf meinen Namen hat gereicht!« Am selben Nachmittag hatte ihn eine alte Frau in der Straßenbahn finster gemustert und ihre Handtasche fest umklammert, als er sich neben sie setzte. Wie oft war Mohammed das passiert, als er nach Amsterdam gekommen war! Man gewöhnte sich daran. Aber Najib war an die Decke gegangen. »Wenn sie unbedingt will, dass ich ein Dieb bin, dann bin ich eben ein Dieb!«, hatte er gesagt. »Am liebsten hätte ich die blöde Kuh ausgeraubt, nur um es ihr zu zeigen!«

Seitdem hatte Najib keinen richtigen Job gehabt. Zumindest keinen, der ihm gefiel. Er wollte etwas mit dem Internet machen, aber da konnte Mohammed ihm nicht helfen. Die Arbeit im Möbelladen schien ihn zu langweilen, und nachdem die Webseite eingerichtet war, ödete ihn auch der Onlineverkauf an. In letzter Zeit kam Najib nicht einmal mehr zum Fernsehen nach unten. Er war die ganze Zeit in seinem Zimmer. Hockte nur noch vor dem Computer. Und dann diese neuen Freunde, die Mohammed noch nie gesehen hatte. Daran war nur das Internet schuld. Der Junge hörte nicht mehr auf ihn. Oder auf den Rat seiner Onkel, ja nicht einmal mehr auf den Imam. Nur noch das Internet. Aber Mohammed hatte den Eindruck, dass das Internet keinen Rat gab, sondern nur die Antworten lieferte, die man hören wollte. Mohammed verstand seinen Sohn nicht mehr, und er mochte das Internet nicht.

Najib ließ sich aufs Sofa fallen. Mohammed blickte auf. Durchs Fenster konnte er Amir sehen, in einer Djellaba aus weißer Baumwolle, er bog von der Straße auf den kurzen Weg ab, der zu ihrer Haustür führte. Mohammed drängte sich an Aissa am Esstisch vorbei und ging durch die winzige Diele, um dem Jungen persönlich aufzumachen.

***

»Was zu trinken?«, fragte Anna. »PP hat einen neuen Prosecco-Cocktail.«

»Genever wäre mir lieber«, sagte Cornelius. »Am liebsten einen jungen, mit Eis.«

Das trinkt er öfter, dachte Anna, als Profi hatte sie sofort die harten rosa Äderchen auf seinen Wangen bemerkt. Er war gute zehn Jahre älter als Gabi, das wusste sie. Mindestens Mitte fünfzig, überlegte sie, und das machte ihm zu schaffen. Eitel. Er trug eine burgunderfarbene Fliege. Anna fand ihn schon immer etwas seltsam. Gabrielle entschied sich für den Cocktail. Anna ging die Getränke holen und eine Vase für die Blumen. Posthumus kam aus der Küche.

»Piet, wir haben uns ja eine halbe Ewigkeit nicht mehr gesehen«, sagte Gabrielle. »Und immer noch so schick, wie ich sehe.« Sie wandte sich an ihren Mann. »Wir haben ihn immer Schnieker Pieter genannt.« Dann weniger ironisch: »Schönes Hemd. Rohseide?« Posthumus nickte. »Sollte ich vielleicht nicht unbedingt zum Kochen anziehen.«

Sie setzten sich ans Fenster und genossen den Blick auf die Gracht.

»Ich habe gehört, Pieter Posthumus' Cuisine sei so legendär wie seine Couture«, sagte Cornelius, als Anna ihm sein Glas reichte. »Was für Köstlichkeiten erwarten uns denn heute Abend?«

»Dieses Jahr ist alles früher dran«, sagte Posthumus. »Also zuerst Spargel, dann ein Erdbeerrisotto und dann Jungente … Sorry, bin gleich wieder da. Die Sauce. Der Ofen.« Er sprang auf und eilte in die Küche.

»*Erdbeer*risotto?«, sagte Gabrielle in gedämpftem Ton zu Anna. »Das ist ein Scherz, oder?«

»Nein«, sagte Anna. »Und ein Nachtisch ist es auch nicht.« Sie schaute zu Gabis Mann und hoffte beinahe, er wäre verstört, aber er wirkte beeindruckt.

»Interessant«, sagte er. »Aber hoffen wir, dass das kein Fall von ›Things sweet to taste prove in digestion sour‹ ist. Shakespeare, *Richard II*.« Cornelius kicherte über seinen eigenen Scherz und begann von einer Reise ins Piemont zu erzählen.

Posthumus kam aus der Küche zurück und wischte sich dabei die Hände an einem Küchenhandtuch ab. Er griff nach seinem Glas.

»Kurze Unterbrechung«, sagte er, »bevor wir essen. Einen Toast auf Cornelius. Danke für das wunderbare Gedicht für die Trauerfeier von Bart Hooft.«

Cornelius strahlte, nickte zustimmend und begann:

Wir alle kannten ihn
Den unsichtbaren Mann.
Sechs Bücher, ein Bett, eine Kleiderstange
Hinter einem schmutzigen Fenster im Dachgeschoss.
Er trat den Stuhl beiseite
Sprang ins Weite
Und das ist kein …

»Vielleicht nicht jetzt, Schatz?«, unterbrach ihn Gabrielle.

Cornelius hob entschuldigend die Hände.

»Du hast völlig recht«, sagte er. »Aber mein *Merci* gilt dir, lieber Pieter, weil du mir in diesen kargen Zeiten ein Honorar beschert hast.« Er leerte sein Glas.

Anna vermutete, dass es ihm zu schaffen machte, dass seine Frau der Hauptverdiener in der Familie war. Mit dem Einkommen eines Dichters konnte man sich keine Wohnung im schicken Amsterdam Zuid leisten und den kleinen Lukas zum Privatunterricht bei einem berühmten Geiger schicken.

»Und auf Anna«, sagte Posthumus. »Sie hatte die Idee mit dem persönlichen Gedicht.«

»Oh, wahrscheinlich hat er eins aus der Schublade genommen«, sagte Gabrielle.

»Nein, hab ich nicht«, sagte Cornelius. »Obwohl ich ja nur zwei Tage Zeit hatte. Ich habe das überaus ernst genommen. Piet hat mir die Gedichte des Mannes kopiert. Ich habe sie alle gelesen, auch die englischen. Daraus hat sich dann ein richtiges Bild von dem armen Kerl ergeben. Und ich muss sagen, die Gedichte waren ziemlich gut, sogar die etwas, hm, obszönen.«

Er zwinkerte Posthumus zu.

»Ich habe das wirklich sehr gern gemacht. Wer weiß«, sagte er und hob das leere Glas, »vielleicht auf viele weitere Trauergedichte?«

Posthumus holte die Genever-Flasche. Er zögerte, bevor er Cornelius' Glas auffüllte – so lange, dass der Dichter ihn fragend ansah.

»Weißt du, das wäre wirklich eine Idee«, sagte Posthumus. »Ein persönliches Gedicht für jede Trauerfeier …«

***

»Das war noch köstlicher als zu Hause, Um Najib«, sagte Amir zu Karima.

»Die Hühnchen-Tajine mit Aprikosen meiner Frau ist im ganzen Kolenkit-Viertel bekannt!«, sagte Mohammed. Sie hatte genug für sieben oder acht Personen gekocht, nicht nur für die fünf, die tatsächlich am Tisch saßen, trotzdem war nur noch ein Anstandsrest übrig.

Karima stand auf und holte Wasserkrug und Schale. Aissa brachte das Geschirr zurück in die Küche.

Mohammed seufzte und betrachtete die beiden jungen Männer, die neben ihm saßen: Najib zu seiner Linken, Amir als Gast zu seiner Rechten. Sein zukünftiger Schwiegersohn? Er und Aissa schienen sich zu mögen, allerdings war Najib sehr unhöflich zu ihm und stellte ihn immer wieder und sehr spöttisch wegen seines Glaubens zur Rede. Wie entwickelte sich sein Sohn in letzter Zeit?, überlegte Mohammed. Er selbst hielt sich an die Grundlagen des Glaubens, die fünf Säulen: die *Schahādah*, das Glaubensbekenntnis, dann das Fasten im Ramadan, fünfmal Beten am Tag und Almosen für die Armen. Einmal hatte er den *Haddsch* absolviert. Amir war ein frommer junger Mann, mit dem sanften, altmodischen Glauben seiner Heimat. Nicht der harte, wütende Glaube, dem einige Jungs hier anhingen – die Form Glauben, die, auch wenn Mohammed sich das nicht eingestehen wollte, Najib so faszinierte. Mohammed hatte gehofft, dass Amir den Jungen unter seine Fittiche nehmen würde, dass sein Sohn dem Vetter Zugang zu seinem Denken und Fühlen gewähren würde; Bereiche, zu denen er selbst nicht länger vorgelassen wurde. Aber jetzt war er sich da nicht mehr so sicher. Mohammed sah zu Karima auf, die neben ihm stand und den Wasserkrug hielt, während er sich die Hände abtrocknete. Er würde einen letzten Versuch unternehmen.

»Also«, sagte er zu Najib, »zu dieser Studiengruppe, die du mit deinen neuen Freunden gegründet hast, da könntest du doch mal deinen Vetter einladen?«

Aissa kam mit einer Kanne Pfefferminztee und einer Platte Gebäck aus der Küche zurück.

Amir erklärte sich sofort dazu bereit. Er kenne seinen Koran, sagte er, habe nicht nur *eine Madrasa* besucht, sondern verschiedene, nicht nur in Marokko, er könne also etwas dazu beitragen.

»Wenn *ich* schon nicht mitdarf, könntest du wenigstens Amir einladen«, sagte Aissa.

Amir lächelte ihr zu.

»Er ist doch sowieso nie da«, sagte Najib schließlich, als ob Amir gar nicht im Zimmer wäre.

»Ich hab dir doch gesagt«, erklärte Amir, »ich muss beruflich oft nach Brüssel, Geschäfte für die Familie meiner Mutter erledigen, sie haben mich gebeten, bestimmte Leute zu treffen.«

»Und wie lange geht das noch?«, fragte Karima.

»Ich muss noch ein letztes Mal hin, Um Najib, am Mittwoch. Nächste Woche bin ich wieder da. Spätestens zum Freitagsgebet. Das war's dann aber. Dann bleibe ich hier.«

»Das freut mich«, sagte Karima.

Najib warf Amir einen verächtlichen Blick zu. Karima begegnete dem Blick ihrer Tochter und lächelte.

***

Auf die Cocktails folgte ein vollmundiger Elsässer Riesling, danach ein kräftiger Pomerol. Die Sauce Hollandaise war perfekt, das Risotto erwies sich als »deutlich wohlschmeckender, als man meinen würde«, und die Jungente mit Pfeffer und Zitrone war ein Triumph. Als schließlich die Mousse au Chocolat und eine Flasche Banyuls auf dem Tisch standen, war Cornelius bereits zum offiziellen Dichter des städtischen Bestattungsteams aufgestiegen. Auf Honorarbasis, versteht sich.

»Im Ernst«, sagte Posthumus. »Ich würde das wirklich gerne

machen. Vor allem für die anonymen Toten. Wenn wir Angehörige finden, sind die ja eigentlich verantwortlich, auch wenn sie manchmal nichts davon wissen wollen und wir übernehmen müssen. Aber für die völlig anonymen Toten – und davon gibt es mehr, als man glaubt – würde ich sehr gerne etwas machen.«

»Er nennt sie seine ›Klienten‹«, sagte Anna, »was meiner Meinung nach ein bisschen weit geht.«

Posthumus begeisterte sich zunehmend für die Idee. »Du könntest uns sogar bei den Hausbesuchen begleiten. Es ist erstaunlich, was Bilder, Musik oder Möbel über einen Menschen erzählen.«

Cornelius hatte den Mund voll, wedelte aber abwehrend mit der Hand, um zu zeigen, dass das nicht ganz nach seinem Geschmack war.

»Das Problem ist nur«, fuhr Posthumus fort, »dass die anonymen Toten meist auch kein Geld haben. Die echten Einzelgänger. Aber ich rede morgen mit dem Abteilungsleiter. Irgendwo werden wir schon etwas abzweigen können.«

»Da wäre ich nicht so sicher«, sagte Anna. Sie stand auf, um Kaffee zu machen. »Jedenfalls nicht nach dem Krach wegen Bart Hooft«, fügte sie hinzu.

Es gab Zeiten, da trieb ihr Freund sie zur Verzweiflung. Das Begräbnis, für das Cornelius sein Gedicht geschrieben hatte, war um fast zwei Wochen verschoben worden, weil PP sinnlos Aktenberge durchstöberte, um irgendeinen Angehörigen zu finden, der vermutlich ausgewandert war. Wegen der Verzögerung hatte es eine weitere Auseinandersetzung mit Maya gegeben; weitere Abende, an denen PP geknickt in De Dolle Hond kam, um seinen Frust hinunterzuspülen. Anna hatte Maya nie kennengelernt, aber sie hegte eine gewisse Sympathie für sie. Irgendwann kam der Moment, an dem man seine Niederlage eingestehen und zugeben musste, dass sich die Einzelteile nicht immer zu einem großen Ganzen fügten. Das Bestattungsteam hatte eine Aufgabe, und die musste erledigt werden. PPs Wühlarbeit machte seine Kollegen wahnsinnig. Im Ernst! Manchmal konnte einen dieser Mann … Vermutlich drohte schon die nächste Strafversetzung.

»Du bist Beamter, PP«, sagte sie, während sie die Dessertteller zusammenstapelte. »Kein Detektiv.«

***

Mohammed brach das Schweigen.

»Also, wenn du aus Brüssel zurück bist, musst du öfter zu uns zum Essen kommen. Deinen Eltern geht es gut, hoffe ich?«

»Sehr gut, vielen Dank, Abu Najib. Sie senden beide herzliche Grüße. Ich habe heute Mittag mit ihnen telefoniert.«

»Und sonst ist zu Hause auch alles in Ordnung?«

»Anscheinend ja. Alle reden über den König und Reformen.«

Bis dahin hatte Najib trotzig geschwiegen und immer wieder über die Schulter zum Fenster geschaut, obwohl die Vorhänge zugezogen waren. Jetzt war er wie elektrisiert.

»Er zerstört den Islam, er verdient es nicht, dass man ihn Oberhaupt der Gläubigen nennt!«, platzte es aus Najib heraus. »Und ihr seid auch nicht besser!«

»König Mohammed?« Amir wirkte schockiert. Auch Mohammed war entsetzt, als sein Sohn eine Tirade losließ, nicht gegen die Reformen, sondern gegen junge Männer allgemein, die aus Marokko in die Niederlande kamen, und gegen den König persönlich.

»Ein Ungläubiger, ein *Kafir*!«, schrie Najib, der sich langsam in Rage redete. »Und weißt du, was du bist? Auch so ein Stück Scheiße wie der König, weil du auf seine Lügen hereinfällst. Reformen hier, Reformen da.« Er beugte sich über den Tisch und boxte Amir grob gegen die Brust.

»Das reicht!« Mohammed sprang auf. »In meinem Haus schwingst du keine solchen Reden!«

Najib verstummte und starrte seinen Vater finster an. Mohammed verlor nicht oft die Beherrschung. Die anderen waren wie vor den Kopf geschlagen. Najibs Ausbruch war so plötzlich gekommen. Er lehnte sich zurück, in ihm brodelte es regelrecht.

»Mein Bruder ist ein kleiner Hitzkopf«, sagte Aissa und lächelte entschuldigend. Die Spannung löste sich ein wenig. Karima schenkte Tee nach.

»Entschuldige dich!«, verlangte Mohammed von seinem Sohn. Aber Najib presste nur die Lippen zusammen.

Es klingelte an der Tür.

Najib sprang blitzschnell auf und stürmte hinaus in die Diele.

Mohammed wartete einen Moment und beugte sich dann nach rechts, weil er sehen wollte, mit wem Najib redete. Wer auch immer das war, er blieb im Schatten des Türrahmens. Mohammed sah Amir fragend an, der die Haustür besser im Blick hatte, aber Amir hatte nur Augen für Aissa, die sich immer noch für ihren Bruder entschuldigte. Mohammed versuchte, etwas von dem aufzuschnappen, was Najib sagte. Er sprach englisch. »Ich weiß, ich weiß, ich komme …« Etwas mit »Vater« und »Abendessen« und »Familie«. Etwas über Brüssel. Über die Studiengruppe. Das muss einer von ihnen sein, dachte Mohammed, wahrscheinlich dieser Khaled, über den Najib ständig redete, und jetzt würde er ihn sehen. Er wollte gerade zur Tür, doch bevor er die Diele erreichte, war Najib schon wieder im Wohnzimmer.

»Warum hast du deinen Freund nicht hereingebeten?«, fragte Mohammed.

»Er wollte nicht, weil Mutter keinen Schleier trägt«, sagte Najib. Wieder trotzig, mit einem vorwurfsvollen Stirnrunzeln in Karimas Richtung. »Außerdem ist er meinetwegen ohnehin schon spät dran. Ich hatte gesagt, dass wir uns früher treffen, und jetzt ist es schon nach neun. Aber mit den anderen treffe ich mich auf jeden Fall.«

Amir stand auf, als ob er gehen wollte. Najib starrte seinen Vater herausfordernd an.

»Es ist bald Zeit für *Salāt*«, sagte Mohammed. »Ihr solltet beide bleiben. Ich denke, nach diesem Abend wird uns allen ein wenig innere Einkehr guttun.«

Najib sagte nichts, sondern stürmte hinauf in sein Zimmer.

»Ich bleibe noch zum Gebet, Abu Najib«, sagte Amir.

Zehn Minuten später war Najib wieder da. Mohammed wunderte sich, dass Najib Jeans und T-Shirt gegen eine Djellaba getauscht hatte. Er hatte seinen Sohn in Amsterdam noch nie in traditioneller Kleidung gesehen, außer bei Hochzeiten und Festen.

»Ich gehe«, sagte Najib zu seinem Vater und dann zu Amir: »Du und ich, wir sind noch nicht fertig …«

Er schlug die Tür hinter sich zu.

***

»Nein, nein«, sagte Anna, »ich gehe zu Fuß, es sind nur ein paar Minuten.«

Gabi und Cornelius wollten ein Taxi nach Hause nehmen, nach Zuid, ihr schmuckes kleines Viertel in dieser Stadt der vielen Dörfer, wo fast alles, was man brauchte, in Fußnähe lag. Sie hatten angeboten, Anna beim Dolle Hond abzusetzen. Aber es war noch früh, der Himmel war zart eingefärbt. Ein schöner Abend. Anna nahm ihre Handtasche, die immer am selben Platz parat stand, auf der ersten Stufe der Wendeltreppe, die zu PPs Schlafzimmer führte. Draußen hupte es. Cornelius ging ans Fenster, um nachzuschauen, ob es ihr Taxi war.

»Mein Gott!«, entfuhr es ihm und er griff schwankend nach der Mauer. »Was ist denn mit dem Geländer passiert?«

»Das merkst du aber früh«, lachte Posthumus.

An der Tür gab es ein kleines Abschiedswirrwarr. Anna ging mit den anderen. Posthumus trat ans Fenster, schickte dem abfahrenden Taxi einen Gruß hinterher und winkte Anna, als sie unten die Brücke überquerte. Sie wandte sich um und warf ihm ein Kusshändchen zu. Der Gnadenerlass. Auch wenn er nicht einmal wusste, was er eigentlich verbrochen hatte.

Posthumus räumte auf, füllte die Spülmaschine und spülte das übrige Geschirr. Als alles wieder blitzblank war, zeigte die Küchenuhr kurz vor halb elf, aber er war noch zu aufgedreht, um schlafen zu gehen. Er nahm ein Whiskyglas, gab ein paar Eiswürfel hinein und schenkte sich einen großzügigen Cointreau ein. Dann ging er zu seinem Schreibtisch, holte die schwarze Grübelbox, setzte sich damit aufs Sofa ans Fenster und schaltete eine Leselampe ein. Während die Spülmaschine vor sich hin rumpelte, versank Posthumus in tiefes Grübeln.

***

Amir blieb zum Maghrib-Gebet. Dann unterhielt er sich noch eine Weile mit Aissa, während sich Karima in der Küche zu schaffen machte und Mohammed so tat, als würde er fernsehen. Um halb elf brach Amir auf. Er überquerte das freie Grundstück, das zwischen Mohammeds Haus und der Hauptstraße lag. Hohes Unkraut. Staubiges Gras. Am anderen Ende stand die Auferstehungskirche; von der Seite wirkte das Kirchenschiff durch die vorspringenden Backsteinmauern mit ihren hohen Fenstern wie ein riesiges Gerippe, aus dem ein einzelner nackter Knochen in den Himmel ragte. Kein Bus weit und breit. Egal. Dann würde er eben zu Fuß gehen. Es waren höchstens zwanzig Minuten. Ein warmer Abend, am Himmel war noch ein bisschen Farbe. Im Bus bekam er sowieso Platzangst.

Amir bog links Richtung Innenstadt ab. Unter ihm dröhnte der Verkehr, als er die Unterführung der Ringstraße überquerte. Er ging weiter, über den Marktplatz – dunkel, leer, keine Spur von Leben. Dahinter erhob sich ein umgebautes Bürogebäude aus den sechziger Jahren, mit einem einzelnen blauen Neonschriftzug, der wenig einladend HOTEL blinkte. Amir bog rechts in den Hoofdweg ab. Ziemlich viel Verkehr und nur wenige Fußgänger. Vier verschleierte Frauen verließen das Restaurant Sultan's Palace. Eine Gruppe junger Männer lungerte an der Ecke herum, trostlose Machotypen, die Haare an den Seiten kurz geschoren, mit einem Streifen oben auf dem Kopf wie ein Irokese. Amir wollte gerade die Straße überqueren, machte dann aber einen Sprung zurück, als ein Motorroller den Radweg entlangschoss und so dicht an ihm vorbeifuhr, dass er seine Djellaba streifte. Der Fahrer lachte laut auf; der Junge auf dem Sozius drehte sich um und beschimpfte ihn auf Berberisch. Amir nahm den Gurt seiner

Schultertasche und streifte ihn über den Kopf, sodass er quer über seiner Brust lag.

Auf der anderen Seite des Hoofdweg kam er an einem groß gewachsenen Mädchen vorbei, das sein iPhone unter dem Hidjab fest ans Ohr gepresst hatte und mit beiden Händen gestikulierte. Er bog auf einen Fußweg ab, der zwischen zwei Grachten entlangführte. So viel Wasser in dieser Stadt! Amir hatte sich immer noch nicht daran gewöhnt. Der Weg führte direkt am Erasmuspark vorbei. Sein Nachhauseweg war dadurch kürzer, aber Amir war hier noch nie im Dunkeln gegangen. Er wusste, dass der Park groß war, flaches und offenes Gelände, aber jetzt wirkte alles undurchdringlich und finster. Amir mochte die Dunkelheit nicht. Er hatte dann immer das Gefühl, verfolgt zu werden. So war es auch heute Nacht. Er spürte, wie ihm ein Schauder den Rücken hinunterlief, ging aber weiter und bemühte sich, seine Angst in den Griff zu bekommen. Außerdem war der Weg breit, gesäumt von Lampen, die ein helles grünliches Licht gaben, das man fast greifen konnte. Ein paar Leute waren noch unterwegs. Hauptsächlich Holländer mit ihren Hunden. Und noch ein paar junge Typen, die an der Ecke herumstanden, wo der Weg scharf rechts abknickte. »Amir!« Jemand rief seinen Namen. Aber er war nicht gemeint. Ein anderer Amir.

Zurück auf die belebte Straße. Noch fünf Minuten. Amir kam an vertrauten Geschäften vorbei. Am Laden für Staubsauger, dem Vacuum King, an der türkischen Schneiderei, am dicht besetzten Kaffeehaus, in dem der Fernseher lärmte, an einem iranischen Töpfer. Er erreichte die eiserne Drehbrücke über den breiten Westelijk Marktkanaal. Beinahe geschafft. Auf der einen Seite des Kanals lag ein kleiner Park. Auf der anderen Seite der Kop van Jut, eine seltsame Landzunge, die wie die Südspitze Afrikas geformt war. Dort wohnte Amir, in einem der sechs fast identischen Wohnblocks. Er überquerte die Brücke. Der Fußweg führte am Kanal entlang, an der hohen silbriggrauen Rückwand der Marcanti-Schule und der Rückseite eines Wohnblocks vorbei. Kleine rechteckige Badezimmerfenster, die meisten dunkel. Auf dem Grasstreifen am Wasser standen mehrere Weiden Seite an Seite, schon üppig belaubt. Knorrig, gebeugt wie arthritische alte Männer neigten sie sich zum Wasser. Eine Straßenlaterne war kaputt. Amir ging schneller. Hinter ihm näherte sich ein nächtlicher Jogger. Amir wich auf den Grasstreifen aus, um ihn vorbeizulassen, wandte sich zu ihm und wollte einen Gruß nicken.

»Du …«, sagte er.

Die Schwärze und der Schmerz trafen ihn gleichzeitig. Sein Körper bebte, als der Elektroschock hindurchjagte, krümmte sich und fiel in den Kanal. Eine Straßenbahn, die über die Brücke donnerte, übertönte jedes Geräusch, das dabei vielleicht zu hören gewesen wäre.

Donnerstag, 9. Juni

9

»Einen *wunderschönen* guten Morgen! Johnnie Witteveen hier, von der Polizei Amsterdam-Amstelland. Ich hab was für Sie. So 'ne Grachtensache.« Reichlich flapsiger Tonfall, klang wie ein Seifenverkäufer. Posthumus erinnerte sich: Ein lästiger kleiner Bulle, dem diese Anrufe großen Spaß machten, er hatte ihn schon ein paar Mal am Telefon gehabt. Posthumus griff nach einem neuen leeren Formular. Er steckte mitten in einer komplizierten Geschichte. Martijn van Dam, pensionierter Beamter, war allein in einer winzigen Wohnung in der Vinkenstraat gestorben und hatte völlig undurchsichtige Finanzen hinterlassen. Der Anruf war die vierte Unterbrechung an diesem Vormittag. Posthumus markierte die Stelle, bis zu der er gekommen war, mit Bleistift und schob die Kontoauszüge auf seinem Schreibtisch nach links, dorthin, wo die offenen Vorgänge warteten.

»Worum geht's?«, fragte er knapp. So wurde er mit dem kleinen Witzbold wohl am besten fertig. Der Mann ging ihm auf die Nerven. Wieso stellte er ihn sich eigentlich klein vor? Er klang so. Ein Terrier.

»Sie haben wahrscheinlich letzte Woche schon davon gelesen«, sagte der Terrier. »Wasserleiche in der Prinsengracht. Hat mit einem Fahrrad getanzt. Unter Wasser. Kein Ausweis, keine Angehörigen, keine Vermisstenanzeige. Hatte so eine Djellaba an, jedenfalls die Reste davon. Vermutlich illegal eingewandert. Vielleicht erspart uns das ein Bombenattentat.«

Posthumus füllte methodisch die Kästchen im Formular aus. Er musste den Terrier an die kurze Leine nehmen.

»Männlich, nehme ich an«, sagte er.

»Das haben wir aus dem Bart geschlossen. Und dem Schwanz.«

Posthumus fragte sich, ob er jetzt lachen sollte. Er zog noch einmal an der Leine.

»Alter?«

»Ende zwanzig.«

»Wann gefunden?«

»Letzten Dienstag. 31. Mai.«

»Todeszeitpunkt?«

»Vermutlich zwischen 22 Uhr abends und 2 Uhr morgens in der Nacht vom 30. Mai. Todesursache Ertrinken.« Der Terrier sprang jetzt gehorsam von einem Kästchen zum nächsten; die Disziplinierung wirkte. »Keine eindeutigen Hinweise auf Gewalteinwirkung. Die Leiche wies zwar zahlreiche Schnittwunden auf, wahrscheinlich rühren die aber von einer Motorbootschraube her. Vermutlich kein Fremdverschulden.« Ein kurzer Rückfall: »Sicher wieder einer dieser besoffenen Ausländer, die in die Gracht pinkeln und dabei reinkippen. Wie viele waren es dieses Jahr?«

Posthumus ignorierte die Frage.

»Keine Adresse, nehme ich an«, sagte er.

»Doch, die haben wir. Er hatte eine Tasche dabei. Der Schulterriemen war fest um Hals und Körper gewickelt. Zuerst haben wir sogar an Strangulation gedacht, aber die Gerichtsmedizin sagt, die Lungen sind voller Wasser, also ist er ertrunken und hat noch gelebt, als er ins Wasser fiel. Vielleicht hat er sich irgendwo den Kopf angeschlagen oder er konnte nicht schwimmen oder er ist irgendwie ohnmächtig geworden und in die Gracht gekippt. Jedenfalls ist die Tasche auch total zerfetzt und leer, aber sie hat eine Seitentasche. Etwas Kleingeld, Schlüsselbund, Bahnfahrkarte nach Brüssel. Ein paar Passfotos; die sind zwar nass, aber man kann ihn noch erkennen.«

»Und die Adresse?«, fragte Posthumus.

»Nur Geduld, dazu komme ich gleich. Es war nämlich auch noch ein Tagebuch oder Notizbuch oder so dabei. Die Seiten kleben zusammen, ist sowieso alles arabisch – aber vorn im Einband steht eine Adresse in normaler Schrift. Marcantilaan 97. Auf dem Kop van Jut – wissen Sie, wo das ist? Draußen im Westen, beim Großhandelsmarkt. Jedenfalls sind wir hingefahren, haben die Schlüssel ausprobiert, und bingo!«

»Marcantilaan 97«, wiederholte Posthumus.

»Genau. Hat allerdings nicht viel gebracht. Fast leer, jedenfalls nichts drin, was uns weiterhilft. Er hat da eher kampiert als gewohnt, wie es aussieht. Und keine Papiere, die müssen in der Tasche gewesen sein.«

»Steht sein Name nicht im Mietvertrag?«

»Wir sind vielleicht überlastet, aber unsere Arbeit erledigen wir trotzdem.« Der Terrier zeigte die Zähne. »Untermieter. Die Wohnung wird seit Jahren untervermietet. Sie wissen ja, wie das ist – der eigentliche Mieter zieht aus und vermietet an jemand anderen weiter, gegen eine Pauschale in bar, viel mehr, als er selbst an die Wohnungsbaugenossenschaft bezahlt. Strom und so lässt er auf seinen Namen weiterlaufen, macht aber immer noch einen Riesengewinn. Und solange jeden Monat der Umschlag unter seiner Tür durchgeschoben wird, ist ihm scheißegal, wer da wohnt. Wir haben's versucht, aber die Untermieter haben ständig gewechselt. Ellenlange Liste. Lauter marokkanische Allerweltsnamen. Verläuft sowieso alles im Sande. Sie wissen ja, wie die sind.«

Posthumus sagte nichts. Was er wusste, war, dass es praktisch unmöglich war, in Amsterdam eine bezahlbare Wohnung zu finden.

»Dann haben wir noch ein schönes Bild für Sie. Von einem Muttermal oder so ähnlich, auf dem Rumpf der Leiche. Schwer zu erkennen, wegen der vielen Verletzungen. Wir können damit nichts anfangen, aber Ihnen bringt das vielleicht was … Ist jedenfalls bei den Schlüsseln mit dabei. Depot in der Prinsengracht, die restlichen Effekten sind bei der Leiche in der Gerichtsmedizin.«

Wäre er wirklich ein Terrier, würde er jetzt mit dem Schwanz wedeln, dachte Posthumus. Er war sicher, dass das Foto nur dabeilag, weil es blutig und ekelhaft war. Der freche kleine Bastard hatte so etwas schon einmal gemacht – bei Posthumus' erstem Fall, einer Leiche, die eine ganze Nacht in der Sauna gekocht hatte. Er konnten diesen Polizisten wirklich nicht ausstehen. Aber immerhin wusste Posthumus jetzt, in welchem Depot die Schlüssel lagen.

Posthumus legte auf, schrieb alles in den Computer und gab Alex Bescheid. Eine Faxanfrage beim Einwohnermeldeamt oder Nachlassgericht war hier nicht nötig. Er holte sich eine gelbe Mappe aus dem Schrank mit dem Büromaterial – gelb, die Farbe für dieses Jahr – und beschriftete sie mit Marcantilaan 97, bevor er das Bestattungsunternehmen anrief und dafür sorgte, dass die Leiche aus der Gerichtsmedizin abgeholt und zum Friedhof Zuid gebracht wurde. Die Atmosphäre dort gefiel ihm. Es gab sogar einen eigenen Raum für rituelle Waschungen. Schließlich, so sagte er sich, würde es eine muslimische Beisetzung sein. Auf jeden Fall eine Erdbestattung wie bei allen anonymen Toten. Sie kamen in ein flaches Grab, sodass man sie leicht wieder exhumieren konnte, wenn doch noch Angehörige auftauchten. Er vermerkte die Überführung im Protokoll, legte es in die gelbe Mappe und deponierte die Mappe dann im Eingangskorb.

Sulung war dienstlich unterwegs – er schien für alles immer doppelt so lange zu brauchen wie Maya, ja sogar länger als Posthumus. Manchmal fragte sich Posthumus, ob Sulung nicht einen heimlichen Nebenjob hatte. Maya telefonierte gerade. Es klang, als habe sie die Nichte der alten Dame erreicht, die vor einigen Tagen im VU-Krankenhaus gestorben war.

»Ihre Tante hatte anscheinend keine Sterbegeldversicherung, und auf ihrem Konto sind weniger als zweitausend Euro«, erklärte sie gerade. »Sie müssen sich darauf einstellen, dass auch ein einfaches Begräbnis zwischen fünftausend und siebentausend Euro kostet.«

Posthumus seufzte. Es war doch wirklich kein großer Aufwand, sich beizeiten um die Begräbnisvorsorge zu kümmern. So eine Versicherung kostete nicht einmal viel. Er griff nach links, um sich wieder die Kontoauszüge van Dams vorzunehmen. Prompt blinkte eine E-Mail von Alex auf.

Der Grachtenmann ist doch genau das Richtige für dich, oder?

Posthumus musste lächeln. Alex' Flapsigkeit war ihm sympathisch, anders als die des Terriers. Er las weiter.

Ich habe gerade mit Sulung gesprochen, er kommt nach dem Mittagessen wieder rein (sagt er zumindest). Du könntest also heute Nachmittag mit Sulung oder morgen früh mit Maya hinfahren. Wie du magst.
Ax

Posthumus blickte zu Maya hinüber. Sie verhandelte immer noch mit der Nichte.

»Ich verstehe das ja, wenn Sie Ihre Tante seit 20 Jahren nicht gesehen haben, aber so ein Erbe umfasst eben auch alle Schulden und Ausgaben, einschließlich der Begräbniskosten.«

Posthumus schrieb eine Antwort an Alex:

Das soll eine Wahl sein?? Sulung und heute Nachmittag ist o. k., wenn er denn auftaucht.

Er überlegte einen Moment, dann fügte er hinzu:

Mittagessen in einer Stunde? Diese hippe neue Sandwichbar um die Ecke?
Mit ein bisschen Glück kriegen wir einen Tisch an der Gracht. Morgen soll es schon wieder vorbei sein mit dem schönen Wetter.
PP

»In diesem Fall regelt die Stadtverwaltung die Beisetzung«, sagte Maya jetzt. Die Nichte hatte offenbar Vorbehalte. »Nein, das ist durchaus pietätvoll. Beisetzungen auf städtische Kosten laufen so ab: Am Tag vorher haben Sie beim Bestatter eine Stunde Zeit, um von der Verstorbenen Abschied zu nehmen. Die Toten liegen dort in einer kleinen Kapelle – aufgebahrt, wenn sie präsentabel sind; die Bestattung selbst dauert eine halbe Stunde mit drei Musikstücken, einem Blumenstrauß von uns und zwanzig Tassen Kaffee. Die Trauergäste können auf Wunsch Ansprachen halten, aber alles, was länger als eine halbe Stunde dauert oder über zwanzig Tassen Kaffee hinausgeht, kostet zusätzlich und muss vorher angemeldet werden.«

Das Okay von Alex kam sofort. Posthumus griff erneut nach dem Kontoauszug. Wieder klingelte es.

»Guten Morgen. Hans Bekker hier.«

Posthumus überlegte fieberhaft. Es war immer das Gleiche: Alle Anrufer nahmen ganz selbstverständlich an, dass man sofort wusste, wer dran war und um welchen Toten es ging. Warum sollten sie auch etwas anderes denken?

»Sie haben mich gestern um einen Rückruf gebeten«, erklärte die Stimme.

Ah ja! Das musste Bart Hoofts Vermieter sein. Hooft war jetzt seit zwei Wochen begraben, aber irgendetwas an dem Fall ließ Posthumus keine Ruhe. Hoofts Eltern zu informieren und ihnen die Gedichte zu geben, damit der Mann nicht einfach spurlos aus der Welt verschwand – das blieb noch zu tun, aber es gab da noch etwas anderes. Posthumus wusste selbst nicht genau, was es war. Noch nicht. Aber er konnte es nicht ignorieren. Ein Instinkt, den er bei der Internen Revision entwickelt hatte. Er blickte zu Maya hinüber. Sie telefonierte immer noch. Gut. Er sprach leise.

»Ich weiß, dass es seltsam klingt, aber ich hätte noch eine Frage zu Bart Hooft, Sie wissen schon, dieser Mann, der …«

»Ja?«

»Wie gut sprach er niederländisch?«

»Wie meinen Sie das?«

»War er Ausländer?«

»Nein. Eigentlich nicht.«

»Was heißt ›eigentlich‹ nicht?«

»Nun, er hatte einen merkwürdigen Akzent. Den ich irgendwie nicht einordnen konnte. Ich habe zwar kaum je mit ihm gesprochen, aber aufgefallen ist mir das schon. Kein ausländischer Akzent. Er sprach ... irgendwie altmodisch, würde ich sagen.«

»Das ist interessant, vielen Dank.«

»Worum geht es eigentlich? Ist etwas nicht in Ordnung?«

»Nein, nein, ganz und gar nicht. Das ist keine amtliche Anfrage ... ich habe mich nur gewundert. Vielen Dank für Ihre Auskunft, Sie haben mir sehr geholfen.«

Posthumus legte den Hörer auf. Bart Hooft konnte also wirklich so geheißen haben. Und er war wahrscheinlich Niederländer, lebte aber wie ein illegaler Einwanderer. Warum? Und wieso hatte er überhaupt keine Spuren hinterlassen? Und dieses merkwürdige, altmodische Niederländisch? Vielleicht sprach so jemand, der im Ausland aufgewachsen war, aber bei niederländischen Eltern? Ja, das war es.

Maya hatte ihr Gespräch inzwischen beendet. Posthumus machte sich wieder an die Kontoauszüge, zog zwanzig Minuten später den Schlussstrich unter den Fall van Dam, faxte der Bank die Genehmigung, das Konto aufzulösen (lächerlich, dass man so etwas heute noch faxen musste, aber so waren nun einmal die Vorschriften) und legte die Akte im Schrank für die abgeschlossenen Fälle ab. Dort zögerte er kurz, nahm dann die Akte Bart Hooft heraus und verließ kurz entschlossen, mit einem Seitenblick zu Maya, das Büro, um nach unten zu Alex zu gehen.

»Ich muss noch mal kurz weg. Es bleibt beim Mittagessen, aber können wir uns gleich dort treffen?«, fragte er. »Weißt du, wo das ist? Ich glaube, es heißt Deli's. Such uns schon mal einen Tisch, falls ich länger brauche.«

»Klar. Was ist denn los?«

»Ich hab da so eine Idee, will nur kurz jemand etwas fragen.«

Posthumus winkte zum Abschied mit der gelben Mappe und trat auf die Staalkade hinaus. Er machte sich auf den Weg ins Rotlichtviertel. Zehn Minuten später drückte er eine Tür auf, die mit einem »Open«-Schild geschmückt war.

In dem kleinen Tattooladen war niemand außer dem Betreiber – ein ältlicher Hippie, ungepflegt, Halbglatze, die verbliebenen grauen Haare zu einem mickrigen langen Pferdeschwanz gebunden. Ein fast ebenso langer, chinesisch wirkender Kinnbart hing ihm auf die Brust. Er nickte Posthumus zu. Der hatte zwar den Laden noch nie betreten, kam aber fast täglich daran vorbei, und bei schönem Wetter saß der Tätowierer oft auf einem Stuhl draußen vor dem Eingang. Posthumus blickte sich um. Die Wände, die Theke, sogar die Decke waren mit Abbildungen von Tattoo-Designs überzogen. Der Ladenbesitzer war im Unterhemd, jeder Quadratzentimeter seiner Haut diente der Werbung für seine Kunst. Er schien sich seiner Umgebung angepasst zu haben, so wie ein Chamäleon die Tönung des Zweigs annimmt, zwischen dessen Blättern es hockt. Ihm war wohl bewusst, dass Posthumus nicht als Kunde kam. Schweigend wartete er ab, was Posthumus sagen würde.

Posthumus öffnete die Akte Bart Hooft, nahm die Polizeifotos der Tätowierungen heraus und breitete sie auf der Theke aus. Eine seltsame Versammlung: eine leuchtend gelbe Ente mit einer schwarzen Maske über dem Kopf; am Steißbein ein kreisförmiges Symbol ähnlich dem Yin-Yang, aber mit drei

Abteilungen statt zwei; darunter ein Dreieck, dessen abwärtsgerichtete Spitze zwischen Barts Hinterbacken verschwand; eine kunstvoll geflochtene Kette um beide Fußknöchel; ein Strichcode im Nacken; der Vogel mit dem Stern auf dem Arm.

»Könnten Sie mir eventuell weiterhelfen, was die hier zu bedeuten haben?«, fragte er.

Der Tätowierer sah sich die Bilder an, dann schaute er überrascht zu Posthumus auf.

»BDSM«, sagte er.

»Bitte?«

»*Bondage, Discipline, Sadism, Masochism*. Oder *Dominance* und *Submission*. Keine Ahnung. Das sind jedenfalls Symbole für so was.«

»Doch, das könnte hinkommen«, erwiderte Posthumus und dachte an die Gedichte. Er hatte die »Schwarze Tulpe« recherchiert, die in einigen vorkam. Sie hatte sich als eine Art Sexclub herausgestellt, eine Kellerbar in einer der engen Nebengassen ein paar Blocks von hier. »Aber was soll dann die Ente?«

»Verspieltheit«, sagte der Tätowierer. »Ich weiß auch nicht genau, was die bedeutet, aber ich habe schon ein paar davon gestochen. Ketten um die Fußknöchel, klar, was das heißt. Das Dreieck bedeutet wahrscheinlich, dass er schwul ist. Dieses Yin-Yang-Ding ist das Geheimzeichen der BDSM-Leute, ihr Erkennungszeichen.«

»Wofür steht es?«

»Ich will nicht petzen.«

»Und der Stern mit dem Vogel darin?«

»Keine Ahnung – der passt nicht dazu. Aber das rote Herz mit dem Schlüsselloch, das da, auch in dem Stern, das ist ein Sklavenherz. Es heißt, dass er jemandem gehört.«

»Gehört?«

»Ja, seinem Master. Nicht wirklich, natürlich. Gegenseitiges Einverständnis unter Volljährigen und so. Deswegen auch der Strichcode. Es heißt, er ist im Sklaven-Register eingetragen. Das ist eine Webseite.«

Posthumus blickte ungläubig.

»Doch, das gibt es! Glauben Sie mir. In meinem Beruf lernt man eine Menge über das Leben.« Der Tätowierer zwinkerte ihm zu. »Heutzutage trifft sich die Szene hauptsächlich im Netz und auf Partys. Ein paar Bars gibt's auch noch«, erklärte er.

»Über diese Webseite könnte ich den Mann also finden?«

»Da müssen Sie sich erst registrieren, glaube ich. Und natürlich müsste er auch auf Ihre … Anfrage reagieren.«

»Das geht in diesem Fall leider nicht mehr«, sagte Posthumus. »Kann ich irgendwo noch mehr über diese Tätowierungen herausfinden? Und über diesen Mann?«

»Sie haben's aber wirklich nötig, was?«

Der Tätowierer kicherte. Posthumus blickte ihn finster an und klappte den Aktendeckel zu, sodass man das offizielle Wappen der Stadt Amsterdam darauf sah. Der Tätowierer beäugte Posthumus misstrauisch.

»Also, dieser Vogel mit dem Stern, das hat wahrscheinlich etwas mit seinem Master zu tun«, sagte er. »Ich musste schon ein paar Mal ein Sklavenherz in ein anderes Tattoo einbauen, als Emblem. Das hier ist aber schlampig gemacht. Hingerotzt. Keine gute Arbeit.«

»Also nicht von Ihnen?«

»Nö. Kann mich jedenfalls nicht erinnern. Aber, wie gesagt, ich mache hier alle möglichen Aufträge.«

Posthumus führte die Erinnerungsschwäche des Mannes eher auf den Haschgeruch zurück als auf die verwirrende Vielfalt von Kundenwünschen.

»Vielleicht weiß ein Kollege von Ihnen Bescheid? In einem anderen Laden?«

»Kann sein. Wenn er irgendwo Stammkunde war. Sie können ja mal rumfragen«, sagte der Tätowierer.

»Wie viele Tätowierläden gibt es in Amsterdam?«

»Keine Ahnung. Zwanzig, dreißig. Vielleicht ist das aber auch ganz woanders gemacht worden.«

Posthumus sah ein, dass er hier nicht mehr erfahren würden. Er packte seine Fotos zusammen und schob sie in die Akte zurück.

»Vielen Dank für Ihre Hilfe«, verabschiedete er sich, als er ins Sonnenlicht zurücktrat und sich auf den Weg zum Essen mit Alex machte. Eine Pilgerfahrt durch die ganze Stadt, von einem Tattoo-Shop zum anderen, würde wahrscheinlich nicht viel bringen. Das konnte er immer noch machen, aber erst wollte er etwas anderes ausprobieren. Aufgeben würde er jedenfalls noch nicht. Irgendetwas an diesem Vogel mit dem Stern kam ihm vage vertraut vor und löste eine unklare Assoziation weit hinten in seinem Gehirn aus.

***

Donnerstagvormittag. Schon. Die Zeit flog dahin. Lisette war mehr als zehn Minuten zu früh im Konferenzraum für die übliche Teambesprechung. Sie kam frisch von einem weiteren Gespräch mit Veldhuizen. ›Frisch‹ war eigentlich nicht das richtige Wort. Strapaziert eher. Er hatte nicht lockergelassen. Lisette war sich vorgekommen wie bei einem Verhör. Was war da los? Entging ihnen etwas? Zwei Mitglieder der Zelle waren ganz einfach verschwunden. Verschwunden, verdammt noch mal! (Lisette hatte zugeben müssen, dass El Mardi und Kaddaoui ihnen in Brüssel entwischt waren. Die Möglichkeit, dass das Gleiche für Amir Loukili, Tahiris Cousin, galt, gestand sie sich lieber nicht ein.) Veldhuizen hatte nicht herumgeschrien, sondern war kalt und ruhig geblieben, aber sehr entschieden. Ergebnisse! Er verlangte Ergebnisse, und zwar sofort. Musste denn erst eine Bombe hochgehen, bevor sie kapierten, was sich hier abspielte? Was bedeutete diese Rivalität zwischen Mansouri und Bassir? Hatte ihr Team die Situation unter Kontrolle? Der Informant berichtete, ein Anschlag stehe unmittelbar bevor. Sie würde dem ja wohl nachgehen, oder? (Aha, der Syrer. Lisette wusste sehr genau, wer er war.) Sie hatte noch einmal darauf gedrängt, das Team über den V-Mann zu informieren, aber davon wollte der Chef nichts hören.

Im Konferenzraum war es still, die dumpfe Stille schallisolierter Wände. Lisette strich eine Haarsträhne zurück, nahm einen Plastikkuli zwischen zwei Finger, wirbelte ihn propellerartig hin und her und schlug dann einen Trommelwirbel auf der Tischplatte. Je mehr sie mit Onno Veldhuizen zu tun hatte, desto weniger konnte sie ihn ausstehen. Er glaubte sich immer im Recht. Nichts konnte ihn erschüttern, und er war so unbedingt von sich eingenommen, dass man es ihm auf hundert Meter ansah. Er strebte eine große Karriere beim Geheimdienst an, und jetzt, wo seine Abteilung, der Staatsschutz, mit einem Teil des Auslandsgeheimdienstes zusammengelegt werden sollte, wackelte sein Stuhl. Oder aber er kletterte auf den Rücken des künftigen Abteilungsleiters, und von dort noch höher hinauf, um am Ende über alle anderen zu triumphieren. Die Amsterdamer Zelle auszuheben war genau der Erfolg, den er jetzt brauchte, und eine Universitätstussi wie sie würde ihn da nicht aufhalten.

Aber da war noch mehr. Lisette ließ den Kuli ruhen. Zwischen ihrem Chef und dem Staatsanwalt bestand eine seltsame persönliche Abneigung, die sie nicht ganz verstand. Irgendetwas ging hier vor, und sie hatte keinen Einfluss darauf. Jeder wälzte die Verantwortung so oft wie möglich auf andere ab. Und sie wäre der letzte Dominostein, der fallen würde. Außer natürlich, das Ganze flog auf, bevor es vollendet war. Sie legte den Stift auf ihre Notizen. Der Zeiger der Wanduhr wanderte eine Minute weiter: 10 Uhr 25. Mick und Ingrid, eine Analytikerin, die Lisette dazugeholt hatte und die schon vor ihrer Beförderung im Team gearbeitet hatte, kamen zusammen herein. Überpünktlich. Rachid kam, wie immer, sozusagen mit dem Glockenschlag, und Ben mit seinem üblichen »Yo, gang!« ein bisschen zu spät.

Die Auseinandersetzung mit dem Chef erwähnte Lisette nicht. »Die operative Abteilung berichtet, dass die Mansouri-Wohnung in Betrieb ist«, fing sie an. »Danke, Mick, dass du das so schnell hinbekommen hast.« Dieser Ermittlungserfolg war ihnen sozusagen in den Schoß gefallen. Hassan Mansouri, der Rädelsführer, hatte gleich nach seiner Entlassung und einer Blitzheirat eine Wohnung für sich und seine Frau gesucht. Ein paar Anrufe von Mick bei der Wohnungsbaugenossenschaft, und siehe da! Plötzlich war ein schönes Apartment zu einem günstigen Mietpreis zu haben, und die Mansouris standen ganz oben auf der Warteliste. Die Wohnung hieß beim Team das »Big-Brother-Haus« – aus ersichtlichen Gründen.

»Rachid, irgendwas Neues?«

Rachid hatte sich Stunden um Stunden durch die Tonbänder gearbeitet und alles, was er für relevant hielt, aus dem Berberischen übersetzt.

»Also, es gab Streit zwischen Mansouri und Bassir, weil Bassir jemanden mit ins Haus bringen wollte. Um wen es dabei ging, weiß ich nicht, klar ist aber, dass Mansouri dagegen war.«

Rachid blätterte durch seine Mitschriften.

»Ansonsten nicht viel«, fuhr er fort, »außer dass Najib und Bassir über einen Imam gesprochen haben, den sie beide nicht mögen, und dass Khaled Suleiman, der Neue, dieser Syrer, der englisch mit ihnen spricht …«

Rachid blickte auf, um sicherzugehen, dass die anderen wussten, wen er meinte. Mick nickte.

»… dass er ihnen Arabisch beibringt«, setzte Rachid fort, »und sie davon überzeugt hat, Gebetsversammlungen abzuhalten und eine Diskussionsgruppe zu gründen. Privat, bei ihnen zu Hause.«

»Das passt«, warf Ben ein. »Sie besuchen die Moschee nämlich nicht mehr.«

»Ein wichtiger Punkt«, erklärte Ingrid. Wenn sie sich, was nur selten vorkam, einmal zu Wort meldete, horchten alle auf. »Dass sie die Lehren des Imam ablehnen, ist ein sicheres Indiz für ihre Radikalisierung.«

»Ich bin auch der Meinung, dass wir Suleiman im Auge behalten sollten«, sagte Rachid. »Mansouri und die anderen scheint er jedenfalls sehr zu beeindrucken. Bis auf Bassir vielleicht.« Das war noch seltener: Rachid hatte Ingrid nicht widersprochen.

Lisette wandte den Blick von ihm ab. Sie konnte das nicht

zulassen. Sie musste sie ablenken, zumindest bis sie die Identität des V-Manns enthüllen durfte. Jetzt passierte genau das, was sie befürchtet hatte. Sie hatten weder die Zeit noch die Mittel für solche Manöver, ganz zu schweigen von den Reaktionen, die ihr bevorstanden, wenn der Verrat aufflog.

»Ich sehe das ähnlich, Rachid«, sagte sie, »aber vorläufig sollten wir uns weiter auf Mansouri als den Rädelsführer konzentrieren.«

»Gegründet hauptsächlich auf die sensationelle Enthüllung, dass er entfernt mit einem der Bombenattentäter von Madrid verwandt ist«, erwiderte Rachid, mit einem geringschätzigen Blick auf Ingrid, die beim Durchforsten alter spanischer Geheimdienstakten auf diese Verbindung gestoßen war.

»Ja, genau, und weil er als Erster zur traditionellen Kleidung zurückgekehrt ist und gerade geheiratet hat«, sagte Lisette.

»Was auch einfach bedeuten kann, dass er fromm ist und eine Frau wollte«, entgegnete Rachid.

»Daraus ergibt sich aber das Profil eines potenziellen Selbstmordattentäters«, hielt Lisette dagegen. »Und sie treffen sich meistens bei ihm, besonders in den letzten Wochen.«

»Weil er eine eigene Wohnung hat und die anderen noch bei ihren Eltern wohnen«, wandte Rachid ein. »Bei ihm sind sie ungestört.«

»Mansouri ist wirklich extrem religiös«, sagte Ben. »Mit seinem ganz eigenen Religionspotpourri, der etablierte Mist ist ihm nicht gut genug. Neulich hat er auf diesen dünnen Najib eingeredet, die jungen Männer, die aus Marokko rüberkommen, wären nicht richtig gläubig, und der Prophet hätte dies gesagt, und der Prophet hätte jenes gesagt, und der Prophet will, dass blablabla, und der Prophet was weiß ich noch alles, und diese Marokkaner wären bloß eingeschleuste Spione, die die Gruppe unterwandern sollten.«

»Außerdem hat Mansouri das ganze Zeug im Internet gekauft, und der Zugriff auf die verdächtigen Websites kam von seinem Computer«, ergänzte Mick und beendete damit, wie immer, die Diskussion. Lisette nickte ihm kaum merklich zu. Sie war ihm dankbar; ohne Mick wäre es sehr viel schwieriger gewesen, das Team auf Kurs zu halten.

Rachid sagte nichts mehr. Sein Gesicht nahm den üblichen gelangweilten, starren Ausdruck an. Lisette trieb die Besprechung voran, vorbei an den allgegenwärtigen Fallgruben – Rachids negativer Einstellung, Bens mangelnder Seriosität –, hin zu Plänen, Strategien und Maßnahmen.

***

Zwei Stockwerke höher griff Onno Veldhuizen nach dem Telefonhörer. Dass der junge Haddad berichtet habe, ein Anschlag stehe unmittelbar bevor, entsprach nicht ganz der Wahrheit. Aber dieser Lammers musste man mal kräftig in den Hintern treten, damit sie aufwachte. Sie hielt sich einfach für viel zu schlau. Es musste schneller vorangehen. Ein bisschen Nachhelfen konnte da nicht schaden. Und er hatte auch schon eine Idee, wer ihm dabei behilflich sein konnte. Er wählte eine Haager Nummer. Noch während des ersten Klingelns wurde abgenommen.

»Kommunikation und Strategie. Mark Koning.«

»Hallo, du alter Hurensohn.«

»Onno! James Bond persönlich.«

»Wie geht es denn dem kreativsten aller politischen Berater?«, fragte Veldhuizen mit leicht sarkastischem Unterton.

»Was gibt's?«

»Die Amsterdamer Zelle.«

»Ja?«

»*Du* weißt, dass die schuldig sind, *ich* weiß, dass die schuldig sind, wir alle wissen das.«

»Stimmt.«

»Aber uns sind die Hände gebunden. Wir dachten, wir hätten sie, und zack, waren sie wieder auf freiem Fuß. Die Hürden, die wir nehmen müssen, sind einfach zu hoch.«

»Meine Kollegen sind auch der Ansicht, dass die gegenwärtigen Gesetze den Kampf gegen den Terrorismus erschweren.«

»Eine Terrorzelle, die gesprengt wird, kurz bevor es zu einem Anschlag kommt … das könnte die Dinge in Gang bringen? Das Klima zugunsten einer Gesetzesänderung verändern?«

»Richtig. Unter uns: Meine Kollegen hoffen schon länger, dass so etwas passiert.«

»Schön. Und wenn du mit dabei wärst, könnte das auch deine Karriere in Gang bringen. Ich bekomme gerade ein bisschen Druck aus derselben Ecke. Das Problem ist nur …« Veldhuizen zögerte. »Das Problem ist, dass man diesen Kerlen manchmal ein bisschen auf die Sprünge helfen muss.«

Schweigen.

Veldhuizen fuhr fort. »Ein kleiner Schubser. Nichts zu Gewalttätiges. Nichts, das wirkliche Gefahr verursacht, nur so, dass es sie aus dem Unterholz scheucht, ein bisschen panisch macht, ein bisschen unvorsichtig vielleicht, damit sie einen Fehler machen – dann könnten wir zuschlagen. Gerade noch rechtzeitig.«

»Woran hast du gedacht?«

»Hm, ein Zeitungsartikel. Eine kleine, scheinbar nebensächliche Bemerkung, aus der sie schließen müssen, dass sie schnell handeln müssen, sonst …«

»Und, hast du eine Idee, was das sein könnte?«

»Bist du heute schon zum Mittagessen verabredet?«

***

»Das war wirklich ausgezeichnet«, sagte Alex und lehnte sich im Stuhl zurück. »Mal was anderes.« Sie trug ein Fünfzigerjahrekleid, bedruckt mit großen scharlachroten Blüten, das Haar hochgebunden mit einem passenden Schal. Sie sah aus, als wäre sie in einem tropischen Urwald gepflückt worden.

»Es ist noch gar nicht lange her, dass man in Amsterdam mittags bloß Brot und Käse oder Brot und Schinken gegessen hat und dazu ein Glas Buttermilch«, erwiderte Posthumus. »Oder Brot mit mayonnaisegetränktem Salat belegt, wenn man ganz besonders wagemutig war. Leute von außerhalb mochten das gar nicht glauben, vor allem nicht, dass Erwachsene Buttermilch trinken. Stell dir mal vor, du wirst mittags zu einem Geschäftsessen eingeladen und bekommst statt drei Gängen mit Wein nur Brötchen und Buttermilch. Und fettige Fleischkroketten oder ein *broodje fricandel* mit viel Mayo als kulinarischer Höhepunkt.«

»Mein armer Vater«, sagte Alex. »Er nannte so was *mangiare da ospedale,* Krankenhausessen, und es tat ihm in der sizilianischen Seele weh. Zu Hause hat er immer für uns gekocht, und dazu gab es sogar verdünnten Wein. Meine Freunde waren entsetzt.«

Es war ihnen gelungen, den letzten Tisch auf der schmalen Terrasse zu ergattern. Bei schönem Wetter – von den ersten

Sonnenstrahlen im Februar bis weit in den Herbst hinein – wollten die Amsterdamer nichts lieber als draußen sitzen. Die Cafés an den Grachten stellten die schmalen Bürgersteige voll mit Tischen und Stühlen; das war zwar verboten, aber niemand scherte sich darum. Hauptsache, man erhaschte ein paar Sonnenstrahlen.

Die vorbeifahrenden Radfahrer streiften beinahe ihre Knie, sie waren zwischen einer efeubewachsenen Mauer und der Eingangstreppe des Nebenhauses eingeklemmt, aber sie konnten draußen sitzen, die Straße war autofrei und lag im Schatten der Grachtenbäume.

»Es hat wirklich gut geschmeckt«, stimmte Posthumus zu, faltete seine Papierserviette zu einem akkuraten Quadrat und legte sie auf den Tisch. »Auch wenn die Bedienung reichlich langsam war. Ich meine, wie lange dauert es denn, ein Sandwich zu belegen? Auch wenn es eins mit gerösteter Roter Bete, Wasserkresse und hausgemachtem Hummus ist.«

»Das ist eben Amsterdam. Alles sehr entspannt.«

»Du meinst wohl eher ineffizient. Ich war mal in einem Restaurant in Brüssel, einem von den altmodischen, wo die Kellner noch direkt am Tisch flambieren und die Saucen zubereiten, und innerhalb weniger Minuten hatte unser Kellner nicht nur die Sauce serviert, sondern auch einem anderen Tisch die Rechnung gebracht, die Gäste an einem weiteren Tisch verabschiedet und ihnen die Mäntel gebracht und trotzdem an das Glas Wein gedacht, das ich bestellt hatte. In Amsterdam hätte das fünfmal so lange gedauert, und der Wein wäre nie gekommen. Ich finde, jeder Kellner in dieser Stadt sollte eine Woche lang in diesem Brüsseler Restaurant an einen Haken gehängt werden und sich anschauen, wie man's richtig macht.«

Alex lachte. »Du meinst, wir pflegen hier zu sehr diese ›Wir sind alle gleich‹-Haltung?«

»Bedienen heißt ja nicht servil sein«, sagte Posthumus. »Das ist eine Frage des Arbeitsethos. Französische Kellner sind stolz auf ihr Können, italienische auch, und belgische ebenso. Es ist eine ehrenvolle Arbeit, die es wert ist, richtig gemacht zu werden. Aber« – er hob kapitulierend die Hände –, »ich will nicht schon wieder anfangen. Wir merken den schlechten Service ja kaum noch, anders als die Touristen, deren Klagen sich Anna ständig anhören muss. Und ich gebe zu, das Thema ist ein Steckenpferd von mir.«

»Stolz auf die eigene Arbeit bedeutet dir viel, oder?«

Bevor Posthumus antworten konnte, klingelte sein Handy. Er griff in die Tasche, um es abzuschalten, hielt aber inne, als er den Namen auf dem Display las.

»Entschuldige bitte«, sagte er. »Es ist sehr unhöflich, aber macht es dir etwas aus, wenn ich kurz rangehe?«

Alex signalisierte ›Mach nur‹.

»Merel«, sagte Posthumus. »Wie geht's dir?«

Die Stimme am anderen Ende der Leitung klang aufgeregt. »Onkel Pieter … PP. Tut mir so leid. Ich kann heute Abend nicht. Ich habe gerade einen Anruf bekommen – Mark Koning, dieser berühmte Regierungsberatertyp aus Den Haag, der lauter wichtige Verbindungen und Insider-Informationen hat … Ich habe schon so oft versucht, ihn zu erreichen. Und heute dann plötzlich ein Anruf von ihm, wie aus heiterem Himmel. Er sagt, er hat den ersten Artikel aus meiner Serie über Muslima in Amsterdam gelesen, du weißt schon, und dass ich ideal bin für eine brisante Information, die er gerade bekommen hat. Ich weiß noch nicht, was es ist, aber ich glaube, das ist exklusiv. Auf jeden Fall will er mich treffen, und ich muss heute um fünf nach Den Haag und danach dann die Story schreiben, also heute Nacht. Tut mir so leid. Aber ich fasele hier …«

»Keine Sorge, das ist schon in Ordnung. Arbeit geht vor.«

»Das kann mir den Hals retten. Dauernd will der Chefredakteur ›Resultate, Resultate‹ von mir, und jetzt wird er sehen, dass ich wichtige Kontakte habe und die richtigen Leute kenne. Ich kann's mir nicht leisten, das sausen zu lassen. Und den nächsten Artikel für meine Serie muss ich heute Abend auch noch schreiben. Das kann ich nicht vorziehen, weil es darin vor allem um diese Aissa geht, echt eine tolle Frau. Ich hab sie an dem Tag getroffen, als wir uns im Dolle Hond gesehen haben. Weißt du noch, ich musste doch zu dieser Podiumsdiskussion in der Bibliothek? Danach habe ich dann ein Interview mit ihr gemacht, und sie kennt sich wirklich aus und macht sich viele Gedanken, und heute Nachmittag treffen wir uns zum Kaffee, und ich kann den Artikel nicht schreiben, bevor ich mit ihr gesprochen habe, und außerdem haben wir uns ein bisschen angefreundet, glaube ich zumindest, so oft haben wir uns ja noch nicht gesehen. Sie ist die erste Marokkanerin, die ich kennengelernt habe. Kennst du irgendwelche Marokkaner? Schon komisch, oder? Wir leben alle in unseren kleinen persönlichen Ghettos. Aber ich fasele schon wieder. Hör mal, kann ich dich in ein paar Tagen wieder anrufen, wenn ich weiß, was aus der Mark-Koning-Sache wird, und wir machen einen neuen Termin aus? Tut mir so furchtbar leid wegen heute Abend!«

Posthumus verabschiedete sich leise und schob das Telefon in die Tasche zurück. Zog sie sich wieder zurück? Es hatte ihn einigen Mut gekostet, sich mit ihr zu verabreden. Diese Familienbindung war ein neues Gefühl für ihn – er wusste nicht, ob er das wirklich wollte, es konnte so leicht wieder abreißen. Merel hatte nichts dazu gesagt, als er sich endlich aufraffte und sie anrief; auch ihren Vater hatte sie nicht erwähnt. Trotzdem. Alles wurde wieder aufgewühlt, ans Tageslicht gezerrt, die Erinnerung an Willem, die jahrelang dicht unter der Oberfläche seines Bewusstseins gelauert hatte. Ein Teil von ihm wollte weglaufen, ein anderer Teil suchte Merels Nähe.

»Die lange verlorene Nichte?«, fragte Alex. »Die, mit der du dich vor ein paar Wochen getroffen hast?« Sie schaute Posthumus forschend an.

»Ja. Das war vor fast einem Monat. Schwierige Sache. Lange, komplizierte Vorgeschichte. Wir wollten uns heute Abend treffen.«

»Aber sie hat abgesagt?«

Posthumus nickte.

»Mit einem guten Grund?«

»Ja, ich glaube schon. Es wäre das erste Mal gewesen, seitdem sie sich bei mir gemeldet hat. Ich habe danach zunächst nichts von mir hören lassen und darauf gewartet, dass sie mich anruft.«

»Aber das hat sie nicht? Sie hat wahrscheinlich gedacht, du bist jetzt an der Reihe. Schließlich hat sie ja den ersten Schritt gemacht.«

»Hat Anna auch gesagt. Jedenfalls habe ich sie letzte Woche dann doch angerufen. Wir wollten heute Abend essen gehen. Na ja …«

»Hey, ihr beiden!« Es war Sulung, der von der Staalkade her auf sie zukam. »Drückt ihr euch, oder was? Von mir aus können wir los.«

Mit einem entsetzten Blick auf seine Uhr sprang Posthumus auf. Er war sonst nie zu spät.

»Schon so spät! Ich übernehme die Rechnung. Nein, nein – ist mir ein Vergnügen.«

Alex griff nach ihrer Handtasche.

»Könntest du das vielleicht mitnehmen?«

Posthumus schob ihr die Akte Bart Hooft hin. Alex zog die Augenbrauen hoch, steckte die Akte dann aber doch ein.

»Ich war eben beim Friedhof Zuid«, sagte Sulung zu Alex, als er am Tisch stehen blieb, »ich habe die persönlichen Effekten abgeholt, die ich letzte Woche dort vergessen hatte.« Die braunen Umschläge also, mit allem, was ein Toter so bei sich hatte. »Alles ordentlich quittiert. Nichts Besonderes, das übliche Zeug. Kontokarten, Ringe, Ohrringe, ein paar Handys. Liegt alles auf deinem Schreibtisch. Ach, und die Sachen von diesem Neuen. Dem Grachtenmann. Wurden gerade gebracht, als ich loswollte.«

Posthumus war noch im Lokal und wartete darauf, dass er bezahlen konnte. Sulung trat nervös von einem Bein auf das andere und schaute ein paar Mal auf die Uhr und über die Gracht zum Rathaus hinüber.

»Ich hole schon mal den Wagen«, sagte er schließlich. »Sag ihm, ich warte an der Ecke.«

***

Die Wohnung auf dem Kop van Jut lag im Erdgeschoss, nah am Fußweg zur Straße. Die Tür war nur angelehnt. Sah aus wie aufgebrochen.

»Schlampig«, meinte Sulung. Gewöhnlich versiegelte die Polizei die Tür gleich wieder, wenn sie das Schloss aufbrechen musste. »Außerdem hatten die doch den Schlüssel.«

Die Männer schauten einander an.

Posthumus senkte die Stimme zu einem Flüstern. »Ob da jemand drin ist, was meinst du?«, fragte er.

Zu hören war nichts. Sonst klingelten sie erst, für den Fall, dass doch ein Nachbar, Angehöriger oder Mitbewohner in der Wohnung war, jemand, der aus irgendeinem Grund nicht in den Akten auftauchte. Sulung streckte die Hand nach der Klingel aus, aber Posthumus hielt ihn mit einem Griff ums Handgelenk zurück.

»Sollen wir die Polizei holen?«

»Wozu? Wenn da jemand drin war, ist er längst weg«, entgegnete Sulung. »Außerdem sind wir große Jungs. Los, komm.«

Er schob die Tür leise auf, und Posthumus folgte ihm in die Wohnung. Keiner da. Ein kleines Studio-Apartment, die Wohnungstür führte direkt ins Wohnzimmer, an der Seite war eine Schlafnische abgetrennt. Wie der nervtötende Polizist gesagt hatte: Die Wohnung war fast leer. Nur das Notwendigste. Der Fernseher stand noch da. An eine Wand waren arabische Texte gepinnt, über den Tisch wand sich das Kabel eines Laptops wie eine Schlange. Wenn es einen Einbruch gegeben hatte, war das die einzige Beute gewesen. Oder der Tote hatte den Rechner dabeigehabt, als er ertrunken war.

Posthumus zog die Kamera hervor. Nicht viel zu fotografieren, aber Vorschrift war Vorschrift. Er gab Sulung den Apparat.

»Kannst du das übernehmen? Ich muss dringend mal wohin. Hätte ich schon im Lokal erledigen sollen.«

Das Badezimmer war gleich neben der Eingangstür. Auf den weißen Wohnzimmerwänden flackerte schon das blaue Blitzlicht, als Posthumus auf die Keramikschüssel zielte, die Augen schloss und seufzte.

Später, als er sich an diesen Moment erinnerte, schien es ihm, als habe er die Plastikringe des Duschvorhangs rasseln hören. Sicher war er sich aber nicht. Sicher war er sich nur, was den Schmerz anging. Direkt unter dem rechten Schulterblatt. Dann das Gefühl, als wären seine Glieder die eines anderen, als sein ganzer Körper in Zuckungen verfiel und zusammensackte. Mit dem Kopf schlug er auf den Rand der Toilettenschüssel. Er glaubte, einen Moment lang ein Paar schwarzgoldene Turnschuhe gesehen zu haben, vielleicht hatte aber auch bloß Sulung ihm das erzählt.

Sulungs Gesicht, die Sorgenfalten auf seiner Stirn, war das Erste, was Posthumus sah, als er wieder zu sich kam.

»Alles in Ordnung, Kumpel?«, fragte das Gesicht. »Haben wohl doch jemanden aufgescheucht.«

***

»Das war ein Taser«, erklärte ihm der junge Arzt in der Klinik. »Und dann haben Sie sich selbst bewusstlos geschlagen. Der Taser hat Ihnen 50 000 Volt verpasst. Deshalb sind Sie zusammengebrochen, und ohnmächtig sind Sie geworden, weil Sie mit dem Kopf auf die Kloschüssel gefallen sind. Aber es wird keine bleibenden Schäden geben, Herz und Blutdruck sind o. k. bei Ihnen. Sie halten sich in Form, oder?«

Posthumus nickte. Die Bahnen, die er regelmäßig jede Woche im Zuiderbad schwamm, brachten also tatsächlich etwas. Er zuckte zusammen. Sein Kopf dröhnte vom Nicken. Aber, Moment, ein Taser?

»Das ist heute eine beliebte Waffe unter Kriminellen«, fuhr der Arzt fort, als habe er die Frage laut gestellt. »Macht kurz kampfunfähig, ansonsten harmlos.«

Das fühlte sich aber anders ein. Wusste dieser Mann überhaupt, wovon er da redete? Er war ja nicht mal so alt wie Merel.

»Zwei kleine Einstiche unterhalb des Schulterblatts, wo die Nadeln eingedrungen sind. Sieht aus wie ein Schlangenbiss«, sagte der Arzt. »Kaum sichtbar, und in ein oder zwei Tagen wieder weg. Da Sie sich aber auch den Kopf angeschlagen haben, testen wir mal auf eine Gehirnerschütterung. Schwindelgefühl? Übelkeit?«

Posthumus hatte weder das eine noch das andere, und er konnte sich auch daran erinnern, wie er mit Sulung die Wohnung betreten, ihm die Kamera gegeben hatte und ins Bad gegangen war. Er wusste, was Sulung auf der Fahrt ins Krankenhaus zu ihm gesagt hatte. Dass er einen Schrei aus dem Badezimmer gehört und einen mageren jungen Mann in einer Djellaba aus der Tür und davonrennen gesehen hatte.

»Das Kurzzeitgedächtnis scheint nicht beeinträchtigt«, sagte der Arzt. »Ich würde sagen, Sie können nach Hause gehen, falls Sie jemanden haben, der sich um Sie kümmert.«

»Das ist alles?«, fragte Posthumus. Das ging ihm doch etwas zu rasch.

»Wir könnten Sie auch zur Beobachtung hierbehalten, aber die Gehirnerschütterung ist jedenfalls keine schwere. Sollten Sie sich später benommen fühlen oder Konzentrations- oder Erinnerungsschwierigkeiten haben, melden Sie sich bitte wieder. Gehen Sie früh zu Bett, aber es wäre gut, wenn jemand Sie hin und wieder aufweckt, um sicherzugehen, dass Sie nicht bewusstlos sind. Sie sind schnell wieder in Ordnung.«

Posthumus sagte, er fühle sich überhaupt nicht in Ordnung, aber der Arzt war schon weg.

»Das ging ja schnell«, sagte er zu Sulung. Er rieb sich die Stirn, an der Seite hatte er eine kleine Beule. Immer wieder verschwamm alles vor seinen Augen. Doch ein Schwindelgefühl? Sollte er den Arzt zurückholen?

»Los, komm, Kumpel. Ich fahr dich nach Hause«, erwiderte Sulung. »Leichter Elektroschock und eine Beule. Das wird schon wieder.«

Leichter Schock? Er würde diesen Schmerz nie vergessen.

»De Dolle Hond wäre die bessere Idee, glaube ich«, sagte Posthumus. »Meine Freundin Anna kann sich um mich kümmern. Aber was ist jetzt mit der Wohnung?« Sie konnten die Tür nicht einfach offen stehen lassen. Außerdem war die Untersuchung noch nicht abgeschlossen.

»Ich kümmere mich darum«, entgegnete Sulung. »War nicht viel drin, nur ein paar religiöse Texte. Macht nichts, wenn ich das diesmal allein erledige. Du kannst ja später noch unterschreiben. Und ich melde den Vorfall der Polizei. Hoffentlich finden die diese kleine Ratte. Wo ist denn dieser Dolle Hond?«

***

Posthumus ging sofort nach oben, um sich hinzulegen, und bat Anna, einen Krankenwagen zu holen, falls sie ihn nicht wachbekommen sollte. Um sechs Uhr kam er wieder herunter. Als er die Tür zum Café öffnete, hielt er inne. Alex stand an der Bar, ihr Haar nicht länger mit dem Schal hochgeknotet, sondern in schwarzen Locken lose herabfallend.

»PP! Geht es dir besser?« Im Nu war sie bei ihm, umarmte ihn, nahm ihm beim Ellbogen und führte ihn zum nächsten Stuhl. »Was willst du trinken?«

»Einen frisch gepressten Orangensaft, wenn's geht. Schön, dich zu sehen. Mir geht's so weit gut, danke. Nur ein bisschen benebelt. Invalide bin ich noch nicht!« Trotzdem war er froh, sich auf ihren Arm stützen zu können.

Anna brachte ihm den Orangensaft.

»Ich glaube, ein schönes Glas Sauvignon würde jetzt Wunder wirken«, sagte sie zu ihm; dann zu Alex: »Er ist kaum auszuhalten, wenn er sich unwohl fühlt. Aber dass er keinen Wein will, ist wirklich besorgniserregend.«

Posthumus schaute zu den beiden Frauen auf. Ihm war warm, er fühlte sich seltsam euphorisch.

»Was habt ihr euch eigentlich dabei gedacht, da reinzugehen, obwohl die Tür aufgebrochen war?«, fragte Alex und setzte sich zu ihm an den Tisch. »Sulung ist noch mal mit der Polizei hingefahren. Es fehlt nichts, sagen die. Der Laptop war schon weg, als die Polizei zum ersten Mal dort war. Sonst nichts Brauchbares. Keine Zeugen, niemand hat einen Verdächtigen gesehen. Sulung meint, die Polizei hat ihm keine großen Hoffnungen gemacht, was den Täter betrifft. Tut uns ja leid und so. Aber ein Einbruch ohne Beute bei einem unbekannten Toten … Schien sie alles nicht wirklich zu interessieren. Die haben wohl Besseres zu tun.«

»Zum Beispiel Leuten Strafzettel verpassen, die ohne Licht Fahrradfahren.« Anna musste es einfach loswerden. Es war ihr vor einigen Tagen passiert. Sie war wütend. Amsterdam gehörte den Radfahrern, und ohne Licht zu fahren war ein ebenso ehrwürdiger Brauch wie über den Fußballclub Feyenoord Rotterdam herzuziehen. Sie ging zurück an die Bar.

»Bleibst du heute Nacht hier?«, fragte Alex.

»Wahrscheinlich schon. Der Arzt sagt, ich soll nicht allein sein«, erwiderte Posthumus. »Anna hat ein Gästezimmer«, fügte er hinzu. »Ich werde mich wohl morgen krankmelden. Ich brauche ein bisschen Ruhe. Es ist sowieso Freitag.«

»Oh, ich hatte gehofft, du kommst«, sagte Alex.

Posthumus schaute sie an. Sie hatte ein schickes schwarzes Jäckchen über das Kleid gezogen, das sie zum Mittagessen getragen hatte, mit einem flauschigen Federkragen. Dazu schwarze Strümpfe, die ihre schönen Beine wunderbar zur Geltung brachten.

»Ich habe nämlich was gefunden«, fuhr sie fort.

»Was denn?«

»Im Notizbuch des Grachtenmanns. Das, aus dem die Polizei auch die Adresse hatte. Die Seiten sind aufgeweicht und kleben immer noch zusammen wie Pappmaché, obwohl es schon ein bisschen getrocknet ist. Zuerst ist mir das nicht aufgefallen, aber es gibt noch ein kleines Fach im Umschlag. Das habe ich aufbekommen, und drinnen waren Visitenkarten. Geschäftliche.«

»Seine eigenen?«

»Nein. Keine Namen oder so. Eher wie Anzeigen. Nur drei Stück. Eine von einem Restaurant in Brüssel, glaube ich. Die war kaum lesbar. Die zweite ist von einem Computerladen, auch in Brüssel. Und die dritte ist laminiert, wirbt für die Webseite eines Sofageschäfts.«

»Und du glaubst, weil sein Laptop nicht in der Wohnung war …«

»Genau. Vielleicht hatte er ihn doch nicht dabei. Vielleicht ist er ja noch in Reparatur.«

»Wir könnten also in dem Laden nachfragen, ob sie einen Rechner da haben, der längst abgeholt sein sollte …« Posthumus überlegte. »Die wissen aber auch nicht unbedingt, wie er heißt.«

»Aber vielleicht ist auf dem Rechner was drauf, das uns weiterhilft.«

»Das kann ewig dauern. Die haben bestimmt mehr als einen Rechner, der nicht pünktlich abgeholt worden ist; wir müssten erst warten, bis die anderen Fälle erledigt sind, und die Leute dann noch überzeugen, dass sie uns den übrig gebliebenen schicken. Oder wir fahren selbst nach Brüssel. Aber der Rechner ist bestimmt passwortgeschützt. Wir kommen also vermutlich nicht an alle Daten ran.«

»Die werden uns auch dabei helfen können.«

»Das dauert alles viel zu lange. Maya geht an die Decke.«

»Ist sie schon.« Alex blickte betreten. »Ich habe ihr und Sulung heute Nachmittag davon erzählt. Sulung war ziemlich interessiert, aber Maya … Ich dachte, gleich bekommt sie einen Schlaganfall, und wir haben die nächste Leiche am Hals.«

»*Deshalb* soll ich also morgen unbedingt kommen.«

»Maya droht, den Grachtenmann zu übernehmen.«

»Dann komme ich auf jeden Fall.«

»Es gibt da allerdings ein Problem. Ich konnte die Straße und die Telefonnummer auf der Karte nicht entziffern. Also habe ich den Firmennamen gegoogelt. Die haben drei Filialen in Brüssel.«

»Aha. Also die ganze Chose nicht einmal, sondern dreimal. Und womöglich hat er den Rechner doch abgeholt, und er liegt jetzt irgendwo auf dem Grund der Gracht. Das wäre dann ziemlich viel Aufwand für nichts.« Posthumus sah das Funkeln in Alex' Augen. »Aber die Mühe wert. Du weißt, dass ich so einer Geschichte nicht widerstehen kann. Wir dürfen nichts unversucht lassen.«

Alex grinste. Ein Ohrring aus rotem Glas blinkte unter ihren Locken hervor. Posthumus nahm den letzten Schluck aus seinem Glas.

»Vielleicht können wir das Ganze aber auch abkürzen«, sagte er nach einer Weile. »Endet die URL dieser Sofa-Webseite auf ›dot nl‹?«

»Ja, ich weiß den Namen noch. Casablancasofas.nl.«

»Kann doch sein, dass er es sich ein bisschen gemütlicher machen wollte zu Hause. Die Wohnung war ja fast leer.«

»Und die haben vielleicht etwas in ihrer Kundenkartei über ihn?«

»Möglich wäre es.«

Alex zog ihr iPhone hervor. Sekunden später hatte sie die Webseite gefunden.

»Interessant«, meinte sie. »Das ist nicht bloß ein Internethändler. Scheint zu einem Möbelladen am Bos en Lommerweg zu gehören. Das ist auch im Westen, nicht weit von der Wohnung, oder?« Wieder einige Sekunden später: »Leicht zu Fuß zu erreichen.«

»Vielleicht war er ja kein Online-Kunde …«

»Er ist selbst in den Laden gegangen, glaubst du?«

»… und hat die Karte bloß mitgenommen, weil die Auswahl auf der Website größer ist.«

»Und wenn er etwas kaufen wollte, haben die im Laden vielleicht seinen Namen.«

»Kann sein. Geliefert wurde noch nichts. Den Versuch ist es wert. Bevor wir uns um Brüssel kümmern … und um Maya.«

»Hier steht eine Telefonnummer«, sagte Alex nach einem Blick auf das Display. »Rufst du morgen an und fragst, ob sie eine Bestellung für die Adresse haben? Wie war die noch?«

»Marcantilaan 97. Mache ich, gleich morgen früh.«

»Prima!« Alex sprang auf und gab Posthumus High Five. »Nachmittags muss ich wieder in die Uni. Schaffst du das morgens? Ich will das unbedingt wissen! Jetzt verstehe ich endlich, warum du dich immer so in diese Geschichten verbeißt. Aber ich muss weg, ich komme noch zu spät.«

»Heute Abend noch eine Vorlesung?«, fragte Posthumus.

»Nein, ein Abendessen.«

»Eine heiße Verabredung?«

Alex zwinkerte ihm zu. »Hoffe ich jedenfalls.«

Sie warf drei Küsschen in die Luft, drehte sich um, winkte Anna zu, die gerade ein Bier zapfte, und war weg.

Posthumus stand auf und ging zur Bar. Er fühlte sich immer noch ein bisschen komisch. Irgendwie weggetreten. Fast wie bekifft. Die Muster auf den Delfter Vasen und die in die Regalträger geschnitzten schnurrbärtigen Köpfe entlang der Oberkante der Holztäfelung erschienen ihm so deutlich und klar wie nie zuvor. Als ob er sie zum ersten Mal sähe.

»Alles in Ordnung?«, fragte Anna. »Du siehst etwas mitgenommen aus.«

»Ich glaube, ich bleibe ein bisschen hier sitzen«, sagte Posthumus.

Er nahm seinen Stammplatz ein, den Hocker an der Wand.

»Worum ging es denn da gerade?«, fragte Anna. »Alex war ja ganz aufgeregt.«

»Eine mögliche Spur im Grachtenfall.«

»Du solltest dich mal hören! ›Spur‹, ›Fall‹ – Sherlock Holmes ermittelt wieder.«

»Ich wäre wohl eher ein Hercule Poirot«, lachte Posthumus. »Vielleicht sollte ich lieber keinen Orangensaft mehr nehmen, sondern einen Kräutertee.«

De Dolle Hond füllte sich mit den Donnerstagabendstammgästen; am Wochenende übernahmen die Touristen. Anna brachte Posthumus noch einen Orangensaft, hatte aber keine Zeit mehr, das Gespräch fortzusetzen. Er schaute sich um und genoss, wie scharf, leuchtend, neu die bekannte Umgebung auf einmal wirkte. Sachen, die ihm nie zuvor aufgefallen waren. Über dem Kamin ein Druck der Oude Kerk, der mittelalterlichen Kirche nur einen Steinwurf vom Dolle Hond entfernt, der bestimmt schon immer dort gehangen, den er aber noch nie wahrgenommen hatte; die genaue Entsprechung des tönernen Gesichts auf einem Bierkrug mit dem auf einem geschnitzten Regalträger darunter, das Glitzern der alten Medaillen, Abzeichen und Buttons an einem Brett hinter der Bar. *I Love Ringo! FREE KUWAIT. ONLY CONNECT.* Sie blitzten wie Neonreklamen. Posthumus stand auf.

»Ich glaube, ich lege mich lieber wieder hin«, sagte er zu Anna.

Sie kam zu ihm herüber.

»Geht's halbwegs?«

»Bin nur ein bisschen benommen.«

»Ich komme gleich rauf und schaue nach dir.«

»Das wäre nett.« Posthumus betrachtete wieder die Medaillen. Er ging näher ran und sah sich einige genauer an. Das war es! Ein kleines Glöckchen, das ganz hinten in seinem Kopf leise geklingelt hatte, wurde lauter. *Militär.*

»Woher hast du die hier eigentlich?«, fragte er und nahm einige der Medaillen, die an ihren Bändern baumelten, in die Hand.

»Keine Ahnung. Die meisten hängen schon mein ganzes Leben lang da. Früher haben die Kunden ständig was an die Wände gehängt. Geht es dir auch wirklich gut?«

Posthumus nickte. Er inspizierte die Medaillen erneut, nahm eine ab und wandte sich der Treppe zu. Wie oft hatte er sich diese Medaillensammlung angeschaut, ohne sie richtig wahrzunehmen? Kein Wunder, dass ihm das Symbol bekannt vorgekommen war. Er ließ die Medaille in die Tasche gleiten. Sie war aus einem stumpfen Metall und zeigte einen Adler in einem Stern.

Nicht ganz dieselbe Darstellung, aber die Ähnlichkeit mit der Zeichnung auf diesem widerlichen Dildo und der Tätowierung auf Bart Hoofts Arm war nicht zu leugnen.

Freitag, 10. Juni

10

Posthumus starb nicht in dieser Nacht. Er fiel auch nicht ins Koma. Obwohl ihm das am nächsten Morgen sehr lieb gewesen wäre. Sein Kopf fühlte sich an, als sei er mit Kies gefüllt, die Augenhöhlen wie mit grobem Sand gestopft. Seine Glieder waren schlaff, und es kam ihm vor, als habe jemand direkt unter dem Brustkorb ein Rohr angeschlossen und alle Lebenskraft aus seinem Körper gesaugt. Das lag jedoch nicht an der Gehirnerschütterung, sondern daran, dass er hartnäckig (und jetzt sehr zu seinem Bedauern) darauf bestanden hatte, Anna müsse ihn alle zwei Stunden wecken. Anna, die selbst jederzeit problemlos einschlafen konnte, hatte den notorisch unter Schlafschwierigkeiten Leidenden also mehrfach ins Bewusstsein zurückgeschüttelt, worauf er dann jeweils eine Stunde lang wach lag, ohne wieder einschlafen zu können – und wenn er dann endlich wieder ins süße Vergessen zurücksank, war sie schon wieder da gewesen, um ihn wie eine rachsüchtige Harpyie aus dem Halbschlaf zu reißen.

Er schleppte sich mit Mühe hinunter in den Dolle Hond. Der Kaffee war säuerlich und klebrig. Es war das übliche Wochentagszeug, nicht der besondere Sonntagnachmittagskaffee. Posthumus blieb am Tresen stehen; er hatte keine Zeit, sich hinzusetzen, und war sowieso schon spät dran. Es regnete. Er trug die Kleider vom Vortag. Die Beule an der Stirn schmerzte. Eigentlich hätte er sich krankmelden müssen, aber er würde auf keinen Fall zulassen, dass Maya sich einmischte und alles ruinierte. Er wollte die Angelegenheit ordentlich erledigen. Außerdem war ihm im Dämmerzustand der letzten Nacht etwas eingefallen. Er verabschiedete sich rasch von Anna, nahm sich aus der Kohlenschütte neben der Tür einen Regenschirm und machte sich auf in die Staalkade. Erst auf der Brücke, die zum Wing Kee Eating House hinüberführte, fiel ihm auf, dass der Regenschirm zwei geknickte Speichen hatte, wie gebrochene Vogelflügel, die ein stetiges Rinnsal auf den Rücken seines leichten Leinensakkos tröpfeln ließen, das am Tag zuvor so gut zum Wetter gepasst hatte. Inzwischen war die Temperatur aber um acht oder neun Grad abgestürzt.

Posthumus erreichte den Nieuwmarkt, auf dem einige verlorene Verkäufer ihre Stände für den täglichen Lebensmittelmarkt aufbauten. Das Fischgrätpflaster war rutschig unter seinen Ledersohlen. Papierfetzen wirbelten über den Platz, saugten sich mit Wasser voll, gaben den Kampf auf, klatschten aufs Pflaster und wurden dort vom Regen festgehämmert. Posthumus grub verzweifelt in seinem Gehirn und versuchte zu rekonstruieren, was ihm in der Nacht so klar und deutlich erschienen war. Es hatte mit dem Grachtenfall und diesem Terrier von einem Polizisten zu tun. Dann erinnerte er sich. »Sicher wieder ein besoffener Ausländer, der in die Gracht gepinkelt hat und dabei reingekippt ist«, hatte der Terrier gebellt. Undenkbar. Wenn der Tote Muslim war, hatte er sicherlich keinen Alkohol getrunken. Schon gar nicht, wenn er traditionelle Kleidung trug. Andererseits hatte Posthumus auch schon marokkanischen Wein getrunken, und bei den Türken gab es Raki. Vielleicht also doch. Aber in die Gracht pinkeln? Ein absolutes Unding. Die Marokkaner im Zuiderbad behielten sogar unter der Dusche die Unterwäsche an. Es gab andere mögliche Erklärungen, wie der Terrier ja schon gesagt hatte. Vielleicht war der Mann ausgerutscht, vielleicht war er ohnmächtig geworden, vielleicht konnte er nicht schwimmen. Die Polizei und der Gerichtsmediziner hatten den Fall ordnungsgemäß bearbeitet und nichts Verdächtiges entdeckt. Aber irgendetwas störte Posthumus. Irgendetwas klang seltsam. Genau wie bei Bart Hooft. Irgendetwas passte hier nicht, und in solchen Fällen war Posthumus derjenige, der zum Terrier wurde. Dann biss er sich fest.

»PP!«, rief Alex vom Empfang zu ihm herüber, kaum dass er durch die Tür war.

»Gleich«, erwiderte er. »Ich bin ganz durchnässt.«

»Ich muss sofort mit dir sprechen, bevor du nach oben gehst. Ich habe Mist gebaut.« Sie war blass.

»Was ist denn passiert?«

»Ich dachte, du wärst zu Hause geblieben. Du bist doch nie zu spät.« Das klang fast vorwurfsvoll. »Ich weiß, es ist nicht meine Aufgabe, und eigentlich hätte ich dir das überlassen sollen … aber ich habe selbst beim Möbelladen angerufen. Ansonsten hätte Maya sich alles unter den Nagel gerissen. Ich dachte, wenn die Sache erst mal in Gang ist, funkt sie uns nicht mehr dazwischen. Wir müssen jetzt schnell was unternehmen. *Bitte*. Der Grachtenmann … er ist der Cousin oder so was von dem Typ, dem der Möbelladen gehört. ›Er ist wie ein Sohn für mich‹, hat der Mann am Telefon gesagt.«

»Hast du es ihm erzählt?«

»Nein, nein, das habe ich nicht fertiggebracht. Ich habe nur die Adresse genannt, Marcantilaan 97, und gefragt, ob es eine Bestellung zu dieser Adresse gebe, und er hat gesagt, nein, natürlich nicht, da wohne doch sein Verwandter. Dann hat er Panik bekommen und gefragt, was los sei, ob es ein Problem mit den Papieren gebe. Er hatte mitbekommen, dass ich von der ›Stadtverwaltung‹ bin, aber nicht, in welcher Abteilung ich arbeite, und dann fing er an, auf mich einzureden: Amir sei ein guter Junge, er habe bestimmt nichts angestellt, er sei gerade in Brüssel, werde aber spätestens zum Mittagessen zurück sein. Ich habe es einfach nicht übers Herz gebracht. Nicht am Telefon. Außerdem sind wir ja noch nicht mal sicher …«

»Und?«

»Und ich habe ihm gesagt, er soll sich keine Sorgen machen, aber wir müssten mit ihm reden und würden gleich vorbeikommen.« Alex stand auf, eine Hand nervös in den Seidenschal gekrampft, den sie als Gürtel trug. »Tut mir leid, ich wusste nicht, was ich machen sollte. Das Telefongespräch war gerade eben. Sulung ist nicht da. Ich habe schon daran gedacht, mich bei Maya krankzumelden und selber hinzufahren. Oder ihr zu beichten. Oder dich anzurufen. Aber zum Glück bist du ja jetzt da. Der arme Mann sitzt da und wartet und fürchtet wer weiß was. Es tut mir leid, ich hätte das nicht tun sollen. Ich habe alles nur noch schlimmer gemacht.«

»O. k., in Ordnung«, antwortete Posthumus. Es war nicht leicht, am Telefon eine Todesnachricht zu überbringen, das wusste er. Er hatte das zwar auch schon getan, aber fand es selbst sehr unangenehm. Wenn möglich, erledigte er so etwas brieflich. Persönlich überbracht hatte er noch nie eine, und die Vorstellung gefiel ihm überhaupt nicht. »Vielleicht sollte ich ihn anrufen«, überlegte er.

»Aber der Mann erwartet unseren Besuch, und er ist ziemlich beunruhigt. Außerdem ist der Tote vielleicht doch jemand anders. Wir wissen ja noch gar nicht sicher, ob es sein Verwandter ist. Würdest du hinfahren? Jetzt? Bitte? Mir zuliebe? Da sind noch die Passbilder aus der Tasche, und dieses andere Zeug, das Notizbuch. Vielleicht erkennt er die Sachen wieder. Dann wissen wir wenigstens, dass es keine Verwechslung ist. Am Telefon klang er so nett.«

Posthumus seufzte. Das war noch schlimmer. Eine Identifizierungsbefragung. Aber schließlich war er für solche Gespräche ausgebildet – andererseits, was lernte man schon in einem einwöchigen Kurs für den Umgang mit trauernden Angehörigen? Er griff nach den Autoschlüsseln.

»Danke. Du bist unheimlich lieb.« Alex lehnte sich über den Empfangstresen, schlang die Arme um seinen Hals und gab ihm einen Kuss auf die Wange. Dann reichte sie ihm den braunen Umschlag, den der Bestatter geschickt hatte.

***

Das Navi führte ihn am Königspalast und der Westerkerk vorbei, an den kleinen Gässchen und hippen Boutiquen des Jordaan entlang – das ehemalige Arbeiterviertel war inzwischen gänzlich gentrifiziert – und aus dem Bereich der Stadt heraus, der ihm bekannt war, über die Kostverlorenvaart und hinüber in die Einwandererviertel De Baarsjes und Bos en Lommer. Überall große Satellitenschüsseln, arabische Ladenschilder, türkisch beschriftete Schaufenster, eine Shisha-Bar. Posthumus hatte zum letzten Mal in seinen Zwanzigern eine Wasserpfeife geraucht, natürlich mit Dope. Hier war vermutlich etwas anderes drin. Oder auch nicht. Der

Regen trommelte auf das Dach des Smart und lief die kurze Motorhaube herunter. Er hatte die Heizung eingeschaltet und sein Sakko zum Trocknen über die Lehne des Beifahrersitzes gehängt. Er fühlte sich klebrig, müde, abgespannt und dieser Sache nicht gewachsen. Der Kies in seinem Kopf hatte sich inzwischen in Watte verwandelt, die Nadel seines inneren Tankanzeigers stand auf null. Aber Alex zuliebe …

Mechanisch folgte er den Anweisungen der Computerstimme, umfuhr den Erasmuspark, bog in den Hoofdweg ein und hielt auf die verwinkelte, kantige Skyline hinter dem Bos en Lommerplein zu. Die Giebelhäuser des Stadtzentrums schienen weit weg. Hier war Amsterdam eine Hochhausstadt. Ihm fiel das verloren wirkende Schild HOTEL auf einem grauen Bürokasten aus den sechziger Jahren ins Auge. Wer würde denn dort absteigen wollen? Posthumus zuckte mit den Schultern und hielt an der Ampel vor der Kreuzung Bos en Lommerweg. Er schaute über die Straße auf den Marktplatz. Fast alle Frauen dort trugen Kopftuch – lose übergeworfen, eng gebunden, schwarz, weiß, bunt. Machten sie das wirklich freiwillig? Selbst wenn sie es behaupteten, war ihnen das nicht von Ehemännern, Vätern, Brüdern eingetrichtert worden? Frauen als Objekte, als Eigentum von Männern. Posthumus fühlte sich unbehaglich. In seiner Welt waren Frauen schon immer selbstverständlich gleichberechtigt. Einen Moment lang kam er sich vor, als sei er gar nicht mehr in Amsterdam.

Nach links auf den Bos en Lommerweg, dann über eine Unterführung, wo der Verkehr der Ringstraße hindurchdonnerte, ins Kolenkit-Viertel. Das dort musste die »Kohlenschütten«-Kirche sein, hinter einem Streifen Brachland. Er wurde langsamer, die körperlose Stimme sagte ihm, er habe sein Ziel fast erreicht.

Casablanca Sofas nahm zwei Schaufenster zwischen einem Gemüseladen und einer Boutique für pompöse marokkanische Brautmode ein. Posthumus drückte die Tür auf. Ein sorgfältig gekleideter Marokkaner, etwa in seinem Alter, mit gestutztem Bart wartete direkt dahinter.

»Sie kommen von dem Mädchen, mit dem ich eben telefoniert habe? Von der Stadt?« Der Mann streckte die Hand aus. »Mohammed Tahiri. Ich bin ein Verwandter von Amir. Was hat er denn angestellt? Ich kann es nicht glauben. Ich habe Papiere, ich kann für ihn bürgen.«

Der Mann sprach gutes Niederländisch. Posthumus hatte ein mühsames Wortgefecht erwartet. Er stellte sich vor, sagte aber nicht, von welcher Abteilung er kam.

»Gibt es noch weitere Angehörige in Amsterdam? Nahe Verwandte?«

»Ja, aber in Marokko. Nicht in Amsterdam. Nur ich, meine Frau, mein Sohn und meine Tochter. Er ist ein entfernter Cousin.«

»Können wir uns irgendwo ungestört unterhalten?« Posthumus sah sich um. Es gab kein extra Büro, sondern nur einen Schreibtisch hinten in der Ecke. Außer ihnen beiden war niemand im Laden. Tahiri schloss die Tür ab, drehte das »Geöffnet«-Schild auf die »Geschlossen«-Seite und ging voraus zu seinem Schreibtisch.

»Hier, bitte, setzen Sie sich«, sagte er und deutete auf einen Sessel.

Mohammed war froh, dass der Mann von der Stadt – wie hieß er noch? Postma oder so ähnlich – sein Gesicht nicht sehen konnte, als er vor ihm zum Schreibtisch ging. Sein Magen krampfte sich zusammen. Ihm war übel, und er bekam keine Luft. Mohammed wusste, was ihn erwartete. Der Blick des Mannes, seine Fragen – der ganze Auftritt sagte es deutlich: Amir war tot. Der Mann musste es nicht mehr aussprechen. Aber er tat es trotzdem. Dann die Passbilder, kleine zerknickte Porträtfotos. Ja, doch, das war Amir. Mohammed fühlte sich unwirklich, er war ganz ruhig. Leer. Die Worte zogen an ihm vorbei wie eine Wolke. Daten, Uhrzeiten, Einzelheiten. Gracht. Ertrunken. Ein Unfall. Betrunken, Schwimmen. Mohammed antwortete, hörte seine Antworten wie von einem Dritten. Ja, offizielle Identifikation. Polizei. Bestatter.

Mohammed stützte die Ellbogen auf den Tisch und vergrub das Gesicht in den Händen.

»Er war noch jung. So jung. Und ich war in Amsterdam für ihn verantwortlich. Ich habe meine Familie im Stich gelassen.«

Posthumus wartete eine Weile, dann fuhr er fort. »Wie gesagt, Sie werden ihn wahrscheinlich identifizieren müssen.« Er fühlte sich ausgelaugt. Wirklich keiner solchen Situation gewachsen. »Ich benachrichtige die Polizei, dass wir jetzt wissen, wer …«, er unterbrach sich gerade noch rechtzeitig, bevor er »die Leiche« sagte, »… wer Amir ist. Man wird sich wahrscheinlich mit Ihnen in Verbindung setzen. Wenn seine Familie ihn in die Heimat überführen will, wird Ihnen der Bestatter behilflich sein.« Er kritzelte Namen und Telefonnummern auf einen Notizblock, der auf dem Schreibtisch lag. »Schauen Sie, hier habe ich Ihnen alles aufgeschrieben. Bestattungsunternehmen, Polizei. Und das ist meine Karte. Jetzt, wo wir Sie als Angehörigen ausfindig gemacht haben, sind wir zwar formell nicht mehr für die Bestattung zuständig, aber wenn noch irgendetwas unklar ist oder Sie Fragen haben, können

Sie mich gerne anrufen.« Er überlegte kurz, dann fügte er hinzu: »Ach, wir haben ja fast Wochenende. Ich schreibe zur Sicherheit noch meine Handynummer dazu.« Er überreichte Mohammed die Visitenkarte. »Mein herzliches Beileid.«

»Sein Name wird in den Schmutz gezogen!«, sagte Mohammed. »Er war ein frommer Junge, ein guter Junge, ein vorsichtiger Junge. Ich hatte gehofft, er würde meine Tochter heiraten und sich um meinen Sohn kümmern. Er ist nicht so ein Junge, der in eine Gracht fällt. Er hat grundsätzlich keinen Alkohol getrunken. Letzten Montag, haben Sie gesagt? Da war er abends doch bei uns. Wir haben zu Abend gegessen, und er ist noch zum Gebet geblieben. Er war nicht betrunken!«

Jemand rüttelte an der Tür. Mohammed schaute auf. Najib drückte sein Gesicht an die Scheibe und spähte hinein. Dann war er plötzlich weg.

»Mein Sohn«, erklärte Mohammed und wies mit der Hand auf die Eingangstür. »Ich schaue mal nach.«

Er ging zur Tür, öffnete sie und schaute rechts und links die Straße entlang.

»Verstehe ich nicht«, sagte er, als er zurückkam. »Einfach verschwunden.«

Posthumus war bereits aufgestanden, um sich zu verabschieden. Es war schon beinah Mittag, und er hatte noch nicht einmal gefrühstückt.

»Ich verstehe das nicht«, sagte Mohammed. »Irgendetwas stimmt hier nicht.«

»Noch einmal mein herzliches Beileid, Herr Tahiri.« Posthumus musste dringend hier weg.

Er ging zum Smart hinüber und schaute dabei den Bos en Lommerweg hinauf und hinunter. Etwas stimmte hier nicht, sehr richtig. Als Mohammed Tahiri zur Tür gesehen hatte,

hatte sich Posthumus im Sessel umgedreht. Er hatte einen kurzen Blick auf einen mageren jungen Mann erhascht, der eine traditionelle marokkanische Djellaba trug. Er war sich nicht sicher, aber als der Jugendliche verschwand, meinte er – direkt über dem unteren Rahmen des Schaufensters – schwarzgoldene Turnschuhe aufblitzen zu sehen.

Inzwischen regnete es nicht mehr. Posthumus fuhr den Bos en Lommerweg zurück und aus dem Kolenkit-Viertel hinaus. Die Abzweigung zum Hoofdweg verpasste er. Er war müde, gedankenverloren und hatte sich nicht die Mühe gemacht, das Navi einzuschalten. Er konnte gleich noch rechts abbiegen und dann durch das Jordaan-Viertel fahren. Gerade wollte er sich zum Abbiegen einordnen, als er einen freien Parkplatz und auf der anderen Straßenseite ein großes weißes Gebäude sah, dessen Fenster arabischen Mosaikfliesen nachempfunden waren. Das Theatercafé Mozaïek. Kaffee, Essen und eine Pause. Posthumus parkte ein, überquerte die Straße und ging hinein.

Links standen einige Tische, in großem Abstand zu einander, ein paar Mädchen am Fenster unterhielten sich laut, hinten stand ein Mann mittleren Alters mit einem jungen Mann in einer Djellaba. Posthumus fühlte ein Stechen im Magen. Er sah genauer hin. Der Niederländer starrte aggressiv zurück, der junge Mann telefonierte mit gesenktem und abgewandtem Gesicht. Posthumus schaute ihm auf die Füße. Schlichte schwarze Straßenschuhe. Jetzt nicht paranoid werden! Ein Stück weiter hinter der Bar fand er ein gemütliches, ruhiges Eckchen mit weichen Lehnsesseln und Sofas. Posthumus sank in einen Sessel und nahm sich die Speisekarte.

***

Fayyad Haddad, den meisten besser als Khaled bekannt, legte auf, schob die Rückseite des Handys auf und nahm Akku und SIM-Card heraus.

»Ich weiß, ich weiß«, sagte er. Sein Englisch war tadellos, bis auf einen leichten Akzent, wie bei seinem Gegenüber. »Standardprozedere. Ich war gerade dabei, als das Ding klingelte. Ich kann mich nicht allzu lange abmelden. Das sieht verdächtig aus. Außerdem ist das hier kein guter Treffpunkt, jetzt, wo sie mich kennen. Zu dicht dran. Man könnte mich sehen.«

»Es gibt Sachen, die man nicht per Mail erledigen kann«, antwortete Veldhuizen. Er blickte kurz zu der zerknitterten Plastiktüte hinüber, die hinter dem Tisch an der Wand lehnte. »Und du wärst übrigens weniger auffällig, wenn du dich westlich anziehen würdest.«

»Wenn mich jemand so sähe, wäre das noch schlimmer. Soll ich mich von zu Hause hierher teleportieren? Das nächste Mal bitte weiter weg und nicht in einem Café.«

Veldhuizen schwieg. Die freche kleine Ratte wollte ihm also erklären, wie er seinen Job machen musste.

»Was ist denn eigentlich los?«, fragte Haddad. »Das war Najib Tahiri, der wie besessen rumgeschrien hat, weil die Polizei bei seinem Cousin in der Wohnung war. Zwei Beamte haben dort alles fotografiert, und jetzt waren sie gerade bei seinem Vater im Laden. In Zivil. Hat das was mit Ihren Leuten zu tun?«

»Wer zum Teufel ist dieser Cousin?«

Haddad zögerte kurz.

»Amir Loukili, kennen Sie ihn?« Er betrachtete Veldhuizen prüfend.

Veldhuizen zuckte mit den Schultern.

»Einen hat er mit dem Taser erledigt!« Haddad grinste.

»Dann ist er abgehauen. Ziemlicher Heißsporn, dieser Najib, und er mag sein neues Spielzeug. Er sagt, sein Cousin war verreist. Scheint, der Kleine hat die Gelegenheit genutzt und sich ein bisschen umgesehen, und dann ist er selbst fast erwischt worden. Trotzdem, er ist sehr nützlich, unser Najib, zeigt Eigeninitiative. Braucht zwar eine feste Hand, ist aber sehr aufgeschlossen und immer aufmerksam, wenn ich meine kleinen Reden halte. Er will sogar, dass ich seine Schwester heirate.«

»Du?«

»Ja, ich bin echt drinnen.« Haddad grinste wieder. »Ich war schon immer gut darin, Geschäft und Vergnügen zu verbinden. Bislang habe ich mich von den Eltern noch ferngehalten, aber ich spiele da gerne mit. Sie ist, sagen wir, durchaus angetan. Kluge Frau übrigens. Hat einen eigenen Kopf. Sie wird nicht zulassen, dass ihr Bruder oder sonst jemand eine Ehe für sie arrangiert. Soll Najib halt ein bisschen herumphantasieren. Wir wären übrigens kein schlechtes Paar. Ich kann nämlich ziemlich … *eindringlich* sein.«

Veldhuizen war nicht amüsiert. »Zum Geschäftlichen«, mahnte er. »Diesem Najib wird mein kleines Geschenk wahrscheinlich gefallen.« Er nickte wieder zu der Einkaufstüte hinüber.

»Munition ist dabei?«

»Ausreichend. Es muss sich etwas tun. Und zwar schnell. Deswegen wollte ich mich persönlich mit dir treffen, um das sehr deutlich zu machen …« Veldhuizen fixierte sein Gegenüber, »… das, und welche Folgen es hätte, wenn sich *nichts* tut.« Er gewann das Blickduell gegen Haddad. »In der *Nieuwe Post* steht heute ein Artikel …«

»Merel Dekkers.«

»Du hast ihn gelesen? Mit deinem miesen Niederländisch?«

»Najib hat sich furchtbar darüber aufgeregt. Er hat Alami und Mansouri mitgerissen. Bassir hat versucht, sie zu beruhigen; sie sollten das nicht zu ernst nehmen. Da ist noch ein Artikel von derselben Frau, über Najibs Schwester. Najib war sowieso schon auf der Palme, von wegen Familienehre und Verrat, und dann kommt diese Dekkers noch mit ihrer Enthüllungsgeschichte über die Amsterdamer Zelle. Jetzt ist sie Najibs Feindbild Nummer Eins.«

»Und die anderen?«

»Ich habe noch nichts gehört. Mansouri ist bestimmt stocksauer. Anscheinend glaubt diese Dekkers, er sei kurz davor, den Hauptbahnhof in die Luft zu sprengen, oder irgendeinen Politiker oder so. Seine Familie ist aus Spanien. Sie nennt zwar keine Namen, aber ganz klar ist er gemeint.«

»Und?«

»Kann sein, dass Mansouri sich dadurch aufhetzen lässt, aber er ist nicht der, auf den es ankommt. Sie sollten besser Bassir im Auge behalten.«

»Meine Leute sagen, Mansouri sei der Anführer.«

»Er ist ziemlich religiös, schon, aber das ist auch alles – obwohl dieser Artikel ihn vielleicht provoziert. Ich sage Ihnen, achten Sie auf Bassir! Auf den kommt es an. Najib ist mit ihm befreundet, und er hat mir erzählt, dass Bassir einmal …«

Veldhuizen winkte ab. »Mir ist egal, wer es tut, Hauptsache es passiert etwas. Und zwar schnell«, sagte er. »Schlachte diesen Zeitungsartikel aus. Hetz sie auf. Du hast noch eine Woche Zeit. Und denk dran, dass du mir rechtzeitig Bescheid gibst.«

»Ich habe schon eine Idee«, sagte Haddad. »Und ich weiß

auch, was ich hiermit mache.« Er bückte sich und stopfte die Plastiktüte in seinen Rucksack. »Jetzt muss ich aber los. Das Freitagsgebet fängt gleich an, und ich bin dabei die Hauptattraktion.«

Er stand auf, schob den Akku und die SIM-Card wieder in sein Handy und verließ das Mozaïek, ohne sich zu verabschieden.

***

Posthumus hatte ein Spinat-und-Feta-Omelette mit einem ausgezeichneten Stück amerikanischem Käsekuchen abgerundet und kippte jetzt den letzten Schluck seines dritten Kaffees hinunter. Er stand auf, zahlte an der Bar und ging. Das Café hatte sich langsam gefüllt. Der Niederländer und der arabisch aussehende junge Mann waren nicht mehr da. Das Essen hatte Posthumus geholfen, aber jetzt dröhnte sein Kopf vom Koffein. Die Zugbrücke über die Kostverlorenvaart war oben; er musste lange warten, während drei Boote durchfuhren.

Als er in die Staalkade zurückkam, saß am Empfang eine Vertretungskraft. Alex war schon in der Uni. Er war allein im Büro. Auf seinem Schreibtisch lag eine wütende Nachricht von Maya. Sie habe das Auto für den Vormittag reserviert, ob er sich nicht ein Mal an die Vorschriften halten könne, blablabla. Sie war bei einem Hausbesuch. Sulung tat ihm leid, trotzdem hoffte er, der Fall würde die beiden noch den ganzen Tag beschäftigen. In seinem Postfach fand er nur zwei neue E-Mails vor. Eine kam vom Abteilungsleiter. Posthumus öffnete sie sofort und stieß einen kurzen Jubelschrei aus. Er schrieb eine kurze Antwort, dann klickte er rasch auf ›Neue E-Mail schreiben‹:

Cornelius,
gute Nachrichten! Die Mächtigen haben den Budget-Geldsack aufgemacht und tatsächlich noch was darin gefunden. Nicht viel allerdings.
Erst mal probeweise, und nur für die wirklich Unbekannten: kein Name, keine Angehörigen (so einen hätte ich heute fast für Dich gehabt). Später vielleicht auch Gedichte für die anderen. Ich leite Dir die Einzelheiten weiter. Für den Vertrag musst Du Dich dann an die Buchhaltung wenden.
Grüße,
Pieter Posthumus

Die E-Mail von Alex, die sie geschrieben hatte, bevor sie in die Uni gegangen war, enthielt noch mehr Entschuldigungen, auch wegen der Geschichte mit Maya und dem Wagen. Sie bat ihn, ihr Bescheid zu geben, wie es gelaufen sei. Ihre Handynummer hatte sie dazugeschrieben, für alle Fälle. Später, dachte Posthumus. Im Moment hatte er einfach nicht die Kraft. Er holte sich die gelbe Mappe mit der Aufschrift Marcantilaan 97, fügte den Namen Amir Loukili hinzu, trug die Angaben im Protokoll und in der Computerdatei nach und legte die Mappe dann unter ›Abgeschlossene Fälle‹ ab. Der Polizei faxte er seine Ergebnisse und war froh, dass er dort mit niemandem sprechen musste. Was war das nur mit der Polizei, dass er sich immer wie ein Verbrecher vorkam? Dass er seltsam nervös wurde, wenn er ein Revier betrat, auch wenn es bloß darum ging, einen Schlüsselbund abzuholen? Natürlich, da waren die Proteste in den Achtzigern und Neunzigern, als die Polizei das besetzte Haus geräumt hatte. Die Festnahme war keine schöne Erfahrung gewesen. Aber sonst war ja nichts vorgefallen. Warum hatte der respektable und nicht mehr ganz junge Pieter Posthumus Angst vor dem Arm des Gesetzes? Ein vages Gefühl vielleicht, dass er doch nicht dazugehörte?

Posthumus seufzte und schob die Papiere und Stifte, die Maya in Unordnung gebracht hatte, wieder auf Kante. Er machte ein einziges Telefonat, bei Rob Mulder von der städtischen Gerichtsmedizin, notierte sich ein paar Dinge und wandte sich dann den unbearbeiteten Kontoauszügen zu. Um drei reichte es ihm. Selbst wenn er gut gelaunt war, konnte er sich interessantere Beschäftigungen vorstellen. Er meldete sich bei der Vertretung an der Rezeption ab – er habe eine schlechte Nacht gehabt, fühle sich unwohl – und ging nach Hause.

Erst als er die Brücke zum Rathaus überquerte und auf den Flohmarkt kam, fiel ihm auf, dass er auf dem Weg zurückging, den er sonst nur morgens benutzte, um *zur* Arbeit zu gehen. Auf dem Heimweg setzte Posthumus normalerweise im Uhrzeigersinn den Hinweg fort, von der Staalkade zurück im Halbkreis zum Krom Boomssloot über den Nieuwmarkt. Jetzt ging er instinktiv gegen den Uhrzeigersinn. Vielleicht, weil er den Tag verkehrtherum angefangen hatte, indem er vom Dolle Hond kam?

»*Schat*, du siehst ja furchtbar aus!« Lotti machte gerade ihre letzte Kaffeerunde für heute. »Unrasiert, zerknitterte Klamotten. Sieht dir gar nicht ähnlich, *schat*. Bist du um die Häuser gezogen? Hier, Kaffee für dich, geht aufs Haus.«

Posthumus brachte es nicht über sich abzulehnen. Lotti schob ihren Wagen näher heran.

»Großer Gott! Hast du da eine Beule am Kopf? Schlägerei?«

»Lange Geschichte«, antwortete Posthumus. »Ist im Dienst passiert.«

»Der Himmel bewahre uns! Zombies!«

Posthumus gelang ein Lachen. »So ähnlich«, erwiderte er.

»Du brauchst eine gute Frau, die dich beschützt. Das ist es, was dir fehlt. Komme ja schon, Marie!«

Lotti schwenkte ab, um den Kaffee abzuliefern. Posthumus nippte vorsichtig an dem grässlichen Gebräu und schaute sich um. In dieser Ecke des Flohmarkts wurden hauptsächlich Werkzeuge, Fahrradersatzteile und sonstige obskure Metallgegenstände an der Grenze zum Schrott feilgeboten. Ein, zwei ordentliche Verkaufsstände dazwischen. Vinyl-LPs, der Briefmarkenhändler. Posthumus stellte den halbvollen Kaffeebecher auf Lottis Karren ab und ging zu dem Stand hinüber. Der Briefmarkenhändler verkaufte auch Münzen, Abzeichen und Medaillen. Posthumus hatte die Medaille, die er bei Anna mitgenommen hatte, immer noch in der Hemdtasche.

»Vielleicht können Sie mir helfen«, sprach er den Mann an.

»Solange Sie kein Schwätzer sind, der mir die Zeit stiehlt«, sagte der Briefmarkenhändler. Er musterte Posthumus von oben bis unten, besonders seine Beule. »Oder meine Waren.«

»Es geht um eine militärische Medaille«, erklärte Posthumus und gab dem Mann Annas Medaille. »Ich glaube zumindest, dass sie etwas mit dem Militär zu tun hat. Irgendein Abzeichen vielleicht. Etwa so wie diese hier, aber … Haben Sie vielleicht einen Stift für mich?«

Aus dem Gedächtnis skizzierte er Bart Hoofts Tätowierung auf dem Stück Papier, das ihm der Briefmarkenhändler unwillig hingeschoben hatte. Der Mann inspizierte währenddessen die Medaille und schien plötzlich interessiert.

»Wollen Sie die verkaufen?«, fragte er.

»Nein, die gehört einem Freund. Aber ich wüsste gerne, ob das hier auf dem Zettel Ihnen etwas sagt.«

»Derselbe Freund? Auch eine Medaille?«

»Ich … ich glaube schon«, sagte Posthumus. »Die habe ich aber noch nicht selbst gesehen.«

Der Mann schaute ihn misstrauisch an, dann den Zettel, seine Mundwinkel sanken. »Das kann ich so nicht sagen. Müsste mir die Medaille selber mal ansehen.«

Posthumus streckte die Hand nach der Medaille aus. »Es ist mir wirklich ein Anliegen. Kann schon sein, dass mein Freund die Medaillen verkauft. Aber erst mal möchte er wissen, was es damit auf sich hat.«

Der Briefmarkenhändler zuckte mit den Schultern. »Sie kommen doch fast jeden Tag hier vorbei, oder?«

Posthumus nickte.

Der Mann ließ die Medaille widerwillig in Posthumus' Hand fallen, faltete den Zettel zusammen und steckte ihn in die Tasche. »Ich schaue mal zu Hause in ein paar Katalogen nach.«

»Schmeckt dir mein Kaffee nicht, oder was?« Lottis Stimme war plötzlich direkt hinter Posthumus' Schulter.

»Doch, ich hatte hier nur was zu tun«, erwiderte er und leerte den Becher, den sie ihm hinhielt, demonstrativ in einem Zug, und achtete darauf, keine Grimasse zu schneiden.

Posthumus überquerte rasch den Markt und lief die Treppe beim Rembrandthaus hinauf, wobei er sich seinen Weg durch eine Gruppe Touristen bahnen musste, die auf eine Führung warteten. Eins konnte er noch erledigen, wo er schon mit dieser Bart-Hooft-Sache beschäftigt war. Das würde nicht lange dauern. Er erinnerte sich, dass es hier ein Stück weiter oben ein Internetcafé gab. Was er vorhatte, erledigte er lieber nicht am eigenen Rechner und schon gar nicht an seinem Arbeitsplatz.

Der Mann an der Kasse war mit einem Computerspiel beschäftigt. Umso besser, dachte Posthumus, wählte aber trotzdem einen Tisch weit hinten im Laden. Er googelte ›Sklavenregister‹. Eine Menge Treffer zu Afrika, Karibik, Südamerika, aber dann kam es: Sklavenregister, ab 18 Jahren. Hier konnte man sich als Sklave oder *submissive* registrieren und bekam dann eine Nummer zugeteilt. Posthumus wühlte in seiner Hosentasche nach dem Zettel, auf dem er die Strichcodenummer notiert hatte, die zu der Tätowierung auf Barts Nacken gehörte. Er sah sich schuldbewusst um, klickte die Webseite an und war erleichtert, dass er sich nicht registrieren musste. Per Klick gab er sein Einverständnis zu den Allgemeinen Geschäftsbedingungen, wählte den Zugang als Gast und tippte Barts Nummer in die Suchmaske. Sofort kam eine Meldung: Profil gelöscht. Wie er befürchtet hatte: Bart Hooft hatte alle seine Spuren getilgt.

Zurück im Krom Boomssloot öffnete Posthumus die schmale Haustür, sammelte seine Post und die Zeitung auf und stieg langsam die Treppe hinauf. Vor Gustas Wohnungstür hielt er inne und schob mit der Schuhspitze die Fußmatte zurecht, deren gegen die Wand hochgeschobene Ecke ihn schon die ganze Woche gestört hatte. Durch den Türspalt drang der Geruch von Tabakrauch. Er schloss gerade seine Wohnungstür auf, als das Handy klingelte. Unbekannte Nummer. Er wollte den Anruf eigentlich wegdrücken, dann entschied er sich doch seufzend für Annehmen.

»Ja, bitte?«

»Herr Posthumus, hier ist Mohammed Tahiri. Bitte, ich brauche Ihre Hilfe.«

Posthumus schloss die Augen.

»Ich komme gerade vom Bestatter. Es ist wirklich Amir. Sein Vater wird ihn nach Hause überführen lassen. Und ich war auch bei der Polizei.«

Pause.

»Ja, und was kann ich für Sie tun?«

»Da stimmt etwas nicht, Herr Posthumus. Es sieht Amir einfach nicht ähnlich. Ich habe dem Polizisten gesagt, dass Amir nicht die Art Junge war, die in eine Gracht fällt, aber der Mann hat gar nicht zugehört.«

»Wenn die Polizei meint, dass alles in Ordnung ist, wird es wohl so sein. Schließlich kennen die sich ja mit so was aus, oder?«

»Manchmal, Herr Posthumus, ist es nicht gerade hilfreich, wenn man einen Namen wie Mohammed Tahiri hat.«

Posthumus trat ans vordere Fenster.

»Sie scheinen ein guter Mensch zu sein, Herr Posthumus, und Sie kennen sich doch aus mit solchen Dingen. Helfen Sie mir, bitte! Ich muss wissen, was wirklich passiert ist.«

Posthumus schaute hinaus auf die Gracht. Sein Widerstand schwand dahin, und außerdem hatte er schon am Morgen eine Entscheidung getroffen.

»Helfen Sie mir?«

»Vielleicht sollten wir uns noch einmal treffen.«

»Ich danke Ihnen. Vielen Dank. Es gibt da ein paar Sachen, die ich Ihnen erzählen möchte.«

»Wäre es Ihnen morgen früh recht, gegen zehn?«, fragte Posthumus.

»Im Laden? Lieber bei mir zu Hause. Ich schicke Ihnen die Adresse. Ich warte dann auf Sie. Und nochmals vielen Dank, Herr Posthumus.«

»Bitte nennen Sie mich doch Pieter.«

Sein Sakko war immer noch feucht. Posthumus zog es aus und hängte es über eine Stuhllehne. Er brauchte jetzt eine heiße Dusche. Zuerst aber schnell eine SMS an Alex:

Grachtenleiche = Cousin Sofaladen, aber komische Entwicklungen. Bin jetzt zu müde. Rufe am WE an, o. k.?

Kurz darauf kam eine SMS mit Mohammed Tahiris Adresse. Als Posthumus gerade das Telefon weglegen wollte, klingelte es abermals. Verärgert schaute er auf das Display. Merel.

»Ach, PP, ich brauche deinen väterlichen Rat.«

Autsch.

»Ich habe alles vermasselt. Die beiden Artikel, von denen ich dir gestern erzählt habe, die über die Amsterdamer Zelle?«

»Ich habe sie noch gar nicht gesehen, habe die Zeitung gerade erst bekommen.«

»Einer davon hat wirklich was ausgelöst. Ich kriege dauernd komische Anrufe auf meinem Festnetzanschluss. Du weißt schon – es klingelt, unbekannte Nummer, der Anrufer legt wieder auf. Aber das ist es nicht mal. Mit so was werde ich schon fertig. Was mir eher Sorgen macht: Aissa ist anscheinend sehr verletzt. Das ist die Frau, von der ich dir erzählt habe. Ich hatte gehofft, wir würden uns anfreunden. Gerade hat sie mir abgesagt, war total verärgert. Ihr Bruder macht ihr die Hölle heiß wegen des Interviews, und jetzt mache ich mir Vorwürfe. Ich habe ihr von dem anderen Artikel nichts gesagt, und er hält sie wohl für eine Verräterin, weil wir uns ein paar Mal getroffen haben. Und dann ist auch noch ein Verwandter von ihr gestorben. Ertrunken. Es ist einfach furchtbar!«

»Ertrunken? Hieß er zufällig Amir? Und sie heißt Aissa Tahiri?«

»Woher weißt du das? Was ist hier überhaupt los?«

Merel klang panisch.

»Keine Sorge. Hat was mit meiner Arbeit zu tun. Sag, können wir vielleicht später darüber reden? Im Moment will ich nichts anderes, als eine heiße Dusche nehmen. Ich hatte auch einen ziemlich üblen Tag.«

»Tut mir leid! Und ich überfalle dich so mit meinen Problemen. Ich habe nicht mal gefragt, wie's dir geht. Was ist denn passiert?«

Posthumus ließ die Schultern hängen. Vielleicht hatte er geseufzt, er war sich nicht sicher. Stille.

»Also … natürlich nur, wenn du darüber reden möchtest«, sagte Merel, plötzlich wieder eine Fremde.

»Ist schon gut«, wehrte Posthumus ab. »Aber das erzähle ich lieber alles auf einmal. Ich würde dich wirklich gerne treffen … und dir helfen. Vielleicht heute Abend?«

»Ich habe eine Verabredung, aber die könnte ich absagen.«

»Dann morgen. Morgen früh?«

»Das wäre toll. Danke, PP!« Jetzt klang sie wieder wärmer, zugänglicher. Sogar am Telefon erinnerte sie ihn an Willem. Vielleicht war er aber auch nur müde und bildete sich das ein.

»Du wohnst draußen im Westen, oder?«, fragte er.

»Ganz in der Nähe der Kinkerstraat.«

»Ich habe sowieso in der Gegend zu tun. Da gibt es ein schönes Café. Mozaïek. Die machen ausgezeichneten Käsekuchen. Kennst du das? Es ist ein Stückchen von deiner Wohnung entfernt, da, wo der Bos en Lommerweg anfängt. Hast du ein Fahrrad?«

»Ja und ja.«

»Gut. Dann bis morgen. Gegen elf?«

»Wir sehen uns, PP!«

Er atmete tief ein. Das hatte Willem immer gesagt. Posthumus wollte noch etwas erwidern, aber sie hatte schon aufgelegt.

Die Dusche.

***

»Wie Heisenberg schon erkannt hat«, erklärte der Professor, »ist das, was wir beobachten, nicht die Natur selbst, sondern die unserer Beobachtung ausgesetzte Natur.«

Er schaute zu den Studenten auf, die ihm in gestaffelten Reihen gegenübersaßen. Kein Funken Geist. Die meisten starrten auf ihre Laptop-Bildschirme, andere waren mit ihren Handys beschäftigt.

»Man kann es auch so ausdrücken«, fuhr der Professor fort: »Das Unschärfeprinzip ist eine Form des Beobachtereffekts. Etwa so, als ob man den Reifendruck prüft.«

Er lächelte und schaute wieder auf. Immer noch keine Reaktion.

»Das kann man ja eigentlich nur, indem man ein bisschen Luft rauslässt. Wenn man den Druck prüft, verändert man ihn also auch.«

Alex' Handy piepste. Sie zuckte zusammen. Sie war sicher, dass sie es abgeschaltet hatte. Trotzdem schaute sie schnell aufs Display. PP. Sie öffnete die SMS möglichst unauffällig und schrieb zurück:

Bin gespannt. Ja, ruf mich an. Ax

Dann schaltete sie das Telefon ab. Als sie wieder hochschaute, begegnete sie dem missbilligenden Blick des Professors.

***

»Tut mir leid, dass ich euch kurz vor dem Wochenende damit komme«, sagte Lisette, »aber ihr habt ja alle den Artikel in der *Nieuwe Post* gelesen. Der Chef glaubt, dass er unsere Zielpersonen im Zugzwang bringen wird, und ich muss zugeben, dass er wahrscheinlich recht hat.« Sie hatte keinen Konferenzraum belegt; Team C war in ihrem Büro versammelt, einschließlich der Analytikerin Ingrid. »Deshalb habe ich euch gebeten, und das betrifft vor allem Rachid und Ingrid, alles stehen und liegen zu lassen und euch sofort das Mittagsgebet von heute vorzunehmen, außerdem alles, was heute Morgen vorgefallen ist.« Sie nickte den beiden zu. »Ich weiß, dass das alles durcheinanderbringt und viel Arbeit bedeutet. Also, vielen Dank.«

»Haufenweise Zeug«, sagte Rachid. Seine Stimme hatte immer noch den scharfen, vorwurfsvollen Beiklang, den Lisette am Morgen zu glätten versucht hatte. »Alle Anrufe, alle Aufzeichnungen aus dem Big-Brother-Haus. Ich bin ja so was wie die Schaltzentrale. Das ist einfach zu viel.«

»Mick hat dir ja geholfen«, entgegnete Ingrid ruhig.

»Und ich glaube, der Chef und du, ihr habt recht«, sagte Mick. »Das Fass ist am Überlaufen. Khaled, der Syrer, hat eine feurige Rede beim Freitagsgebet gehalten. Sagte, die Journalistin, die das geschrieben hat, braucht ganz dringend eine Lektion. Sie müssten jetzt endlich handeln. Und er ging noch weiter. Er hat zum Jihad aufgerufen.« Mick wühlte in den Papieren, die vor ihm lagen, und las laut vor: »›Sie glauben ja ohnehin, wir sind schuldig, ob wir etwas tun oder nicht. Zeigen wir es ihnen also! Tun wir tatsächlich etwas.‹«

»Nichts Konkreteres?«, fragte Lisette. »Das kann auch reine Wichtigtuerei sein. Hat noch jemand was gesagt?«

»Mansouri war seltsam still. Aber El Mardi hat sich eingeschaltet. Er kommt übrigens ziemlich oft vorbei, seit er aus Brüssel zurück ist. Er hat ziemlich heftig zugestimmt. Bassir hat auch eine Menge Zeug über die Scharia und den islamischen Gottesstaat von sich gegeben, aber nichts wirklich Greifbares. Der Syrer spricht am offensten. Er sagt, er hat eine Idee, er spricht sogar von einem ›Aktionsplan‹. Er sagt, er muss sich erst noch mit ein paar Leuten besprechen. Aber da bahnt sich definitiv etwas an.«

»Ich habe dir ja gesagt, dass er und der junge Tahiri überwacht werden müssen«, warf Rachid ein.

»Der Junge war heute nicht dabei.«

»In der Casa Tahiri geht irgendwas vor, sagt mein Go-Man«, erklärte Ben. »Der Laden ist geschlossen. Die Schwester rast wie ein Wirbelsturm auf ihrer Vespa mitten am Tag von der Uni nach Hause. Was Najib macht, weiß ich nicht. Der Syrer hat irgendwas vor. Letztes Wochenende ist er nach Mitternacht in westlicher Kleidung rausgeschlichen. Mein Go-Man geht der Sache nach.«

»Die Tahiris könnten von dem anderen Artikel in der *Nieuwe Post* aufgescheucht worden sein«, vermutete Mick. »Der gehört zu einer Serie über junge, verschleierte Frauen und handelt hauptsächlich von dem Tahiri-Mädchen. Auf derselben Doppelseite übrigens wie der Artikel über die Zelle. Man kann also leicht den Eindruck bekommen, dass diese Aissa da mit drinhängt. Beide Artikel stammen von derselben

Journalistin, einer gewissen …«, er sah wieder in seinen Notizen nach, »… Merel Dekkers.«

»Ich würde wirklich gerne wissen, woher sie ihre Informationen hat«, sagte Lisette. Sie sprach leichthin, in neutralem Tonfall, aber der Blick, mit dem sie ihr Team musterte, sagte etwas anderes. Sie hatte gerade etwas getan, was sie noch nie getan hatte und hoffte, nie wieder tun zu müssen: Sie hatte Coco, den Chef von Team B, unter vier Augen gebeten, sich diese Dekkers einmal genauer anzuschauen. Und es geheimzuhalten. Sie hasste das. Erst der Syrer, und jetzt das. Sie kam sich vor wie eine zweifache Verräterin, aber Veldhuizens unausgesprochene Vermutung, dass es in ihrem Team eine undichte Stelle gab, ließ sie nicht mehr los.

»Dass diese Journalistin über die Spanien-Verbindung Bescheid weiß, heißt gar nichts«, fuhr Lisette fort. »Das stand im Bericht an den Staatsanwalt, war also bekannt, wenn auch nicht öffentlich. Aber dass sie Mansouri als Anführer bezeichnet, ist schon verdächtig. Vielleicht hat sie das nur logisch erschlossen, vielleicht hat ihr aber auch jemand diese Information zugespielt. Und dass Mansouri etwas plant, ist ja sogar für uns neu. Oder?«

Unbehagliches Schweigen.

»Wir könnten uns mit ihren möglichen Quellen befassen«, schlug Mick vor. »Sie kann es durchaus von diesem Tahiri-Mädel haben. Vielleicht hat die ja doch etwas damit zu tun.« Er blickte sich nach Ingrid um, die bestätigend nickte. »Vielleicht zählt diese Journalistin aber auch nur zwei und zwei zusammen und kombiniert. Ingrid hat gestern schon darauf hingewiesen, dass es nicht nur bei Mansouri, sondern auch bei den anderen die üblichen Verdachtsmomente gibt: die radikalen Sprüche, die traditionelle Kleidung, den religiösen Eifer, dass sie unter sich bleiben und die Moschee meiden, dieses ganze Gefasel über Scharia und Jihad und dass man ›etwas unternehmen‹ müsse.«

»Das ist doch nicht der Punkt!«, rief Rachid. Sein Ärger hatte sich in Wut verwandelt. »Das sind junge Leute. Sie sind unsicher, sie sind auf der Suche. Das geht jedem so in diesem Alter, wir waren da auch nicht anders. Man rebelliert. Man sucht seinen Platz im Leben, findet seinen Weg, definiert, wer man ist. Oder versucht es zumindest. Hier müssen sie dauernd hören, sie seien Marokkaner, und in Marokko gelten sie als Holländer. Ihre Väter können ihnen nicht helfen – die leben in einer anderen Welt – und wollen auch nicht über diese Dinge reden. Für die älteren Leute ist ›Radikaler‹ ein Tabuwort. Und ihr … ihr kehrt ihnen den Rücken zu.«

Lisette spürte die persönliche Betroffenheit hinter seinen Worten. Sie wollte ihn unterbrechen, aber Rachid ließ sie nicht zu Wort kommen. Er kochte vor Wut.

»Ihr kapiert es einfach nicht, was? Niemand ist da, den sie fragen können, niemand, der ihnen hilft! Alles, was sie wollen, ist eine Identität, und die finden sie in der Religion. Und wir sitzen da und schauen zu, wie alles den Bach runtergeht! Wir sollten ihnen helfen und etwas unternehmen, sie auf die richtige Spur setzen, ihnen eine Chance geben, ihnen etwas anbieten. Stattdessen lassen wir sie im Stich und verstellen ihnen den Weg. Wir sollten nicht die Polizei alarmieren, sondern jemanden, der rechtzeitig einschreitet, der eine Eskalation verhindert und sie auf einen anderen Weg bringt!«

»Wir hier beim NASD«, wandte Mick ein, »wir sind nicht Teil dieses Szenarios, Rachid. Wir sind Beobachter, keine Teilnehmer.«

Einen Moment lang dachte Lisette, Rachid würde sich auf ihn stürzen.

»Wir sind uns aber trotz aller persönlichen Differenzen und unterschiedlichen Meinungen wohl alle einig«, übernahm sie schnell das Wort, »dass wir in den nächsten Tagen noch wachsamer sein müssen. Keine Sekunde Nachlässigkeit, keine Routine. Ständig am Ball bleiben.«

Sie schaute auf die Uhr.

»Aber es ist schon fast fünf. Gehen wir doch nach unten und nehmen einen Drink.«

Am Freitagnachmittag stand in der Kantine immer etwas zu trinken und Knabberzeug bereit.

»Ich trinke keinen Alkohol«, murrte Rachid. Aber zum Aufzug kam er doch mit.

Wir sind sehr wohl »Teilnehmer«, dachte Lisette, als sie schweigend zum Café Minus hinunterfuhren. Es war an der Zeit, Onno Veldhuizen seine Grenzen aufzuzeigen.

Samstag, 11. Juni

11

Seinen Samstagvormittag opferte Posthumus äußerst ungern. Der Samstagvormittag war ihm heilig. Er hielt ihn frei von Verabredungen und Terminen, damit die ersten Stunden des Wochenendes die Form annehmen konnten, nach der ihm gerade zumute war. Es gab natürlich einige festgelegte Ingredienzien: den Wochenmarkt auf dem Noordermarkt, ein langes Frühstück, kleine Arbeiten im Haushalt. Aber er kontrollierte den Rhythmus des Tages; diese Stunden gehörten ihm und nur ihm. Aber heute nicht. Er musste früher aufstehen, als ihm recht war. Frühstück im Stehen, und den Markteinkauf würde er ziemlich schnell erledigen müssen. Der Vormittagsimbiss mit frischen Austern am Fischstand, das Schwätzchen mit dem Ziegenkäseverkäufer fielen aus. Und wozu? Posthumus war sich gar nicht sicher, dass er mit diesem Mohammed viel zu tun haben wollte. Aber er war froh, dass er nicht der Einzige war, dem der Tod des jungen Marokkaners seltsam vorkam. Und irgendwo im Hintergrund war da noch dieser Mann, der ihm den Elektroschock verpasst hatte. Das war kein gewöhnlicher Einbrecher gewesen, davon war Posthumus inzwischen überzeugt.

Er schaute aus dem Fenster. Einer dieser dumpfgrauen, schattenlosen Tage, an denen alles Leben stillzustehen schien. Tiefhängende Wolken, immerhin war es trocken. Trotzdem lieber etwas Wasserfestes überziehen, für alle Fälle. Er nahm eine leichte Pilotenlederjacke von der Garderobe und ging nach unten zu seinem Fahrrad. Er wollte dieser Sache auf den Grund gehen. Den Angriff in der Wohnung würde er Mohammed gegenüber noch nicht erwähnen. Irgendwie gab es da eine Beziehung zu dem Toten in der Gracht. Zwei Aspekte derselben Geschichte, zwei Teile eines Puzzles. Das Verbindungsstück fehlte ihm noch. Nein, es konnte wirklich nicht schaden, ein bisschen mehr über Amir Loukili herauszufinden. Und den jungen Tahiri wollte er sich ganz genau ansehen.

Gusta schloss gerade ihr Fahrrad auf – ein seltsames Gefährt, mit einem Gewirr künstlicher Blumen um die Lenkstange und Plastikweinreben an den Speichen. Es stand am Brückengeländer direkt neben seinem.

»Irgendwas Neues über diesen Namiki-Füller, der dich so interessiert hat?«, rief sie ihm zu, als er die Haustür hinter sich zuzog.

»Hatte noch keine Zeit, der Sache nachzugehen.«

»So viel zu tun? Sieht ganz so aus. Bist ziemlich früh unterwegs für einen Samstag.«

»Ich muss schnell was einkaufen, dann habe ich eine Verabredung draußen im Westen«, erklärte er im Näherkommen, »im Kolenkit-Viertel.«

»Da fährst du mit dem Fahrrad hin? Ist das nicht gefährlich?«

Posthumus lächelte. »Bis jetzt ist mir noch nichts passiert.«

»Sieht aber anders aus. Ist das eine Beule? Wo hast du die denn her?«

»Das ist eine lange Geschichte«, erwiderte Posthumus. Er wollte nicht in eine dieser endlosen Unterhaltungen mit Gusta geraten, die schon durch eine kleine Bemerkung ausgelöst werden konnten, und fügte hastig hinzu: »Und du? Wohin des Wegs?«

»Zum Art-Déco-Markt in De Rode Hoed. Ich will gleich mit den Ersten rein.«

Sie winkte zum Abschied und radelte die Gracht entlang davon, mit kerzengerade durchgedrücktem Rücken, eine Hand am Lenker, die andere mit dem obligaten Zigarettenhalter von sich gestreckt wie Bette Davis; ihr Rock und der Chiffonschal, den sie kunstvoll drapiert hatte, flatterten im Fahrtwind. An der nächsten Brücke drehten sich zwei Touristen zu ihr um und fotografierten sie.

Posthumus sah ihr nach. Das war eine der schönen Seiten des Lebens in Amsterdam: Zumindest vorläufig sorgten Mietpreisgrenzen und eine liberale Wohnungsvergabepolitik dafür, dass alle möglichen Leute Tür an Tür wohnten. In seinem Haus zum Beispiel hieß das: eine reizende Hippiedame wie Gusta, Dr. Jansen, der Arzt, im Erdgeschoss und im Souterrain eine Studenten-WG mit ständig wechselnder Besetzung. Neben ihm wohnte ein Computerfreak, der es geschafft hatte und jetzt von seiner Mansarde aus ein Imperium leitete, ein paar Türen weiter ein junger Bildhauer und auf der anderen Seite der Gracht ein melancholischer Transvestit. Und weil alle zu Fuß gingen oder mit dem Rad fuhren, begegnete man sich hin und wieder und erfuhr etwas vom Leben der anderen, das einem in Städten, wo man nur aus der Tür trat, um gleich wieder in seinem Auto zu verschwinden, gänzlich unbekannt geblieben wäre.

Er schloss sein Fahrrad auf, ein schweres schwarzes Gefährt, das seit den dreißiger Jahren praktisch unverändert hergestellt wurde: ohne Gangschaltung, mit Rücktrittbremse und einem Milchkasten aus Plastik auf dem vorderen Gepäckträger, wo eigentlich ein Korb hingehörte. Mehr Miss Marple als Tour de France. Kaum von Tausenden anderer Räder in der Stadt zu unterscheiden. Trotzdem hätte Posthumus – wie jeder Amsterdamer – sein Rad in den Myriaden täuschend ähnlicher Gefährte sofort identifizieren können; unbewusst kannte er jede Beule und jeden Kratzer, den Winkel, in dem die Klingel montiert war, die Farbschattierung des Sattelleders. Er machte sich in Gustas Windschatten auf den Weg und klingelte genervt die beiden Touristen beiseite, die jetzt mitten auf der Straße standen und zu den Dachgiebeln hinaufstarrten.

Das chinesische Gemeindezentrum an der Gracht war bereits geöffnet, und die ersten alten Ehepaare kamen, um den Vormittag mit einer Partie Mahjongg zu beginnen. Das ist schon eine seltsame Mischung, dachte Posthumus. Zufällig zusammengewürfelt, nicken wir einander auf der Straße höflich zu und tolerieren Unterschiede und Merkwürdigkeiten. Enge nachbarschaftliche Beziehungen pflegen wir jedoch nicht. Hier bringt man einander nicht Apfelkuchen vorbei, wie bei den Amerikanern. Wir wohnen zwar zusammen, leben aber getrennt, halten Abstand, treten einander nicht auf die Füße. Er war in den Sechzigern und Siebzigern als Katholik aufgewachsen. Viel hatte sich seither nicht verändert, nur dass gewisse Grenzen damals deutlicher waren. Es gab den katholischen Zeitungskiosk und den protestantischen, die katholische Schule und die protestantische. Man wusste genau, wo man einkaufen ging und auf welche Schule man seine Kinder schickte. *Zuilen* hießen diese getrennten Bereiche – Säulen, auf denen die Gesellschaft ruhte. Kam diese Aufteilung jetzt wieder? *Zuilen.* Voneinander getrennt, aber gleichberechtigt. Posthumus erinnerte sich aus seiner Zeit als jugendlicher Aktivist an die Phrase von der »getrennten Entwicklung«, die als Euphemismus für die südafrikanische Apartheid gedient hatte. War er gerade auf dem Weg zu einer islamischen *Zuil* draußen im Westen der Stadt? Oder war es bloß ein Ghetto?

Der Bauernmarkt im westlichen Teil der Innenstadt lag auf dem Weg. Er hatte gerade genug Zeit, um das Nötigste einzukaufen: geräucherten Knoblauch vom Kräuterstand; sein Lieblingsolivenöl vom Italiener; ein kurzer Beutezug beim Gemüsehändler, um frühe grüne Bohnen und dicke purpurne Auberginen zu kaufen, die jetzt Saison hatten. Er stopfte alles in die Milchkiste vor dem Lenker und fuhr weiter ins Kolenkit-Viertel.

Das Haus der Tahiris war schnell gefunden. Es stand gegenüber der Brache, die er bei seinem ersten Besuch gesehen hatte, und gehörte zu einer Reihe zweistöckiger Reihenhäuschen aus den dreißiger Jahren, die sich von den umgebenden Hochhäusern deutlich abhoben. Ein Fußweg führte zur Haustür, und er konnte sein Fahrrad in Sichtweite anschließen. Einen Moment überlegte Posthumus, ob er die Einkäufe im Korb lassen sollte; dann nahm er sie doch mit und stand unbeholfen mit seinen Einkaufstaschen vor der Tür, als Mohammed ihm öffnete.

»Aha, meine Frau kauft auch gerade ein«, begrüßte ihn Mohammed und schüttelte ihm die Hand. »Bitteschön. Willkommen. Treten Sie ein.«

Posthumus befolgte den raschen Blick auf seine Füße, schlüpfte aus den Schuhen und stellte sie im Flur neben die Taschen.

Mohammed hatte Karima bei diesem Gespräch nicht dabeihaben wollen; es hätte sie verstört. Najib hatte er in den Laden geschickt. Der Junge war natürlich widerwillig gewesen, daran war Mohammed inzwischen gewöhnt, aber Aissa hatte ihn zur Vernunft gebracht. Aissa hatte Amirs Tod wahrscheinlich am stärksten mitgenommen, aber Mohammed wollte sie trotzdem dabeihaben. Sie kannte Amir schließlich am besten. Außerdem war sie ein tapferes, vernünftiges Mädchen. Er hatte gesehen, wie Pieter Posthumus den Weg entlanggekommen war, und seinen Eindruck bestätigt gefunden, dass er ein guter Mensch war. Vielleicht ein bisschen seltsam, wie er da mit seinen Einkaufstaschen vor der Tür stand, aber ein guter Mensch, und Mohammed hatte es gefallen, dass er seine Schuhe auszog, wie es sich gehörte.

Posthumus folgte seinem Gastgeber und schaute sich um. Das Wohnzimmer war klein, aber trotzdem mit einem enormen Kristallkronleuchter geschmückt. Zwei Sofas – prunkvoll, mit quastenverzierten Polstern, wie sie in Mohammeds Laden angeboten wurden –, ansonsten gedämpfte Farben, nüchterne Stimmung.

»Bitte, nehmen Sie etwas Tee«, sagte Mohammed und zeigte auf eines der Sofas.

Aus der Küche kam eine junge Frau mit einer Teekanne, kleinen Gläsern und einem Teller voller zuckergussglänzender Süßigkeiten. Sie trug ein rotes Kopftuch. Das muss sie sein, dachte Posthumus, das Mädchen, über das Merel geschrieben hat.

»Aissa, meine Tochter«, stellte Mohammed vor.

Posthumus zögerte; er hatte gelesen, dass es sich als Mann nicht ziemte, eine Frau zu berühren, die nicht zur Familie gehörte. Aber Aissa streckte schon die Hand aus.

»Keine Sorge, ich befolge auch nicht *alle* Traditionen«, sagte sie. »Auch wenn es so aussieht«, fügte sie lächelnd hinzu. Sie erinnerte Posthumus an Alex.

Aissa schenkte Tee ein und setzte sich neben ihren Vater. Posthumus rutschte auf dem Sofa gegenüber ein wenig nach vorne und strich eine zerzauste Quaste an einem der Polsterkissen glatt.

»Ich möchte gleich klarstellen«, begann er, »dass das hier ein rein privater Besuch ist. Mir kommt es auch seltsam vor, wie Amir ertrunken sein soll. Aber meine Abteilung hat den Fall zu den Akten gelegt.«

»Die Polizei auch.«

»Richtig. Sie wollen wissen, was geschehen ist, genau wie ich. Vielleicht kann ich Ihnen helfen, die Puzzleteile jener Nacht zusammenzusetzen. Damit Sie mit der Sache abschließen können. ›Closure‹, wie die Amerikaner sagen.«

»Das ist alles, was ich will. Es würde mir sehr viel bedeuten. Uns allen.«

Posthumus zögerte. Mohammed schaute zu Boden. Er wirkte gebrochen. Posthumus nickte.

»Es wäre mir eine Hilfe, wenn ich mehr über Amir wüsste. Was machte er eigentlich in Amsterdam? Wo kann er in jener Nacht hingewollt haben?«

»Nirgends, nirgends!«, erwiderte Mohammed. »Prinsengracht, hat die Polizei gesagt. Warum? Er hatte dort doch nichts verloren. Vollkommen undenkbar!«

Aissa legte ihrem Vater beschwichtigend die Hand auf den Arm.

»Er war seit etwa zwei Monaten hier«, sagte sie. »Er wollte Geschäftskontakte für die Familie seiner Mutter aufbauen. Die stellen Kleidung her, traditionelle Gewänder vor allem, Djellabas, Brautkleider.«

Mohammed hatte sich ein wenig gefasst.

»Ich dachte, Najib, mein Sohn, könnte ihm da weiterhelfen. Er hat eine wunderbare Webseite für meinen Laden programmiert, er ist ein richtiges Computergenie. Aber die beiden kamen nicht gut miteinander aus. Religiöse Differenzen. Und außerdem habe ich gehofft – Aissa weiß Bescheid –, dass sich zwischen ihr und Amir vielleicht etwas entwickelt. Er war ein ruhiger, ernsthafter, fleißiger Junge. Er wäre ein guter Ehemann gewesen.«

Posthumus blickte kurz zu Aissa hinüber. Kaum merklich schüttelte sie den Kopf.

»Wissen Sie vielleicht, welche Leute er hier geschäftlich kontaktiert hat?«, fragte er.

»Nein, darüber hat er nicht viel gesprochen. Er war meistens in Brüssel. Auch für die Familie seiner Mutter.«

»Brüssel? Ah ja, er hatte eine Fahrkarte nach Brüssel in seiner … Entschuldigung.«

»Das macht nichts. Wir müssen offen sprechen.«

»Er hatte eine Fahrkarte nach Brüssel dabei. Und ein paar andere Sachen. Ich fürchte, meine Abteilung ist da ein bisschen langsam; wahrscheinlich bekommen Sie seine Sachen ungefähr in einer Woche. Es war nichts Wertvolles dabei, aber es könnte sein, dass er seinen Rechner in Brüssel gelassen hat. Wissen Sie, wen er dort getroffen hat?«

»Da müsste ich seinen Vater fragen«, sagte Mohammed. »Wir sind nur entfernt verwandt, wissen Sie, und sehen uns nicht oft, auch in Marokko nicht. Bevor Amir nach Amsterdam kam, habe ich ihn das letzte Mal gesehen, als er fünf oder sechs Jahre alt war.«

»Und in der Nacht, als er starb, war er bei Ihnen zum Abendessen, sagten Sie?«

»Es gab keinen Alkohol! Wir trinken nicht.«

»Gestern haben Sie erwähnt, dass er noch zum Abendgebet geblieben ist?«

»Er hat immer gesagt, man solle beten, als ob Gott direkt vor einem stehe«, lächelte Mohammed und schüttelte langsam den Kopf. »Ja, er hat mit uns gebetet«, sagte er dann.

»Um wie viel Uhr ist er dann gegangen?«

»Um halb elf«, antwortete Aissa. »Das weiß ich noch. Ich war froh, dass es nicht so spät war, weil ich am nächsten Tag früh zur Uni musste.«

»Hat er gesagt, dass er noch irgendwohin wollte?«

»Nein, nur nach Hause«, sagte Mohammed. »Sicher nach Hause. Das ist ganz in der Nähe.«

»Vielleicht hat er sich verlaufen?«

»Es gibt doch eine direkte Busverbindung«, erwiderte Aissa. »Zwei sogar. Die 80 und die 82. Manchmal muss man recht lange warten, aber der Bus hält praktisch vor seiner Haustür. Er hat das ja nicht zum ersten Mal gemacht. Nein, verlaufen hat er sich bestimmt nicht.«

Sie bot Posthumus noch eins der süßen Teilchen an. Er zögerte nicht; sie schmeckten wunderbar.

»War an dem Abend die ganze Familie hier?«, fragte Posthumus.

»Ja.«

»Und Amir ist alleine weggegangen? Hat ihn vielleicht jemand begleitet und gesehen, wo er hin ist?«

»Nein, wir sind alle hiergeblieben«, sagte Mohammed. »Nur Najib, mein Sohn, ist schon früher gegangen, noch vor dem Gebet. Er war verabredet. Ein Freund hat ihn abgeholt.« Mohammed seufzte. »Haben Sie Kinder?«

Posthumus schüttelte den Kopf.

»Sie bringen Freude, und sie bringen Sorgen. Bei Najib sind es im Moment hauptsächlich Sorgen. Wir sind uns nicht einig, was den Glauben angeht, und über vieles andere auch nicht. Nicht *mehr* jedenfalls. Und diese Freunde, die er trifft – die kenne ich nicht. Ich hatte gehofft, Amir könnte da helfen, aber an diesem Abend ist Najib auch über Amirs Glauben hergezogen.«

»Das ist nichts Neues«, sagte Aissa. »Mein Bruder geht schnell durch die Decke, wenn es um den Islam geht«, erklärte sie Posthumus. »Neuerdings hat er ziemlich rigide Meinungen und regt sich über die kleinsten Kleinigkeiten auf. Vor kurzem hat er einen alten Schulfreund angepflaumt, weil der eine Tätowierung hat, und so was ist *ḥarām*. Im Moment hat er es mit dem König von Marokko. Er behauptet, der König sei gar kein richtiger Muslim, und seine Anhänger, zum Beispiel Amir, auch nicht.«

»Das hat er alles aus dem Internet«, sagte Mohammed. »Aus dem Internet und von diesen neuen Freunden. Einerseits macht er mir so eine wunderschöne Webseite, und andererseits findet er dort diese Ideen. Wie gesagt, Freude und Sorgen, Sorgen und Freude.«

»Ich weiß nicht, was hier zuerst da war, die Ideen oder die Freunde«, meinte Aissa, hauptsächlich zu ihrem Vater, »aber er glaubt, diese Leute verstehen ihn. *Know where he's at.*« Sie benutzte die englische Redewendung. Posthumus sah, dass sie oft als Vermittlerin fungierte.

»Der Umgang eines jungen Mannes bestimmt sein Schicksal«, sagte Mohammed. Es klang, als zitiere er ein Sprichwort.

»Ich habe einige von ihnen getroffen«, sagte Aissa. »Sie sind genauso ernsthaft und respektabel wie Amir … wie Amir war.«

»Es wäre gut, wenn ich auch mit Najib sprechen könnte«, sagte Posthumus.

»Er hütet heute Vormittag den Laden«, sagte Mohammed.

»Ich kann nachher mit Ihnen hingehen und Sie vorstellen, wenn Sie das möchten«, bot Aissa an. »Mein Vater muss noch mal zum Bestatter.«

»Ich bringe Kleidungsstücke für Amir vorbei«, erklärte Mohammed. »Seine Familie sollte ihn nicht so sehen.«

Posthumus nahm dankend ein drittes Teilchen. Er fragte weiter nach Amir, seinem Charakter, seiner Familie, seinen Plänen. Sehr vorsichtig formulierte er die Frage nach etwaigen Depressionen. Mohammed sah ihn geradeheraus an.

»Selbstmord ist *ḥarām*«, erwiderte er. »Als Amir ankam, dachte ich zuerst, er habe Probleme. Er wirkte nervös. Aber er war gläubig und hätte sich niemals umgebracht. Wir glauben, dass jede Seele ein Werk Gottes ist und Ihm allein gehört. Uns gehört weder unsere Seele noch der Körper, den sie bewohnt. Den eigenen Körper zu schädigen, ist eine Sünde. Das würde ewige Verdammnis bedeuten. Er hätte das niemals getan.«

»Bei Märtyrern ist das anders«, warf Aissa ein. Sie sah Posthumus offenbar an, was ihm gerade durch den Kopf ging.

Posthumus wechselte schnell das Thema. Langsam ging das Gespräch in die unbeholfenen Allgemeinplätze über, die sein baldiges Ende ankündigten. Er erhob sich, um zu gehen. Mohammed nahm seine Hand, schüttelte sie und hielt sie fest.

»Aus ganzem Herzen, im Namen meiner Familie, vielen Dank«, sagte er.

Im Flur griff Mohammed nach dem Paket, das er zum Bestatter bringen wollte. Posthumus ging mit Aissa am Rand der Brache Richtung Bos en Lommerweg; er schob sein Fahrrad.

»Sie wollten Amir nicht heiraten«, sagte er nach einer Weile.

Aissa schaute ihn eindringlich an. »Sie sind sehr scharfsinnig. Nein, ich wollte ihn nicht heiraten. Er war klug, man konnte sich gut mit ihm unterhalten, er war nett, und ich weiß, dass er mich mochte, aber es hat einfach nicht gefunkt.«

»Und das war kein Problem?«

»Nein! Überhaupt nicht. Sie sollten nicht alles glauben, was in der Zeitung steht.«

Posthumus entschuldigte sich mit einem Schulterzucken.

»Meine Eltern würden mich nie zwingen, einen Mann zu heiraten, den ich nicht will. Sie wissen, dass ich meinen eigenen Kopf habe.« Aissa schien Posthumus mindestens so sehr zu durchschauen wie er sie.

»Wenn ich nicht zu Hause bin, sage ich durchaus, was ich denke, wissen Sie. Aber ich will keinen Streit mit meinen Eltern provozieren. Ganz anders als Najib.«

Ein paar Kinder bolzten zwischen dem wuchernden Unkraut. Ein kleiner, dicker Junge auf einem elektrischen Spielzeug-Quad sauste dicht vor Posthumus über den Pfad und ins Gestrüpp hinein.

»Wer sind diese Leute eigentlich – Najibs Freunde?«, fragte Posthumus.

Aissa überlegte sehr lange, bevor sie antwortete.

»Ich kenne sie nicht alle. Es ist mehr eine Studiengruppe als eine Straßengang. Sie lesen den Koran, diskutieren und so. Vielleicht sollte ich noch dazu sagen, dass einer oder zwei von denen neulich festgenommen worden sind. Sie gehören zur Amsterdamer Zelle, wie die Zeitungen das nennen.«

Posthumus stieß einen leisen Pfiff aus.

»Nein, nein … Najib hat damit nichts zu tun«, beteuerte Aissa.

»Sind Sie sicher?«

Posthumus wirkte skeptisch. Wieder schwieg Aissa, dann antwortete sie mit fester Stimme.

»Ja, ich bin sicher. Nicht Najib. Schauen Sie, ihm geht es nur teilweise um den Islam, wenn er mit diesen Freunden zusammen ist. Er hat das Gefühl, dass niemand ihn begreift, seine Probleme, seine Wünsche, und dass er jetzt endlich Leute gefunden hat, die ihn verstehen. Das ist ihm sehr wichtig, und er will es mit niemandem teilen. Für meinen Vater sieht das so aus, als habe er etwas zu verbergen.«

»Und für Sie?«

»Für mich nicht. Ich weiß, warum er sich so verhält.«

»Sie fühlen sich auch missverstanden.«

»Diskriminiert, meinen Sie?«

»Darauf wollten Sie hinaus, oder?«, fragte Posthumus. Er war selbst überrascht, wie geradeheraus er sprach. Aissa hatte etwas an sich – Selbstvertrauen, eine ruhige Intelligenz –, das nach Offenheit verlangte. Er verstand jetzt, was Merel an ihr mochte.

»Manchmal schon, natürlich, aber das meine ich nicht«, antwortete sie. »Ich bin nicht so gläubig wie Najib, aber Religion ist auch für mich wichtig, sie gehört zu mir. Das ist es, was manche Leute nicht verstehen.«

Posthumus zuckte zusammen. Sie meinte »Leute wie Sie«.

»Deshalb der Hijab«, sagte er.

»Ich gebe zu, das war zunächst bloß jugendliches Aufbegehren«, erwiderte sie. »Schließlich trägt meine Mutter keinen.« Sie lächelte ihn an. »Später habe ich darüber nachgedacht, und jetzt sehe ich das Kopftuch als Zeichen meiner Identität.«

»Auch wenn es Sie den Menschen entfremdet?«

»Das ist das Letzte, was ich will. Und, ja, ich weiß genau, was Sie jetzt sagen wollen – über Frauen, Unterwerfung und dieses ganze Zeug …« Aissa hob ironisch kapitulierend die Hände. »In meinem Fall trifft das einfach nicht zu, aber wir müssten ein ganzes Stück weiter laufen als nur um die Ecke zum Laden meines Vaters, um das alles zu besprechen. Wenn Sie wissen wollen, was ich darüber denke, lesen Sie die *Nieuwe Post* von gestern. Da ist ein Interview mit mir drin. Die Journalistin hat tatsächlich fast alles richtig verstanden.«

Posthumus wollte von Merel erzählen, aber Aissa sprach bereits weiter.

»Najib behauptet ständig, die Menschen hier wollen uns unsere Religion wegnehmen«, sagte sie. »Ich glaube nicht, dass das stimmt, aber ich will zeigen, wer ich bin, und dass mein Glauben zu mir gehört. Meine Eltern halten sich an die Grundregeln des Islam, aber für sie ist die Religion eher eine kulturelle Angelegenheit. Mir bedeutet es mehr.«

»Aber nicht so viel wie Najib.«

»Genau.«

Sie standen jetzt an der Ampel gegenüber dem Laden.

»Na, so eine Überraschung«, meinte Aissa plötzlich. »Er kann sie wirklich immer wieder um den Finger wickeln.«

Posthumus schaute sie erstaunt an.

»Najib. Er ist gar nicht da drin bei den Kunden, das ist meine Mutter. Irgendwie hat er sie mal wieder dazu gebracht, dass sie für ihn einspringt. Das sieht ihm ähnlich! Ich habe ihn heute Morgen regelrecht dazu genötigt, in den Laden zu gehen, an seine Familienehre appelliert. Aber mein Bruder ist störrisch. Wie Sie sehen, hat er wieder seinen Willen bekommen.«

Eine Frau in Posthumus' Alter zeigte den beiden Kunden Stoffmuster für Polsterungen. Die Fußgängerampel sprang auf Grün.

Aissa hielt ihn zurück. »Warten Sie. Es ist vielleicht besser, wenn Sie nicht mit ihr sprechen. Mein Vater will nicht, dass sie davon erfährt. Jedenfalls noch nicht.«

»Ich bin ohnehin in Eile«, sagte Posthumus. »Ich bin verabredet.« Er zögerte. Die Ampel wurde wieder rot. »Den Artikel in der *Nieuwe Post* habe ich übrigens gelesen.«

Aissa wandte sich ihm zu und schaute ihn direkt an. »Dann wissen Sie ja schon einiges darüber, wie ich denke.«

»Ich treffe mich gleich mit Merel Dekkers. Sie ist meine Nichte.«

Aissa antwortete nicht.

»Sie sollen das wissen. Nicht, dass Sie denken, ich wollte es Ihnen aus irgendeinem Grund verheimlichen.«

Sie schwieg weiter.

»Merel macht sich Sorgen, dass sie Sie beleidigt hat. Sie hat gehört, dass Najib wütend über das Interview war … und über den anderen Artikel. Das Gespräch mit Ihnen hat ihr viel bedeutet, wissen Sie? Sie hatte gehofft, Sie vielleicht öfter zu sehen.«

Die Ampel wurde wieder grün. Aissa wandte sich ab, um die Straße zu überqueren.

»Auf Wiedersehen, Herr Posthumus. Und vielen Dank, dass Sie meinem Vater geholfen haben.«

Sie gab ihm nicht die Hand.

»Sagen Sie ihr, sie soll mich anrufen«, sagte sie im Weggehen noch.

***

Merel wartete bereits im Café Mozaïek, als Posthumus eintrat.

»Schöne Jacke«, meinte sie, als er auf sie zukam. »Italienisch?«

»Du hast ein gutes Auge.«

»Und du einen ziemlich verbeulten Kopf«, erwiderte Merel, als sie einander Küsschen auf die Wange gaben. »Was ist passiert? Und was machst du hier in der Gegend?«

Posthumus erzählte von dem Vorfall in Amirs Wohnung, schilderte, dass Mohammed sich wegen Amirs Tod Sorgen machte, und dass er vermutete, beides hänge miteinander zusammen. Dann kam er zum Gespräch mit Aissa.

»Weißt du, dass Najib mit der Amsterdamer Zelle zu tun hat?«, fragte er.

Merel nickte.

»›Einfach nur gute Freunde‹, angeblich. Aissa hat davon erzählt«, sagte sie. »Sie glaubt, es steckt nichts weiter dahinter, und ich glaube das eigentlich auch. Was meinst du?«

»Ich weiß nicht. Die Geschworenen beraten noch. Ich glaube nicht, dass sie lügt, aber bei Najib bin ich mir nicht sicher«, sagte er. »Jedenfalls hat sie gemeint, du sollst sie anrufen. Ich glaube, ich war ein bisschen ungeschickt, bin damit herausgeplatzt, dass ich mit dir verabredet bin; aber ich muss offen zu ihr sein, wenn ich mehr über Amirs Tod herausfinden will.«

»Hast du das vor?«

»Ich glaube, ich stecke schon mittendrin.« Posthumus rieb sich die Beule an der Stirn. »Und du auch, wie's aussieht. Aissa scheint übrigens eine nette und interessante junge Frau zu sein. Wenn du meinen ›väterlichen‹ Rat hören willst: Du solltest sie anrufen. Ich glaube, sie mag dich wirklich. Zumindest eine Sache ist mir bei dieser ganzen Geschichte klar geworden: dass wir alle in dieser Stadt in unseren kleinen Welten feststecken, und dass es viel Energie kostet, die Grenzen zu überwinden.«

Er genoss die Nähe seiner Nichte. Sie sah ihrem Vater so ähnlich. Dieser aufmerksame Blick. Ein Blick, der ihn wärmte, der ihm das Gefühl gab, jetzt gerade gäbe es auf der ganzen Welt niemand anderen außer ihn. Willem hatte einem auch dieses Gefühl geben können.

»Es ist schön, dich zu sehen«, sagte er. »Ich möchte wirklich nicht, dass du wieder aus meinem Leben verschwindest.«

»Komisch, oder? Diese Familienbande, meine ich.«

Posthumus atmete tief ein.

»Keine Sorge«, lächelte Merel. »Ich frage dich nicht nach Papa.« Sie schwieg kurz. »Ich möchte es allerdings gerne wissen. Irgendwann. Aber das kann warten, ich lebe ja schon seit zwanzig Jahren damit. Und, hey, ich finde es schön, dass wir uns jetzt neu kennenlernen. Es tut mir leid, dass ich vorgestern absagen musste … Oh, einen Kaffee bitte.« Eine Kellnerin stand auf einmal am Tisch.

»Du musst unbedingt den Käsekuchen probieren«, sagte Posthumus eilig. »Der ist richtig gut, hausgemacht. Ich verzichte lieber, ich habe den ganzen Morgen schon Süßigkeiten gegessen.«

Zwei Kaffee, und ein Stück Käsekuchen also.

Dann herrschte Schweigen, das Posthumus schließlich brach.

»Kein Problem, dass du abgesagt hast. Und ich freue mich, dass es heute geklappt hat«, sagte er. »Und jetzt: Wie kann ich mir deinen Journalisteninstinkt zunutze machen? Ich habe das Gefühl, mir ist da irgendetwas entgangen.«

Merel lachte. »Wo sollen wir anfangen?«

»Bei Amir, würde ich sagen. Von Najib habe ich ja bis jetzt kaum etwas gesehen. Wo ist Amir nach dem Abendessen hingegangen? Er wurde in der Prinsengracht gefunden. Was hat er in der Innenstadt gemacht? Wie ist er dorthin gekommen? Aissa kann sich nicht vorstellen, dass er sich verlaufen hat. Es gibt da einen Bus, der praktisch vor seiner Haustür hält.«

»Wo ist die Endstation?«

»Stimmt, das wäre interessant. Es sind zwei Linien, die 80 und die 82. Wir können draußen bei einer Haltestelle nachsehen.«

»Nicht nötig.« Merel zückte ihr Smartphone.

»Technisch bin ich wohl nicht ganz auf dem Laufenden«, meinte Posthumus und schob einige Broschüren auf dem Tisch beiseite, als ihre Bestellung gebracht wurde.

»Die fahren beide bis zur Marnixstraat«, hatte Merel nach kurzer Zeit herausgefunden. »Das ist ganz in der Nähe von der Prinsengracht.«

»Wenn man eine der Grachten ins Jordaan-Viertel entlanggeht. Aber da ist doch immer viel los. Wieso hat ihn niemand gesehen?«

»Vielleicht war das ja mitten in der Nacht. Als er wieder auf dem Rückweg war, woher auch immer.«

»Da kommen wir zum nächsten Problem. Ich habe mit

einem Freund in der Gerichtsmedizin gesprochen. Die Todeszeit liegt irgendwo zwischen 22 Uhr und 2 Uhr morgens. Diese amtlichen Schätzungen sind immer sehr vage, und bei Wasserleichen ist es besonders schwierig, die Todeszeit genau zu bestimmen. Aber Rob hat schon viele Wasserleichen gesehen – er vermutet, dass Amir vor Mitternacht gestorben ist.«

»Also ziemlich bald, nachdem er die Tahiris verlassen hatte. Wohin kann er gegangen sein?«

»Mohammed ist sich sicher, dass Amir direkt nach Hause gefahren ist. Er habe viel Zeit alleine verbracht und anscheinend keine Freunde gehabt. Und ich muss sagen, nach dem, was ich gehört habe, war er wohl wirklich eher ein ruhiger, gläubiger, zurückgezogener Typ.«

»Vielleicht hat Amir ihnen ja wirklich die Wahrheit gesagt. Keine verdächtigen Treffen. Direkt nach Hause und dort in der Nähe in einen Kanal gefallen. Mit dem Käsekuchen hast du übrigens recht.«

»Wie ist er dann in die Prinsengracht gekommen? Wir sind wieder ganz am Anfang.«

»An welchem Wochentag ist das passiert?«

»Vorletzten Montag.«

»Montag? Da werden die Grachten durchgespült.«

»Was heißt das?«

»Da werden Tausende Liter Wasser durch das gesamte Kanalnetz gespült, von einer Pumpstation aus, im Osten der Stadt. Ab Mitternacht ist das Wasser in Bewegung. Ich habe mal eine Story darüber gemacht, mit einer Gruppe Schulkinder. Die haben am Nachmittag kleine Plastikwimpel in Flaschen überall in der Stadt ins Wasser geworfen und wollten herausfinden, wo sie am nächsten Tag angekommen sind.

Auf den Wimpeln war ein Bild – ein Schmetterling, ein Hut oder so – und eine Telefonnummer, die der Finder anrufen sollte. Wir wollten die Strömungen kartieren.«

»Und?«

»Hat nicht geklappt. Die Strömung verläuft allgemein in Richtung des IJ. Die meisten Flaschen verschwanden einfach. Ein paar Leute haben sich gemeldet, aus allen möglichen Stadtvierteln. Das Wasser fließt eigentlich von Osten nach Westen, aber es gibt zahlreiche Störfaktoren – Boote, Kurven in den Grachten, Unterwasserhindernisse –, und dadurch wird die Strömung umgelenkt. Man kann sie nicht berechnen. Es war ziemlich sinnlos, der Artikel ist dann auch nicht erschienen.«

»Er könnte also überall reingefallen sein.«

»Dann können wir aber auch bei ihm zu Hause anfangen. Ist da eine Gracht in der Nähe?«

»Sogar ganz in der Nähe. Er hat am Kop van Jut gewohnt.«

»Und wie lange hat er von Mohammeds Haus bis zu seiner Wohnung gebraucht?«

»Kommt darauf an, wie lange er auf den Bus warten musste. Mit dem Fahrrad sind es vielleicht zehn oder fünfzehn Minuten, würde ich sagen.«

»Wenn dein Freund Rob recht hat, kann er auch in der Nähe seiner Wohnung in die Gracht gefallen sein«, sagte Merel. »Weißt du was? Wir sollten mal kurz hinfahren und uns den Kop van Jut anschauen.«

Ihr Fahrrad stand auf dem Platz hinter dem Café Mozaïek. Sie nahmen eine Abkürzung über die Seitenstraßen und stießen auf die Gracht, die den Erasmuspark begrenzt.

»Vielleicht ist er hier entlanggekommen?«, überlegte Posthumus. »Vielleicht ist er ja zu Fuß gegangen.«

»Könnte sein. Es war ein schöner Abend. Ich erinnere mich noch, ich habe mit ein paar Freunden bis kurz vor Mitternacht auf der Terrasse gesessen. Aber nachts durch den Park gehen?«

»Der ist beleuchtet. Siehst du da die Straßenlampen? Und wie es aussieht, gibt es hier zwei Grachten.«

Eine verlief direkt neben dem Fußweg, offen und gut sichtbar, die andere aber war von einem Dickicht aus Bäumen und Büschen eingefasst. Sie überquerten eine Brücke und schoben die Fahrräder in den Park hinein.

»Er hatte keinen Grund, da reinzugehen«, sagte Merel, als sie in das Unterholz am inneren Kanal spähte.

»Es sei denn, jemand hat ihn gerufen«, entgegnete Posthumus.

»Denkst du auch, was ich gerade denke?«

»Dass Najib etwas mit der Sache zu tun hat? Mohammed meint, die beiden hätten sich an dem Abend gestritten, es ging wohl um irgendetwas Religiöses. Aber das ist doch kein Grund, jemanden in die Gracht zu stoßen.«

»Vielleicht ging es nicht nur um den Islam. Du hast erwähnt, dass Mohammed eine Ehe zwischen Amir und Aissa befürwortet hätte und dass zumindest Amir nicht abgeneigt war. Vielleicht hat es Najib ja missfallen, dass Amir Absichten auf seine Schwester hatte.«

»Du meinst, eine Schlägerei, die außer Kontrolle geraten ist?«

»Vielleicht. Und Najib hat etwas Verdächtiges an sich. Man fragt sich doch, was er eine Woche später in Amirs Wohnung wollte.«

»Falls er es wirklich war.«

Sie erreichten das Gehölz.

»Ich glaube nicht, dass irgendwer hier mitten in der Nacht reingehen würde, selbst wenn ihn jemand rufen würde«, sagte Merel. »Und vor allem dann nicht, wenn man sich gerade mit diesem Jemand heftig gestritten hat.«

»Wir sollten das allerdings im Auge behalten.«

Sie gingen weiter. Der Fußweg führte über eine Betontreppe wieder zur Straße, sie schoben ihre Fahrräder die Rampe hinauf, die neben den Stufen verlief, und schauten dann von der obersten Stufe zurück. Das Geländer war ziemlich hoch, man konnte kaum einfach so ins Wasser fallen. Selbst jemanden ins Wasser zu stoßen wäre nicht einfach. Und es war die zweite Möglichkeit, die sie nun beide in Betracht zogen.

An der Brücke über den Westelijk Martkanaal mussten sie warten. Die Brücke war geöffnet für mehrere große Boote. Der düstere graue Himmel, der den ganzen Morgen über der Stadt gehangen hatte, begann sich zu verdunkeln und noch tiefer zu sinken. Eine Brise ließ Merels Haar flattern.

Sie schaute etwas auf ihrem Smartphone nach.

»Der Bus fährt einen ziemlichen Umweg«, erklärte sie. »Ich nehme an, dass er ungefähr um elf hier gewesen wäre, ob er nun gefahren oder gelaufen ist.«

Als sie den Kanal hinter sich gelassen hatten, nahmen sie die kurze Treppe zu einem Fußweg, der auf einer Seite des Kop van Jut am Wasser entlangführte, »Hau-den-Lukas« war ein passender Name für dieses Wohnviertel im Westen Amsterdams, und nicht nur weil das Gelände vor der Bebauung in den achtziger Jahren für die jährliche Kirmes benützt wurde. Trostloser sozialer Wohnungsbau, eintönige Backsteinbauten auf einer schmalen Landzunge, umgeben von Wasser. Das Ganze sah aus, als wäre es gegen seinen

Willen und mit grober Gewalt ins Wasser hineingetrieben worden.

»So, da drüben hat er gewohnt, in einem von den Blocks«, sagte Posthumus und musste seinen Satz wiederholen, weil ständig Straßenbahnen über die Metallbrücke donnerten, unter der sie ihren Weg fortsetzten.

»Ich weiß ja nicht, ob ich meinen journalistischen Instinkten trauen kann«, meinte Merel, »aber meine weiblichen Intuitionen schlagen Alarm. Nachts würde ich mich hier nicht aufhalten. Das ist die Rückseite der Schule … und von den Wohnungen gehen nur die Badezimmerfenster in diese Richtung. Eigentlich ist diese Ecke kaum einsehbar, auch von der Straße nicht. Wenn hier etwas passiert, würde es wohl niemand bemerken. Und die Straßenlampe da ist kaputt.«

Sie zeigte ein Stück weiter den Weg entlang, wo eine Straßenlampe zwischen knorrigen alten Weiden stand, das Glas von Vandalen zerschlagen, der Pfosten mit Graffiti beschmiert. Dann gab sie plötzlich ein kurzes erschrockenes Quieken von sich und packte Posthumus am Ellbogen, musste aber sofort lachen.

»Entschuldige«, sagte sie, »das macht mich alles ein bisschen nervös.«

Posthumus folgte ihrem Blick. Nur wenige Meter entfernt bewegte sich etwas unter der Persenning, mit der eines der beiden Ruderboote abgedeckt war, die nahe der Brücke vertäut waren. Das Boot schaukelte. Ein seltsames Geräusch wie ein Rülpsen. Eine Ecke der Persenning hob sich. Augen. Augen und Haare, und ein heiseres Kichern.

»Ist die junge Dame erschrocken?«

Jetzt schaukelte das Boot gefährlich; die Abdeckplane

wurde weiter zurückgeschlagen, und ein großer Kopf kam zum Vorschein, Bart und Haare so dreckstarrend, dass sie sich in eine Mähne braungrauer Dreadlocks verwandelt hatten. Die Haut war rot und wirkte entzündet, die Augen blau, aber gelblich verfärbt.

»Ihr seid in meinem Garten.« Wieder das heisere Lachen. Merel trat unwillkürlich einen Schritt zurück.

Ein Mann arbeitete sich aus dem Boot heraus und machte – ziemlich schwankend – einen kurzen Schritt auf das Grasufer.

Ein überwältigender Gestank ging ihm voraus. Im Vordergrund ein süßlicher Schnapsgeruch, darunter eine satte Mischung aus Schweiß und Schmutz, die Posthumus aus einigen der Wohnungen kannte, in denen er dienstlich zu tun hatte. Der Mann drehte sich um und murmelte etwas Richtung Boot, ohne dass eine Reaktion folgte. Wieder dieses Lachen, als amüsiere er sich über ein Witz, dessen Pointe nur er verstand. Er blickte in Posthumus' Einkaufskorb vorne am Fahrrad.

»Picknick?« Er nestelte an der braunen Papiertüte mit dem Olivenöl herum. »Habt ihr was für einen durstigen alten Mann?«

»Nur, wenn Sie Olivenöl mögen.«

Der Mann prustete los. »Nur, wenn ich Olivenöl mag!«, wiederholte er. »Hab schon Übleres gesoffen, viel Übleres.« Er rief etwas Unverständliches Richtung Boot, wo sich weiterhin nichts rührte. War es ein Name?

Vielleicht hat er einen Hund da drin, dachte Posthumus. Der Mann stand sehr dicht vor ihm. Posthumus hielt die Luft an und merkte, dass er sich gefährlich weit zurücklehnte. Es war ihm unangenehm, vor dem Mann zurückzuweichen und sich neben Merel zu stellen. Lange hielt er das jedoch nicht durch; er kaschierte seinen Rückzug mit den Worten: »Wohnen Sie hier?« Laut ausgesprochen klang der Satz lächerlich, fast wie »Sind Sie oft hier?«

Aber der Mann wiederholte nur: »Ihr seid in meinem Garten.« Mit einem Nicken in Richtung Boot: »Haus und Heim, Boot und Heim, Haus und Boot, Hausboot, Boothaus, Hausiebootie«, sagte er, kicherte vor sich hin und fuhr fort: »Meine Damen und Herren, Damen und Herren, Damen und Herren.«

Posthumus war sich nicht sicher, ob diese letzten Worte an ihn und Merel gerichtet waren.

»Vielleicht 'n paar Münzen übrig für mich?«, fragte der Mann.

»Vielleicht können Sie uns helfen«, versuchte es Posthumus. »Sind Sie jeden Tag hier? Haben Sie vor einer guten Woche etwas Seltsames beobachtet? Vielleicht, dass jemand in die Gracht gefallen ist? Ein junger Marokkaner, der hier in der Nähe gewohnt hat. In traditioneller Kleidung.«

»In meinem Garten«, sagte der Mann und begann wieder heiser zu kichern.

»Vor zehn Tagen. Vorletzten Montag«, half Posthumus.

»Was für'n Tag isses heute?«

»Samstag.«

»Samstag-Sonntag, Montag-Dienstag«, sagte der Mann, dann, wieder an das Boot gewandt, »meine Damen und Herren, Damen und Herren, Daaamen und Herren, Herren, Herren, Herren, ja, Herren im Kleid.«

Es hatte keinen Sinn. Posthumus wandte sich an Merel, er wollte gehen.

»Moment noch«, hielt sie ihn auf. Sie schaute den Mann

an. »Herren im Kleid?«, fragte sie. »Ein Mann in einem Kleid? Männer in Kleidern?«

»Kleider, jawoll! Männer in Kleidern, Kleider und Mützen, tanzten wie die Irren.«

»Was taten sie denn, diese Männer?«

»Tanzten wie die Irren, in Kleidern und Mützen. In meinem Garten.« Jetzt lachte er wieder und murmelte etwas in Richtung Boot.

Merel zögerte kurz, dann streckte sie die Hand aus und legte sie dem Mann auf den Arm. »Bitte helfen Sie uns. Versuchen Sie es.«

Der Mann hielt inne. »Schöne Dame.«

Dann trat er plötzlich zurück, schloss die Augen, begann hin und her zu schwanken und spielte Luftgitarre. Leise sang er vor sich hin:

»Bom-titi-bom titi-bom titi-bom, ballroom blitz! Ballroom blitz! And the man at the back said attack tacky tack. Ballroom blitz! Was like lightning, everybody was frightening, and the music was soothing and they all started moving. Ballroom blitz.«

Merel ließ nicht locker. Ihre Stimme war sanft, aber fest, als sie ihn unterbrach; sie betonte jedes Wort.

»Was ist dann passiert?«

»'Ne Runde geschwommen.«

»Eine Runde geschwommen?«

»In der Gracht.«

»Und es waren zwei Männer?«

»Herren tanzten wie die Irren, *ballroom blitz,* einer ist geschwommen, einfach so reingesprungen.«

Posthumus trat vor.

»Wie meinen Sie das?«, hakte er nach. »Ist er hineingefallen? Wurde er gestoßen? Ist er wieder aufgetaucht? Und es waren zwei Männer? Was haben sie gemacht? Was war mit dem anderen?«

Der Mann schwieg. Er starrte Posthumus an. Mürrisch. Dann wandte er sich dem Boot zu und rief wieder irgendetwas Unverständliches. Sie warteten eine Weile, dann war klar, dass sie nicht länger Teil seiner Welt waren.

»Komm«, meinte Merel. »Ich glaube, wir gehen besser.«

»Tut mir leid«, entschuldigte sich Posthumus, als sie zur Straße hinaufgingen. »Mein Fehler. Wir hätten noch mehr aus ihm herausholen können.«

Unter ihnen zeterte der Mann weiter vor sich hin. Er stand einsam und alleine auf dem Rasen und drohte dem Boot mit der Faust.

»Das war allerdings ziemlich interessant, oder?«, sagte Merel.

»Stimmt. Hör mal, macht es dir etwas aus, wenn wir das Mittagessen verschieben?«

»Willst du zur Polizei?«

»Was sollte ich denen sagen? Ein besoffener alter Penner, der von tanzenden Männern in Kleidern faselt und *Ballroom Blitz* singt? Sie haben Mohammed schon ziemlich abgefertigt. Außerdem habe ich eine eingebaute Abneigung gegen die Polizei. Nein, ich möchte erst selbst in aller Ruhe darüber nachdenken.«

»Willst du dann zu Mohammed gehen?«

»Nein, auch nicht. Noch nicht. Erst muss ich etwas klarer sehen. Aber ich glaube, jetzt wird es wirklich Zeit, dass ich mit Najib rede.«

12

Sie gönnten sich einen richtigen Männerabend in Amsterdam. Mal raus aus dem Ehekäfig. Mittags ging es mit dem Zug los, von Den Haag aus. Zuerst Rugby auf der Großbildleinwand im Downunder Sports Café (jede Menge Bier), später eine *rijsttafel* (noch mehr Bier), und dann auf ins Rotlichtviertel, ins Nachtleben der schäbigeren Bars von De Wallen. Das war eine altehrwürdige Tradition, auch wenn sie in letzter Zeit kaum noch dazu gekommen waren – eine Tradition, die ihren Anfang genommen hatte, als Mark Koning als junger Pressesprecher in der Abteilung Öffentlichkeitsarbeit gewesen war und Onno Veldhuizen in der Abteilung Organisiertes Verbrechen gearbeitet hatte, beide bei der Amsterdamer Polizei. Koning trug sein T-Shirt mit dem Aufdruck »Soccer is for Sissies«. Veldhuizen war zwar gute zehn Jahre älter, aber angezogen wie ein Teenager – oder so, wie er glaubte, dass Teenager sich kleideten –, mit ausgebeulten, viel zu weiten Hosen und einem Kapuzensweatshirt.

»Vat hom, Fluffy!«

Das Downunder explodierte, als Bjorn Basson von den Bulls sich wenige Minuten vor dem Schlusspfiff auf den angreifenden Flügelmann der Stormers stürzte und ihn kurz vor der Torlinie zu Boden warf. Damit brachte er seine Mannschaft ins Endspiel. Der kollektive Jubel fegte als Welle warmen biergeschwängerten Atems durch die Bar. Der Raum war brechend voll, ausschließlich Männer – viele in Shorts, die meisten mit beträchtlichen Bierbäuchen –, die auf den riesigen Bildschirm starrten. Super Rugby: das wichtigste internationale Turnier für die Teams der Südhalbkugel.

»Die können wirklich spielen«, sagte Koning, als der Schiedsrichter abpfiff, »kein Vergleich zu unseren Weicheiern.«

»Ich habe gewonnen, die Drinks gehen auf dich«, erwiderte Veldhuizen. Sie wetteten immer auf den Ausgang.

»Das wird ein teurer Tag.« Koning stand auf, um an die Bar zu gehen. »Das Essen geht auch auf mich – als Dankeschön für den Tipp mit der Amsterdamer Zelle. Hast du gestern den Artikel in der *Nieuwe Post* gelesen?«

Veldhuizen nickte.

»Meine Jungs haben sich ziemlich gefreut. Und für mich fällt vielleicht auch was ab. Die Autorin ist eine ziemlich heiße Blondine, und jetzt frisst sie mir aus der Hand. Sie hat gedacht, es geht bloß um ein Interview, und dann das, echter Sprengstoff. Eine freudig überraschte, dankbare kleine Blondine. Und jetzt, wo ich weiß, wie sie aussieht, werde ich immer prompt auf ihre Anrufe reagieren.«

Er arbeitete sich durch das Gedränge nach vorn zur Bar. Hauptsächlich Expats: Australier, Südafrikaner. Als er endlich zurückkam, lief statt Rugby eine Nachrichtensendung ohne Ton. Im Hintergrund sang Johnny Cash.

»Aha, die nächste Folge des Arabischen Frühlings«, bemerkte Koning, als er die Biergläser abstellte. »Alles Verbrecher. Können eure Jungs nicht was gegen die unternehmen?«

»Es sind eure Jungs, die das vermasseln«, erwiderte Veldhuizen. »Zu viele politische Eingeständnisse.« Er nahm einen großen Schluck Bier. »Ich wüsste, was ich zu tun hätte.«

Koning hob die Augenbrauen und formte mit der Hand eine Pistole.

»Ja, das wäre am besten«, bestätigte Veldhuizen. »Manche Situationen erfordern entschlossenes Handeln, und das ist eben nicht immer politisch korrekt. Oder blitzsauber. Kann es gar nicht sein. Der Mossad und die CIA wissen das.«

Koning sah seinen Saufkumpan über den Tisch hinweg an. Veldhuizen wirkte durchaus so, als ob er selbst dazu imstande wäre, dachte Koning, und wahrscheinlich wäre es nicht das erste Mal für ihn.

»Jetzt hast du ja die Amsterdamer Zelle zum Spielen«, sagte er.

»Dieses Mal kriege ich sie«, antwortete Veldhuizen. »Nur keine Sorge, diese Partie gewinne ich.« Er prostete Koning zu. »Am Ende gewinne ich immer.«

***

Posthumus lief in seiner Wohnung auf und ab. Er hatte gehofft, der Samstagnachmittag könnte ihm den verlorenen freien Vormittag ersetzen, kam aber nicht zur Ruhe. Nach einigen Minuten rief er schließlich Merel an.

»Hi, ich habe mir was überlegt«, fing er an. »Ich möchte möglichst schnell mit Najib sprechen, aber nur mit ihm. Sein Vater soll nicht dabei sein. Wenn du dich wieder mit Aissa triffst, kannst du sie vielleicht dazu bringen, das zu arrangieren? Meinst du, ihr trefft euch bald?«

»Ja«, murmelte Merel. Ihre Stimme klang seltsam, ziemlich verhalten. »Jetzt gerade.«

»Jetzt im Moment? Du bist gerade mit Aissa zusammen?«, fragte Posthumus. Im Hintergrund hörte er Geschirr klappern.

»Mmm.«

»Tut mir leid, tut mir leid! Aber wenn's geht – ich bin morgen im Dolle Hond. Den ganzen Nachmittag. Bis dann!«

Posthumus lief weiter unruhig durch die Wohnung. Das Handy hielt er immer noch fest umklammert, als wolle er etwas aus ihm herausschütteln. Dann legte er es auf seinen Schreibtisch, neben das Festnetztelefon. Das Display zeigte einen entgangenen Anruf vom Vormittag. Posthumus hörte den Anrufbeantworter ab.

»Cornelius hier. Ich bin gerade dabei aufzuräumen. Diese Kopien von Bart Hoofts Gedichten, die du mir gegeben hast. Die Musik seiner Seele, wie Voltaire so schön sagt. Oder, im Fall unseres jungen Mannes, eher der Silberschlüssel zu deinem Herzen, der auch ins Fahrradschloss passt.« Die Stimme lachte kurz auf, dann: »Sie erinnern mich sehr an den unvergleichlichen Nico Scheepmaker. An seine frühen Gedichte jedenfalls. Wie dem auch sei, willst du sie zurückhaben oder soll ich sie ins Altpapier tun? Sag Bescheid.«

Posthumus drückte die Rückruftaste. Nach nur einem Klingeln:

»Barendrecht.«

»Cornelius? Hier ist Pieter. Ich habe deine Nachricht gerade erst abgehört, und, ja, ich hätte die Kopien gerne zurück. Vielleicht können wir uns irgendwo treffen? Soll ich zu dir kommen oder wollen wir morgen irgendwo was trinken? Anna hat am Sonntag immer eine Art inoffizielle Party im Café.«

»Klingt doch gut.«

»Zahlen muss man aber trotzdem«, erklärte Posthumus eilig. »Es ist mehr eine gesellige Runde unter Freunden. Ich würde gerne mit dir über die Gedichte sprechen. Glaubst du, wir könnten sie veröffentlichen? Immer vorausgesetzt, ich kann Verwandte von ihm ausfindig machen und sie stimmen zu.«

»Geht er dir immer noch nicht aus dem Kopf?«

»Ich fühle mich ihm … verpflichtet«, sagte Posthumus. »Aber das müssen wir jetzt nicht vertiefen. Außerdem würde ich gerne wissen, ob du irgendetwas über seine Herkunft gefunden hast. In den Gedichten, meine ich.«

»Außer dass er Ami war?«

»Ami?«

»Die englischen Gedichte sind eindeutig in US-of-A-Rechtschreibung verfasst. ›Color‹ ohne U und mindestens einmal ›gotten‹. So ein scheußliches Wort, sogar für Ausländer. Ist dir das nicht aufgefallen?«

»War mir entgangen. Danke, das ist mir eine große Hilfe. Wir sehen uns dann also vielleicht morgen. Oder ich rufe an und komme vorbei.«

Posthumus legte auf und trat ans straßenseitige Fenster. Er schaute lange auf die Gracht hinaus. Dann wandte er sich um und nahm wieder das Handy. Er schuldete Alex noch einen Rückruf, er hatte es versprochen. Sie antwortete nicht, die Mailbox sprang sofort an. Posthumus hinterließ eine Nachricht:

»Alex? PP hier. Kannst du mich bitte anrufen? Die Sache wird kompliziert. Ich habe Mohammed Tahiri versprochen, ihm zu helfen. Ihm gehört der Möbelladen. Ich will dieser Sache auf den Grund gehen. Der Grachtenmann macht mir wirklich große Sorgen. Kannst du bitte auf jeden Fall zurückrufen, bevor du Montag zur Arbeit gehst? Ich möchte dich um einen Gefallen bitten. Es ist … nicht wirklich illegal, aber auch nicht hundertprozentig koscher.«

***

»Vielen Dank für das Mittagessen, und das Gespräch … für alles. Ich bin froh, dass ich dich angerufen habe«, sagte Merel.

Sie schloss ihr Fahrrad vom Geländer vor Aissas Haus los.

»Ich auch«, erwiderte Aissa. »Ich bin froh, dass wir alles geklärt haben.«

»Treffen wir uns bald wieder?«

»Das würde mich freuen. Dann könntest du auch meine Familie kennenlernen.«

»Ja, das wäre schön!«

Merel winkte zum Abschied, schwang sich aufs Rad und fuhr in Richtung Bos en Lommerweg davon. Die Brise, die am Vormittag aufgekommen war, fegte jetzt scharf durch die Straßen. Der Himmel hatte die blauschwarze Tönung eines Blutergusses angenommen und schimmerte beinahe metallisch. Merel fröstelte, knöpfte die dünne Baumwolljacke zu und schlug den Kragen hoch. Sie radelte am Brachgrundstück entlang, das zwischen Aissas Haus und der Hauptstraße lag. Die ersten Regentropfen fielen ihr auf die Wangen.

In der Unterführung unter der Ringstraße, am Rand der Brache, startete ein Motorroller. Der Fahrer hatte Merel beobachtet, als sie sich von Aissa verabschiedete. Er streifte sich einen kleinen schwarzen Rucksack verkehrt herum über, sodass er vorn auf seiner Brust lag, zog den Reißverschluss auf und tastete nach dem Inhalt. Dann ließ er das Helmvisier herunter, bog auf den Fahrradweg ein und folgte Merel in Richtung Hauptstraße. Als sie an der Kreuzung halten musste, nahm er das Gas weg. Ein anderer Radfahrer hielt neben ihr.

An der Kreuzung zögerte Merel und überlegte. Links wirkte der Rückweg in die Stadt düster und öde; keine Läden, eine Autobahnauffahrt und dahinter klotzige Bürohochhäuser. Merel schaute nach rechts, die Hauptstraße hinunter. Ganz hinten, auf der anderen Seite, entdeckte sie einen Gemüseladen. Dort könnte sie ihre Wochenendeinkäufe erledigen. Sie hoffte, der Himmel würde sich aufhellen, bis sie fertig war. Sie bog nach rechts ab.

Der Rollerfahrer hinter ihr runzelte die Stirn und folgte ihr. Der Regen brach ganz plötzlich los, als Merel das Ende der Straße fast erreicht hatte. Sie hielt unter einer Ladenmarkise und blickte sich um. Auch der Motorroller hielt an, ein Stück hinter ihr, sein Motor heulte mehrmals im Leerlauf auf. Die U-Bahn-Station war nur ein paar Meter weiter. Merel ließ den Gemüseladen sausen. Auf der Linie 50 konnte sie ihr Fahrrad mitnehmen. Wahrscheinlich würde sie irgendwo umsteigen müssen, aber so käme sie wenigstens trockenen Fußes in die Innenstadt. Beinahe trocken zumindest. Dann würde sie schnell einen billigen Regenschirm kaufen, auf dem Nieuwmarkt die Einkäufe erledigen und sich um drei mit Freunden treffen. Genau. Sie duckte sich und radelte so schnell wie möglich durch den Regen zur U-Bahn, holte ihre Abokarte aus der Tasche, piepte sich durch die Sperre und schob ihr Fahrrad in den Aufzug. Als die Türen hinter ihr zuglitten, raste der Motorroller mit wütend kreischendem Motor davon.

Sonntag, 12. Juni

13

De Dolle Hond glitt in die sanft zufriedene Stimmung eines typischen Sonntagnachmittags. Frau Pling hatte ihren Posten am Spielautomaten eingenommen, Marloes aus dem Gästehaus nebenan (sonntags kam sie immer besonders früh) saß mit einem ziemlich verkatert wirkenden jungen Mann am Kamin; die Kesters, denen der Tabakladen gehörte, waren auch da, aus dem Bakkerswinkel war der große Apfelkuchen geliefert worden, und der Duft frisch gebrühten Kaffees durchzog den Raum. Paul de Vos saß über das Klavier gebeugt, in einen alten X-Men-Comic versunken, seine einzige literarische Leidenschaft. Aus den Lautsprechern plätscherte Sarah Vaughans Honigstimme. Anna war damit beschäftigt, Gläser zu polieren.

Posthumus setzte sich wie immer an den Tresen, unter die alten Abzeichen und Medaillen. Morgen früh musste er unbedingt bei dem Händler auf dem Flohmarkt nachfragen, ob er etwas über dieses Vogel-mit-Stern-Abzeichen herausgefunden hatte. Sarah Vaughan war verstummt. Posthumus schaute zu Paul am Klavier hinüber, dann zu Anna. Ob noch einmal etwas zwischen ihnen gewesen war? Wohl nicht. Der Musiker hatte ihr den Rücken zugedreht und blickte mürrisch. Posthumus lächelte und summte vor sich hin. Bom-titi-bom titi-bom titi-bom.

»Du wirkst ziemlich fröhlich«, bemerkte Anna, als sie

herüberkam, um neue Musik aufzulegen. »Sonst singst du nie.«

»Fröhlich bin ich eigentlich nicht, mir geht nur die Melodie nicht aus dem Kopf. Hat mir ein verrückter Säufer vorgesungen, den wir gestern getroffen haben. Das Wochenende war die Hölle.«

»Immerhin ist die Beule beinahe weg. Geht's dir denn besser?«

»Doch, viel besser, danke! Aber, meine Güte! Was ist mit deinem Arm passiert?«

»Beim Bügeln verbrannt. Doch, manchmal bügele ich tatsächlich selbst!«, erklärte Anna, als sie Posthumus' Überraschung sah. »Im äußersten Notfall.« Normalerweise überließ sie das Bügeln der Putzfrau.

»Besonders geschickt hast du dich aber nicht dabei angestellt«, sagte Posthumus. »Das tut bestimmt weh. Man sieht ja sogar die Abdrücke der Dampfdüsen. Bist du sicher, dass du die Wunde richtig versorgt hast?«

»Nichts, was ein bisschen Brandsalbe und etwas Nina nicht kurieren könnten.« Anna legte Nina Simone auf. »Mit oder ohne?«, fragte sie und schnitt ihm ungefragt ein Stück Apfelkuchen ab. Wie immer. Nur die Sahne war eine Variable. »Und dann erzähl mir alles über dein Wochenende, solange es hier noch einigermaßen ruhig ist.«

Posthumus brauchte über zehn Minuten und eine weitere Tasse Kaffee dazu.

»Ich frage mich, ob es richtig war, mich darauf einzulassen«, sagte er, »aber jetzt habe ich Mohammed ja so gut wie versprochen, die Sache durchzuziehen, und das halte ich auch ein.«

»Außerdem könntest du sowieso nicht die Finger davon lassen«, erwiderte Anna. »Ich kenne dich doch.«

»Ich wünschte nur, ich hätte den Typ erkannt, der mir den Taser verpasst hat. Ich bin ziemlich sicher, dass es Najib war. Warum ist er sonst sofort weggelaufen, als er mich mit Mohammed im Laden gesehen hat? Und hat es gestern früh wieder geschafft zu verschwinden? Ich habe den Eindruck, er geht mir aus dem Weg.«

»Und du glaubst, er hat auch etwas mit Amirs Tod zu tun?«

»Weiß ich nicht. Da passt etwas nicht ganz zusammen. Aber ich frage mich eben die ganze Zeit, was zum Teufel er mit einem Taser in Amirs Wohnung wollte.«

»Ihn besuchen?«

»Von wegen. Eingebrochen ist er.«

»Vielleicht war es doch jemand anders? Jemand, der auf der Lauer lag? Vielleicht sollte ja Amir den Blitz abkriegen, nicht du.«

Posthumus lief es kalt den Rücken herunter. Er starrte Anna über den Tresen hinweg an.

»Das ist es! Blitz! *Ballroom blitz! Attacky tacky tack!* Männer mit Mützen, tanzten wie die Irren. Das ist es!«

»Jetzt ist er endgültig verrückt geworden«, sagte Anna zu Hans Kester, der an die Bar gekommen war, um Drinks zu holen. »Das musste ja so kommen.«

Sie schaute zur Tür hinüber, die gerade aufgegangen war. Merel.

»Vielleicht kannst du helfen«, rief Anna mit einem Nicken in Posthumus' Richtung. »Dein Onkel ist durchgedreht. Wahrscheinlich der Schlag auf den Kopf.«

Posthumus war aufgesprungen. Er stieß einen zerstreuten Gruß hervor und packte seine Nichte sofort an den Schultern.

»Ich wusste doch, dass ich da was übersehen habe«, erklärte er. »Dieser alte Säufer, der *Ballroom Blitz* gesungen hat und von tanzenden Männern in Kleidern gefaselt hat. Das war es, woran er sich erinnert hat und was er uns womöglich sagen wollte! Es gab einen Kampf. Zwei Männer in Djellabas. Mindestens einer von ihnen hat sich seltsam bewegt. Wie vom Blitz getroffen. Elektrisch. Amir ist mit einem Taser angegriffen worden.«

Wie auf Kommando gewann Frau Pling in diesem Augenblick am Spielautomaten, und Posthumus' Lebhaftigkeit schien sogar Paul de Vos aus seiner Lethargie zu reißen; er wandte sich vom Klavier ab und lauschte.

»Und ich glaube, wir können sicher sein«, fuhr Posthumus zu Merel gewandt fort, »dass dieser Täter und der Mann, der mich in Amirs Wohnung angegriffen hat, ein und dieselbe Person sind. So viele Zufälle gibt es ja gar nicht.«

»Vielleicht möchte Merel ja etwas trinken?«, ermahnte Anna Posthumus. »Und du solltest das Koffein ein bisschen zurückfahren.«

Merel setzte sich auf den Hocker neben Posthumus; beide bestellten Wein.

»Wie schön, dass Sie uns wieder mit Ihrer Anwesenheit beglücken.« Paul war an den Tresen getreten. Merel gab ein unverbindliches Lächeln zurück und wandte sich demonstrativ Posthumus zu.

»Ich bin zufällig vorbeigekommen und schaue nur kurz herein, weil ich PP unbedingt etwas sagen muss«, erklärte sie. »Und ich habe nicht viel Zeit.«

»Kurz und bündig«, erwiderte Paul. Er schaute zu Anna herüber. Sie begegnete seinem Blick und zog langsam den Bierzapfhahn herunter, während sie einem neuen Gast sein Glas füllte. Paul zog eine Zigarette hervor und schlenderte hinaus.

Merel schaute ihm nach und wollte gerade etwas sagen, bemerkte aber Posthumus' warnenden Blick, mit dem er zu Anna hinüberwies.

»Worum geht es denn jetzt bei deiner Tasergeschichte?«, fragte sie.

»Ein mögliches Szenario. Eigentlich ist Anna darauf gekommen. Sie hat vermutet, dass jemand Amir aufgelauert hat. Aber sie hat Zeit und Ort falsch angesetzt. Das war nicht letzten Freitag in Amirs Wohnung, sondern am bewussten Montagabend. Und es war Najib. Er wartete in der Nähe seiner Wohnung auf Amir, an der Gracht. Mit einem Taser. Wir wissen ja, dass er Amir nicht mag, vielleicht wollte er nicht, dass der sich an seine Schwester ranmacht. Und ich kann dir sagen, ein Taser tut verdammt weh! Vielleicht wollte Najib Amir eine Lektion erteilen, ihn ein bisschen zusammenfalten.«

»Aissa hat etwas Ähnliches gesagt.«

»Wie ist es denn gelaufen? Entschuldige, dass ich gestern mit meinem Anruf hereingeplatzt bin. Ich wusste ja nicht, dass ihr euch so schnell wieder trefft.«

»Als du gegangen bist, habe ich sie einfach kurz angerufen«, erzählte Merel, »und weil ich ja noch in der Gegend war, haben wir uns eben gleich getroffen. Zuerst war es etwas schwierig. Sie hat geglaubt, du und ich, wir stecken unter einer Decke. Man kann ihr nicht vorwerfen, dass sie Reportern nicht traut, wenn man bedenkt, wie oft die Leute von den Medien hereingelegt werden.«

»Aber du hast es ausbügeln können?«

»Ich glaube schon. Mein Artikel über sie hat ihr gefallen, die Story über die Amsterdamer Zelle weniger, aber am Ende hat sie Mittagessen für uns beide gekocht, und wir haben uns lange unterhalten. Ich glaube, es ist jetzt alles o. k. zwischen uns. Wir haben sogar ein bisschen über Mädelskram getratscht. Jungs und so.«

»Aber sie hat etwas über Najib gesagt?«

»Ja, er war wohl wütend, weil sie mir das Interview gegeben hat, ohne ihm Bescheid zu sagen, aber es geht nicht nur darum. Er ist extrem kontrollsüchtig und glaubt, er muss sie beschützen, obwohl er jünger ist als sie. Ihr neuer Freund, Khaled, ein Bekannter von Najib, ist der Erste, der ihm genehm ist. Aissa sagt, er will unbedingt, dass sie diesen Typen heiratet! Und dass, wo er ihr sonst jeden Umgang mit Männern verbieten wollte. Einmal hat er eine Art Peilsender an ihrem Roller angebracht, weil er dachte, sie trifft sich heimlich mit jemandem, und hat sie regelrecht verhört, wo sie sich herumtreibe. Unglaublich, was?«

»Der Junge hat wirklich Probleme.«

»Und anscheinend hat es an dem bewussten Abend beim Essen ernsthaft Streit gegeben. Najib ist völlig durchgedreht, und zwar schlimmer, als Mohammed dir gegenüber zugegeben hat. Deine Vermutung passt durchaus dazu.«

»Und er ist vor Amir gegangen; er kann also sehr gut derjenige gewesen sein, der Amir vor seiner Wohnung abgepasst hat.«

»Aber warum sollte er so weit gehen? Der eigenen Schwester Vorschriften zu machen, ist nicht in Ordnung, aber doch etwas anderes als Mord.«

Sie hatte es ausgesprochen. Das Wort, einmal laut gesagt, machte die Sache aber gleich weniger wahrscheinlich. Eher unwirklich.

»Redet ihr immer noch über diesen Amir?«, fragte Anna und kam zu ihnen.

Posthumus erzählte ihr von Najib, seiner Einstellung zu Amir, dem Taser. »Als du ›Blitz‹ gesagt hast, ist mir alles klar geworden.«

»Übertreibst du nicht ein bisschen?«, fragte Anna. »Wenn überhaupt, war das wahrscheinlich nur eine Schlägerei, die außer Kontrolle geraten ist. Ein Unfall, und dieser Najib hatte Angst, zur Polizei zu gehen.«

»Und wir wissen ja nicht mal, ob Amir wirklich auf diese Weise im Wasser gelandet ist«, ergänzte Merel. »Der Säufer ist nicht gerade ein verlässlicher Zeuge.«

»Womöglich hat er es selbst getan«, vermutete Anna, »und erzählt euch jetzt ein Märchen. Solche Leute sind gut darin, einem das zu sagen, was man hören will.«

»Und wie du gestern gesagt hast«, fuhr Merel fort, »kann man mit ein paar Zeilen aus einem Rocksong und einer Geschichte über tanzende Männer schlecht zur Polizei gehen. Was machen wir jetzt?«

»Ich denke immer noch, dass ich mit Najib reden muss«, antwortete Posthumus. »Jetzt erst recht. Vielleicht erwähne ich Amir gar nicht, aber ich will ihn damit konfrontieren, dass er mir den Taser verpasst hat.«

»Das ist doch plemplem«, sagte Anna. »Wahnsinn. Dieser junge Mann ist gefährlich.«

»Hat Aissa denn angeboten, ein Treffen zu arrangieren?«, fragte Posthumus Merel.

»Deswegen bin ich hergekommen. Ich hatte keine Gelegenheit, sie darum zu bitten. Es hätte irgendwie berechnend, manipulativ gewirkt. Wir waren gerade dabei, unser Verhältnis in Ordnung zu bringen. Vielleicht wird's eine echte Freundschaft, und ich wollte ihr nicht das Gefühl geben, dass ich sie nur ausnutze.«

»Also geht es nicht.«

»Vielleicht doch. Aissa hat da etwas gesagt. Najib arbeitet montagnachmittags im Sofaladen, und davor kann er sich nicht drücken, weil Karima in der Zeit Niederländisch unterrichtet, Aissa an der Uni ist und Mohammed Sitzung in irgendeinem städtischen Ausländerbeirat hat. Er ist da wohl ziemlich engagiert. Mit anderen Worten, Najib muss die Stellung halten, und zwar alleine.«

»Dann also morgen Nachmittag. Ich muss mir nur noch etwas einfallen lassen, um von der Arbeit wegzukommen.«

»Ich finde immer noch, das ist Wahnsinn«, sagte Anna. »Wenn er der Typ in der Wohnung war, dann hat er dich schon einmal angegriffen. Und du denkst ja sogar, er hat etwas noch viel Schlimmeres angestellt.«

»Der Laden ist öffentlich zugänglich. Und ihr beide wisst ja, dass ich dort bin.«

»Also, ich weiß nicht. Nimm auf jeden Fall dein Telefon mit, oder ruf mich am besten an, bevor du reingehst, und lass die Verbindung offen«, schlug Anna vor.

»Ich habe ihn vorhin kurz gesehen«, meinte Merel, »und er hat nicht besonders gefährlich gewirkt. Er war gerade auf dem Sprung, als wir zu Mittag gegessen haben. Ziemlich mager, vielleicht neunzehn oder so. Nicht gerade muskulös. Eher der Typ Nerd. Aissa sagt, er ist ein Computerfreak, eine Art technisches Genie.«

»Was hatte er denn an?«

»Jedenfalls keine schwarzgoldenen Sneakers, wenn du das meinst. Er trug eine Djellaba. Ach so, und das wollte ich ja auch noch erzählen, hätte ich fast vergessen: An diesem Montagabend hat er übrigens zum allerersten Mal die Djellaba angehabt. Es gab einen heftigen Familienstreit. Danach ist Najib in sein Zimmer gegangen und hat sich umgezogen. Mohammed muss ziemlich schockiert gewesen sein.«

»Davon hat er gestern gar nichts erzählt.«

»Vielleicht erschien es ihm unwichtig. Oder glaubst du, er verbirgt etwas vor dir?«

»Kannst du diesem Mohammed denn vertrauen?«, fragte Anna. »Und was ist mit Aissa?«

Posthumus überlegte. »Ich würde sagen: Ja. Beiden.«

Merel nickte.

»Außerdem«, fuhr Posthumus fort, »würde Mohammed mich ja kaum um Hilfe bitten, wenn er glaubte, sein Sohn stecke da mit drin. Morgen spreche ich mit Najib.«

Neue Gäste – das englische Paar, das die Snackbar am Dam betrieb – unterbrachen das Gespräch; Anna ging, um sie zu bedienen.

Merel stand auf. »Ich muss los. Ich bin mit Freunden bei mir zu Hause verabredet, die kommen in ein paar Minuten.«

»Aber wir bleiben in Verbindung? Das Essen, demnächst?«

»Versprochen«, sagte Merel. Sie sammelte ihre Einkaufstüten ein, winkte Anna zu und ging zur Tür hinaus. Dabei begegnete sie Paul de Vos, der gerade zurückkam.

»Wiedersehen. Nehmen Sie's nicht persönlich«, sagte sie zu ihm, ging über die Straße und schloss ihr Fahrrad auf, das an der Mauer lehnte.

De Dolle Hond driftete weiter träge durch den Sonntagnachmittag. Posthumus nahm noch einen Sauvignon Blanc und lauschte Pauls Klagen über die Unberechenbarkeit der Frauen mit heimlicher Genugtuung. Cornelius kam vorbei, ohne Gabrielle, um Posthumus die Gedichte zurückzugeben, blieb dann noch, um einen Genever zu trinken und dann noch zwei weitere, und erörterte mit Posthumus die Qualität der Texte. Die Kesters wurden, wie immer, ein bisschen röter im Gesicht und begannen sich anzugiften. Anna spielte einige ihrer Lieblingsarien. Marloes überredete Paul, sie zu begleiten, und sang *Op de Amsterdamse Grachten* und *Johnny Jordaan*. Cornelius ließ das ganze Lokal vor Lachen bersten, als er im Stil eines Rappers ein boshaft witziges Gedicht über Annas Tugenden und ihre Ungeschicklichkeit beim Bügeln improvisierte.

Es war kurz vor fünf, als Posthumus' Telefon klingelte. Er sprach einige Minuten lang. Als er es in die Tasche zurücksteckte, schaute er finster drein.

»Probleme?«, fragte Anna.

»Merel«, erwiderte er. »Sie liegt im Krankenhaus. Ein Motorroller hat sie angefahren.«

Montag, 13. Juni

14

»Mir geht es gut, wirklich«, beteuerte Merel. »Nichts gebrochen. Die Ärzte haben erst eine Schulterblattfraktur vermutet, aber es war dann doch nichts. Ich fühle mich heute schon viel besser. Ist halb so schlimm, nur noch wie ein heftiger Muskelkater.«

Posthumus war gerade auf dem Weg zur Arbeit. Merels Nummer war die ganze Zeit besetzt gewesen, und am Abend vorher war nur der Freund zu sprechen, der ihn auch aus dem Krankenhaus benachrichtigt hatte, ein abweisender junger Mann, der alles im Griff zu haben schien und deutlich gemacht hatte, dass Posthumus überflüssig war.

»Ich bin schon wieder zu Hause. Heute Nachmittag gehe ich auch in die Redaktion«, fuhr Merel fort. »Gerade jetzt will ich nichts verpassen.«

»Was ist denn eigentlich genau passiert?«

»Ein Typ ist von hinten herangerast, hat mich überholt und ein Stück weit mitgerissen. Ich muss irgendwo hängen geblieben sein. Und dann bin ich, krach, auf den Boden geknallt.«

Posthumus' Magen krampfte sich zusammen, bis hinauf zur Kehle. »Hast du schon mit deiner Mutter gesprochen?«

»Noch nicht. Ich wollte nicht, dass sie sich Sorgen macht. Ich konnte nicht richtig sprechen, wegen der ganzen Schmerzmittel. Jetzt geht es wieder, oder was meinst du?«

»Doch, doch.«

»Dann rufe ich sie gleich an.«

»Diese Motorroller gehören einfach nicht auf den Radweg. Das ist wirklich eine Seuche.«

»Außerdem war er viel zu schnell. Das zumindest sollte mal kontrolliert werden.«

»Hat er wenigstens angehalten?«

»Von wegen. Um die Ecke und weg.«

Sie schwiegen.

»Glaubst du, das hat ... mit dieser ganzen Geschichte zu tun?«, fragte Posthumus dann.

Merel antwortete nicht sofort.

»Weiß ich nicht«, sagte sie schließlich. »Ich habe ihn nicht gesehen. Die Leute, die ihn gesehen haben, sagen, es war ein junger Marokkaner. Aber das sagt man ja schnell mal. Niemand hat die Nummer von dem Roller aufgeschrieben.«

Posthumus hatte die Stufen erreicht, die zum Flohmarkt auf dem Waterlooplein hinunterführten.

»Was hast du der Polizei gesagt?«, fragte er.

»Gar nichts. Ich war zuerst ohnmächtig, als ich auf dem Pflaster lag. Und was hätte ich auch sagen sollen? Wir haben ja nichts Konkretes, und Unfälle mit Fahrrädern und Rollern gibt es dauernd.«

»Ich würde es nicht ertragen, wenn du meinetwegen in Gefahr gerätst.«

»Nun werd bloß nicht melodramatisch. Das war wahrscheinlich einfach ein blöder Unfall. Und wenn es doch keiner war, hängt das vermutlich eher mit meinem Artikel über die Amsterdamer Zelle zusammen als mit deiner Amir-Geschichte. Ich wäre also selbst schuld.«

»Trotzdem …«

»PP, sei nicht albern. Ich muss jetzt wirklich los. Ich bin eh schon spät dran.«

Posthumus ging über den Markt Richtung Rathaus. Er war froh, dass Lotti mit ihrem Kaffee-Wagen gerade am anderen Ende des Platzes beschäftigt war.

»He, Sie da! Wollten Sie nicht noch etwas von mir wissen?«

Posthumus hatte den Briefmarkenhändler vollkommen vergessen. Er trug dasselbe Tweedsakko und auch dasselbe leicht ergraute Hemd wie beim letzten Mal. Darauf hätte Posthumus schwören können. In der Hand hielt er den Zettel, auf dem Posthumus das Abzeichen mit Vogel und Stern skizziert hatte.

Posthumus lief zurück.

»Vielen Dank, ich war gerade in Gedanken«, erklärte er. »Guten Morgen.«

Der Mann zuckte mit den Schultern. »Besonders wertvoll ist es nicht, falls Sie das gehofft haben.«

»Sie wissen also, was es ist?«

»Eine Art militärisches Ausbildungsabzeichen. Syrien. Wird einem praktisch hinterhergeworfen. Dafür kriegen Sie nicht viel.«

»Das ist schon in Ordnung.« Posthumus nahm den Zettel an sich. »Jedenfalls vielen Dank für Ihre Hilfe.«

Der Mann wirkte einen Moment verblüfft. »Andererseits – diese andere Medaille, die Sie dabeihatten … An der wäre ich schon interessiert.«

Er bemerkte Posthumus' Zögern.

»Auf Kommissionsbasis?«, schlug er vor.

»Muss ich mir noch überlegen.« Posthumus lächelte höflich. »Ich frage meinen Freund.«

Er steckte den Zettel ein und ging über die Brücke weiter zur Staalkade.

Maya stand am Empfangstresen und sprach mit Alex, als er eintrat. Er grüßte die beiden im Vorbeigehen, und Alex nickte ihm unmerklich zu, sehr verschwörerisch. Posthumus ging nach oben, machte sich einen Kaffee und wartete, bis der Rechner endlich hochgefahren war.

Eine E-Mail von Alex.

»Mist!«, sagte Posthumus laut. Ein Hausbesuch am Nachmittag, mit Maya. Heute war seine einzige Chance für ein Gespräch mit Najib, und er hatte sich unbemerkt davonschleichen wollen. Er schrieb zurück:

Kann Sulung das nicht machen?

Die Antwort kam im selben Moment, als Maya das Büro betrat.

Sulung wieder krank. (Besorgt um ihn … stimmt da was nicht?)

»Können wir den Hausbesuch nicht vorverlegen?«, fragte Posthumus Maya.

»Geht nicht, ich habe ein Begräbnis. Ich habe es geschafft, die alte Dame von letzter Woche noch dazwischenzuschieben. Die mit der lange verlorenen Nichte – sie wollte zwar nicht das Begräbnis zahlen, aber ich soll unbedingt persönlich kommen. Ist das nicht rührend?«

Die alte Ziege meckert beinahe, dachte Posthumus, als sich Maya mit verkniffenem Mund an ihren Platz setzte. Noch eine Mail von Alex:

Die gute Nachricht ist, dass ich bei Amirs Rechner einen Volltreffer gelandet habe. Gleich der erste Laden, den ich angerufen habe. Die haben zuerst ein bisschen rumgedruckst, aber du hattest recht – ich bin wirklich eine gute Lügnerin. Ich habe denen erzählt, dass wir das Gerät dringend brauchen, um seine Familie ausfindig zu machen, und sie waren einverstanden, es an die Behördenadresse zu senden. Ich habe gesagt, sie können die Adresse auf der städtischen Webseite überprüfen. Der Rechner wird per Kurier geschickt und sollte morgen Nachmittag hier sein.

Das ist alles sehr konspirativ, geheimnisvoll und aufregend. Du bringst mich noch auf die schiefe Bahn.

Bitte schluck diese E-Mail sofort runter.

Ax

»Sulung hat sich schon wieder krankgemeldet«, sagte Maya, während ihr Rechner piepsend zum Leben erwachte. »Komisch, wie oft er gerade montags oder freitags krank ist.«

»Das letzte Mal war er aber unter der Woche krank und am Donnerstag und Freitag wieder im Büro«, wandte Posthumus ein.

»Gut, aber davon wird sein Rückstand bei der Effektenbearbeitung auch nicht kleiner. Er wollte heute Morgen damit anfangen.«

»Ich schaue mal, was ich tun kann«, bot Posthumus an.

Keiner in der Abteilung befasste sich gerne mit den Effekten der Verstorbenen. Zu entscheiden, was man mit dem Inhalt der braunen Umschläge anfangen sollte, die vom Bestatter kamen, war (außer dem Auflösen von Bankkonten vielleicht) der lästigste Teil ihrer Arbeit. Jedes einzelne Stück musste inventarisiert werden: Armbanduhren, Handys, Brieftaschen, Schmuck. Das meiste wurde weggeworfen, der Rest –

wenn überhaupt etwas abfiel – versteigert, um winzigen Nachlässen eine kleine Summe hinzuzufügen; persönliche Erinnerungsstücke wurden an eventuelle Verwandte geschickt. Und dann gab es da die Gegenstände, die man nicht einzeln versteigern konnte, aber auch nicht wegwerfen wollte, weil jemand sie zu Lebzeiten geliebt hatte: der billige Ring, die geschmacklose Halskette. All diese Sachen kamen in einen großen Karton, der einmal im Jahr an ein Auktionshaus geschickt wurde. Die Erlöse kamen einer Krebsstiftung zugute. Manchmal war der Wert der Sachen schwer zu schätzen – Wertvolles, das billig aussah, oder umgekehrt –, und man musste mühsam im Internet nachforschen. Es war eine zähe, nervtötende Arbeit, und – Posthumus war sicher, dass sogar Maya so empfand, obwohl sie es nicht zugab – ein bisschen deprimierend. Wenn viel zu tun war, gab es immer einen Rückstau bei den Effekten, und die letzten zwei Wochen hatte es sehr viel zu tun gegeben.

Posthumus stapelte elf, nein, zwölf braune Umschläge auf seinen Schreibtisch. Heute machte es ihm ausnahmsweise nichts aus. Dabei konnte er in Ruhe nachdenken und im Internet recherchieren, ohne dass Maya ihn fragend ansah. Der erste Umschlag. Er rief im Computer die Akte des Verstorbenen auf: obdachlos, Name bekannt, keine Angehörigen. Eigentlich Sulungs Fall. Er breitete zwei Blatt Küchenpapier auf seinem Schreibtisch aus und schüttete den Umschlag darüber aus: ein bemerkenswert verdrecktes Portemonnaie, ein seltsames Glasding an einer Halskette.

Langsam zog er sich die Latexhandschuhe aus der Schachtel über, die neben ihm stand, und betrachtete nachdenklich den gläsernen Anhänger. Seine Gedanken waren ganz woanders, bei Syrien und den Medaillen. Syrien? Das Motiv von Bart Hoofts Tätowierung stammte also wohl aus Syrien. Was um Himmels willen konnte Bart mit der syrischen Armee zu tun haben? War es so, wie der Tätowierer gesagt hatte, dass das Motiv auf jemanden verwies, den Bart im Internet kennengelernt hatte, einen ›Master‹? Oder hatte es doch etwas mit Bart selbst zu tun? War er vielleicht in Syrien aufgewachsen, als Ausländer, und hatte dort eine internationale Schule besucht? Das würde seine amerikanische Rechtschreibung erklären. Posthumus nahm das Portemonnaie angeekelt zwischen Daumen und Zeigefinger, legte es auf das Küchenpapier und klappte es auf. Und wenn Barts Vater derjenige war, den Gusta erwähnt hatte, der Sohn des Antiquitätenhändlers – Posthumus war noch nicht davon überzeugt, dass der Füllfederhalter wirklich eine Sackgasse war –, und wenn er der ausgewanderte Sohn war, ›irgend so ein Akademiker‹, hatte Gusta gesagt, war er womöglich nach Syrien gegangen? Als Ingenieur? Als Arabist?

Dem Portemonnaie entstieg eine Wolke von Schimmel und Schweiß. Bis auf einige ausländische Münzen und drei oder vier Euros war es leer. Posthumus schüttete das Geld in die Sammeldose auf seinem Schreibtisch, entsorgte das Portemonnaie, warf den Anhänger in den Karton für die Sammelauktion, verzeichnete alle Stücke auf dem Inventarformular, legte das Formular zur Seite, um es später abzuheften, und griff seufzend nach dem nächsten braunen Umschlag.

»Auch noch eine Tasse Kaffee?«

Es war weniger Mayas Stimme, die ihn überraschte, als das Angebot selbst. Nur sehr selten brachte Maya jemandem eine Tasse Kaffee mit. Anscheinend hatte sie ein schlechtes Gewissen, weil Posthumus sich ohne zu klagen die Effekten vornahm.

»Danke, gerne«, erwiderte er. »Espresso Forte, die dunkelgrüne Kapsel, einen doppelten bitte.«

Maya hielt ihm einen weiteren Umschlag hin. »Hier ist noch einer, fürchte ich. Habe ich unter ein paar Sachen auf Sulungs Schreibtisch gefunden.«

Maya fand anscheinend nichts weiter dabei zuzugeben, dass sie den Schreibtisch eines Kollegen durchwühlte. Es war nicht das erste Mal, wie Posthumus wusste, und sein eigener Tisch war auch nicht vor ihr sicher.

Posthumus las den Namen auf dem Umschlag. Amir Loukili.

Wie zum Teufel kamen Amirs Sachen auf Sulungs Schreibtisch? Er spähte hinein. Die Passbilder, die er Mohammed gezeigt hatte, ein bisschen Kleingeld, das durchweichte Notizbuch, jetzt aufgequollen und getrocknet, eine Bahnfahrkarte. Alex hatte die Fotografie der Gerichtsmedizin dazugesteckt, die von der Polizei gekommen war. Posthumus klappte den Umschlag wieder zu, und bevor Maya zurück war, schob er ihn rasch in die unterste Schreibtischschublade. Er wollte die Sachen nicht sofort an Mohammed schicken, sondern sie erst noch einmal durchgehen, und er wollte mit Najib reden.

Posthumus nippte an seinem zweiten Kaffee und schaute aus dem Fenster auf die Giebelreihe jenseits der Gracht. Ordnung mit Variationen. Alle etwa gleich hoch, aber subtile Abwechslungen im Rhythmus. Ein geschwungener Giebel, ein Treppengiebel, ein flaches Gesims. Drei gekehlte Giebel nebeneinander. Ein Muster, dann eine Überraschung. Etwas in Posthumus suchte nach einem System. Der Teil von ihm, der die Lücken füllte und die Geschichten erzählte; der Bücherregale und Musiksammlungen begutachtete, sich Bilder an der Wand ansah und Kleiderschränke durchsuchte, der ein Leben, eine Persönlichkeit konstruierte, um einer fünfminütigen Zeremonie einen individuellen Anstrich zu geben, der tastete jetzt behutsam umher, erfühlte sich blind seinen Weg und sah noch nicht ganz, was es zu sehen gab. Posthumus ließ vor seinem inneren Auge Amirs Wohnung auferstehen. Weiß, karg, kaum Variationen – die Schlange des im Leeren endenden Laptopkabels, ein oder zwei arabische Texte an der Wand. Sonst nichts. In ihrer asketischen Schlichtheit glich sie Bart Hoofts Zimmer, außer –

»Gibt's da draußen was Interessantes?«

Maya. Es wäre auch zu schön gewesen, um wahr zu sein. Die Schlacht war wieder im Gange.

»Ich muss wirklich aufpassen, dass ich mich nicht von der Arbeit ablenken lasse«, sagte Posthumus und senkte den Blick auf seinen Tisch.

Er leerte den dritten Umschlag und wandte sich dem Rechner zu, rief aber nicht die dazugehörige Fallakte auf, sondern die von Bart Hooft – den Abschnitt, der die amtlichen Fotos der Wohnung enthielt. Die Wände waren nicht völlig undekoriert. Ein Poster: Rothko. Er hatte Cornelius davon erzählt, von den Büchern, von der fehlenden Musik, um ihm Anhaltspunkte für das Gedicht zu geben. Wie hatte Cornelius es formuliert: ›Erschöpfung, Einsamkeit, weit flieht die Musik.‹ Etwas in der Art. Aber das Poster. Ja, er erinnerte sich richtig, es war von einer Ausstellung, und, ja – Posthumus vergrößerte den Ausschnitt –, einer Ausstellung in den USA. Snite Museum, Notre Dame, Indiana. Nie davon gehört. Google. Und wieder, ja, das Museum gehörte zur University of Notre Dame. Riesenbetrieb, wie es aussah.

Bestimmt gab es da auch ausländische Dozenten. Vielleicht also doch nicht Syrien. Nicht Barts Vater jedenfalls, vielleicht arbeitete der in den Staaten. Und in Notre Dame, Indiana, konnte es nicht allzu viele Hoofts geben. Alles, was er jetzt brauchte, war ein Personalverzeichnis oder ein Internet-Telefonbuch. Das erklärte zwar nicht die Tätowierung, aber so konnte er wenigstens mit den Eltern sprechen, sie ein bisschen ausfragen, ihnen von Bart erzählen und ihnen die Gedichte zuschicken.

»Schwierigkeiten, die Akte aufzurufen?«

Diese Nervensäge! Ließ sie ihn denn nie in Ruhe? Posthumus lächelte sie nur an und wandte sich dem Inhalt des Umschlags zu. Dann wühlte er sich durch den Rest des Haufens. Wenn er schnell fertig wurde, konnte er sich nachmittags freinehmen. Barts Eltern aufzuspüren war nicht so dringend. Er hatte Wichtigeres zu tun. Maya würde bald zu dieser Beerdigung aufbrechen, und er wollte auf keinen Fall, dass sie mitbekam, was er vorhatte.

***

»Hast du kurz Zeit? Es hat sich was ergeben.«

Rachid passte Lisette ab, als sie gerade ihre Bürotür erreichte. Er wollte weitersprechen, unterbrach sich aber.

»Alles in Ordnung?«, fragte er. »Passt es gerade nicht?«

Nein, nichts war in Ordnung, und nein, es passte nicht. Überhaupt nicht. Aber gerade jetzt konnte sie das nicht zeigen.

»Alles in Ordnung, komm rein«, sagte sie stattdessen und tippte ihren Code in das Türschloss. Sie war froh, dass Rachid diskret beiseiteschaute, sodass ihm nicht auffiel, wie ihre Hand zitterte vor lauter Wut, einer Wut, die sie seit einer Stunde eisern unterdrückte.

Lisette hatte sich das ganze Wochenende über vorbereitet, hatte moralische und psychologische Argumente wie Waffen geschärft und sie mit kalter Logik verstärkt. Gleich am Montagmorgen hatte sie um einen Termin bei Veldhuizen gebeten. Und er hatte sie zerquetscht, einfach überrollt, wie ein Panzer in einem Kriegsfilm, der ohne zu zögern mit seinen metallenen Ketten gefallene Soldaten zermalmt.

Zuerst hatte er sie eine Stunde lang warten lassen. Bekannte Taktik, sie hatte damit gerechnet, war ruhig geblieben und im Stillen durchgegangen, was sie sagen wollte. Er hatte ihr keinen Stuhl angeboten, sondern sie lediglich angestarrt; nur die ganz leichte Bewegung einer Augenbraue unter seinem Kahlkopf fragte, was sie überhaupt hier wollte. Lisette hatte mit Ethik argumentiert und die Destabilisierung angeführt, die entstand, wenn das Team nicht über alles im Bilde war, die Störung der Zielfokussierung. Sie hatte auf die Vorschriftswidrigkeit von Veldhuizens Vorgehen hingewiesen und gesagt, er mache ihr die Arbeit unmöglich. Das war ein Fehler gewesen. Er stürzte sich auf diese Äußerung und hielt ihr eine Predigt, implizierte Staatsinteressen, von denen sie nichts wusste, deutete an, sie habe ihr Team nicht im Griff. Er stellte ihre Führungsqualitäten infrage, nannte sie unfähig, drohte mit Entlassung. Ein Dauerfeuer. Und sie hatte kapituliert. Hatte nachgegeben. Der Mann wusste, wie man's macht, das musste sie ihm lassen; er wusste, wie er seine Ziele erreichen konnte. Sein Auftreten hatte etwas latent Gewalttätiges, und man konnte nie wissen, ob diese Brutalität nicht gleich zum Ausbruch kam. Lisette unterdrückte ein Schaudern. Für jeden, der nicht dabei war, musste das abenteuerlich klingen. Und er hatte sich ja auch gut unter Kontrolle. Er war wie ein Panther: groß, gefährlich, schnell. Und schlau. Das war das Schlimmste daran. Sie fühlte sich ihm intellektuell unterlegen. Sie war im Recht, das wusste sie, und er hatte sie trotzdem überwältigt. Sie hatte nicht bestanden. Zu guter Letzt hatte sie ihm sogar zugestimmt, aber nicht, weil er sie doch überzeugt hatte oder weil sie ihre Bedenken für das Wohl des großen Ganzen zurückstellen wollte, sondern weil sie Angst um ihren Posten hatte. Jetzt gerade hasste sie nicht Veldhuizen, sie hasste sich selbst. Sie war die eigentliche Verräterin.

Lisette ging Rachid ins Büro voraus, atmete tief durch, wischte ihre Hände an der Hose ab, schaute sich im Zimmer um und suchte Trost im Vertrauten, dem Anblick ihres Schreibtischs, dem Bild an der Wand – tote Gegenstände, solide, bekannt, verlässlich. Rachid schloss die Tür hinter sich.

»Also, was ist los?«, fragte Lisette.

»Nach dem letzten Freitagsgebet«, sagte Rachid. »Im Big-Brother-Haus. Ich bin vor der Besprechung nicht mehr dazu gekommen, mir das anzuhören. Ich muss so viel aufarbeiten.«

»Ich weiß, ich weiß«, stimmte Lisette zu und versuchte mitfühlend zu klingen. »Also, was war nach dem Gebet?«

»Ich bin mir nicht sicher, ob was dran ist, und ich will mir erst die Bänder vom Wochenende anhören, aber es klingt so, als bahnt sich da was an. Ich wollte dir direkt Bescheid sagen, anstatt es bloß an Ingrid weiterzugeben.«

»Mal langsam, wer genau macht was?«

»Es war nicht ganz klar, aber Najib Tahiri übt anscheinend einen Text auf Arabisch ein. Etwas, das er vortragen will. Das könnte auf ein Bekennervideo für einen Selbstmordanschlag hindeuten. Einige Sätze haben mich alarmiert. Und dann etwas über ›schweres Geschütz‹, das kann bedeuten, dass sie in dem Video mit schweren Waffen angeben wollen. So wie es klingt, sind Alami und El Mardi mit im Zimmer. Hier, sieh dir das an.«

Er überreichte Lisette mehrere Seiten Mitschriften. »Vieles davon ist übrigens auf Englisch, ich meine, die Unterhaltungen mit dem Neuen, Khaled. Dafür brauchst du mich ja nicht. Könnte mir vielleicht jemand wenigstens die englischen Passagen abnehmen?«

Lisette nickte, um Rachid zum Weitersprechen zu bringen.

»Dieser Khaled organisiert anscheinend das Ganze. Er verbessert übrigens auch Najibs Englisch auf den Bändern hier. Ich habe ja gesagt, den müssen wir im Auge behalten.«

Lisette spürte, wie sie kalt und ganz ruhig wurde. Das war ihre Chance. Sie forderte Rachid mit einer Geste auf, sich hinzusetzen und tat es ihm dann gleich. Jetzt. Offen alles bekennen. Rachid gegenüber? Veldhuizens Vorwürfe hallten noch nach wie ein Echo in ihrem Kopf. Sie schaute Rachid lange über den Schreibtisch hinweg an, dann senkte sie den Blick auf die Mitschriften.

»Und was weiter?«, fragte sie.

Sie steckten die Köpfe über den Texten zusammen und lasen gemeinsam.

»Siehst du … hier«, erklärte Rachid. »Das ist nicht das übliche Zeug über die bösen Gewaltherrscher des Westens, sondern eine persönliche Ansprache an seine Eltern. Und hier, der Absatz über die Sprache des Schwertes. Für mich klingt das nach einem Bekennervideo. Das ist mehr als bloß eine Hasstirade. Und hier, dieses ganze Zeug über Kreuzritter. Es sind auch Gespräche zwischen Tahiris Schwester und

Khaled dabei. Heirat. Das ist nur eine vage Vermutung, aber vielleicht gehört das zur Abmachung. Tahiri hat ja schon früher vor den anderen damit angegeben, dass er die Ehe zwischen seiner Schwester und Khaled in die Wege leiten will. Es könnte eine persönliche Absprache zwischen den beiden geben – Tahiri und Khaled, meine ich. Eine Art Versprechen, dass Khaled für die Familie sorgt, wenn Tahiri sich in die Luft sprengt.«

»Ist Tahiris Familie denn traditionell? Ich meine, würden die eine Heirat arrangieren?«, fragte Lisette.

Rachid zuckte mit den Schultern. »Könnte sein. Über Familiäres wird nicht viel geredet, da müsstest du Ben fragen.«

»Vielleicht heißt das sogar, dass das Mädchen mit drinsteckt«, sagte Lisette. »Versuch mal herauszukriegen, was Tahiri genau gesagt hat. ›Heiraten‹ kann auch ein Codewort für ›Märtyrer werden‹ sein, oder? Hat denn Ben irgendwas von seinen Leuten dazu bekommen?«

»Im Moment trifft er sich mit einem Informanten, glaube ich. Er müsste gegen Mittag zurück sein. Die Probleme bei den Tahiris, von denen Ben am Freitag gehört hat, hingen übrigens damit zusammen, dass ein Verwandter gestorben ist. Der Typ, der vor ein paar Monaten aus Marokko eingereist ist.«

»Ich dachte, der ist in Brüssel.«

Rachid zuckte mit den Schultern. »Keine Ahnung. Anscheinend doch nicht. Mehr habe ich auch nicht dazu. Tahiri hat etwas darüber gesagt, als er sich über seinen Vater beklagt hat. Wie gesagt, ich habe hier unheimlich viele Bänder abzuhören.«

»Und sonst?«

»Bassir«, sagte Rachid und wandte sich wieder den Mitschriften zu. »Es gab da eine seltsame Unterhaltung. Man hört nur ihn, sein Telefon klingelte nach dem Gebet. Das ist einer der Gründe, warum ich die Passagen mit Tahiri nicht komplett entschlüsseln kann. Bassir sprach gleichzeitig im selben Raum, das überlagert sich alles. Schwer zu verstehen. Er spricht über Fußball, aber es ist ein bisschen merkwürdig. Schau dir das an.«

Lisette las die Mitschrift. Teil eines Gesprächs über Bassirs Unterstützung für Ajax Amsterdam, über einen möglichen neuen Spieler. Es klang vordergründig harmlos, aber Rachid hatte recht, alles war irgendwie doppeldeutig formuliert: »Es sieht nicht so aus, als könnte er gleich mitspielen, im Moment kann er nur trainieren, im Ersatzlager.« Fragen, die im Zusammenhang mit Fußball keinen Sinn ergaben: »Hast du ihm von der Fahrt zum Picknick erzählt?«

»Fußball und Ajax stehen für den Jihad, glaubst du?«, fragte sie.

»Ja. Dazu kommt nämlich noch, dass Bassir aus Rotterdam stammt und Feyenoord-Fan ist. Eins von beiden ist vorgetäuscht – er kann nicht beide Erzrivalen gleichzeitig unterstützen.«

Sie sprachen noch weitere zwanzig Minuten über Rachids Ansichten zu den Mitschriften und über die Zelle als Ganzes.

»Ich weiß, dass du gut im Analysieren bist«, erklärte Lisette. »Und ich weiß auch, dass dich das Abhören langweilt. Aber Ingrid ist eine exzellente Analytikerin, und beim Abhören gibt es im Moment kaum jemanden, der dich ersetzen könnte.«

»Aber ich weiß, wie diese Leute denken«, sagte Rachid. Er vermied den Jargonbegriff ›Zielpersonen‹. »Ich bin mit solchen Typen aufgewachsen. Als Student war ich Mentor, eine

Art Streetworker. Ich weiß, worum es ihnen geht, und sehe Sachen, die euch einfach entgehen. Ich merke, wenn sich da etwas anbahnt.« Er schaute zu Boden und schabte mit der Spitze seines Turnschuhs am Bein ihres Schreibtischs. »Und ich weiß auch, wie man es verhindert. Wie man ihnen hilft.«

Lisette schob die Seiten des Mitschriftausdrucks ordentlich zusammen und schloss sie in einer Schreibtischschublade ein. Jetzt war es Mick Walings Stimme, nicht mehr die Veldhuizens, die sie hörte. »Unsere Aufgabe ist es zu beobachten, sonst nichts.«

»Ich rede mal mit Coco, ob dir jemand die englischen Passagen abnehmen kann«, sagte sie. »Was das andere angeht, werde ich mich darum kümmern. Versprochen.«

Sie erhoben sich gleichzeitig.

»Jetzt«, meinte sie, »haben wir uns aber beide erst mal eine Pause verdient. Das Minus hat schon geöffnet, wie wäre es mit einem vorgezogenen Mittagessen?«

***

Als sie die Kantine betraten, war Ben, der seinen Charme bei einem der Mädchen hinter der Essensausgabe hatte spielen lassen, bereits intensiv mit einer extragroßen Portion Moussaka beschäftigt.

»Yo, Genossen. Was geht? Ist die Königin abgekratzt oder was? Ihr beide seht aus, als hätte jemand euer Hündchen überfahren.«

Sie holten sich ihr Essen und setzten sich zu ihm. Rachid setzte Ben ins Bild.

»Bekennervideo? Das ist mir neu«, kommentierte Ben. »Von Amir, das habe ich schon gehört. In der Prinsengracht ertrunken. Erinnert ihr euch an die Artikel über den unbekannten Toten vor ein paar Wochen? Das wird er gewesen sein. Die Sache mit Khaled und der Tahiri-Schwester ist in den letzten paar Wochen aufgekommen. Cousin Amir hat vorher sein Glück versucht, aber keinen Fuß in die Tür gekriegt. Das Mädel war nicht interessiert, und der dünne Najib mochte ihn auch nicht. Der jüngere Bruder scheint ein ziemliches Arschloch zu sein, wie's aussieht.«

Ben nahm einen weiteren Bissen Moussaka und sprach mit vollem Mund weiter: »Ich weiß nicht, ob es schon Zeit für die Hochzeitstorte ist, aber das Mädel ist ganz verschossen in Khaled, und der hat außerdem den Najib-Test bestanden. Diesmal ist das Problem, dass Papa nicht begeistert ist. Wäre er zumindest nicht, wenn er einen blassen Schimmer hätte, was da vorgeht. Bis jetzt ist alles ultra-ultra-geheim, aber Najib prahlt schon damit, dass er den Deal in der Tasche hat. Unser dünner Mann glaubt, dass der D-Day unmittelbar bevorsteht.«

Er schluckte einen Bissen hinunter und spülte mit Cola nach.

»Mein Informant ist sehr für Klatsch und Tratsch zu haben, wie ihr merkt. Außerdem ist seine Schwester mit Aissa befreundet. Und die muss sich ständig anhören, was für ein toller Kerl dieser Khaled ist.«

»›Heiraten‹ ist also doch kein Codewort«, schloss Lisette. Die Krönung ist, dachte sie, dass Veldhuizens Agent sich absolut unprofessionell verhält, wenn das alles der Wahrheit entspricht. Lisette schaute quer durch das Café Minus zu einem der großen bunten Gauguin-Drucke an der Wand und durch ihn hindurch, als habe der unterirdische Raum Fenster.

»Armes Mädchen. Ich frage mich, ob sie weiß, worauf sie sich einlässt«, sagte sie.

»Mein Informant folgt unserem Khaled bei seinen spätabendlichen Ausflügen«, berichtete Ben. »Erinnert ihr euch, dass er in westlicher Kleidung gesehen worden ist? Er geht im Park spazieren, scheint es. Und noch mehr. Mein Informant hat herausgefunden, was dahintersteckt, konnte es mir aber nicht mehr sagen, weil er verschwinden musste. Hat allerdings noch gesagt, auf mich wartet eine Überraschung. Ich habe gerade die Bilder runtergeladen und sie mir angeschaut, als ihr reinkamt.«

Ben holte das Tablet, das vor ihm lag, aus dem Ruhezustand zurück, und auf dem Bildschirm erschien eine Reihe Thumbnails von Fotos, die im Dunkeln mit einem Nachtsichtgerät gemacht worden sein mussten.

»Ganz schön Hightech, deine Quelle«, sagte Rachid.

»Das kleine Ding hier«, erwiderte Ben und holte ein schwarzes Kästchen aus der Tasche seines Hemds, kaum größer als eine Zigarettenpackung. »Mit Zoom und allem. Der einzige Nachteil ist das winzige Display. Die nächste Generation hat sogar eine Wärmebildfunktion.« Er nahm die Kamera vorsichtig in die hohle Hand. »Wunderbares Gerät. Absolute Spitzentechnik. Habe ich mir extra geholt, von meinem Kontaktmann bei i-Spy. Der Laden im Kolenkit, kennt ihr den? Die verkaufen Überwachungstechnik; einiges davon ist besser als unser Zeug.«

»Das ist keine dienstliche Ausrüstung?«, fragte Lisette. »Ben, du hast doch bereits einen Verweis für so was bekommen!«

»Meine Güte. Dann habt ihr das gerade nicht gehört und die Kamera nicht gesehen.« Ben schob das Gerät in die Tasche zurück und klickte sich durch die Thumbnails. »Sieh einer an. Schaut mal!« Er schob Rachid und Lisette das Tablet zu. »Anscheinend haben sogar Terroristen ihre kleinen Geheimnisse.«

Rachid schaute auf das Display und zog eine Grimasse.

Lisette wischte sich den Mund mit einer Papierserviette ab, knüllte sie zusammen, warf sie auf den leeren Teller, stand auf und nahm ihr Tablett, um es wegzubringen. Dabei beugte sie sich vor und zog Ben die Kamera aus der Hemdtasche.

»Die nehme ich mal lieber mit«, sagte sie.

***

Sowie Maya zu dem Begräbnis verschwunden war, rief Posthumus seinen Hausarzt an. Er wollte das Sperrfeuer vermeiden, das unvermeidlich war, wenn sie mit anhörte, wie er den Arzt über die Wirkung von Tasern befragte. Und mithören würde sie. Dieses Gespräch würde er auch nicht schnell bei einer Kaffeepause vor der Tür erledigen können. Dafür sorgte der Cerberus von Sprechstundenhilfe, die bei Dr. Bentinck am Empfang saß und die heiligen Hallen der Medizin bewachte. Sogar, wenn man als Kranker anrief, wurde man erst einmal einem Verhör unterzogen – Symptome, Einzelheiten, Dauer –, bevor sie sich herabließ, einen Termin zu vergeben. Auch diesmal war es nicht anders. Schließlich nahm er Zuflucht zu einem dramatischen: »Es handelt sich um eine dringende persönliche Angelegenheit. Ich muss den Herrn Doktor so schnell wie möglich telefonisch erreichen.« Das würde ihm beim nächsten Arztbesuch finstere Blicke eintragen, aber sie erklärte sich mürrisch bereit, Dr. Bentinck seine Nachricht weiterzugeben.

Posthumus legte auf, zog den Umschlag mit Amir Loukilis Effekten aus der unteren Schreibtischschublade und leerte ihn vor sich aus. Er nahm das aufgequollene schwarze Notizbuch zur Hand. Die meisten Seiten waren zu einem Klumpen Pappmaché verklebt. Er versuchte, einige davon zu lösen. Ein paar Mal klappte es auch fast, aber Risse ließen sich dabei nicht vermeiden. Zurück blieben isolierte Schriftinseln, alles auf Arabisch. Er dachte einen Moment nach, dann nahm er sein Handy – um den Festnetzanschluss für Dr. Bentincks Rückruf frei zu halten – und wählte.

»Cornelius? Pieter Posthumus.«

»Sehe ich. Und höre ich auch. Wie geht es meinem verehrten Charon? Ein weiterer Fahrgast in der Fähre über den Styx?«

Posthumus lachte. Langsam gewöhnte er sich an Cornelius Barendrecht. Und gestern im Dolle Hond hatte er seine Gesellschaft sogar genossen.

»Nein, heute mal keine verlorenen Seelen«, erwiderte er. »Aber ich habe da etwas anderes. Ist nur eine Vermutung. Kennst du zufällig jemanden, der Arabisch lesen kann?«

»Kann ich sogar selbst ein bisschen, wenn's sein muss«, sagte Cornelius. »Im Laufe meiner ziellosen akademischen Lehrjahre habe ich ein Jahr Orientalistik an der SOAS in London studiert. Vor langer, langer Zeit allerdings, und ich habe es ziemlich einrosten lassen. Es käme darauf an, was du für einen Text hast.«

»Müsste erst entziffert werden. Handschriftliche Notizen.«

»Ein Mann der Intrigen und dunklen Machenschaften. Ich könnte wahrscheinlich helfen, und wenn nicht, kann ich jemanden auftreiben. Wann?«

»Es ist nicht sehr viel. Wahrscheinlich nur ein paar Wörter … aber so schnell wie möglich?«

»Du sitzt doch irgendwo beim Rathaus, oder?«

»Praktisch nebenan.«

»Ich muss in einer Stunde eh dorthin. Eine Hochzeit. Ich könnte vorher vorbeikommen, aber nur auf einen Sprung.«

»Auf einen Sprung ist gut. Ich möchte das erledigen, solange ich alleine im Büro bin, und das bin ich nur bis mittags.«

»Es wird immer finsterer und rätselhafter. Gib mir vierzig Minuten.«

Posthumus steckte den Inhalt in den Loukili-Umschlag zurück, bis auf das Notizbuch, und deponierte ihn wieder in der Schublade. Dann machte er sich daran, den Stapel Effektenumschläge weiter abzubauen, bis Alex anrief und ihm mitteilte, dass Cornelius am Empfang auf ihn warte.

»Schick ihn einfach hoch.« Er holte den Dichter oben an der Treppe ab.

»Dann wollen wir mal sehen«, sagte Cornelius, als sich die beiden an Posthumus' Schreibtisch niederließen.

Cornelius blätterte die verklebten Seiten, so gut es eben ging, mit dem Mittelfinger um.

»Schwer zu sagen«, meinte er dann. »Besonders, weil es Schreibschrift ist, keine Druckschrift. Und mein Arabisch ist rostiger, als ich gedacht habe. Kann ich das mitnehmen?«

»Wenn du dich nicht erwischen lässt.«

»Außerdem sind das Bruchstücke, aus dem Zusammenhang gerissen«, sagte Cornelius. »Und im Arabischen drückt man sich oft umständlich und blumig aus, sodass eine wörtliche Übersetzung nichts bringt. Nimm zum Beispiel das hier.«

Er deutete auf eine der längeren erhaltenen Textstellen. »Komisch formuliert, aber es bedeutet etwa ›mein Gedenken‹ oder ›damit du mich nicht vergisst‹.«

Wenn Posthumus sich am Morgen nicht die Fotos von Bart Hoofts Wohnung angesehen hätte, wäre ihm der Zusammenhang vielleicht entgangen, oder die Worte wären ihm nur vage bekannt vorgekommen. So aber stand ihm das unwillkommene Bild des Dildos, den sie unter Hoofts Socken begraben gefunden hatten, sofort vor Augen. *Something to remember me by*. Stand das nicht darauf geschrieben, unter der Zeichnung? Dasselbe Motiv wie Bart Hoofts Tätowierung. Posthumus ärgerte sich jetzt darüber, dass sie das Objekt weder fotografiert noch mitgenommen, sondern einfach liegen gelassen hatten. Er verabschiedete sich ziemlich zerstreut von Cornelius und brachte ihn gerade zur Treppe zurück, als es klingelte.

Posthumus erreichte gerade noch das Telefon, bevor der Anrufbeantworter anging.

»Pieter, was ist denn los?«, fragte Dr. Bentinck. Er klang besorgt. Posthumus war schon viele Jahre sein Patient, seit Bentinck sich ganz in der Nähe des Nieuwmarkt niedergelassen hatte.

»Tut mir leid, dass ich es so dramatisch gemacht habe«, sagte Posthumus. »Aber ich muss unbedingt vor heute Nachmittag noch etwas herausfinden, und deine Sprechstundenhilfe ist ziemlich starrsinnig, um es milde zu formulieren.«

»Sie tut nur ihre Arbeit.«

»Ich brauche auch nicht lange. Es ist eine dienstliche Sache, aber auch für dich als Arzt interessant.«

Bentinck war ein fanatischer Krimifan. Er kam manchmal auch in den Dolle Hond und genoss nichts mehr, als die medizinischen Aspekte der neuesten amerikanischen Fernsehserien zu analysieren.

»Ich weiß ja nicht, wie viel du über Taser weißt«, begann Posthumus, »aber ich wüsste gerne, ob man damit jemanden umbringen kann.«

»Also, eigentlich nicht.« Der Arzt schwieg einen Moment. »Aber das ist eine ziemlich umstrittene Frage. Es gab in den letzten Jahren mehrere Hundert Todesfälle, Herzinfarkte, aber man kann die Ursache nicht eindeutig zuweisen. Worum geht's denn eigentlich?«

»Das kann ich nicht sagen. Noch nicht zumindest. Vorerst nur eine Vermutung.«

»Also, im Grunde ist man nur einige Sekunden gelähmt. Der Standardimpuls von einer halben Sekunde führt zu Muskelkrämpfen; zwei bis drei Sekunden machen ohnmächtig; ab fünf Sekunden … da wird es dann gefährlich. Atemprobleme zum Beispiel. Aber das geht gar nicht mehr, zumindest nicht bei den neueren Modellen. Die haben eine automatische Sperre. Bei den älteren Modellen war das noch anders.«

»Und wenn man jemanden im Wasser mit einem Taser erwischt, oder am Wasser, sodass er hineinfällt?«

»Dann sieht es schon anders aus. Aber was soll das alles? Du willst ja hoffentlich niemanden loswerden? Als Krimispezialist sage ich dir, dass es ziemlich schwierig ist, nicht erwischt zu werden.«

Posthumus lachte. »Keine Sorge. Und ich hoffe, dass ich dir eines Tages im Dolle Hond die ganze Geschichte erzählen kann. Ich will dich jetzt auch gar nicht länger stören.«

Aber Bentinck hatte angebissen. »Also, wenn man jemandem mehr als fünf Sekunden verpasst«, sagte er, »sogar schon bei weniger, wird die erste Reaktion ein lauter Schrei sein, es tut nämlich ziemlich weh.«

Posthumus war froh, dass der Arzt sein Gesicht nicht sehen konnte.

»Man schreit also los, dann holt man tief Luft. Die Muskeln zucken und zittern, die Koordination ist weg. Benommenheit. Man fällt ins Wasser. Nach einem langen Stromstoß ist die Atmung vielleicht sowieso unregelmäßig. Wasser dringt in die Lungen. Orientierungslosigkeit, keine Körperkontrolle. Vermutlich verliert man ziemlich schnell das Bewusstsein. Und Ertrinken dauert ja auch nicht lange. Vielleicht ist das keine schlechte Theorie, die du da hast. Ob das jetzt aber wirklich Mord wäre oder bloß Körperverletzung mit Todesfolge, würden wohl die Anwälte vor Gericht ausfechten.«

»Vielen Dank«, sagte Posthumus. »Das hilft mir wirklich sehr. Bestimmt kann ich dir irgendwann bei einem Glas Wein alles erzählen.«

Er glaubte Mayas Schritte auf der Treppe zu hören.

»Vielen Dank für Ihre Hilfe«, wechselte er in einen formelleren Ton, als sie hineinkam, »ich weiß das sehr zu schätzen.«

***

Nach dem Mittagessen brachen Posthumus und Maya zu ihrem Hausbesuch auf. Der Hausbesuch selbst ging schnell vonstatten, wie immer mit Maya. Sie beschränkte sich auf das Nötigste. Sowie sie ein Testament, einen Kontoauszug oder eine Sterbegeldversicherung gefunden hatte, war sie auch schon fertig. Im Büro wurde dann noch rasch irgendein Angehöriger ausfindig gemacht und benachrichtigt, und damit war der Fall abgeschlossen. Heute ging es noch schneller als sonst, weil eine effiziente Haushaltshilfe bereits einen Ordner mit den persönlichen Papieren des Verstorbenen auf dem Esstisch bereitgelegt hatte.

Allerdings lag die Wohnung in Geuzenveld, einem Bezirk im äußersten Westen von Amsterdam, und nur wenige Minuten, nachdem sie aufgebrochen waren, war Maya in eine klassische Amsterdamer Verkehrsfalle geraten: In einer der engen Grachtenstraßen hatte unmittelbar vor ihnen ein Lkw angehalten, um auszuladen. Bevor Maya zurücksetzen und einen anderen Weg nehmen konnte, hatte sich schon eine Schlange hinter ihnen gebildet. Die meisten Fahrer übten sich notgedrungen in Geduld, einige wenige reagierten mit sinnlosem Hupen. Der letzte Wagen in der Schlange gehörte leider einem sehr stoischen Fahrer, der gar nicht daran dachte, auszuscheren und damit den Stau zu beenden, und so hatte Maya zwanzig Minuten lang gekocht vor lauter Wut und Ohnmacht. Posthumus hatte ruhig neben ihr gesessen. Nach einer Stunde Fahrt waren sie endlich in der Wohnung. Posthumus kam das alles sehr gelegen.

Als sie mit den Akten des Verstorbenen in einer Plastiktüte wieder zum Wagen zurückkamen, war es bereits halb vier.

»Soll ich fahren?«, fragte Posthumus.

Die Route zurück in die Stadt führte über den Haarlemmerweg. Maja wohnte ganz in der Nähe. Den Versuch war es jedenfalls wert.

»Es ist schon fast vier«, fing er an, »und bei dem Feierabendverkehr können wir gleich weiter nach Hause fahren, wenn wir im Büro angekommen sind. Du wohnst doch hier irgendwo, oder? Soll ich dich nicht lieber unterwegs absetzen?«

Maya schaute ihn skeptisch an.

»Wer weiß«, fügte Posthumus hinzu, »womöglich hängen wir wieder hinter einem Laster fest, das wäre doch wirklich ärgerlich.«

»Na ja, wie es der Zufall so will, habe ich meine Handtasche und die Jacke noch im Kofferraum, wegen der Beerdigung heute Vormittag«, sagte Maya.

»Dann musst du also nicht mehr zurück in die Staalkade. Ich deponiere die Unterlagen im Büro, wenn du willst. Ist ja nichts Besonderes dabei.«

»Ja, gute Idee. Danke.«

Fünfzehn Minuten später war Posthumus auf dem Weg ins Kolenkit-Viertel zu Casablanca Sofas. Er parkte auf der gegenüberliegenden Straßenseite. Najib war allein im Laden. Er saß vorgebeugt am Schreibtisch hinten in der Ecke, die Ellbogen aufgestützt, etwas Kleines in den Händen. Er schreibt wohl eine SMS, dachte Posthumus, schloss den Wagen ab, ging über die Straße und öffnete die Ladentür.

15

Ein lauter Summer kündigte Posthumus an. Najib schaute vom Schreibtisch auf und sprang hoch.

»Wir beide haben einiges zu besprechen, junger Mann«, sagte Posthumus. Er blieb an der Tür stehen.

»Was zum Teufel wollen Sie hier?«

»So spricht man nicht mit einem Kunden.«

»Sie sind doch kein Kunde, oder?«

»Und woher weißt du das so genau?«

Posthumus blieb an der Tür stehen und fixierte Najib. Dann wandte er sich um und drehte das »Geöffnet«-Schild auf »Geschlossen«.

»Warum schnüffeln Sie meiner Familie hinterher?«, fragte Najib. Er griff nach einer Umhängetasche, die auf dem Tisch lag.

»Suchst du den Taser?«, fragte Posthumus. »Keine gute Idee. Draußen sind jede Menge Passanten.« Er konnte nur hoffen, dass das stimmte.

»Außerdem«, fuhr er fort und erinnerte sich an Annas Vorschlag, den er wohl besser beherzigt hätte: »Bevor ich reingekommen bin, habe ich eine Freundin angerufen. Die Leitung steht noch, das Telefon ist hier in meiner Tasche. Meine Freundin steht draußen und kann jederzeit die Polizei alarmieren.«

Najib hatte immer noch die Hand an der Tasche, bewegte sich aber nicht mehr.

»Wo hast du ihn her?«

»Wen?«

»Den Taser.«

»Wer sagt denn, dass ich einen Taser habe?«

Posthumus antwortete nicht, sondern fixierte den jungen Mann nur. Es war das erste Mal, dass er ihn richtig sah, aber das half ihm auch nicht weiter. Er wusste nicht, ob das Bild der schwarzgoldenen Turnschuhe vom Nachmittag des Überfalls wirklich seiner Erinnerung entsprang oder ob es bloß auf den Erzählungen von Sulung basierte. Warum muss Sulung auch krank sein, dachte Posthumus. Warum ist er jetzt nicht hier?

»Du gehst mir aus dem Weg«, sagte er. Er wünschte, Najib würde hinter dem Tisch hervorkommen, sodass er seine Schuhe sehen konnte.

»Wie – aus dem Weg gehen? Ich hab Sie noch nie gesehen.«

»Wir wissen beide, dass das nicht stimmt.«

»Ich hab von Ihnen gehört, das ist wahr. Sie schnüffeln bei uns zu Hause rum.«

»Dein Vater hat mich um Hilfe gebeten.«

Er musste Najib hinter dem Schreibtisch hervorlocken. Er brauchte etwas Konkretes, einen Beweis – auch wenn er sich selbst damit in Gefahr brachte. Was war er für ein Idiot, allein hierherzukommen! Er versuchte es anders.

»Was hattest du gegen deinen Cousin?«

»Was geht Sie das an?«

»Dein Vater ist sehr verstört über seinen Tod, und deine Schwester sagt, ihr beide habt euch nicht verstanden. Ich will mit dir über ihn sprechen, das ist alles.«

»Mir ist egal, dass er tot ist, wenn Sie das hören wollen. Er war ein *Kāfir*, ein Feind des Islam, kein richtiger Muslim, und das ist noch schlimmer als einer wie Sie!«

»Nach dem, was ich gehört habe, war Amir ein ruhiger, gläubiger junger Mann«, erwiderte Posthumus.

»Er war ein Verbündeter des Teufels. Er kam, um zu lügen und zu täuschen!«

»Wie kannst du so etwas behaupten?«

»Er und all die anderen in Marokko, die so denken wie er. Sklaven des Königs.«

»Amir war also für Reformen?«, fragte Posthumus. »Aber ist das nicht gut? Mehr Demokratie?«

»Allah herrscht, nicht die Menschen. Demokratie ist *ḥarām*!«

»Wer hat dir denn diesen Blödsinn eingetrichtert?«

»Niemand trichtert mir Blödsinn ein! Sie glauben, weil ich erst neunzehn bin, kann ich nicht selber denken? Ich bin wohl auch nur so ein dummer Marokkaner für Sie. Den Sie wie Dreck behandeln können. Ich werde schon mein ganzes Leben lang wie Dreck behandelt, und wissen Sie was? Sie wollen Dreck? Ich gebe Ihnen Dreck! Sie werden schon sehen.«

Najib schrie jetzt. Er kam hinter dem Schreibtisch hervor. Schwarzgoldene Turnschuhe. Aber es waren nicht dieselben, die Posthumus vor seinem inneren Auge sah. Weniger Gold. Viel weniger Gold.

Posthumus konnte sich trotzdem gut vorstellen, wie dieser Jähzorn in jener Nacht an der Gracht auf dem Kop van Jut ausgebrochen war. Er musste die Lage ein bisschen beruhigen.

»Was hält dein Vater denn davon?«, fragte er und setzte nach: »Was, wenn er herausfindet, was du vorhast? Er wäre am Boden zerstört. Schau dich doch einmal um. Sieh dir an, was dein Vater in seinem Leben erreicht hat, was er dir alles weitergibt.«

Die Worte seiner Mutter, die ihn vor über dreißig Jahren genauso ermahnt hatte. Ein verstörendes Echo.

»Abraham wurde von seiner Familie verstoßen, und er sagte sich von seinem Vater los«, erwiderte Najib, klang aber längst nicht mehr so überzeugt. Mit bedrückter Miene setzte er sich wieder an den Schreibtisch.

»Mein Vater versteht gar nichts«, fuhr er ruhiger fort. »Ihr seid alle zu alt, um irgendwas zu begreifen. Ihr wisst nicht mehr, wie das ist, euer Leben ist ganz anders. Ich habe meinen eigenen Kopf, und es ist mein Leben.«

Posthumus schaute ihn an. Vor vielen Jahren hatte Posthumus dasselbe zu seinem Vater gesagt. Plötzlich erschien ihm Najib wie jeder andere Jugendliche – verletzt, verwirrt, wütend. Und eine Welle der Sympathie erfasste ihn.

»Zumindest habe ich mein eigenes Schicksal«, verbesserte sich Najib mit gesenktem Blick, »und das kennt nur Allah. Er wird nichts Unmögliches von mir fordern, aber der Teufel liegt immer auf der Lauer. Ich muss eine Entscheidung treffen, und es wird allein meine Entscheidung sein. Allah segnet mich mit einem freien Willen.«

Posthumus trat einen Schritt auf den Jungen zu. Najib schaute auf, blickte ihm aber nicht ins Gesicht, sondern über die Schulter. Posthumus spürte, dass sich hinter ihm etwas bewegte. Wie er das spürte, war ihm schleierhaft – vielleicht hatte das Licht im Raum sich verändert, oder er hatte den sechsten Sinn. Er wirbelte herum, als der Türsummer losging.

»Sie haben hoffentlich nicht wirklich geschlossen?«

Ein junges Paar trat ein.

»Wir hatten doch abgemacht, dass wir heute Nachmittag vorbeikommen, wegen der neuen Polstermuster.«

»Der Herr hier wollte gerade gehen«, sagte Najib und stand auf.

Posthumus zögerte. Es hatte keinen Sinn mehr, länger zu bleiben. Er wandte sich noch einmal an Najib. »Denk darüber nach. Über das, was ich über deinen Vater gesagt habe«, mahnte er, nickte den beiden Kunden zu und verließ den Laden.

***

Posthumus fuhr unkonzentriert, tief in Gedanken versunken zurück in die Innenstadt. Sein Weg führte ihn am Kop van Jut vorbei. Spontan hielt er an. Vielleicht konnte er dem verrückten Säufer ja doch etwas Sinnvolles entlocken. Aber schon von der Brücke aus sah er, dass das Ruderboot leer war und die Persenning schlaff durchhing. Er ging nicht auf dem Fußweg weiter, sondern zurück zu dem kleinen Park auf der anderen Seite, setzte sich auf eine Bank und starrte über den Kop van Jut.

Die Begegnung mit Najib hatte ihn verstört. Am Ende hatte Najib fast heldenhaft geklungen, und ein bisschen traurig. Aber was dachte Najib wirklich, und was plapperte er bloß nach? Es erinnerte ihn an den Überfall mit dem Taser, an seine eigene Unsicherheit. Er wusste auch nicht genau, was er wirklich selbst gesehen hatte und was er aus der Erzählung von Sulung als eigene Erinnerung gespeichert hatte. Er seufzte. Die Turnschuhe hatten irgendwie anders ausgesehen. Ähnlich, aber doch anders. Trotzdem, es war Najib, der ihm den Taser verpasst hatte. Ganz bestimmt. Das sagte ihm sein Instinkt. Spätestens seit der Begegnung im Laden war er fest davon überzeugt. Und das bedeutete sehr wahrscheinlich, dass Najib etwas mit Amirs Tod zu tun hatte. Und was jetzt? Wenn der Junge ahnte, dass Posthumus diesen Verdacht hatte, könnte er in Panik geraten. Sollte er Najib die Chance geben, mit Mohammed zu sprechen? Er könnte auch selbst mit Mohammed sprechen. Wenn es ein Unfall gewesen war, eine Schlägerei, die außer Kontrolle geraten war, und Najib gestand, würde er vielleicht mit einer milden Strafe davonkommen. Posthumus würde mit Mohammed sprechen. Morgen. Aber was, wenn es nicht stimmte? Was, wenn Najib nicht gestand? Posthumus bezweifelte, dass der bloße Besitz eines Tasers eine schwere Straftat war. Der Arzt in der Notaufnahme hatte gesagt, Taser seien sehr verbreitet in gewissen Kreisen. Beweise. Er brauchte immer noch konkrete Beweise, ob nun für seinen eigenen Seelenfrieden oder für die Polizei.

Posthumus lehnte sich auf der Bank zurück und schaute zum Kop van Jut hinüber: die stumpfbraunen Ziegel der Wohnblocks, das Weidengehölz, die nackte Rückwand und die Hintertür der Schule.

»Ich frage mich …«, sagte er plötzlich so laut, dass eine Frau, die an ihm vorbei durch den Park ging, sich zu ihm umdrehte.

Posthumus überquerte die Brücke.

Zwanzig Minuten später hatte er Merel am Telefon.

»Merel? Bist du noch in der Redaktion? Gut. Ich glaube, ich habe etwas gefunden.«

16

Das Bild war körnig, in orangefarbenes Licht getaucht, manche Farben zu grell, wie in einem alten Kinofilm.

»Wo hast du das her?«, fragte Merel.

»Wie gesagt, die Schule hat Überwachungskameras«, erklärte Posthumus, »und weil es in letzter Zeit mehrere versuchte Einbrüche gab, dürfen sie die Filme speichern.«

»Du weißt, was ich meine. Wie bist du an die DVD gekommen?«

»Ich habe geschwindelt.«

Merel schaute vom Bildschirm hoch.

»Das willst du gar nicht genau wissen«, sagte Posthumus. »Mein Dienstausweis war recht nützlich.«

»Du bist verrückt. So was kann dich den Job kosten.«

»Ich muss einfach Bescheid wissen.«

»Trotzdem ... Und wir sollten uns beeilen.«

Posthumus hatte über eine Stunde gebraucht, um zur Staalkade zurückzufahren, den Wagen abzugeben und dann mit dem Fahrrad quer durch die Stadt zur Redaktion der *Nieuwe Post* zu gelangen. Aber im Gebäude war noch jede Menge los.

»Zum Glück schuldet mir Jerry einen Gefallen, und ich kenne mich mit diesem Ding aus«, sagte Merel und ließ dabei rasend schnell Bilder über den Schirm flackern, »aber wir haben nur ungefähr zwanzig Minuten.«

»Viel ist es sowieso nicht. Ich hatte auch auf die DVD von dem Nachmittag gehofft, an dem ich angegriffen wurde, aber sie speichern nur die Filme, die nach Feierabend aufgenommen werden. Auf dieser DVD sind Dateien von zwei Kameras, beide von neun Uhr abends bis Mitternacht, aber ich nehme an, wenn du bis ungefähr Viertel vor elf oder elf vorspulst, dann … da, stopp!«

Merel hatte den Film bereits angehalten. Eine kleine Gestalt in Weiß, ganz rechts im Bild.

»O. k., normale Geschwindigkeit.«

Die Gestalt ging den Fußweg an der Gracht hinter der Schule entlang.

»Verdammt, verdammt, *verdammt*!« Posthumus schlug mit der flachen Hand auf den Tisch.

Die Kamera war auf den Pfad an der Seitenwand der Schule und auf den kleinen Fahrradparkplatz daneben gerichtet. Vom Weg an der Gracht war nur ein kleiner Ausschnitt zu sehen. Die Figur im weißen Gewand hatte keinen Kopf.

»Die andere Datei, die andere!«, drängte Posthumus. Von draußen schaute neugierig jemand hinein.

»Nein, warte noch einen Moment«, sagte Merel. »Schauen wir erst mal, was passiert.«

Eine zweite Gestalt. Sie geht hinter der ersten her. Ebenfalls in einer weißen Djellaba, ebenfalls kopflos. Sie folgt der anderen, kommt näher. Jetzt haben sie das Weidengehölz erreicht. Sie bleiben stehen. Der Vordere dreht sich um. Der Hintere hebt den Arm, der andere zappelt wie irre, bricht zuckend zusammen und rutscht aus dem Blickfeld.

»21, 22, 23 …« Posthumus zählte sieben Sekunden.

Die zweite Gestalt verschwand auf dem Weg, auf dem sie gekommen war.

»*Ballroom Blitz*«, sagte Posthumus sehr ruhig. »Männer mit Mützen, tanzen wie die Irren, einer jedenfalls. Schauen wir uns die andere Datei an.«

Die zweite Kamera war auf den Hintereingang der Schule gerichtet, den Windfang und den gepflasterten Hof, der zur Straße hinausging. In der linken oberen Ecke des Bilds war die Hälfte der Treppe hoch zur Brücke zu sehen.

»Schlecht eingestellt«, kommentierte Merel. »Eigentlich ist es nicht legal, den öffentlichen Raum zu überwachen.«

»Beten wir einfach, dass er drauf ist«, sagte Posthumus.

Die erste Gestalt. Sie kommt die Treppe herab. Nur halb im Bild, aber ganz kurz direkt von vorne aufgenommen, oben links in der Ecke.

»Kannst du da ranzoomen?«

Merel klickte einige Male mit der Maus. Das Gesicht wurde vergrößert.

»Das ist Amir«, sagte Posthumus.

Nichts. Zehn, zwölf Sekunden.

Die zweite Gestalt. Ein bisschen weiter in der Mitte. Sie geht die Treppe runter. Der Körper. Dann das Gesicht.

»Stopp!«

Merel zoomte hinein.

Posthumus starrte den jungen Mann auf dem Bildschirm an.

Merel lehnte sich auf ihrem Stuhl zurück.

»Das ist nicht Najib. Auf keinen Fall.«

Die beiden schwiegen eine Weile.

»Was machst du jetzt?«, fragte Merel schließlich.

»Auf jeden Fall gehe ich nicht zu Mohammed und beschuldige Najib.«

»Die Polizei? Soll sie den Fall wiederaufnehmen?«

»Mit einem Video ohne Köpfe als Beweis? Die lachen mich aus.«

»Das ist doch ziemlich eindeutig, auch ohne Köpfe.«

»Eher nicht. Es wird wohl mehr als zwei junge Männer in weißen Djellabas in dieser Gegend geben. Man könnte argumentieren, dass es sich in den beiden Videos nicht zwangsläufig um dieselben zwei Männer handelt. Und ich müsste ja auch erklären, wie ich an die Bilder gekommen bin.«

Posthumus starrte versunken auf den Bildschirm und ließ den Zeigefinger kreisen. Merel ließ den Film weiterlaufen, bis die weiße Gestalt aus dem Bild verschwunden war.

»Können wir das noch einmal sehen?«, fragte er.

Merel spulte einige Sekunden zurück.

»Du willst das unbedingt selbst aufklären, oder? Ich sehe direkt, wie es in dir arbeitet!«, sagte sie.

Posthumus hob vermeintlich kapitulierend die Hände. »Weißt du«, erwiderte er, »es ist komisch, aber ich bin richtig erleichtert, dass es nicht Najib ist. Auch wenn ich immer noch sicher bin, dass er mich angegriffen hat. Ich habe es ihm angesehen; seine Reaktion hat ihn verraten, als ich in den Laden gekommen bin.«

»Dann bist du aber ziemlich großherzig.«

Posthumus grinste. »Kannst du mir das ausdrucken?«, fragte er und nickte zum Bildschirm hinüber. »Ein paar Standbilder aus verschiedenen Blickwinkeln?«

Merel nickte, klickte wieder einige Male mit der Maus, warf die DVD aus und gab sie Posthumus zurück.

»Der Drucker ist da drüben.« Als sie aufstand, zuckte sie zusammen.

»Oh Gott, das tut mir leid. Bei der ganzen Aufregung habe

ich dich gar nicht gefragt«, meinte Posthumus. »Wie geht es dir denn?«

»Knie und Schulter schmerzen noch etwas, aber ansonsten o. k.«

»Ich habe mir wirklich Sorgen gemacht.«

»Schon gut.«

Merel ging Posthumus voraus zur anderen Seite des Raums. Vor dem Drucker drehte sie sich zu ihm um.

»Nach unserem Telefongespräch heute Morgen habe ich meine Mutter angerufen.«

»Geht es ihr gut?«

»Sie ist völlig ausgerastet, wenn du's genau wissen willst. Ich habe eine halbe Stunde gebraucht, um sie wieder zu beruhigen.«

Posthumus spürte, wie etwas seine Eingeweide packte, Klauen, die mit tausend Nadeln gespickt waren. Das Gefühl breitete sich bis in seine Kehle aus. Er konnte es nicht weiter aufschieben. Jetzt nicht mehr.

»Sie hat gesagt, ich soll dich fragen, wie mein Vater genau gestorben ist«, sagte Merel. »Und insbesondere, was nach der Beerdigung passiert ist.« Merel wirkte beunruhigt.

»Können wir uns hier irgendwo unterhalten?«, fragte Posthumus. »Ungestört?«

***

Posthumus war noch nicht zu Hause. Zum Glück hatte Anna einen Schlüssel zu seiner Wohnung. Zum ersten Mal seit Jahren würde er an einem Montagabend nicht für sie kochen. Stattdessen hatte er kurz vor acht eine SMS geschickt.

Schaffe es heute nicht mit Kochen. Mag nicht ausgehen. Muss reden. Kannst du was besorgen, bevor du zu mir kommst? Bin völlig durcheinander.

»Völlig durcheinander« stimmte, wenn PP plötzlich mit Take-away-Pizza vorliebnahm. Lächelnd schob Anna die beiden Pizzen zum Warmhalten in den Ofen. Als sie schließlich die Wohnungstür hörte und PP vor ihr stand, war sie doch besorgt.

»Was ist los? Was ist passiert? Setz dich erst mal!«

»Ich habe Merel von Willem erzählt.«

»Was denn?«

»Alles.«

Posthumus setzte sich nicht, sondern ging zum offenen Fenster, lehnte sich an die Wand und starrte hinaus auf die Gracht.

»Ab aufs Sofa!«, sagte Anna. »Ich hole den Wein.«

Sie kam mit einer Flasche und zwei Gläsern zurück.

»Ihr Fahrradunfall war schuld«, sagte Posthumus, als er sich setzte. »Heleen hat getobt, als sie davon erfahren hat. Sie hat Merel gesagt, sie soll mich doch mal nach Willem fragen. Das hat sie dann auch getan.«

»Und was hast du ihr erzählt?«

»Alles.«

Anna setzte sich neben ihn und nahm seine Hand. Königinnentag 1991. Der nationale Feiertag zu Ehren des Geburtstags der Königin, an dem ganz Holland zur Partymeile wurde. Der vernünftige Willem, ein liebevoller Vater. Der wilde Pieter, ein nichtsnutziger Hausbesetzer, der in den Tag hinein lebte. Er hatte Willem am Vortag nach Amsterdam gelockt, zu einem Männerabend – von einer Kneipe zur nächsten, die Dauerfete, die jedem Königinnentag vorausging. Heleen wollte am nächsten Morgen mit den Mädchen nachkommen, für einen gepflegten Familienausflug zum stadtweiten Volksfest mit seinen Paraden, Konzerten und Flohmärkten. Willem hatte Heleen versprochen, die Straßenbahn oder ein Taxi zu nehmen, falls er betrunken wäre. ›Hysterische Heleen‹ hieß sie bei den anderen. Pieter überredete Willem, doch mit dem Rad zu fahren. Spätabends. Der Unfall. Von einem Taxi überfahren übrigens. Ironie des Schicksals.

»Es hätte mich treffen sollen«, sagte Posthumus. »Ich habe ihm immer mehr zu trinken aufgedrängt und ihm einen Joint in die Hand gedrückt. Er hatte noch nie was geraucht, und war auch noch nie richtig betrunken gewesen. Und dann habe ich ihn doch dazu gebracht, mit dem Rad nach Hause zu fahren. Obwohl er besoffen und zugekifft war, wollte er sein Versprechen Heleen gegenüber unbedingt halten. Er hat es zumindest versucht. Aber ich habe ihm gesagt, seine Frau sei bloß neurotisch, und ihn dann aufs Rad gesetzt. Bloß weil ich keine Lust hatte, am nächsten Morgen durch die halbe Stadt zu laufen, um die Fahrräder zu holen.«

So hatte er sich seit Jahren nicht gefühlt. Es sprudelte nur so aus ihm heraus, war nicht aufzuhalten, als ob er im Beichtstuhl säße.

»Du hast Willem doch zu nichts gezwungen. Ich habe geglaubt, du machst dir keine Vorwürfe mehr deswegen.«

»Nur, weil ich lange nicht mehr davon geredet habe?«

Die Wahrheit war, dass Anna der ewig gleichen Geschichte schon lange müde war und ihm jedes Mal das Wort abgeschnitten hatte, wenn er wieder davon anfing. Posthumus wandte sich ihr zu.

»Ich habe ihm sogar heimlich Alkohol in die Cola geschüttet, obwohl er gar keinen mehr wollte«, sagte er. »Keine Ahnung, was ich mir dabei gedacht habe. Wahrscheinlich Neid. Ich hatte ihn sehr lieb, aber ich war auch furchtbar eifersüchtig. Willem der Goldjunge, der immer alles richtig machte. Ich wollte ihn nur einmal straucheln sehen. Und das ist dann ja auch passiert, verdammt.«

Anna ließ Posthumus' Hand los, beugte sich vor und strich ihm eine Haarsträhne aus der Stirn. Dieser Aspekt der Geschichte war ihr neu.

»Und das hast du Merel gesagt?«

»Alles habe ich ihr gesagt.«

Posthumus rührte seinen Wein nicht an.

»Eigentlich kein großer Unterschied dazu, jemanden mit einem Taser anzugreifen«, meinte er, »und zuzuschauen, wie er ins Wasser fällt und ertrinkt.«

»Du musst wirklich darüber hinwegkommen, PP. Hör auf, dich selbst zu bestrafen.«

»Die Begegnung mit Merel hat alles wieder aufgewühlt. Wie soll ich damit aufhören, mich zu quälen, wenn Heleen mich seit Jahrzehnten durch ihr Verhalten daran erinnert.«

»Seine Töchter haben dich angebetet.«

»Das hat es noch viel schmerzhafter gemacht.«

»Und Heleen war noch nie besonders ausgeglichen, auch dann nicht, wenn es ihr gut ging.«

»Das ist unfair.«

In den ersten Wochen nach Willems Tod hatte Posthumus Heleen und den Kindern viel Halt gegeben. Er war sogar für eine Weile nach Rotterdam gezogen, um bei ihnen zu sein, wurde zum Ersatzvater, tröstete Heleen, als ihr Kummer in Wut umschlug, weil Willem sein Versprechen nicht gehalten hatte. Weil er gestorben war. Schließlich ertrug Posthumus seine Schuldgefühle nicht länger und gestand ihr alles. Er erzählte ihr, dass Willem sein Versprechen ihr gegenüber hatte halten wollen, und warum er es trotzdem gebrochen hatte. Heleen gab ihm nicht nur die Schuld an Willems Tod, sondern nannte ihn auch einen Verräter. Er kümmere sich doch nur um die Töchter, um sein schlechtes Gewissen zu beruhigen – weil er ihnen den Vater genommen habe. Ihre Wut auf Willem war nie abgeklungen; schließlich hatte sie beide Brüder aus ihrem Leben verbannt und war mit den Kindern nach Maastricht gezogen.

»Ich dachte, das alles läge hinter mir und ich hätte mit meiner Familie abgeschlossen«, fuhr Posthumus fort. »Dir geht es doch gut, auch ohne eine Familie. Aber als Merel aufgetaucht ist, war alles wieder da.«

»Wie hat sie es eigentlich aufgenommen?«

»Sie war totenblass. Verschlossen. Sie hat kaum etwas gesagt, während ich erzählt habe, dann hat sie gemeint, das sei alles sehr verwirrend und ein bisschen viel auf einmal. Dass sie das alles erst mal verdauen muss und jetzt nicht weiß, was sie sagen soll. Oder denken. Dass sie etwas Zeit braucht. Dass ich sie nicht anrufen soll. Sie werde sich melden. Dann ist sie gegangen …« Posthumus seufzte. »Ich fürchte, ich höre nie wieder von ihr.«

»Gib ihr etwas Zeit.«

»Dasselbe hast du auch über Heleen gesagt.«

Anna beugte sich vor, nahm Posthumus' volles Weinglas und drückte es ihm in die Hand.

»Es gibt nur Pizza, tut mir leid«, sagte sie. »Aber ich kann einen Salat dazu improvisieren, wenn du möchtest.«

An diesem Abend ging Anna nicht zurück in De Dolle Hond.

Das war manchmal so am Montagabend.

Dienstag, 14. Juni

17

»Ergebnisse«, sagte Veldhuizen. »Ich habe gesagt, ich will Ergebnisse sehen.«

»Die bekommen Sie ja auch.«

Veldhuizens Wagen stand am Rand eines riesigen Parkplatzes für fünf verschiedene monströse Bau- und Heimwerkermärkte, direkt an der Amsterdamer Ringstraße. So weit entfernt von den Gebäuden erreichte sie keine der Überwachungskameras. Veldhuizen hatte das überprüft. Um diese Uhrzeit, morgens um halb neun, war es gerade belebt genug – Handwerker hauptsächlich –, dass sie nicht weiter auffielen. Veldhuizen blickte starr nach vorne, ein Handgelenk ruhte auf dem Lenkrad. Rundumsonnenbrille. Es sah aus, als telefoniere er mit einer Freisprecheinrichtung. Das Seitenfenster war heruntergekurbelt. Auf dem Parkplatz neben ihm stand kein Auto, sondern ein Motorroller, dessen Fahrer sich über die Lenkstange beugte, als repariere er etwas.

»Ich habe doch gesagt, ich habe eine Idee.«

»Vielleicht hast du das nicht richtig verstanden. *Ergebnisse,* nicht Ideen.«

Veldhuizen warf einen Seitenblick zu Haddads Sohn, dem Schlaumeier. Auch bekannt als Khaled. Dieser Motorroller war nicht billig gewesen. Jetzt war Zahltag.

»Ich muss dich wohl nicht daran erinnern, was ich mit deinen sogenannten amtlichen Ausweisen machen kann, die taugen dann nicht mal mehr als Klopapier«, sagte er. »Oder was dich zu Hause erwartet. Und mach dir nichts vor. Ich habe jede Menge andere V-Leute in Djellabas, die binnen Sekunden in deine stinkenden Slipper schlüpfen können. *Ergebnisse!*«

Veldhuizens Woche hatte nicht gut angefangen. Erst diese verdammte Lammers, dann ein äußerst unangenehmer Anruf aus Den Haag. Diese Arschlöcher. Aber er hatte ihnen auch alles Mögliche versprochen, und jetzt musste er liefern. Beziehungsweise Haddad junior musste liefern. Der ließ jetzt gerade seinen Roller mit dem Kickstarter an. Was zum Teufel dachte er sich dabei? Jetzt würden sie sich anschreien müssen. Aber Haddad beugte sich herüber. Eigentlich steckte er fast den Kopf durchs Fenster.

»Ich habe einen schönen Film für Sie gedreht, mein Alter.«

Veldhuizen rührte sich nicht. Aus den Augenwinkeln sah er in den Rückspiegel. Nichts.

»Die haben sich richtig überschlagen, um mich zu beeindrucken. Hab sie richtig heiß gemacht«, fuhr Khaled fort. »Herausgekommen ist ein nettes Filmchen, Marke ›Lebt wohl, Ungläubige, ich sprenge euch alle in die Luft‹, Prädikat wertvoll. Identifizierbare Darsteller. Der Film hat einen Star und zwei großartige Nebendarsteller. Das wird Ihren Jungs ja wohl reichen. Ich habe meinen Beruf verfehlt. Regisseur, Drehbuchautor … Im Hintergrund noch ein paar richtig schöne Kalaschnikows als Requisiten, damit es dramatischer wird.«

»*Was* hast du gemacht?«

»Keine Sorge, die sind nicht echt. Und in Mansouris Haus sind sie auch nicht mehr, die Polizei wird also nichts finden. Ich habe allerdings ein paar andere hübsche Beweisstücke deponiert. Man muss schon blind sein, um die nicht zu finden. Und sagen Sie denen, sie sollen den Rechner überprüfen, aber daran denken die hoffentlich selbst.«

Veldhuizen verzog keine Miene. Keine üble Idee, dachte er. Der kleine Wichser war in letzter Zeit ziemlich frech geworden, aber er kannte sich aus. Ganz der Vater.

»Also sind nur drei direkt belastet?«, fragte er. »Wer genau?«

»Hauptsächlich Najib Tahiri. Alami und El Mardi hampeln auch im Bild herum und wedeln mit den Kalaschnikows. Ich habe versucht, Bassir mit draufzukriegen, aber er hat nicht angebissen. Er ist ein bisschen zu schlau.«

»Ich will nicht, dass du mit den anderen verhaftet wirst. Ich überlege mir etwas.«

»Davon gehe ich aus.«

»Was ist mit Mansouri?«, fragte Veldhuizen.

»Auf dem Rechner wird sich mehr als genug finden, um die Polizei froh und glücklich zu machen. Und im Haus genug, um ihn zu belasten. Wenn Ihre Leute wissen, was sie tun.«

»Das Video?«

»Hab ich dabei. Hier.«

Khaled hielt einen USB-Stick hoch.

»Sei kein Idiot.« Veldhuizen sah ihn an. »Mit der Post. *Noch heute*. Anonym. An den NASD. Wir treffen uns morgen wieder. Nicht hier. Die Einzelheiten findest du an der üblichen Stelle, im Mail-Ordner mit den Entwürfen.«

Aber er konnte den Satz kaum beenden. Der Junge ließ den Motor aufheulen, holperte über eine Rasenrabatte und schoss auf dem Radweg davon.

***

»Der Chef kommt zu spät, soso«, sagte Ben, der aus Lisettes Bürofenster beobachtete, wie Veldhuizens Lexus die Rampe hinunter in die Tiefgarage glitt. Es war bereits nach halb zehn. »Ich bin also nicht der einzige ungezogene Junge hier.«

»Ben, das ist eine ernste Angelegenheit«, erwiderte Lisette. »Post-its am Bildschirm zu vergessen, ist eine Sache, aber unautorisierte Hilfsmittel zu benutzen und diese an einen Informanten weiterzugeben ist etwas ganz anderes. Es war nichts im Speicher?«

»Das Ding war brandneu, originalverpackt. Ich habe es nicht mal ausprobiert.«

Er hatte immerhin genug Anstand, sich geknickt zu geben. Lisette konnte sich nicht helfen – sie mochte ihn einfach. Und sie musste zugeben, dass es vor allem sein Draufgängertum war, das sie weiterbrachte bei den Ermittlungen.

»Und wir stehen schließlich unter enormem Druck«, sagte er. »Wir mussten unbedingt wissen, was unser Mann eigentlich treibt, wenn er sich nach Mitternacht in Zivil aus dem Haus schleicht.«

»Gut, das verstehe ich.«

»Ich hatte allerdings nicht erwartet, dass er blonde Jungs im Vondel-Park pimpert!« Ben kicherte boshaft, wurde aber sofort wieder ernst. »Du … hast dir noch nicht alle angeschaut, oder?«, fragte er.

»Ich habe nichts heruntergeladen, und wie du gesagt hast, das Display ist wirklich winzig.« Sie zog das Gerät aus der Schublade und legte es auf den Tisch.

»Dann bin ich beruhigt«, sagte Ben. »Also, bei einigen von den letzten Bildern wird es ziemlich brutal. Ich meine, ich weiß, dass sich die Schwulen im Vondel-Park treffen, aber ich hätte nicht gedacht, dass es da so heftig zugeht. Dass es überhaupt irgendwo so zugeht. Außer in Pornos vielleicht. Du solltest dir das nicht ansehen.«

Lisette lächelte. Auf einmal war der freche Ben ein Gentleman alter Schule.

»Schon in Ordnung«, begann sie und schob die Kamera über den Tisch. »Aber du musst den Speicher komplett löschen, und alles, was du davon auf dein Tablet geladen hast. Wirklich alles.«

»Danke«, sagte Ben. »Das ist nett von dir, Boss. Und, klar, ich lösche alles.«

»Und benutzen solltest du sie auch nicht mehr.«

Ben nickte düster.

»Ich komme mir vor wie eine Grundschullehrerin!«, sagte Lisette. »Aber weißt du was? Ich rede mal mit Hans von der Technikabteilung. Vielleicht können wir ja auch welche anschaffen. Oder zumindest diese eine hier inventarisieren und offiziell genehmigen lassen.«

»Da sehe ich schwarz«, meinte Ben. »Aber noch mal danke. Wirklich.«

»Außerdem«, fuhr Lisette fort, »finde ich, wir sollten uns nicht so auf diesen Khaled fixieren.«

»Nicht? Er bringt aber ganz schön was in Bewegung.«

Lisette zögerte. Gestern Rachid, heute Ben. Aber sich Ben anzuvertrauen, wäre wirklich keine gute Idee. Überhaupt nicht. Mick vielleicht eher, aber selbst bei ihm … Nein, sie musste es allen zusammen sagen, oder gar nicht.

Ben wartete auf ihre Antwort.

»Das Mädchen macht mir Sorgen«, sagte Lisette nach einer Weile.

»Aissa?«

»Weniger sie selbst. Eher die Situation, in die sie geraten ist.«

»Du meinst die Tonbänder? Dass ihr Bruder für sie eine Ehe mit diesem Verrückten arrangieren will?«

»Vielleicht steckt mehr dahinter.«

»Wir haben keinerlei Indizien dafür, dass sie gemeinsame Sache mit unseren Zielpersonen macht. Nicht wissentlich jedenfalls. Mick und Rachid sind sich sicher. Hast du was anderes gehört?«

»Nur die Hochzeitsglocken, wenn man dem dünnen Najib glauben kann. Aber sie trifft diesen Khaled schon ziemlich oft.«

»Dann hat sie noch nicht bemerkt, was da eingefädelt wird. Oder schlimmer, sie wird absichtlich im Dunkeln gelassen. Ich wünschte, wir könnten etwas tun, um ihr die Augen zu öffnen. Aber …«

Lisette atmete tief durch und richtete sich gerade im Sessel auf, um anzuzeigen, das Gespräch sei jetzt zu Ende.

»Wie Mick neulich gesagt hat«, fuhr sie fort, »sind wir bloß Beobachter. Das ist manchmal sehr bedauerlich.«

Ben stand auf und ging zur Tür. »Verstanden, Boss«, sagte er leise und wandte sich zu ihr um. »Und noch mal danke.«

***

»Schön, dass du wieder zurück bist«, sagte Posthumus.

Sulung zuckte mit den Schultern. Maya war in die Pantryküche gegangen, um sich ihren Vormittagskaffee zu holen; ihr schnippischer Kommentar über Sulungs blauen Montag und seine Zigarettenpausen hatte die Atmosphäre vergiftet.

»Ist wirklich alles in Ordnung?«

»Mir geht es gut. Bloß eine Vorsorgeuntersuchung. Der Termin wurde kurzfristig frei, weil jemand abgesagt hat.

Und dann musste ich noch etwas in unserer Moschee klären.«

Eine Vorsorgeuntersuchung, die den ganzen Tag dauerte? Moschee? Posthumus hätte nicht gedacht, dass Sulung religiös war. Er wartete ab, aber weitere Erklärungen kamen nicht.

»Hm, also, wenn du irgendwie Hilfe …«, fing Posthumus an.

»Schon klar.«

»Da war noch was, das ich dich fragen wollte.« Posthumus warf einen schnellen Blick zur Tür. Maya unterhielt sich mit jemandem am Kaffeeautomaten. »Dieser Typ, der mir den Taser verpasst hat. Kannst du mir noch mal sagen, was für Schuhe er trug?«

Sulung rollte seinen Stuhl vom Schreibtisch zurück, als wollte er Posthumus genau ins Auge fassen.

»Du bist schon merkwürdig«, sagte er. »Warum denn?«

»Das ist eine lange Geschichte, aber ich glaube, ich weiß, wer er ist.«

»Was um Himmels willen hast du schon wieder angestellt in meiner Abwesenheit?« Sulung schaute gespielt entsetzt drein. »Ich weiß nicht, das ging alles so schnell. Sneakers. Schwarz, glaube ich.«

»Mit Gold? Ich dachte, du hättest etwas über Gold gesagt.«

»Ja, du hast recht. Eine Art Applikation an der Ferse. Ein dünner Strich oder so.«

»Seltsam, ich hatte jede Menge Gold im Kopf.«

»Nein, nein. Nur ein Streifen. Aber, hey, das ging alles so schnell. Und das Gedächtnis spielt einem manchmal komische Streiche.«

»Würdest du ihn wiedererkennen?«

»Keine Ahnung. Kommt drauf an.«

»War es der hier?«

Er ging zu Sulungs Tisch hinüber und zeigte ihm einige Standbilder der Überwachungskamera – körnige Fotos, in A4 ausgedruckt. Hinter sich hörte er Maya ins Büro zurückkommen. Sulung schaute sich die Ausdrucke an, dann zu Posthumus hoch. Sein Blick war ausdruckslos. Er schüttelte den Kopf, drehte eines der Blätter um, sodass die beiden Bilder verdeckt waren, und gab sie Posthumus schweigend zurück.

Wieder an seinem Platz, schob Posthumus die beiden Fotos in die Aktentasche und stellte sie neben sich auf den Fußboden. Als er sich dem Rechner zuwandte, ploppte eine E-Mail auf.

Schwer zu sagen. War alles im Nu vorbei. Aber der Typ war viel dünner, wenn ich mich richtig erinnere. Und jünger.
Aber, hey, vielleicht hat Maya recht, und du hängst dich da zu sehr rein. Lass lieber die Finger davon.
S

Posthumus nickte Sulung zu und nahm seine Arbeit wieder auf. Faxe ans Nachlassgericht. Ein neuer Fall. Wie es sich anhörte, war Maya auch mit einem neuen Fall beschäftigt. Wieder eine Wasserleiche, im Rotlichtviertel. Montags hatten sie immer am meisten zu tun – am Wochenende passierte nun mal alles Mögliche, und außerdem wurde dann zwei Tage nicht gearbeitet. Gestern war allerdings wenig los gewesen. Sein neuer Fall war ein Tourist. Einsamer Tod in einem Zweisternehotel. Der Reisepass war gefunden worden, und das Hotel musste ja seine Adresse haben, also sollte der Fall schnell abgeschlossen sein. Aber leicht war so etwas nie, vor allem dann nicht, wenn zu Hause eine Ehefrau wartete, die ihren Schatz auf Geschäftsreise glaubte und nicht wusste, dass er sich in Amsterdam mit anderen Frauen vergnügte. Wäre nicht das erste Mal. Sein Telefon klingelte.

»Piet? Cornelius hier. Ich dachte, ich nehme das Festnetz. Ist billiger.«

»Und wie kann ich helfen?« Posthumus versuchte seinen Ton neutral und amtlich zu halten.

»Dieses Notizbuch. Warum wolltest du wissen, was darin steht?«

»Das kann ich gegenwärtig nicht sagen.«

»Ach so, natürlich, *my dark and midnight friend*. Also, ich habe mir das angesehen, und die Bruchstücke, die ich entziffern kann, sind, wie soll ich sagen, ziemlich scheußlich. Viel kann ich allerdings nicht damit anfangen. Ich treffe mich später mit einem alten Freund, der mir helfen kann, aber ich wollte vor allem fragen – bist du einverstanden, wenn wir versuchen, die Seiten weiter voneinander zu lösen?«

»Absolut.«

»Bravo. Ich weiß, du hast zu tun. Ich will dich nicht abhalten. Ruf mich heute Abend an, dann folgen die Einzelheiten.«

Die Verbindung wurde beendet, bevor Posthumus eine weitere Frage formulieren konnte.

Er konnte es einfach nicht abwarten. Sofort schrieb er eine SMS an Cornelius.

Einzelheiten?

Unmittelbar die Antwort:

Kann ich noch nicht sagen. Du musst Dich noch ein wenig gedulden.

Was jetzt? Alle diese Puzzlestücke, die manchmal so unzusammenhängend wirkten. Posthumus öffnete die Schreibtischschublade und zog den Umschlag mit Amir Loukilis Effekten hervor. Es war der Einzige, der noch übrig war. Er warf einen raschen Blick in Mayas Richtung, klappte mit einer Hand die Aktentasche auf und schob den Umschlag hinein. In der entsprechenden Rubrik der Fallakte, die er aufgerufen hatte, klickte er auf ›An Angehörige zugestellt‹. Ja, aber noch nicht gleich. Er wollte damit warten, bis er das Notizbuch zurückhatte. Er musste dieser Sache auf den Grund gehen.

Mechanisch widmete er sich dem neuen Protokoll, das vor ihm lag. Fallakte im Rechner anlegen. Alex Bescheid geben. Vollständiger Ausdruck. In den Eingangskorb. Er musste noch einmal mit Mohammed sprechen. Merkwürdig, dass der sich noch nicht gemeldet hatte, um nach dem Fortgang der Ermittlungen zu fragen. Wahrscheinlich hielt er solche Zurückhaltung für höflich. Posthumus' Finger wuselten auf dem Tisch herum, rückten Papierstapel gerade, wischten Krümel weg. Er riss das oberste Blatt vom Notizblock neben dem Telefon ab. Auf dem Blatt stand:

Snite Museum, University of Notre Dame.

Bart Hooft. Das konnte er genauso gut jetzt klären. Google. Telefonbuch Indiana. Er fand eine Art Branchenverzeichnis und gab ›Hooft‹ ein. Ein einziger Eintrag: Dr. J. W. Hooft. Volltreffer! Er hatte ihn gefunden. Wie spät war es dort jetzt? ›World Clock‹. In Indiana war es sechs Stunden früher, Schlafenszeit also. Posthumus schrieb die Nummer auf. Darunter notierte er: *Damit du mich nicht vergisst.* Noch ein Puzzlestück. War es dasselbe Puzzle?

Er brauchte jetzt ein bisschen Routine, etwas, das ihn ablenkte, aber geistig nicht vollständig in Anspruch nahm. Vielleicht konnte er dabei ganz unbewusst die Dinge so ordnen, dass sie zusammenpassten. Er nahm sich Kontoauszüge vor. Aber es nutzte nichts. Radfahren, Schlafen, Bahnfahren – das half in solchen Fällen, wie er wusste. Ganz plötzlich löste sich dann eine Sperre, und die Sache wurde klar. Die Kontoauszüge waren keine Hilfe. Er konnte sich einfach nicht konzentrieren, machte einen Fehler nach dem anderen. Er rief die Webseite des Öffentlichen Nahverkehrs auf. Gut, es war zwar keine Zugfahrt, aber zum Radfahren fehlte ihm jetzt die Zeit. Außerdem stand sein Fahrrad zu Hause. Und so konnte er zwei Fliegen mit einer Klappe schlagen. Die Straßenbahnlinie 14 würde ihn vor Mohammeds Haustür absetzen.

»Ich gehe heute ein bisschen früher in die Mittagspause«, sagte er, nahm seine Aktentasche und war aus der Tür, bevor Maya Zeit hatte, etwas zu erwidern. Unten an der Rezeption traf er Alex.

»Du bist früh dran!«, sagte er. Dienstagvormittags hatte Alex eigentlich frei, weil sie dann an die Uni musste. Posthumus mochte die Vertretungskraft nicht, die dienstags Alex' Platz einnahm.

»Was ist mit dieser Dingsda passiert?«, fragte er.

»Die habe ich gefeuert«, sagte Alex. Als sie Posthumus' freudig erstaunte Miene sah, fügte sie hinzu: »Träum weiter. Nein, ich habe nur angeboten, heute ein bisschen früher zu kommen.« Sie beugte sich über den Tresen, schaute zur Treppe hinüber und sagte lautlos: »Amirs Rechner.«

»Der Kurier war noch nicht da?«, fragte Posthumus leise.

»Nein, aber ich dachte, ich bin besser schon früher hier.«

»Halt mich auf dem Laufenden … Und könntest du dir eine Ausrede einfallen lassen, falls ich ein bisschen später aus der Mittagspause komme?«

»Neue Entwicklungen?«

»Ja, und ziemlich dramatische.« Posthumus hielt die Aktentasche hoch. »Ich erzähl's dir später.«

Mayas Stimme hallte durchs Treppenhaus. Alex schaute gen Himmel und bekreuzigte sich; Posthumus verschwand eilig.

***

»Diese schönen neuen Stoffmuster sind erst gestern eingetroffen; sie passen perfekt zu dieser Modellreihe«, sagte Mohammed und überreichte dem Kunden das Buch mit den Stoffproben. Er spähte auf die Straße hinaus. »Schauen Sie sich nur in Ruhe alles an. Ich bin hier drüben, wenn Sie Fragen haben.«

Er ging zum Schreibtisch in der Ecke hinüber. Es half nichts, heute war er einfach nicht mit dem Herzen dabei. Pieter Posthumus hatte sein Kommen angekündigt, gerade hatte er angerufen. Aber was sollte Mohammed ihm erzählen? Dreimal hatte er mit seinem Cousin Hassan telefoniert, aber der arme Mann war furchtbar verstört und so sehr mit den Begräbnisfeierlichkeiten beschäftigt, dass Mohammed es nicht über sich gebracht hatte, ihn auszufragen, geschweige denn, seine Vermutungen über Amirs Tod zu äußern. Warum auch. Das waren doch bloß Hirngespinste eines alten Manns. Mohammed wünschte sich inzwischen, er hätte

Pieter Posthumus nie angerufen und die Sache einfach auf sich beruhen lassen. Das wäre der einfache Weg gewesen. Aber Mohammed Tahiri wählte selten den einfachen Weg. Der war etwas für die Kleinmütigen und Verzagten.

»Ja, gewiss, die Kissen sind im Preis inbegriffen«, rief er durch den Laden und setzte sich an den Schreibtisch. Was hatte er sich bloß dabei gedacht? Sogar Aissa war böse auf ihn. Najib hatte sich bei ihr beklagt, dass Posthumus ihn gestern im Laden belästigt habe. Warum war er damit zu seiner Schwester gegangen und nicht zu ihm, seinem Vater? Najib sprach kaum noch mit ihm, das war nichts Neues. Aber jetzt stellte sich auch Aissa gegen ihn. Sie war empört, dass er einen Fremden ins Vertrauen gezogen hatte. Mohammed sank tief in seinen Stuhl. Seine Kinder entglitten ihm. Es war, als seien sie aus seiner Fürsorge herausgewachsen, so wie sie früher (und viel zu schnell!) aus ihren Schuhen herausgewachsen waren. Sein Verdacht gegen Amir machte die Sache noch schlimmer. Und er hatte ein schlechtes Gewissen wegen Karima. Er hatte ihr noch nie etwas verschwiegen. Aber er spürte, dass auch Karima etwas vor ihm zurückhielt, ein Geheimnis, das sie mit Aissa teilte. Ging es um einen Mann? Einen potenziellen Ehemann? Er sollte über so etwas doch Bescheid wissen und den Schwiegersohn in spe treffen! Er fühlte sich ausgeschlossen. »Alles zu seiner Zeit«, hatte Karima nur gesagt.

»Im Moment ist der Stoff nur für das Modell ›Atlas‹ gedacht«, wandte sich Mohammed wieder seinen Kunden zu. »Aber wenn Sie lieber ein anderes Modell hätten, kann ich gern mit dem Hersteller reden.« Der Türsummer. Pieter Posthumus.

»Bitte entschuldigen Sie mich einen Moment.« Mohammed ging zur Tür. Händeschütteln, Begrüßungsformeln.

»Es tut mir sehr leid, aber ich habe Amirs Vater noch nicht erreicht«, sagte Mohammed, als sie sich an den Schreibtisch setzten.

»Keine Sorge, ich wollte nur kurz vorbeischauen. Es geht um etwas ganz anderes.«

»Also, erreicht habe ich ihn eigentlich schon«, berichtigte sich Mohammed, »aber wir haben nichts besprochen, was Sie interessieren würde. Er hat allerdings erzählt, dass Amir in Brüssel keine Geschäftstermine hatte, sondern dort zum Arzt gegangen ist. Er war in einer Klinik. Ich mochte nicht weiter nachfragen, es wäre unpassend gewesen.«

»In einer Klinik?«

»Ich weiß auch nicht, warum. Es gab so viel anderes zu besprechen. Anscheinend ist so eine Überführung ins Ausland recht kompliziert, und seine Familie überlegt jetzt, doch herzukommen und ihn hier zu begraben.«

»Das tut mir leid. Ich weiß, für Sie ist das alles nicht einfach. Vielleicht erfahren Sie beim nächsten Mal ja etwas mehr. Aber in der Zwischenzeit hat sich etwas Neues ergeben, das ich nicht am Telefon besprechen wollte.«

Posthumus hielt seinen Blick auf Mohammeds Gesicht gerichtet, als er die Ausdrucke der Überwachungsvideos aus seiner Aktentasche zog. »Kennen Sie diesen Mann?«

Mohammed betrachtete die beiden Bilder.

»Nein. Nein, das ist niemand, den ich kenne. Wer ist es denn?«

Posthumus schaute Mohammed unverwandt an. Er schien die Wahrheit zu sagen. Posthumus würde ihm vertrauen müssen – jetzt, wo er ihm die Ausdrucke gezeigt hatte, konnte er keinen Rückzieher machen. Er gab Mohammed einen kurzen Bericht über den verrückten Säufer, die Taser-

Episode auf den Überwachungsvideos und seine Theorie über Amirs Tod. Mohammed wurde aschfahl.

»Sollten wir damit nicht zur Polizei gehen?«

»Nein, persönlich rate ich davon ab. Ich würde es allerdings verstehen, wenn Sie sich dazu gezwungen fühlen. Theoretisch sollte ich mich aus alldem sowieso heraushalten. Außerdem habe ich keine gute Erklärung dafür, woher ich diese Bilder habe, und möchte sie lieber nicht vorlegen. Ich würde Ihnen empfehlen, noch einige Tage zu warten, bis wir mehr Beweise haben. Zumindest bis wir wissen, wer dieser Mann ist. Ist Amir noch hier, beim Bestatter? Falls die Polizei die Ermittlungen … wieder aufnehmen sollte?«

Mohammed nickte.

»Wer immer es ist, er darf auf keinen Fall merken, dass wir uns für ihn interessieren«, sagte Posthumus und zeigte auf die Bilder.

»Ich könnte Aissa fragen«, erwiderte Mohammed. »Sie hat Amir am besten gekannt. Ich könnte ganz unauffällig darauf zu sprechen kommen; ich behaupte einfach, es habe etwas mit einer meiner Gesprächsgruppen zu tun, ein Zwischenfall in einem Sportzentrum, irgendetwas in der Art.«

Posthumus wollte gerade zustimmend nicken, als ihm Merel einfiel.

»Ich würde die Bilder allerdings gerne noch ein, zwei Tage behalten«, sagte er. »Es sind die einzigen Exemplare. Und ich weiß nicht, wie schnell ich an weitere Ausdrucke rankomme. Das ist technisch etwas kompliziert.«

Mohammed hob abwehrend die Hände, als wollte er sagen: ›Da kann ich Ihnen wirklich nicht helfen.‹

»Ich schicke sie Ihnen, so schnell es geht«, fuhr Posthumus fort, »zumindest Fotokopien.«

Amirs Notizbuch erwähnte er nicht. Erst musste er selbst Genaueres darüber wissen.

»Ich würde gerne noch einmal mit Aissa sprechen«, fügte er hinzu. »Sie fragen, was sie über Amir weiß. Könnten Sie ihr das bitte ausrichten oder mir ihre Nummer geben?«

Mohammed zögerte. »Da gibt es ein kleines Problem. Ich muss gestehen, dass ich heute drauf und dran war, diese ganze Ermittlung aufzugeben. Ich habe deswegen nichts als Ärger. Aissa ist ziemlich wütend auf Sie. Ich habe nicht gewusst, dass Sie gestern hier waren und mit Najib gesprochen haben. Er hat ihr gesagt, Sie hätten ihn bedrängt.«

Mohammed wartete auf eine Erklärung. Der besorgte Vater.

Posthumus schaute ihn geradeheraus an. Er hatte das eigentlich nicht erwähnen wollen.

»Dann muss ich Ihnen jetzt noch etwas erzählen«, sagte er schließlich. »Am Tag vor unserer ersten Begegnung hatte ich dienstlich in Amirs Wohnung zu tun und wurde dort mit einem Taser angegriffen. Ich habe zwar keinen direkten Beweis, aber ich fürchte, dass Najib der Angreifer war. Deshalb war ich gestern hier im Laden. Außerdem hatte ich den Verdacht, dass Najib etwas mit Amirs Tod zu tun hat. Sie verstehen bestimmt, warum.«

»Der Taser.« Mohammed wirkte sehr ernst.

»Ich war dann sehr erleichtert, als ich gesehen habe, dass diese Aufnahmen ihn entlasten«, sagte Posthumus. »Aber nach meinem gestrigen Gespräch mit Najib bin ich mir eher noch sicherer, dass er derjenige ist, der *mich* angegriffen hat … Tut mir leid, das sagen zu müssen.«

»Gehen Sie damit zur Polizei?«

»Ich habe ja keine Beweise. Noch nicht.«

»Bitte tun Sie es nicht. Ich kann mir nicht vorstellen, dass Najib zu so etwas in der Lage ist. Aber ich werde ihn selbst deswegen zur Rede stellen.«

»Wissen Sie vielleicht, ob er einen Taser besitzt?«

Mohammed sank noch weiter in seinem Sitz zusammen. Er schien in den letzten Minuten stark gealtert zu sein.

»So etwas erfahre ich nicht mehr. Meine Kinder entgleiten mir. Ich habe keine Kontrolle mehr über sie.«

Posthumus spürte eine Welle des Mitgefühls. »Das ist sicher ganz normal in diesem Alter.«

»Nein, hier geht es um mehr.«

Posthumus schob die Ausdrucke wieder in die Aktentasche zurück.

»Und Aissas Nummer?«, fragte er leise.

»Bitte vergeben Sie einem Vater«, entgegnete Mohammed. »Ich kann das nicht tun. Es geht um Vertrauen, verstehen Sie? Aber ich werde sie darum bitten, dass sie sich bei Ihnen meldet.«

»Eins noch«, sagte Posthumus. Den Versuch war es wert. »Sagt Ihnen der Name Bart Hooft irgendetwas?«

»Nein, nie gehört.«

Mohammed richtete sich wieder auf. Der Kunde.

»Entschuldigung. Wenn ich kurz unterbrechen dürfte?«, sagte der Mann zögernd und höflich. Er stand direkt hinter Posthumus. »Ich habe mich entschieden. Haben Sie vielleicht einen Moment Zeit?«

Posthumus stand auf, um zu gehen.

»Das Geschäft geht vor«, sagte er halb lächelnd zu Mohammed. »Und ich muss auch wieder an die Arbeit.«

Draußen wählte er Merels Nummer. Sie nahm nicht ab. Es klingelte lange, bevor die Mailbox anging.

»Merel«, fing er an, dann fiel ihm nichts mehr ein. »Ich kann das nicht«, sagte er, um irgendetwas zu sagen, »nicht auf eine Maschine.« Aber dann atmete er durch und fuhr fort. »Ich weiß, ich soll dich nicht anrufen, aber – bitte, versuch doch, mich zu verstehen. Ich habe in den letzten zwanzig Jahren jeden Tag daran gedacht. Das musst du mir glauben. Bitte verschwinde nicht einfach aus meinem Leben. Nicht noch einmal. Das erste Mal war schlimm genug.«

Er wollte noch etwas sagen, legte dann aber auf. Eine Minute später versuchte er es noch einmal. So ging das nicht. Er musste unbedingt mit Aissa sprechen und glaubte nicht, dass Mohammed sie bitten würde, sich bei ihm zu melden. Das hier war der einzige Weg, der ihm einfiel. Es musste sein. Wieder die Mailbox, wie erwartet.

»Hör zu, ich weiß, dass du dann noch schlechter von mir denken wirst, aber ich brauche deine Hilfe. Ich muss mit Aissa Kontakt aufnehmen. Kannst du das arrangieren? Und ich brauche weitere Ausdrucke der Überwachungskameras für Mohammed. Ich … bitte hilf mir … es tut mir leid.«

Er beendete die Verbindung abrupt und steckte das Telefon in die Tasche. Am liebsten hätte er es in den Müll geworfen.

Als Posthumus in die Staalkade zurückkam, war es schon nach zwei. Die Straßenbahnfahrt hatte seine Gedanken keineswegs geordnet, aber Alex hatte sich offenbar eine wirklich gute Ausrede ausgedacht: Obwohl er viel zu spät aus der Mittagspause zurückkam, enthielt Maya sich jeglichen Kommentars. Er schrieb Alex eine SMS.

Maya sanft wie ein Engel. Wie hast du das geschafft?

Alex hatte gerade telefoniert, als er beim Empfang vorbeigekommen war. Ihre Antwort folgte einige Minuten später:

Berufsgeheimnis. Rechner noch nicht da. Ziemlicher Stress gerade, aber komm gern runter, wenn du Zeit hast.

Posthumus machte sich wieder an die Kontoauszüge. Er wartete bis halb drei, bevor er den nächsten Anruf machte. Halb neun morgens in Indiana. Nicht zu früh, wie er hoffte, aber noch bevor man dort zur Arbeit oder sonst wohin ging. Und Maya konnte ihn mal, das hier war ein dienstlicher Anruf. Beinahe jedenfalls.

»Spricht dort Dr. Hooft?«, fragte er auf Englisch, als sich eine Männerstimme meldete. »Guten Morgen. Mein Name ist Pieter Posthumus, ich rufe aus Amsterdam an. Das wird vielleicht nicht ganz einfach für Sie …«

***

Ben schloss sein Tablet an einen Drucker an. Die Arbeitsecke in seiner Wohnung war eine Höhle aus blinkenden Bildschirmen, eigentümlichen elektronischen Geräten und Kabelrollen, die in den unterschiedlichsten Steckern endeten. Er schob einige Handys und eine seltsam schwere Schachtel Marlboro beiseite, um Platz für das Tablet zu schaffen. Er würde alle Dateien löschen. Restlos. Er hatte es versprochen, und er hatte seine Prinzipien. Lisette hatte allerdings nichts von Ausdrucken gesagt. Nur drei oder vier. Keine von den wirklich harten Szenen, wie das Zeug aus der Schwarzen Tulpe. Ben hatte nicht einmal gewusst, dass es so etwas wie die Schwarze Tulpe gab. Das war absolut nicht seine Szene, und er kannte auch niemanden, der sich in dieser Szene bewegte. Die Schwarze Tulpe war eine kleine Kellerbar in einer dieser engen Nebengassen des Rotlichtviertels. Dass es seinem Go-Man gelungen war, dort zu fotografieren, ohne aufzufliegen, grenzte an ein Wunder. Der Mann war einfach gut! Unfassbar, was dort abging! Ben hatte gedacht, so etwas gebe es nur in Hardcore-Pornos. Und naiv war er nun wirklich nicht. Er war froh, dass Lisette sich die Aufnahmen nicht angesehen hatte – zumindest nicht die ganz harten. Er gab den Druckbefehl. Ein paar Szenen aus dem Park, das musste reichen. Diesem Khaled würde er eine Lektion erteilen. Und damit ja auch dem Mädchen helfen. Wenn es um Frauen ging, fühlte sich Ben zur Ritterlichkeit genötigt.

Er zog ein Paar Latexhandschuhe aus einer Schachtel im Regal über ihm. Man musste ja nicht freiwillig eine DNA-Probe beilegen. Dann schob er die Ausdrucke in einen Umschlag und klebte ihn mit Tesa zu. Die Briefmarken, selbstklebende, hatte er auch schon. Eigentlich hatte er die Bilder an den Vater schicken wollen, aber seine Quelle hatte ihm ja gerade bestätigt, dass der Vater den Typen noch nie gesehen hatte. Also der direkte Weg. Ben tippte *Aissa Tahiri*, darunter die Adresse, die er sich aus der Akte gemerkt hatte, druckte das Etikett aus und klebte es auf den Umschlag.

Er schaffte es gerade noch vor der Briefkastenleerung um sechs.

***

Anna zeigte mit dem Daumen nach oben und verschwand dann aus dem Zimmer, ohne etwas zu sagen. Die Verbindung stand.

Barts Vater hatte die Nachricht ruhig aufgenommen, aber erst mit seiner Frau sprechen wollen, bevor er weiter mit Posthumus redete. Er hatte Posthumus um ein Skype-Gespräch gebeten. Er redete nicht gerne mit jemandem, den er nicht sehen konnte, besonders nicht in einer solchen Angelegenheit. Posthumus hatte keine Ahnung, wie Skype funktionierte, aber Anna kannte sich damit aus. Es war ohnehin besser, dieses Gespräch nicht im Büro zu führen. Er war etwas früher gegangen und war schon kurz nach fünf im Dolle Hond. Später Vormittag in Indiana. Hooft sprach mit starkem Akzent und musste manchmal aufs Englische ausweichen. Er war nur noch selten in seiner alten Heimat, erklärte er.

»Das ist das Schlimmste, was Eltern passieren kann«, sagte Posthumus. »Besonders, wenn ein Kind so stirbt wie Bart.«

Sie hatten die Todesumstände, das Begräbnis und die Erklärung dafür, warum er erst jetzt anrief, bereits hinter sich. Posthumus wusste, dass er bei diesem Gespräch eine Art Seelsorger sein musste.

»In gewisser Hinsicht haben wir ihn schon vor langer Zeit verloren«, sagte Barts Vater.

Jan Hooft sah aus wie Ende siebzig, vielleicht Anfang achtzig. Schlank und rüstig, aber mit einer Traurigkeit in der Stimme, die nichts mit diesem Anruf zu tun hatte und wohl schon lange da war.

»Wir haben uns immer selbst die Schuld gegeben. Ich nehme an, das tun alle Eltern. Aber wir wussten ja nicht …«

Er verstummte einen Moment, dann erzählte er Posthumus, wie die Familie ausgewandert war, dass seine Frau und er vor lauter Freude über seinen Ruf an die University of

Notre Dame, nicht darüber nachgedacht hatten, wie einsam der kleine Kerl, der ja kein Englisch sprach, sich in der Schule fühlen musste. Bart war damals erst sechs gewesen.

»Wir sagten uns, Kinder sind zäh, er würde sicher schnell lernen. Das stimmte auch, aber er war und blieb ein Außenseiter. Die Depressionen kamen in der Pubertät, verschwanden wieder, kamen zurück. Später wurde er sie nicht mehr los. Ein lauerndes Raubtier, das ständig zuschlagen konnte. Er musste immer auf der Hut sein.«

Posthumus nickte. Jan Hooft musste sich offenbar Luft machen, und Posthumus war bereit zuzuhören.

»Ich glaube, er hat sie nur einmal bezwungen und dann gehofft, dass es endgültig damit vorbei war. Ein einziges Mal, höchstens zweimal. Als er Rick kennenlernte. Uns …«

Jan Hooft schaute beiseite. Wahrscheinlich saß dort seine Frau.

»Wir mochten Rick nicht. Wir wussten natürlich, dass Bart schwul war, aber Rick hatte etwas …«

Er suchte das richtige Wort.

»… etwas Ungesundes«, schloss er schließlich.

Posthumus saß da und gab ruhige kurze Antworten, während der Vater erzählte, wie Bart zu Rick nach San Francisco zog, dass Rick in Drogengeschäfte verstrickt war, dann plötzlich verschwand und später in Amsterdam wieder auftauchte.

»Kurz nach Ricks Verschwinden stürmte die Polizei das Apartment. Bart war gerade nicht zu Hause. Dorthin zurück konnte er nicht mehr. Also ließ er alles hinter sich und folgte Rick nach Amsterdam. Der hatte aber schon jemand anderen. Außerdem wurde er verhaftet, kurz nach Barts Ankunft.«

Er klang jetzt beinahe erleichert. Diese Geschichte, vermutete Posthumus, hatte Hooft wahrscheinlich kaum jemandem erzählt.

»Bart hatte panische Angst, glaubte, er werde als Komplize gesucht, und tauchte unter«, fuhr er fort. »Wir hörten immer seltener von ihm. Es war, als ob er sich absichtlich vor uns verschloss, uns wegstieß. Er zog in eine andere Wohnung. Verschwand. Wir haben dort drüben keine Verwandten mehr. Einmal bin ich selbst hingeflogen, aber …«

Er schwieg lange und wandte den Blick ab, aber Posthumus spürte, dass er noch mehr zu sagen hatte.

»Sie haben erwähnt, dass es Bart noch ein zweites Mal gelungen ist, seine Depressionen zu überwinden.«

»Vor etwa einem Jahr hat er sich dann gemeldet, völlig aus dem Nichts. Er brauchte seine Geburtsurkunde, weil er einen neuen Ausweis beantragen wollte. Sein alter war abgelaufen, und er lebte ohne gültige Papiere, aus lauter Angst vor der Polizei. Nach über zehn Jahren wollte er auf einmal sein Leben in Ordnung bringen. Er wollte reisen, offenbar hatte er im Internet jemanden kennengelernt. Er wollte uns sogar besuchen …«

Zum ersten Mal versagte Jan Hooft die Stimme.

»Aber sein neuer Freund ähnelte Rick in mehr als nur einer Hinsicht«, fuhr er fort und räusperte sich. »Er verschwand einfach nach ein paar Wochen. Von einem Tag auf den anderen. Bart beantwortete seine E-Mails nicht mehr, zog wieder um, tauchte unter. Ich nehme an … das ist wohl der Grund, warum er …«

Jan Hooft verstummte und blickte sich zu seiner Frau um.

»Bart hat sehr schöne Gedichte geschrieben«, füllte Posthumus die Gesprächspause. »Einige von ihnen sind sehr ergreifend.«

Jan Hooft schaute wieder in die Kamera. »Das überrascht uns eigentlich nicht.«

»Unter anderem deswegen wollte ich mit Ihnen sprechen. Ich denke, sie sind es wert, veröffentlicht zu werden. Natürlich nur, wenn das in Ihrem Sinne ist. So bliebe etwas von Ihrem Sohn in dieser Welt.«

»Das weiß ich sehr zu schätzen, Herr Posthumus.« Jan Hooft lächelte.

»Die Gedichte sind es wert.«

»Sind sie auf Niederländisch?«

»Einige sind auf Niederländisch, andere auf Englisch. Sie sind sehr unterschiedlich. Vielleicht zeigen sie die zwei Seiten seiner Persönlichkeit.«

Posthumus zögerte.

»Viele sind allerdings sehr drastisch. Einige kann man sogar obszön nennen. Wenn es Ihnen lieber ist, sende ich Ihnen nur eine Auswahl.«

»Ich verstehe. Aber schicken Sie bitte trotzdem alle, Herr Posthumus.«

Kurz darauf ging Posthumus über den Absatz zur Treppe, die nach unten in die Bar führte. Er hatte das Gespräch beendet und den Rechner heruntergefahren, nachdem sie noch die Begräbniskosten, weitere fällige Zahlungen an die Stadt Amsterdam und das Schicksal des Namiki-Füllers (ein Erbstück von Barts Großvater, also glücklicherweise noch nicht zur Kostendeckung verkauft) besprochen hatten. Posthumus nickte grüßend ins Gästezimmer, wo Annas Putzhilfe gerade bügelte. Geschickter als Anna, wie er hoffte. Er hielt einen Moment inne, zog sein Handy aus der Aktentasche und schaltete es wieder ein. Während des Gesprächs mit Hooft hatte er nicht gestört werden wollen. Keine entgangenen Anrufe. Merel hatte nicht zurückgerufen. Aissa und Cornelius auch nicht. Aber eine SMS, von Merel. Posthumus registrierte überrascht, dass seine Hand zitterte, als er sie öffnete.

Schick mir die DVD. Ich mache Ausdrucke und schicke sie dir. Amir zuliebe. Wegen Aissa weiß ich nicht.
M

Unverbindlich. Aber immerhin etwas. Posthumus versuchte es bei Cornelius, während er die Treppe hinunterging, aber der hatte sein Telefon abgeschaltet.

»We rented bikes all day today, it was like *so* fun! Like you felt you were going to *die*, but …« An einem Tisch neben der Verbindungstür unterhielt eine junge Amerikanerin in einem grellrosa Sweatshirt ihre Mitreisenden mit den Abenteuern des Tages. Posthumus schob sich an ihnen vorbei nach vorne zur Bar. Anna war am anderen Ende mit Bierzapfen beschäftigt, offenbar eine Runde für die amerikanische Touristengruppe.

»Wein?«, fragte sie lautlos in seine Richtung.

Er nickte. Sie würde ihm sein Glas bringen, sobald sie Zeit hatte. Posthumus versuchte es wieder bei Cornelius.

»Pieter? Hallo. Mein eruditer Freund, der Arabist, ist eben gegangen. Ich wollte Lukas gerade etwas Schachunterricht geben. Moment, bitte.«

Posthumus hörte, wie Cornelius kurz mit seinem Sohn sprach und dann eine Tür hinter sich schloss.

»Ich mache es kurz. Es ist nicht viel, nur Bruchstücke. Das Papier reißt entweder oder klebt zusammen. Scheint eine Art Bekenntnis zu sein. Gutes Arabisch. Hochsprache. Ein gebildeter Mann. Aber *worüber* er da geschrieben hat, das ist etwas ganz anderes. Grausiges Zeug. Auspeitschungen mit einem Gummischlauch. Elektroschocks. Elektroden an den Fußsohlen, an den Genitalien, und noch andere furchtbare Sachen. Viel über Schamgefühl. Ein bohrendes Schamgefühl – so drückt er es aus – gegenüber seiner Familie, anderen Menschen, Allah. Ich habe ein paar Notizen für dich gemacht. Jetzt muss ich mich wieder um Lukas kümmern, ich habe den Ärmsten schon den ganzen Nachmittag deswegen vernachlässigt.«

»Moment, eins noch«, hakte Posthumus rasch ein, bevor Cornelius auflegen konnte. »Die Seite, die du im Büro entziffert hast. Die mit dem Gedenken, ›damit du dich an mich erinnerst‹. Gibt es dazu noch etwas?«

»Das ist das Allermerkwürdigste. Eine Art synästhetisches Erlebnis. Es ging wieder um Schmerz, aber als Geruch beschrieben. Verkohlt, versengt, das waren die Ausdrücke. Im Zusammenhang mit einem Abschiedsgeschenk oder einem Abschiedsgruß. Ich weiß nicht, was dieser junge Mann im Sinn hatte. Vielleicht schrieb er an einem Roman? So ähnlich wie der verderbte Marquis?«

Posthumus runzelte die Stirn, als er sein Telefon auf den Tresen legte. Zerstreut langte er nach einem Weinglas, das noch nicht da war, schüttelte den Kopf und griff nach seiner Aktentasche. Er hatte ein schlechtes Gewissen gehabt, weil er Mohammed nicht von Amirs Notizbuch erzählt hatte. Jetzt hatte er keines mehr. Aber er musste es trotzdem irgendwie zur Sprache bringen. Vielleicht brachte ja auch der Laptop ein bisschen Licht ins Dunkel. Als er das Büro verlassen hatte, war er immer noch nicht eingetroffen.

Posthumus öffnete die Aktentasche, zog den braunen Umschlag heraus und sah den Inhalt durch. Er nahm das grässliche Foto von Amirs Leichnam in die Hand, das der widerliche kleine Polizist beigelegt hatte. Er war bislang noch nicht dazu gekommen, es anzuschauen. Diesen Anblick konnte er Mohammed jedenfalls ersparen. Er schob den Umschlag wieder in die Tasche zurück, das Foto immer noch in der Hand.

Er betrachtete es angeekelt. Quer über Amirs Unterleib und Brustkorb, dort, wo die Blätter einer Schiffsschraube den Körper aufgerissen hatten, zogen sich mehrere tiefe Schnittwunden. Alle ungefähr gleich groß, mit spitz zulaufenden Enden, in der Mitte weit aufklaffend und rot, wie halb geöffnete Münder. Es erinnerte Posthumus an die Purpurfütterung in einem geschlitzten Wams auf alten Gemälden. Die Haut zwischen den Wunden war abgeschält, das rohe Fleisch grell rot; wenn es Male vom Taser gegeben hatte, waren sie durch die Schraubenverletzung jedenfalls zerstört worden. Er schaute genauer hin. Dann legte er das Foto unter das helle Licht der Lampe über der Kasse und beugte sich darüber. »Ein Muttermal oder so«, hatte der Terrierpolizist gesagt. Posthumus sah, was er gemeint hatte. Direkt unter dem Schlüsselbein. Rotbraun, in der Mitte dunkler. Leicht erhaben. Fast wie ein Geschwür. Eher eine Narbe als ein Muttermal. Die Ränder waren zwar nicht scharf gezeichnet, aber es ergab sich eine definitive Form: ein fünfzackiger Stern mit einem etwas unscharfen Ding in der Mitte, das wie ein Vogel aussah. Amir Loukili hatte eine Narbe, die wie ein militärisches Abzeichen aussah. Und wie die Tätowierung von Bart Hooft.

»Um Gottes willen, PP! Denk doch an die Gäste!« Anna, die ihm gerade seinen Wein brachte, starrte entsetzt auf das Foto unter dem grellen Licht auf dem Tresen.

»Entschuldige. Tut mir leid.« Er drehte es rasch um.

Anna griff über das Foto hinweg, um ihm sein Glas hinzustellen.

Die Bügeleisenverbrennung von letzter Woche heilte langsam ab – verfärbt, leicht erhaben. Posthumus fasste sie am Handgelenk und hielt es einen Moment lang fest.

»Pieter Posthumus, was zum Teufel ist in dich gefahren?« Wütend riss Anna ihre Hand zurück.

»Gleich, gleich!«, erwiderte Posthumus und blickte zur Wanduhr hinüber. »Ich muss erst schnell Rob Mulder in der Gerichtsmedizin anrufen. Er arbeitet bis sechs, ich muss ihn unbedingt noch erwischen.«

Zu spät. Oder Rob wollte nicht kurz vor Feierabend noch Arbeit aufgehalst bekommen. Die Mailbox.

»Rob, hier ist Pieter Posthumus. Ich habe eine Frage zu der Wasserleiche aus der Gracht vor ein paar Wochen. Schiffsschraubenverletzung, nicht identifiziert. Ich weiß nicht, ob du dich daran erinnerst, aber …«

Mittwoch, 15. Juni

18

Die Poststelle leitete den Brief an Rachid weiter. Ein USB-Stick, ohne Absender, auf dem Umschlag stand *AMSTERDAMER ZELLE*. Rachid begriff nach wenigen Sekunden, was er vor sich hatte, und rief Lisette an. Um zehn Uhr saßen sie alle im Konferenzraum und schauten sich das Video an.

»Der dünne Najib. Nicht zu glauben«, bemerkte Ben.

Die Lautstärke war heruntergedreht. Najib schien sich nicht wohlzufühlen und stolperte immer wieder über den arabischen Text. Gegen Ende kamen Alami und El Mardi dazu. Rachid hatte rasch eine Übersetzung vorbereitet und las sie synchron vor. Als das Video zu Ende war, saßen alle schweigend da.

»Ist das brauchbares Beweismaterial?«, tönte Veldhuizens Stimme hinten im Raum. Irgendwie hatte er etwas mitbekommen.

»Die IT-Leute haben es durchgesehen. Nicht digital manipuliert jedenfalls«, erwiderte Mick.

»Und es passt ins Profil? Haben Sie so etwas schon vermutet?«

»Es passt zu einigen Abhörprotokollen vom Wochenende«, sagte Rachid.

»Sie wissen also, wo das entstanden ist?«

»Wahrscheinlich in Mansouris Wohnung«, sagte Rachid.

»Dann lassen Sie die Zelle ausheben. Sofort!«

»Wir sollten unbedingt erst –«, begann Lisette. Sie drehte sich nicht zu Veldhuizen um.

»Sie wollen sich doch nicht mitschuldig machen, oder?«, fragte er. »*Sofort*. Die Kalaschnikows werden ja noch da sein. Und Sie haben doch bestimmt auch Indizien gegen die anderen, nicht nur gegen diesen Najib?«

»Jede Menge verdächtige Aktivitäten auf Mansouris Rechner in der letzten Zeit«, erklärte Mick. »Postings in einem islamistischen Forum.«

»Dann *los*. Das hier geht sofort an die Staatsanwaltschaft, und heute Abend haben wir sie hinter Schloss und Riegel.«

Veldhuizen ging.

Lisette stand auf. »Moment noch«, hielt sie ihre Leute auf.

Alle wandten sich ihr zu. Es wirkte so, als wolle sie eine Rede halten. Aber sie sagte nichts.

»Boss?«, fragte Ben schließlich.

»Es ist nur …«, fing Lisette an, dann schien sie die richtigen Worte zu finden. »Was auch immer passiert: Ich möchte, dass ihr wisst, wie viel mir bedeutet, was ihr da geschafft habt. Ihr alle.« Sie fixierte Rachid. »Und, Mick, bitte schreib du den Bericht. *Bitte*. Wie der Chef gesagt hat, pronto.«

»Danke, Lisette.«

»Und Rachid soll sich die Wanzen vornehmen. Die müssen alle weg.«

»Go, go, go! Wir haben sie!« Ben führte einen Boxhieb in die Luft aus. »Oder, Boss? Drinks für alle nachher? Und nicht im Café Minus?«

Lisette lächelte, strich eine verirrte Haarsträhne hinter das Ohr zurück und ordnete ihre Papiere.

»Sag Bescheid, wenn du irgendwas brauchst«, sagte sie im Hinausgehen zu Mick.

***

»Ta ra-ra rum pi *pah*!« Alex folgte ihrer eigenen Fanfare in das Büro und hielt ein Kurierpaket hoch. Sulung und Maya waren zu einem Hausbesuch aufgebrochen. »Ist das zu glauben? Es ist doch schon gestern gekommen. Der blöde Sulung hatte es!«

Posthumus schien nicht zuzuhören. Er stand am Fenster und starrte hinaus auf die Gracht. Rob Mulder von der Gerichtsmedizin hatte ihn gerade angerufen. Natürlich erinnere er sich an diesen Toten, hatte er gesagt, und an das Mal. Die Narbe unter Amirs Schlüsselbein war ein Branding.

»PP?«

»Entschuldige. Ich war gerade ganz woanders.«

»Ich habe den Rechner. Hallo? Amirs Rechner? Anscheinend ist er zugestellt worden, als ich schon aus dem Büro raus war. Sulung hat ihn entgegengenommen. Er hatte schon die Tür hinter sich zugemacht, sagt er. Jedenfalls hat er die Zustellung quittiert, wollte aber nicht noch mal extra zurück ins Büro, also hat er das Paket mitgenommen. Und es dann im Auto vergessen. Der treibt mich noch in den Wahnsinn!«

Alex legte das Paket auf Posthumus' Schreibtisch.

»Mein ganzer Vormittag ist dafür draufgegangen«, erzählte sie. »Ich habe bei dem Computerladen in Brüssel angerufen, dann die Sendung mit der Paketnummer verfolgt, dann den Status ›zugestellt‹ bezweifelt, dann aus dem Kurierdienst herausgequetscht, wer dafür unterschrieben hat … und dann den Schuldigen gerade noch abgefangen, als er schon wieder verschwinden wollte. Und natürlich war Maya dabei, also konnte ich nicht einfach fragen, ›Was hast du mit dem Rechner angestellt, den PP und ich uns nicht ganz legal aus Brüssel haben schicken lassen?‹, oder?«

»Schauen wir uns das mal an.« Posthumus klang nicht sehr begeistert.

Die Verpackung war bereits aufgerissen; Alex zog den Laptop heraus und klappte den Bildschirm auf.

»Der Typ vom Computerladen hat gesagt, ein Passwort brauchen wir nicht«, erklärte sie beim Einschalten. »Die Sicherheitssperre ist deaktiviert.«

»Wenigstens ist es nicht Arabisch«, meinte Posthumus, als der Desktop sich aufbaute. »Wie gut ist dein Französisch?«

»*Parfait.*«

»Schön. Sieht aus, als könnten wir das brauchen.«

»Sollen wir zuerst das hier probieren?«, fragte Alex. »Das ist ein Terminkalender.«

Posthumus überließ ihr die Navigation.

»Das ist komisch«, sagte er.

Hintereinander weg tägliche Termine, dazwischen große Leerräume. Die meisten Termine waren einfach mit E und einer Uhrzeit vermerkt. Einige mit anderen Initialen. E.BH, E.EvT.

»Geh mal auf den 30. Mai. Das ist sein Todestag.«

Keine Termine am dreißigsten. Kurz darauf wieder mehrere E-Einträge.

»Warte mal«, sagte Posthumus, öffnete seine Aktentasche, holte Amirs Effektenumschlag hervor und verglich das Datum der Zugfahrkarte.

»Die Termine setzen an dem Tag wieder ein, an dem er nach Brüssel zurückfahren wollte«, sagte er. »Blätter mal ein Stück zurück.«

Alex klickte sich Woche für Woche zurück.

»Und diese Termine sind alle in Brüssel, keine in Amsterdam?«, fragte sie.

»Das kann durchaus sein. Mohammed hat erwähnt, er sei in Brüssel bei irgendeinem Arzt in Behandlung gewesen.«

Jetzt hatten sie die ersten Einträge erreicht. Noch nicht lange her. März. Dort stand statt E noch EXIL. Und eine Adresse.

»Ich google das mal«, sagte Alex.

Sie klinkte den Rechner ins WLAN-Netz des Büros ein.

»Seine Browser-Chronik ist übrigens gelöscht«, vermeldete sie nach einigen Klicks. »Und das einzige Lesezeichen seines Browsers ist für eine Seite, die muslimische Gebetszeiten in Brüssel angibt … Da haben wir's. EXIL.«

»Eine Art Zentrum für Asylbewerber«, meinte Posthumus.

»Mehr als das anscheinend.« Alex öffnete die Webseite und überflog den französischen Text. »Medizinische und psychologische Betreuung für Folter- und Gewaltopfer.«

Posthumus runzelte die Stirn. Er erzählte Alex von dem Branding. Davon, was Cornelius in Amirs Notizbuch entziffert hatte.

»Vielleicht gehörte das zu seiner Therapie«, spekulierte Alex. »Seine Erlebnisse aufschreiben. So, wie man seine Träume aufschreiben soll oder Situationen, die einen wütend machen.«

»Aber warum in Brüssel? Warum nicht hier in Amsterdam?«

Eine Stimme hallte aus dem Treppenschacht.

»Hallo! *Hallo?*«

»Mist. Da wartet jemand am Empfang. Ich muss wieder runter«, sagte Alex.

»Ich schaue mich noch ein bisschen um«, erwiderte Posthumus. »Vielleicht finde ich noch etwas raus. Ich rufe dich an, wenn ich Schwierigkeiten mit dem Französisch habe.«

Bevor er sich den Rechner wieder vornahm, ging er zum Aktenschrank mit den abgeschlossenen Fällen hinüber. Bart Hoofts Fallakte.

»Ein Branding?« Er war immer noch verblüfft. Er zog die Fotografie der Tätowierung auf Barts Arm heraus, klebte ein Post-it mit einem entsprechenden Vermerk in die Akte und steckte das Bild in seine Aktentasche.

Dann kehrte er an den Laptop zurück. Ein E-Mail-Programm schien es nicht zu geben. Er wollte gerade Word öffnen, als sein Handy klingelte. Mohammed.

»Pieter, ich habe eben gerade mit meinem Cousin Hassan gesprochen.« Mohammed klang bedrückt, sehr ernst. »Ich habe etwas über Amir herausgefunden.«

»Erzählen Sie.« Posthumus vermutete schon, was jetzt kommen würde.

»Amir ist letztes Jahr zum Studium nach Damaskus gegangen. Das hatte ich Ihnen noch nicht gesagt. Wir wussten es selbst nicht. Amir hat es nie erwähnt. Anfang dieses Jahres wurden dann einige seiner Freunde verhaftet. Und Amir war auch dabei. Sie hatten sich mit einer Gruppe eingelassen, die die Regierung stürzen wollte, und einer davon war ein Agent der Geheimpolizei. Hassan hat gute Verbindungen, er bekam Amir schließlich wieder frei. Was mit den anderen passiert ist, weiß ich nicht. Ich glaube, die sind umgebracht worden. Und mit Amir selbst haben sie furchtbare Sachen gemacht, bevor sie ihn entlassen haben. Die Geheimpolizei. *Furchtbare* Sachen. Einiges konnte er nicht einmal seinem Vater erzählen, so sehr hat er sich geschämt. Sein Vater hat gesagt, Amir sei danach völlig verändert gewesen, nicht mehr derselbe.«

»Ich ... inzwischen kann ich mir das ungefähr vorstellen. Amir hatte ein Notizbuch ...«

»Bitte vernichten Sie es. Ich möchte nicht wissen, was darinsteht, und ich habe Amirs Vater versprochen, dass niemand außer uns jemals von dieser Sache erfährt. Um Amirs willen. Er schämte sich so sehr. Hassan wollte etwas unternehmen, er kommt aus einer einflussreichen Familie, aber Amir hat ihn angefleht, die Sache auf sich beruhen zu lassen. Er wollte sich davon losmachen, alles vergessen. Deshalb war er in Brüssel, zur Therapie. Es gibt dort ein Spezialzentrum für solche Fälle, mit guten Ärzten, die Französisch sprechen.«

»Wir haben heute Morgen Amirs Rechner bekommen; ich habe seine Termine gesehen.«

Schweigen am anderen Ende der Leitung.

»Bitte«, sagte Mohammed dann. »Dieses Notizbuch und den Rechner. Ich möchte sie nicht sehen. Amirs Vater wird sie nicht haben wollen. Amir wollte das für sich behalten. Er wollte nicht mehr in Marokko bleiben, wo er bekannt war, er wollte nicht einmal in Brüssel wohnen, das war ihm zu nahe am Therapiezentrum. Jemand hätte ihn erkennen können. Deswegen kam er nach Amsterdam, wann immer es ging. Wir waren hier seine einzigen Angehörigen, entfernte Verwandte, die er seit Jahren nicht gesehen hatte und die nicht wussten, was ihm zugestoßen war.«

Wieder Schweigen.

»Es tut mir sehr leid, was mit Amir passiert ist«, sagte Posthumus. »Und für Sie muss es auch furchtbar sein. Aber umso wichtiger ist jetzt, dass wir herausfinden, was in jener Nacht passiert ist.«

Als Mohammed antwortete, klang seine Stimme erstickt.

»Amir würde wollen, dass diese Sache vergessen wird. Er hat seinen Vater angefleht, nichts zu unternehmen, und sein Vater hat mich gebeten, das Geheimnis zu bewahren. Um seinetwillen. Ich habe meine Familie schon einmal im Stich gelassen, und das soll mir nicht noch einmal passieren. Und was haben wir denn schon? Die Vermutungen eines alten Mannes, keinerlei Fakten.«

»Das stimmt so nicht mehr.«

»Bitte, Herr Posthumus. Sie haben selbst gesagt, als Sie mich besucht haben, dass die Polizei den Fall abgeschlossen hat, genau wie Ihre Abteilung. Und jetzt schließt Mohammed Tahiri den Fall ebenfalls ab.«

Damit verabschiedete Mohammed sich höflich und legte auf.

Eine SMS von Merel:

Treffe mich gleich mit Aissa. Sie ist bereit, mit dir zu reden, wenn auch ungern. Café in der OBA. 15 Uhr. O.k.?
M

***

Najib kam ziemlich spät aus seinem Schlafzimmer nach unten. Mohammed war schon lange im Laden, Aissa an der Uni, und Karima hielt einen Sprachkurs. Die Post lag bereits im Flur. Er hob sie auf. Drei Umschläge. Einer davon ungewöhnlich: groß, an Aissa adressiert. Najib drehte ihn um. Kein Absender. Die Klappe war mit Klebeband verschlossen. Najib runzelte die Stirn und ließ die anderen beiden Briefe auf den Boden zurückflattern. Dann öffnete er, nicht zum ersten Mal, die Post seiner Schwester.

Zunächst erkannte Najib die dunkelhaarige Gestalt in westlicher Kleidung gar nicht, so schockiert war er von den Bildern. Irgendein perverser Streich vielleicht, oder bloß ein Irrtum. Er wollte die Fotos gerade zerreißen, als er Khaled erkannte. Und selbst dann dauerte es noch einige Zeit, bis er wirklich begriff. Khaled! Es war ekelhaft. Khaled, dem er sein Herz ausgeschüttet, dem er seine Geheimnisse anvertraut hatte. Khaled tat *so etwas*! Najib hatte das Gefühl, in einen Abgrund zu stürzen. Es war, als würde ihm der Boden unter den Füßen weggezogen.

Khaled war derjenige aus der Gruppe, der seine Nähe gesucht hatte, der vorgab, ihn zu verstehen, der ihm zur Seite stand. Khaled, der ein Vorbild für ihn war. Den er sich als Schwager wünschte. Khaled! Najib trat gegen den kleinen Beistelltisch im Flur. Eine Vase schwankte, krachte zu Boden. Tränen brannten in seinen Augen. »Er glaubt also, er kann sie betrügen? Verraten? Demütigen?«, rief Najib aus und trat nach den Scherben. »Und er hält mich für dumm.«

Er öffnete die Haustür. Khaled würde jetzt noch zu Hause sein; er musste ihn abfangen, bevor er zur Studiengruppe aufbrach; Najib wollte nicht, dass die anderen die Bilder sahen. Aber er würde Khaled stellen, ihn mit den Bildern konfrontieren, zum Geständnis zwingen. Zu einer Entschuldigung bei Aissa. Und bei ihm. Zu einer Wiedergutmachung. Draußen auf dem Fußweg blieb Najib plötzlich stehen. Aber wer hatte die Bilder geschickt?, fragte er sich. Wer wusste noch davon? Und wenn es doch ein Trick war, bösartige Verleumdung? Wenn die Fotos gefälscht waren? Er schaute sie sich noch einmal an. Wo war das aufgenommen? In einem Park? Najib drehte sich um, lief zurück ins Haus und die Treppe hinauf. Er hatte einen besseren Plan. Er würde es schon herausfinden. Er würde herausfinden, wer das war, wenn die Fotos echt waren. Vielleicht sogar Khaled in flagranti erwischen, sodass er nichts abstreiten konnte.

»Ich bin also ein Dummkopf, was?«, zischte er leise und stieß seine Zimmertür auf. »Ich werd euch schon zeigen, wer hier dumm ist.« Er angelte einen Schraubenzieher aus der alten Brotdose neben dem Rechner, kroch damit unter den Tisch und setzte ihn an. Die Schraube saß zu fest. Er riss an einem dünnen Holzpaneel, das zwar splitterte, aber dann einen kleinen, flachen Rucksack freigab. Dinge, von denen niemand wusste, außer Khaled. Der Taser, die Pistole. Beide von Khaled. Aber auch Dinge, von denen selbst Khaled nichts wusste. Najib griff in die Tasche und zog ein schwarzes Gehäuse hervor. Er hörte, wie seine Mutter nach Hause kam.

»Najib? Bist du noch da? Was ist hier passiert?«

Sie kehrte die Scherben der Vase zusammen.

»Hörst du nicht? Komm bitte herunter.«

Najib versuchte, den kleinen Rucksack wieder zu verstecken. Das gesplitterte Holzpaneel hielt nicht mehr. Er hörte den Mülleimerdeckel scheppern, das Klappern von Handfeger und Kehrschaufel. Klebeband! Er wühlte in der Schreibtischschublade. Nichts. Vielleicht im Flurschrank. Seine Mutter kam jetzt die Treppe herauf.

»Was machst du da oben? Ich wollte gleich eine Wäsche machen. Bringst du mir dein Bettzeug?«

Keine Zeit mehr, das Klebeband zu suchen oder den Rucksack wieder unter dem Tisch zu verstecken. Hektisch blickte er sich im Zimmer um. Kein Versteck. Sein Bett hatte keine

Beine, sondern stand direkt auf dem Boden. Gleich würde sie hereinkommen, das Bett abziehen, die Schmutzwäsche holen. Wahrscheinlich auch den Kleiderschrank inspizieren, so wie er sie kannte. Keine Zeit. Er schob das schwarze Kästchen zurück in den Rucksack, setze ihn auf, lief die Treppe hinunter und rief seiner Mutter einen kurzen Abschiedsgruß zu. Schon war er draußen auf der Straße. Er wusste, was er zu tun hatte.

Keine zehn Minuten später stand er vor Khaleds Wohnung.

***

Posthumus war noch nie in der neuen Stadtbibliothek gewesen. Das Café lag im obersten Stockwerk. Er erinnerte sich, wie Sulung ihm davon vorgeschwärmt hatte. Die beste Aussicht in ganz Amsterdam, hatte er gesagt. Anscheinend hing er ziemlich oft hier herum. Posthumus fuhr die Zickzackreihe der Rolltreppen nach oben und schaute sich um. Das Café war groß und gut besucht. Eine Terrasse bot Ausblick auf die Stadt. Von Merel und Aissa war nichts zu sehen. Posthumus wandte sich zum hinteren Teil, wo Gruppen von Lehnsesseln das Niemandsland zwischen dem Café und dem Eingang der Theaterbühne füllen sollten. Kein Mensch – bis auf Merel und Aissa. Sie saßen nicht besonders dicht zusammen. Posthumus ging auf sie zu. Von Nahem sah Aissa bleich aus, fast krank.

»Ich bin froh, dass wir uns treffen«, sagte er, eher zu Merel als zu Aissa.

»Ich dachte, es ist besser, wenn ich Aissa ins Bild setze und nicht du«, sagte Merel. Sie schaute düster drein. »Und ich habe ihr die Bilder schon gezeigt. Die Ausdrucke für dich.«

»Und?« Posthumus warf einen Seitenblick auf Aissa.

»Es ist ihr Freund. Khaled.«

»Mein Gott!.«

Posthumus ging zu Aissa hinüber. Sie wandte den Kopf ab. Er setzte sich.

»Was soll ich sagen?«, fragte er leise.

Aissa antwortete nicht.

»Vielleicht gibt es eine Erklärung dafür. Ist Khaled sehr eifersüchtig? Vielleicht war es nur eine Schlägerei, die außer Kontrolle geraten ist, das haben wir von Anfang an in Betracht gezogen. Vielleicht können wir Khaled dazu bringen, dass er sich stellt? Das wäre das Beste für ihn.«

Aissa wandte sich Merel und ihm zu.

»Ich habe den ganzen Morgen versucht, Khaled zu erreichen. Noch bevor ich mit Merel gesprochen habe. Er geht nicht ran.«

Hat sich abgesetzt, dachte Posthumus unwillkürlich. Dann: Nein, kann nicht sein, er hat ja keine Ahnung.

»Außerdem«, fuhr Aissa fort, »wusste Khaled doch, was ich von Amir hielt. Er wusste, dass zwischen uns nichts war. Er hat noch Witze darüber gemacht, es war ihm egal – er ist Amir nie begegnet.«

»Moment, er hat Amir nie persönlich getroffen?«, fragte Posthumus.

»Ich glaube, er hat ihn nie auch nur gesehen«, sagte Aissa. Dann starrte sie Posthumus an, als habe er etwas wirklich Schlimmes gesagt. Ein Seitenblick zu Merel, wie um sich ihrer Unterstützung zu versichern. Dann wieder zu Posthumus.

»Außer einmal«, sagte sie fast unhörbar. »Außer einmal. In der Nacht, als Amir gestorben ist.«

Sie klang nicht mehr wie sie selbst.

»Er ist zu uns nach Hause gekommen. Um Najib abzuholen.«

»Ihr Vater hat gesagt, er habe Khaled noch nie gesehen«, sagte Posthumus.

»Najib ist zur Tür gegangen«, erklärte Aissa. »Khaled ist aber nicht hereingekommen. Ich weiß noch, dass ich froh darüber war, weil es zwischen uns gerade anfing, und ich dachte, es könnte peinlich werden, wenn meine Eltern anfingen, Andeutungen über eine Heirat mit Amir zu machen. Ich war also froh, dass Khaled nicht hereinkam. Aber ich wusste, dass er Amir gesehen hatte, also habe ich ihn am nächsten Morgen darauf angesprochen. Ich habe Khaled gesagt, dass zwischen Amir und mir nichts gewesen sei, was ihm Sorgen machen müsse. Amir sei nur ein entfernter Verwandter und außerdem nicht mein Typ. Meine Eltern würden mich sowieso nicht in eine Ehe zwingen. Khaled hat ziemlich komisch reagiert. Er bestritt, Amir gesehen zu haben, was gar nicht sein konnte. Er machte sich eher Sorgen, ob Amir *ihn* gesehen und vielleicht über ihn geredet hatte. Das kam mir damals seltsam vor, weiß ich noch, aber ich sagte ihm, dass Amir ihn nicht einmal erwähnt hatte, und dann fing er an, über etwas anderes zu reden, machte Scherze … Ich vermute, da war Amir schon tot.«

Etwas in Aissa zerbrach. Sie drückte ihr Gesicht in die Polsterung der Sessellehne. Schluchzen schüttelte sie wie elektrische Schläge.

»Ich kümmere mich um sie«, sagte Merel und setzte sich neben Aissa.

Posthumus zögerte. Ihm war elend zumute. Merel erwiderte seinen Blick.

»Ich rufe dich an«, sagte sie bestimmt.

Auf der Roltreppe nach unten zog Posthumus sein Telefon hervor.

»Ist Sulung zurück?«, fragte er Alex.

»Er war kurz da, aber ist schon wieder weg. Ich muss dir unbedingt etwas über ihn erzählen.«

»Später, bitte. Ich kann Maya jetzt nicht ertragen. Richtest du ihr aus, dass ich mit Fieber nach Hause gegangen bin oder etwas in der Art?«, fragte Posthumus. »Diese Geschichte ist komplett aus den Fugen geraten. Ich muss das in Ordnung bringen.«

Draußen wandte er sich am Kai nach rechts und machte sich auf den Weg zum Dolle Hond.

***

Najib blieb einen Block vor Khaleds Tür stehen. Er erkannte Khaleds Motorroller, der an der Straße parkte. Er wusste, dass Khaled ihn von seiner kleinen Wohnung aus, deren Fenster nach hinten gingen, nicht sehen konnte. Nur, wenn er vor die Tür trat. Najib griff in den Rucksack, zog das schwarze Kästchen hervor, öffnete es und nahm den Peilsender heraus, den er gekauft hatte, als er glaubte, Aissa treffe sich heimlich mit einem Mann. Zuerst habe ich es gegen Aissa eingesetzt, dachte er, jetzt für sie. Najib sah nach, ob der Clip und die Magnethalterung, die er angebracht hatte, noch festsaßen. Er schaltete das Gerät und sein Mikrophon an, überprüfte die Verbindung zu seinem Smartphone. Er arbeitete schnell. Durch die Erfahrungen mit Aissas Motorroller wusste er noch, wo man den Sender am besten anbrachte.

Najib ging zügig die Straße entlang, hielt nur ganz kurz inne, als er an dem Roller vorbeikam, klemmte den Sender unter das hintere Schutzblech und ging weiter. Nur wenige Sekunden später, so kam es ihm vor, hörte er hinter sich den Motor eines Rollers anspringen und sah über die Schulter zurück. Gerade noch rechtzeitig. Khaled würde sich jetzt auf den Weg zur Studiengruppe machen und gleich an ihm vorbeifahren. Dann blieb Najib stehen und drehte sich um. Er hatte sich wohl geirrt. Es war nicht Khaleds Roller. Zumindest saß jemand anderes darauf. Dann sah er es. Er hatte doch keinen Fehler gemacht, auf dem Roller saß kein Fremder, sondern Khaled. Er hatte sich den Bart abrasiert und trug eine Umhängetasche. Außerdem hatte er keine Djellaba an, sondern dasselbe Hemd wie auf dem Foto. Najib verstecke sich in einem Hauseingang und nahm sein Telefon, um Khaled anzurufen. Er musste sichergehen. Er musste es wissen. Der Mann verstaute gerade seine Umhängetasche auf dem verchromten Gepäckträger des Rollers. Er zog ein Telefon hervor und schaute anscheinend aufs Display. Nahm das Gespräch nicht an. Najib hörte, wie die Mailbox anging. Er legte auf. Eine Minute lang stand der Mann bewegungslos da. Dann erschien eine SMS auf Najibs Telefon.

habe deinen anruf gesehen. bin krank zu hause. sehr. gehe nicht an die tür.

Najib beobachtete, wie Khaled losfuhr, und zwar nicht in Richtung von Hassan Mansouris Wohnung, sondern in die entgegengesetzte Richtung. Najib spürte, wie ihn die Wut packte. Wohin wollte Khaled? Was hatte er jetzt wieder vor? Er würde es herausfinden. Er würde dicht dranbleiben.

***

Onno Veldhuizen war spät dran. Ein anstrengender Morgen. Er hatte den Druck ein bisschen erhöhen müssen. Aber morgen um diese Zeit … Veldhuizen grinste, als er den Lexus quer über drei Fahrspuren auf die Ausfahrt lenkte. Es lief hervorragend, der Staatsanwalt hatte die Sache im Griff, Den Haag war zufrieden. Er musste sich nur noch um den Haddad-Jungen kümmern. Aber der würde warten. Er hatte gar keine andere Wahl.

Der Lexus raste die geraden, fast verlassenen Straßen des Gewerbeparks im Süden Amsterdams entlang. Neue Gebäude, zwar, aber keine Hochhäuser. Modern, unauffällig, glänzendes Spiegelglas, computergenerierte Bauten für Allerweltsunternehmen, die ums Überleben kämpften. Ausgeblichene ›Zu vermieten‹-Schilder zogen sich über ganze Stockwerke. Veldhuizen riss den Wagen in eine Einfahrt, eine Rampe hinunter in die Tiefgarage unter einem dunkelgrauen Neubau. Der ganze Block stand leer. Ein Opfer der Krise. Zu wenige Interessenten, und die Baufirma bankrott. Ein einsamer Sicherheitsmann bewachte den Empfangstresen, gelangweilt, neben sich eine Reihe toter Bildschirme. Der Eingang zur Garage lag auf der Rückseite und war für ihn nicht einsehbar. Veldhuizen legte Wert darauf, solche Orte zu kennen.

Der Haddad-Junge war noch nicht da. Veldhuizen fuhr runter ins erste Parkdeck, dann setzte er auf einen Platz neben der Rampe zurück, gerade außerhalb des grauen Flecks Tageslicht, das von draußen hereinfiel. Das Seitenfenster glitt lautlos hinunter. Geschickt öffnete er mit einer Hand die Rückseite seines Handys und nahm Akku und SIM-Karte heraus. Irgendwo tropfte Wasser. Metall klickte.

***

Najib lief dem Roller hinterher die Straße entlang, bis er sah, dass Khaled links in den Bos en Lommerweg einbog und in Richtung Innenstadt verschwand. Jetzt war es sicher. Khaled war auf keinen Fall auf dem Weg zu Hassan. Najib nahm sein Smartphone und klickte auf ›Track‹. Das Programm arbeitete mit einigen Sekunden Verzögerung, aber das machte nichts. Auf dem Display erschien die Google Map, auf der sich ein kleiner Punkt bewegte. Najib ging eilig weiter in Richtung Bos en Lommerweg. Als er die Ecke erreichte, sah er auf dem Display, dass Khaled in den Hoofdweg eingebogen war und schnell in südlicher Richtung fuhr. Südöstlich eigentlich, parallel zur U-Bahn-Linie. Najib rannte die wenigen Hundert Meter zur Haltestelle De Vlugtlaan, piepste sich mit seiner Karte den Weg durch die Sperre, sprintete die Treppen hinauf und keuchte ein dankbares *Du'a,* als er sah, dass die Linie 50 im selben Moment einfuhr, als er den Bahnsteig erreichte.

Der Punkt auf dem Display bewegte sich weiter parallel zu den Gleisen, blieb zurück, wenn der Zug zwischen den Haltestellen Fahrt aufnahm, gewann an Vorsprung, wenn der Zug hielt. Khaled war innerhalb der Ringstraße, außer Sicht, hinter dem Rembrandt-Park. Najib sah alle paar Sekunden auf dem Display nach und schlug mit der Faust, die das Smartphone umklammert hielt, auf seinen Oberschenkel, wie um den Zug anzutreiben, die Fahrgäste hineinzuscheuchen, den Fahrer dazu zu bringen, die Türen zu schließen und endlich weiterzufahren. Los!

Ein langer Halt an der Station Lelylaan. Najib sah, dass der Punkt weit vorauseilte, die Kostverloorenvart überquerte und auf dem Amstelveenseweg weiterfuhr. Aus der Karte verschwand. Wo wollte Khaled hin? Najib vergrößerte den

Ausschnitt. Der Zug fuhr wieder an. Najib sah, dass der Amstelveenseweg einige Haltestellen weiter unter den U-Bahn-Gleisen hindurchführte, eine Station, nachdem die Linie 50 eine Spitzkehre beschrieb und wieder ein Stück nach Norden fuhr, in Richtung Innenstadt. Er zoomte sich wieder näher heran und beobachtete, wie der Punkt die Bahnlinie überquerte und sich am VU-Krankenhaus vorbei weiter nach Süden bewegte. Der Zug fuhr in eine scharfe Kurve. Jetzt entfernte Najib sich geradewegs von dem Punkt. Er musste so schnell wie möglich aussteigen. Er sprang auf und stellte sich an die Tür, trat von einem Fuß auf den anderen und starrte ständig auf das Display.

An der Haltestelle Amstelveenseweg sprang er aus dem Zug, nahm sich kaum die Zeit, seine Chipkarte in die Sperre zu stecken, drückte gegen die Metallbügel, um sie schneller zu öffnen.

»Hallo, junger Mann. Wohin denn so eilig?«

Zwei Streifenpolizisten, draußen auf der Straße. Najib erstarrte. Er hatte einen Taser und eine Pistole im Rucksack. Wenn sie ihn durchsuchten ... Es wäre nicht das erste Mal. Ohne jeden Grund. Er blickte sich verzweifelt um. Dann sah er den Wegweiser.

»Bitte. Ich muss ins Krankenhaus. Mein Vater hatte einen Herzinfarkt. *Bitte,* Herr Wachtmeister!«

Der Mann schaute ihn skeptisch an. Seine Kollegin zuckte mit den Schultern und stieß ihn mit dem Ellbogen an.

»In Ordnung«, sagte sie. »Mach, dass du weiterkommst.«

Najib lief auf das Krankenhaus zu, bog um eine Ecke, um außer Sichtweite der beiden Polizisten zu gelangen. Seine Djellaba klebte an ihm. Außer Atem lehnte er sich an eine Mauer und schaute wieder auf das Display. Khaled war vom

Amstelveenseweg abgebogen, nach links hinter das Krankenhaus und die Universität und fuhr jetzt wieder in Richtung der U-Bahn-Linie. Najib wandte den Kopf von der Straße weg, damit die Passanten seine Tränen nicht sahen. Aber dann hielt der Punkt an, bog in eine Straße ein, auf der, das wusste Najib, auch eine Straßenbahn fuhr, und war wieder auf dem Weg aus der Stadt heraus.

Najib eilte weiter, bahnte sich seinen Weg durch die Masse von Studenten, die aus dem Universitätsgebäude quoll. Er wartete an einer überfüllten Straßenbahnhaltestelle. Und wartete. Immer wieder der Blick aufs Display. Khaled fuhr jetzt schnell und hatte einen großen Vorsprung. Er hatte die Stadt bereits verlassen. Najib schaute zu, wie der Punkt erneut abbog, die Straße mit der Straßenbahnlinie verließ und eine ländliche Gegend erreichte. Khaled fuhr jetzt in Richtung Ouderkerk, ein Dorf südlich von Amsterdam. Najib hatte keine Ahnung, wie er dorthin gelangen sollte. Er hatte ihn verloren. Endlich kam die Straßenbahn, aber Najib stieg nicht ein. Entmutigt lehnte er sich gegen das Haltestellenhäuschen und verfolgte, wie der Punkt jetzt die Amstel überquerte. Khaled hatte in Ouderkerk nicht angehalten, sondern umfuhr Amsterdam anscheinend und war jetzt auf dem Weg in die südöstlichen Vororte.

Die Linie 50 kehrte irgendwo auf der Strecke wieder nach Süden um und hatte ihre Endhaltestelle im Südosten. Najib war sich sicher, denn das war der Weg zum Ajax-Stadion.

»Wo ist die nächste U-Bahn-Haltestelle?«, fragte er einen Studenten.

»Da drüben. Zuid.«

Najib rannte, so schnell er konnte, und ließ es auf weitere misstrauische Polizisten einfach ankommen. An der Station

Zuid schaute er wieder aufs Display. Khaled blieb in den Vororten, immer noch in Richtung Südosten. Inzwischen war er aber langsamer unterwegs. Der nächste Zug kam in einer Minute. Najib stieg in den vordersten Waggon, setzte sich in eine Ecke und versuchte, seinen Atem unter Kontrolle zu bekommen. Ein oder zwei Blicke in seine Richtung. Er zog sich in seine schweißnasse Djellaba zurück, wandte das Gesicht zum Fenster. Zwei Minuten, vier Minuten. Immer noch Richtung Osten. Eine Haltestelle. Sechs Minuten. Endlich legte sich der Zug in eine scharfe Kurve und schwenkte nach Süden zurück, auf Khaled zu. Zug und Punkt näherten sich aneinander jetzt aus entgegengesetzten Richtungen; der Abstand schrumpfte beständig. Khaled fuhr keine langen Geraden mehr, sondern bog häufig ab und blieb in einem Gebiet zwischen der U-Bahn-Strecke und einer Autobahn. Najib schaute auf das Streckendisplay des Waggons. Noch fünf Haltestellen zwischen ihnen. Vier. Das Ajax-Stadion, glitzernd, hochaufragend, wie ein eben gelandetes Raumschiff. Haltestelle ArenA. Eine Einkaufsmeile mit riesigen Supermärkten. Der Zug leerte sich. Nächste Haltestelle. Wieder wartete Najib direkt an der Tür. Der Punkt hielt jetzt.

»Nicht rennen, nicht rennen«, ermahnte sich Najib. Es war ein Gewerbepark. In solchen leeren Straßen fiel er als Marokkaner in einer Djellaba erst recht auf. Die wenigen anderen Passanten waren allesamt Europäer, Anzugträger. Najib überlegte, ob er vorsichtshalber den Rucksack wegwerfen sollte. Man durfte das Zeug nicht bei ihm finden. Aber in dieser sauberen, ordentlichen, so verdammt übersichtlichen Gegend gab es einfach keine Verstecke. Er wählte das Mikrophon des Senders an und hielt das Smartphone ans Ohr.

Nichts. Schlechter Empfang, nur Statik. Als das Knistern nachließ, hörte er Wasser tropfen, Schritte, das Rascheln einer Bewegung dicht am Mikrophon. Blick aufs Display. Schwer zu sagen, wo genau der Punkt war. Diese Straßen hatten auf der Karte nicht einmal Namen und verliefen auch ganz anders als in Wirklichkeit. Najib schaute sich um. Kein Motorroller weit und breit.

***

Veldhuizen rutschte auf seinem Sitz hin und her. Seine Augen gewöhnten sich langsam an die Dunkelheit. Haddad. Er trug eine Tasche über der Schulter und schob den Roller. Er kam aus dem Schatten auf der linken Seite.

»Wie geht's denn, Alter?«

»Wo zum Teufel kommst du her?«

»Lieferantenrampe, um die Ecke.«

»Du bist zu spät.«

»Verfahren. Außerdem …« Der Junge beugte sich rüber und legte die Hand auf die Motorhaube des Lexus. »… sind Sie ja wohl auch noch nicht lange hier.«

Veldhuizen schwieg. Diese Frechheit, die sich der junge Haddad angewöhnt hatte, begann ihn wirklich zu ärgern.

»Bereit zur Abfahrt?«, fragte er.

Der junge Haddad schob eine Schulter vor, um seine Reisetasche zu zeigen.

»Du fährst sofort nach Brüssel«, befahl Veldhuizen. »Morgen früh geht von dort eine Maschine nach Damaskus. Dein Vater hat dir einen sauberen Reisepass und ein Ticket besorgt. Business Class.«

Verwöhnte Ratte.

»Ist für dich im Büro der Fluggesellschaft hinterlegt. Behalte die Papiere, die du von mir hast, bis zum Flughafen …«

»… aber vernichte sie um Himmels willen, wenn du dort angekommen bist.«

Der kleine Wichser hatte seinen Satz beendet.

»Ich will, dass du sofort verschwindest«, sagte Veldhuizen.

Er zögerte. Er ärgerte sich über den jungen Haddad, aber er hatte auch seine Verdienste, ganz zweifellos.

»Du hast deine Sache gut gemacht«, erklärte er. »Die anderen werden in Kürze verhaftet, und diesmal sind sie alle geliefert. Mansouri, El Mardi, die dünne kleine Kröte in dem Video, das ganze Pack. Aber du musst *sofort* verschwinden. Wenn es so weit ist, will ich hier nichts mehr sehen von deinem kleinen syrischen Arsch.«

***

Najib blickte die leere Straße hoch und runter. Für einen Moment wollte er aufgeben, sich umdrehen und wieder nach Hause fahren. Was hatte Khaled hier vor? Traf er sich mit dem Mann auf dem Foto? Najib zog angeekelt die Oberlippe hoch. Sein Mitgefühl mit Aissa verwandelte sich in Hass auf Khaled. Wo war er bloß? Irgendwo, wo es still war. Wo Wasser tropfte. Auf der anderen Straßenseite stand ein leeres Bürogebäude. Dort? War das ein Treffpunkt für zwei *flikkers*? Am Empfang hinter der Tür saß ein Sicherheitsmann und las in einer Zeitschrift. Er ging über die Straße, am Gebäude vorbei, zur Rückseite. Eine Tiefgarage.

Najib hielt wieder das Telefon ans Ohr. Immer noch nur die raschelnde Bewegung, Schritte, dann auf Englisch: »Wie geht's denn, Alter?«

Najib blieb wie angewurzelt stehen. Er drückte sich an die Wand. Der Empfang war jetzt besser, er musste ganz dicht dran sein. Er hörte weiter zu und ging langsam auf die Einfahrtsrampe zu.

***

Veldhuizen wandte den Kopf, um den jungen Haddad anzusehen. »Ja, du hast deine Sache gut gemacht. Aber ich brauche ausgerechnet dir ja wohl nicht zu sagen, warum du jetzt so schnell wie möglich abtauchen musst.«

Er ließ den Satz ein wenig nachklingen.

»Dein Vater sagt, dass Damaskus im Moment sicher ist«, fuhr er fort. Er verzog einen Mundwinkel. »Klingt so, als ob du da dasselbe gemacht hast wie hier.«

»Und mit demselben Erfolg. Zu guter Letzt«, erwiderte Haddad.

»Da habe ich aber was anderes gehört. Da drüben warst du nicht so schlau wie hier. Dein Vater sagt, deine ›Freunde‹ haben dich durchschaut und wollten dir ans Leben.«

Würde dem kleinen Sack nicht schaden, wenn Veldhuizen ihn ein wenig zurechtstutzte.

»Das war mal«, gab Haddad zu. »Aber mein Vater ist ziemlich gut in seinem Job. Von denen ist jetzt keiner mehr übrig.«

»Außer einem.« Veldhuizen konnte ein Grinsen nicht unterdrücken. »Dein Vater macht sich deswegen immer noch Sorgen. Wie ich höre, hast du einen jungen Marokkaner … sagen wir mal … beschädigt, dessen Familie sehr gute Beziehungen hat. Vielleicht solltest du also auch ein wenig besorgt sein.«

»Sie hören mir nicht zu, Alter. Ich hab gesagt, *keiner* von denen ist mehr übrig. Was glauben Sie, warum ich ausgerechnet nach Amsterdam gekommen bin? Ich bin einer eigenen Spur nachgegangen, um meinen Vater zu überraschen. Ich wollte ihm zeigen, was sein Sohn drauf hat.«

»Dein Vater braucht keine Hilfe von Leuten wie dir.«

»Doch, manchmal schon. Wenn er sich nämlich mit Sachen befassen muss, die zu heiß für ihn sind, zum Beispiel so einem kleinen Wichtigtuer mit einflussreichen Verwandten. Also habe ich mal ein bisschen Initiative gezeigt. Bewiesen, dass ich selbstständig handeln kann. Und effektiv.«

Haddad zog das letzte Wort provokativ in die Länge.

»Eine böse Überraschung gab es dann doch für mich«, fuhr er fort. »Vor ein paar Wochen im Haus vom kleinen Najib. Aber ich habe mir gleich alles zusammengereimt. In gewisser Weise schulde ich dem kleinen Scheißer Dank.«

Er beugte sich vor, bis sein Mund nur noch wenige Zentimeter von Veldhuizens Ohr entfernt war.

»Das war vielleicht eine Nacht! Sie glauben ja gar nicht, wie dicht Sie dran waren, dass Ihnen diese ganze Geschichte hier um die Ohren geflogen wäre. Sie sind derjenige, der dankbar sein sollte. Und zwar dafür, dass ich so schnell die richtigen Schlüsse ziehen kann.«

Veldhuizen zuckte zusammen. Aus dem Augenwinkel hatte er eine Bewegung gesehen. Der graue Fleck Tageslicht hatte seine Form verändert.

»Da ist jemand auf der Rampe.«

Haddad richtete sich auf und schaute zur Ausfahrt hinüber.

»Da ist nichts. Sie werden paranoid, mein Alter.«

»Verschwinde jetzt endlich«, sagte Veldhuizen.

Er ließ den Motor an. Dann erinnerte er sich. Scheiße. Das Telefon. Er wandte sich wieder an Haddad.

Der Junge hielt das Handy, das Veldhuizen ihm gegeben hatte, mit einer Hand hoch, zwischen Daumen und Zeigefinger die SIM-Karte, und grinste.

»Was vergessen? Sie lassen nach. Hier!«

Er warf das Telefon zum Seitenfenster hinein und schnippte die SIM-Karte hinterher.

»Damit du mich nicht vergisst!«

***

Najib schwirrte der Kopf. Die letzten Sätze bekam er nicht mehr mit. Die, nachdem Khaled ihn einen »kleinen Scheißer« genannt hatte. Er blieb stehen und drückte das Telefon an sein Ohr. Wieder die andere Stimme: »Da ist jemand auf der Rampe.«

Najib trat einen Schritt zurück, drehte sich um und lief los. Eine Lieferantenrampe, hatte Khaled gesagt. Najib durfte nicht entdeckt werden. Er wollte wissen, wer dieser Mann war, was hier vorging. War er von der Polizei? Die Gesprächsfetzen, die er mitbekommen hatte, wirbelten in seinem Kopf durcheinander. Er versuchte sich einen Reim darauf zu machen. Der Seiteneingang. Najib wurde langsamer und ging dann die Rampe hinunter ins Dunkel. Er wollte mehr erfahren. Wer immer das war, Khaled war ein Verräter. Nicht nur an Aissa. Er verriet sie alle. Das Video! Es war doch nur inszeniert, bloß zum Spaß, hatte Khaled gesagt. Entsetzen packte Najib, als ihm allmählich klar wurde, was geschehen war. Er war bis ins Mark gekränkt. Und kochte vor Wut. Jetzt konnte er sie sehen, in einem Fleck grauen Tageslichts auf dem Boden der Tiefgarage – Khaled neben seinem Roller, der Mann in einem Auto.

»Hier!«, sagte Khaled gerade. »Damit du mich nicht vergisst!«

Der Wagen brauste die Rampe hinauf.

Najib lief aus der Dunkelheit auf Khaled zu.

»Kleiner Scheißer? Ich werd dir zeigen, wer hier ein kleiner Scheißer ist!«

Er griff in den Rucksack nach dem Taser. Stattdessen erwischte er die Pistole. Auch gut. Khaled drehte sich um, ein Schattenriss im Gegenlicht.

»Ich zeig's dir!«, schrie Najib und drückte ab.

19

»Jetzt setz dich doch erst mal und erzähl, was los ist!«

Außer Anna und ihm war nur noch Frau Pling im Dolle Hond. Posthumus war nach dem Mittagessen hereingestürmt, hatte verkündet, dass Amir von Aissas Freund Khaled umgebracht worden sei, und war dann gleich weiter die Treppe hochgerannt, in Annas Wohnung, um mit Bart Hoofts Vater zu skypen. Jetzt war er zurück. Hellwach und bebend vor Energie. Wie ein Jagdhund, der gerade die Beute gestellt hat. Sie hatte ihn seit Jahren nicht mehr so gesehen.

Posthumus setzte sich an die Bar. Er nahm eine Medaille aus der Sammlung an der Wand und legte sie auf den Tresen. Anna trat zu ihm. Der Spielautomat spuckte eine Handvoll Münzen aus. Aus seiner Aktentasche zog Posthumus drei Fotografien: Amirs entstellte Leiche, das Bild der Überwachungskamera von Khaled, einen tätowierten Arm. Er legte die Bilder auf den Tresen zu der Medaille und ordnete alles im Viereck an.

»Bart Hoofts Vater hatte mir letztes Mal erzählt, dass Bart im Internet jemand kennengelernt hatte, dass er sein Leben in Ordnung bringen und verreisen wollte«, begann Posthumus. »Ich habe noch mal nachgefragt grade. Das war letztes Jahr. Aber sein ›Master‹ verschwand dann einfach, und Bart fuhr doch nicht weg.«

»Du musst mir ein bisschen auf die Sprünge helfen«, mahnte Anna. »Ich komme da nicht mehr mit.«

Posthumus schien nicht zuzuhören, sondern starrte weiter auf die drei Bilder und die Medaille. Er gruppierte sie um, sodass die Medaille in der Mitte lag und die Fotos in einem Dreieck darum herum. Anna wartete.

»Wenigstens gehören die Teile alle zu ein und demselben Puzzle«, murmelte Posthumus, offenbar nur zu sich selbst.

»Was wissen wir bis jetzt?«, fragte er. »Die Tätowierung auf Bart Hoofts Arm hat etwas mit Syrien zu tun, mit der syrischen Armee. Es gibt ein syrisches Ausbildungsabzeichen ganz ähnlich diesem hier. Alle seine anderen Tätowierungen haben mit Sadomasochismus zu tun. Diese hier ist wahrscheinlich eine Art Reviermarkierung seines ›Masters‹. Bestätigt wird das dadurch, dass dieses Bild auch auf einem ziemlich ekligen Dildo war, den wir in seiner Wohnung gefunden haben.«

Anna hob eine Augenbraue. Bildete sie sich das nur ein, oder hielt Frau Pling am Spielautomaten kurz inne?

»Davon habe ich dir noch nichts erzählt«, sagte Posthumus, der einen Augenblick lang auf den Erdboden zurückfand. »Und du hast auch die wirklich heftigen Gedichte nicht gelesen. SM-Zeug. Oder, genauer gesagt, BDSM-Zeug: Bondage, Discipline, Dominance, Submission. Sehr spezielle Szene.«

Er schob das Foto von Barts Tätowierung ein Stück von den anderen weg.

»Was Bart nicht auf dem Arm tätowiert hatte, was aber auf dem Dildo stand, war der Satz ›Damit du mich nicht vergisst‹. Dieser Satz kommt auch in Amirs Notizbuch vor.«

»Amir war in der SM-Szene? Doch wohl kaum. Oder glaubst du, Bart ist auch ermordet worden?«

Posthumus überlegte kurz. »Nein. Nein, das glaube ich nicht. Es sei denn, irgendwelche Sexspielchen sind da außer Kontrolle geraten, aber danach sah es nicht aus. Wahrscheinlich hat er geglaubt, in seinem Leben wiederhole sich immer dasselbe Muster. Er fühlte sich im Stich gelassen, und die Depression, die er überwunden zu haben glaubte, holte ihn wieder ein. In den letzten Gedichten sieht man das ganz deutlich.«

»Es gab aber keinen Abschiedsbrief.«

»Das ist oft so, wenn jemand wirklich alles hinter sich gelassen hat. Wem sollte er dann noch einen Abschiedsbrief schreiben?«

Er schob Khaleds Bild an den Platz über der Medaille.

»Aber es gibt hier eine Verbindung. Irgendwo ist da ein Zusammenhang«, sagte er. »Barts Tätowierung zeigt als Motiv ein syrisches Militärabzeichen. Amir ist in Syrien verhaftet und wahrscheinlich gefoltert worden. Er ist gebrandmarkt worden – jawohl, gebrandmarkt –, und zwar mit dem Motiv dieser Medaille.« Posthumus zeigte auf die Narbe unterhalb von Amirs Schlüsselbein.

»Du hast Rob Mulder also erreicht, nachdem du dir gestern meinen Arm gekrallt hast?«

Posthumus schaute beschämt drein, aber Anna lachte.

»Tut mir leid. Manchmal kann ich mich nicht im Zaum halten«, entschuldigte sich Posthumus.

»Dafür sind Freunde ja da«, erwiderte Anna, lehnte sich über den Tresen und wuschelte ihm durchs Haar, aber Posthumus starrte schon wieder auf die Bilder.

»Ich glaube, Barts ›Master‹ und derjenige, der Amir gebrandmarkt hat, sind ein und dieselbe Person«, fuhr er fort. »Derselbe Spruch, dasselbe Motiv, dieselbe Denkweise.

Die Brandnarbe ist bloß noch extremer. Aber wer ist dieser Mensch?«

Mit einem Fingernagel tippte er auf Khaleds Bild.

»Glaubst du?«, fragte Anna.

»Ich weiß es nicht. Ich weiß es einfach nicht. Warum? Wo ist der Zusammenhang? Khaled hat Amir umgebracht. Das können wir wohl sicher annehmen, aber abgesehen von der Szene mit den beiden Kopflosen im Überwachungsvideo gibt es keine Beweise …«

»Keine wasserdichten jedenfalls.«

»Anna! Also wirklich. Aber bleiben wir einen Moment lang dabei. Khaled und Amir hängen über Aissa und Najib zusammen. Und Khaled hat Amir am Abend, als er ihn umgebracht hat, in Aissas Haus gesehen. Er hat einen Taser benutzt. Aus den Bildern der Überwachungskamera und der Beschreibung des verrückten Säufers geht das deutlich hervor. Mein Hausarzt hat mir bestätigt, dass jemand, der im Wasser mit einem Taser traktiert wird oder direkt danach ins Wasser fällt, sehr leicht ertrinken kann.« Posthumus runzelte die Stirn. »Najib hat einen Taser, er hat mich damit in Amirs Wohnung überfallen. Aber ich bin nicht sicher, was das zu bedeuten hat.«

Er rutschte auf seinem Barhocker nach hinten und schaute Anna an. »Immer noch zu viele Fragen. Warum sollte Khaled Amir umbringen?«

»Eifersucht?«

»Möglich. Aber auch extrem. Und Aissa hat ihm ja erklärt, dass er sich keine Sorgen machen muss. Aber was sollte die Sache zwischen ihnen dann eigentlich, also zwischen Aissa und Khaled, wenn Khaled doch schwul ist und auf BDSM steht? Und wie passt die Medaille da hinein? Und was ist mit Najib?«

Posthumus nahm die Medaille in die Hand.

»Kann ich die erst mal behalten?«, fragte er, schob die Fotos zusammen und legte die Medaille oben drauf. »Damit habe ich etwas Konkretes, an dem mich beim Nachdenken festhalten kann. Der Briefmarkenmann auf dem Flohmarkt sagt übrigens, sie sei wertvoll.«

Anna nickte, richtete sich auf und begann den Tresen abzuwischen, während Posthumus Medaille und Fotos in seine Aktentasche gleiten ließ.

»Ich habe extra für dich den guten Kaffee aufgesetzt«, sagte sie. »Aber ich glaube, was du jetzt brauchst, ist ein Wein.«

Sie schenkte ihm ein Glas seines Lieblings-Sauvignons aus Neuseeland ein.

»Geht aufs Haus«, sagte sie. »Und dann wird es Zeit, dass du die Polizei informierst.«

***

Najib war zurück auf der Straße. Er raste mit Khaleds Motorroller davon, so schnell es nur ging. An Verkehrspolizei und Strafzettel dachte er nicht einmal. Auch nicht daran, wohin er eigentlich wollte. Er war schweißgebadet, sein Atem kam in kurzen, heftigen Stößen. Er erreichte einen Park. Hielt an. Zog sein Telefon hervor. Seine Hände zitterten. Ahmed! Ahmed würde wissen, was zu tun war. Der erste Name im Verzeichnis. Ahmed Bassir. Es klingelte lange, dann meldete sich eine Stimme.

»Ich hab ihn umgebracht. Umgebracht. Umgebracht!« Najib würgte die Worte hevor.

»Keine Panik«, sagte Bassir. Er sprach entschlossen. »Reiß dich zusammen. Sag mir, was passiert ist.«

Najib bekam kaum Luft, aber Bassirs Stimme beruhigte ihn. Er schilderte, was er gesehen hatte. Was er gehört hatte. Was geschehen war.

»Dachte ich mir doch, dass dieser kleine *Kafir* uns hinters Licht führen wollte«, sagte Bassir. »Du tust jetzt Folgendes. Wir müssen die Pistole loswerden. Komm zu mir. Jetzt sofort. Nicht erst nach Hause. Sprich mit niemandem, weder mit deinen Eltern noch mit Aissa oder mit einem von den anderen. Das regeln wir alles später.«

»Wir müssen sie doch warnen!«

»Sprich mit niemandem! Verstanden?«

»Verstanden.« Najib brachte das Wort kaum heraus.

»Wo bist du gerade?«

»Weiß ich nicht.« Najib klang jämmerlich. »Ich schaue auf dem Smartphone nach.«

»Nein. Bleib dran. Sieh dich um.«

»Tafelbergweg. Hier gibt es einen Park … und einen Golfplatz.«

»Moment.«

Schweigen am anderen Ende. Ahmed schaute sicher auf einer Karte nach. Najib unterdrückte ein Schluchzen. Er merkte, dass er in die Hose gepinkelt hatte.

»O. k.« Wieder Ahmeds Stimme. »Wir machen es anders. Du kommst nicht zu mir, ich hole dich ab. Fahr hinter den Golfplatz. Und ras nicht, versuch, unauffällig zu bleiben. Der Park ist groß. Brachland. Vielleicht siehst du einen See. Die Straße heißt Abcouderstraatweg. Hast du den Namen?«

»Abcouderstraatweg.«

»Genau. Der Fahrradweg verläuft neben der Straße, durchs Gebüsch. Warte dort auf mich. Nicht an der Straße. Ich komme mit dem Auto. Es ist jetzt fast zwei, und ich muss vorher noch was erledigen, aber um spätestens halb drei bin ich da. Halt Ausschau nach mir, und fahr dann einfach hinter mir her.«

»Danke, Ahmed.«

»Und du redest mit niemandem, verstanden? Du rufst niemanden an. Auch nicht deine Familie. Wenn doch, bin ich raus.«

***

Ein paar Spätnachmittagsgäste waren im Dolle Hond eingetrudelt. Posthumus wollte erst Sulung anrufen, überlegte es sich dann aber anders. Er musste von Angesicht zu Angesicht mit ihm sprechen. Er las erneut Alex' SMS:

Was immer gerade los ist, du musst wissen: Sulungs Frau hat Krebs. Endstadium. Todkrank. S verzweifelt. Hat es für sich behalten, auch vor uns. Traurig und dumm. Aber deswegen nie da und zerstreut. Hat sich mir vorhin anvertraut. Maya weiß noch nichts. Er braucht dich, von Mann zu Mann. Ax

Posthumus seufzte. Das musste bis morgen warten. Er war zu sehr mit anderen Sachen beschäftigt. Die Frau bei der Polizei, die seinen Anruf entgegengenommen hatte, war sehr höflich gewesen, aber er hatte förmlich vor sich gesehen, wie sie mit den Augen rollte und dachte ›Prima, der nächste Verrückte‹, als er behauptete, er habe Informationen über einen möglichen Mord, einen bereits abgeschlossenen Fall. Man hatte ihn mit einem Termin morgen früh abgespeist. Er schaute auf die Uhr. Fast vier. Der Fischladen um die Ecke am

Zeedijk war noch geöffnet. Er könnte in Annas Küche schnell einen Topf Spaghetti Vongole kochen, ein frühes Abendessen in der Bar, bevor die Feierabendmeute einfiel. Er hatte noch keine Lust, nach Hause zu gehen.

Auf dem Zeedijk klingelte plötzlich sein Telefon. Zuerst dachte er, Mohammed habe die Tastatursperre vergessen und versehentlich die Wahlwiederholung gedrückt, denn er hörte nur Maschinenlärm und Geschrei. Dann wurde ihm klar, dass Mohammed laut ins Mikrophon rief, um verstanden zu werden.

»Langsam, langsam! Was ist das für ein Lärm? Ich verstehe Sie ja kaum«, sagte Posthumus.

Er trat beiseite auf eine kleine Durchfahrtschleuse und steckte den Finger ins andere Ohr.

»Was haben Sie getan?«, rief Mohammed. »Das waren Sie! Was haben Sie getan?«

»Was ist denn los, zum Teufel?«

»Hubschrauber. Polizei. Überall. Was haben Sie denen gesagt?«

»Nichts! Ich war doch noch gar nicht bei der Polizei!«

Dort angerufen hatte er auch erst vor einer halben Stunde. Das konnte es nicht sein.

»Sie wollten Najib verhaften! Sie haben sein Zimmer auf den Kopf gestellt und den Rechner mitgenommen.«

»Sie haben Najib festgenommen?«

»Ich weiß nicht, wo er ist. Er ist heute Morgen überstürzt irgendwo hin, hat kaum ein Wort mit seiner Mutter gesprochen. Eine Vase hat er kaputt gemacht und irgendwas unter seinem Schreibtisch. Er geht nicht ans Telefon. Aber sie haben seine Freunde verhaftet.«

»Seine Freunde?«

Posthumus wandte sich von der Straße ab und blickte ins Wasser.

»Aissa hat in der Wohnung angerufen, wo sie sich immer treffen«, erklärte Mohammed. »Die Ehefrau. Sie hat gesagt, die haben ihren Mann mitgenommen, und noch andere. Die Polizei hat sogar Aissa verhört.«

»Aissa wurde festgenommen?«

»Nein. Sie haben sie nicht mitgenommen. Nur verhört.«

Mohammeds Stimme ging im Hubschrauberlärm unter. Als Posthumus ihn wieder verstand, sprach er immer noch über Aissa.

»Sie hat mir von dem Treffen heute Nachmittag in der Bücherei erzählt. Die Fotos. Dieser Khaled.«

»Hat sie der Polizei davon erzählt?«

»Nein, danach haben sie nicht gefragt. Nur, ob sie weiß, wo er ist, und wo Najib ist. Aber die haben die ganze Zeit von Terroristen geredet! Was haben Sie nur getan! Mein kleiner Najib ist kein Terrorist!«

»Hören Sie, Mohammed, das hat nichts mit mir zu tun. Ich weiß auch nicht, was da vorgeht.«

»Aber …«

Mohammed zögerte. Als er weitersprach, klang er etwas ruhiger.

»Heute Morgen …«, begann er. »Ich habe Ihnen das nicht gesagt, als ich heute Morgen angerufen habe, aber gestern, nachdem Sie im Laden waren, habe ich Najib zur Rede gestellt, wegen dem Taser und all dem, was Sie über den Überfall gesagt haben. Ich habe ihn gezwungen, mir, seinem Vater, die Wahrheit zu sagen. Er hat zugegeben, dass er der Einbrecher war. Er sagt, er hat Panik bekommen, weil er gedacht hat, Sie sind von der Polizei. Aber jetzt das hier! Und Amir und dieser Khaled! Was haben Sie denen gesagt?«

»Glauben Sie mir, Mohammed. Ich habe erst für morgen früh einen Termin bei der Polizei bekommen. Was da gerade bei Ihnen passiert, hat nichts mit Amir und Tasern zu tun. Das muss eine andere Geschichte sein.«

»Mein Junge. Mein armer Junge.«

Er war gar nicht ruhiger, merkte Posthumus jetzt. Mohammed klang gebrochen.

»Karima weint. Aissa weint.«

»Dann kümmern Sie sich um sie«, erwiderte Posthumus ruhig. »Die beiden brauchen Sie jetzt.«

»Ich werde sie nach Hause schicken. Jetzt gleich. Ich buche einen Last-Minute-Flug nach Marokko. Wir wollten zu Amirs Beerdigung hinfahren, aber sie müssen jetzt gleich weg von hier. Mein Junge. Mein Junge ...«

»Mohammed, das tut mir alles sehr leid. Wirklich. Gehen Sie jetzt zu Ihrer Frau und zu Aissa. Ich rufe Sie morgen an, dann reden wir weiter.«

Aber die Verbindung war abgebrochen, Mohammed hatte schon aufgelegt.

***

Bassir saß am Steuer. Sie waren gerade an Antwerpen vorbeigefahren. Es war fast fünf Uhr. Pistole, Taser, Motorroller und Umhängetasche lagen inzwischen auf dem Grund des Sees, nahe ihrem Treffpunkt. Najibs durchgeschwitzte Djellaba war getrocknet, aber er merkte, dass er nach Urin stank. Das Autoradio lief. Er hatte aufgehört zu weinen.

»In Brüssel wartet frische Wäsche zum Umziehen auf dich.«

Es war, als könne Bassir seine Gedanken lesen.

»Danke, Ahmed.«

Sie fuhren eine Weile schweigend, das Radio so leise, dass man es kaum hörte.

»Aissa, meine Familie, die machen sich bestimmt furchtbare Sorgen«, fing Najib an. Bassir hatte ihm das Smartphone weggenommen.

»Nicht jetzt, auch nicht aus Brüssel, nicht mal aus Spanien. Du kannst ihnen aus Pakistan schreiben, wenn wir da sind, *inschallah*. Vorher dürfen wir nichts riskieren.«

»Und das Geld …«

»Keine Sorge. Ist alles schon bezahlt. War eigentlich für zwei andere Brüder gedacht. Jetzt fliegen halt wir stattdessen. Wir müssen nur ein bisschen länger warten, bis die Reisepässe fertig sind. Aber das Haus in Brüssel ist sicher. Und irgendwann werden wir uns revanchieren, *inschallah*.«

Bassir drehte das Radio lauter. Siebzehn Uhr, die Nachrichten.

»Wie soeben berichtet wird, ist im Westen Amsterdams eine großangelegte Antiterror-Operation der Polizei angelaufen …«

»Das sind unsere Brüder«, sagte er ruhig.

Er sah Najib an.

»Und fast wären wir dabei gewesen. Wenn du nicht angerufen hättest … Aber es gibt Mittel und Wege, die Ungläubigen zu bestrafen. Viel, viel härter als diese Reporterin. Echte Vergeltung. Rache für die Verhaftung unserer Brüder und den Kummer deiner Familie und Aissas Kummer.«

Bassir schaute wieder auf die Straße.

»Das Ausbildungslager in Pakistan ist ziemlich gut«, sagte er. »Du wirst viel lernen. Aber ich würde sagen, den ersten

Schritt hast du schon selbst getan. Wie du mit diesem widerlichen kleinen *Kafir* Khaled fertiggeworden bist. Du bist ein echter Held.«

»Ich … es war wirklich mein Glück, dass ich dich angerufen habe, Ahmed.«

»Kein Glück. Schicksal. Allahs Wille.«

»Ja, Ahmed.«

***

Die Siegesfeier beim Team C fiel ziemlich gedämpft aus. Drei waren ins Netz gegangen, die anderen drei aber entkommen. Durchaus Grund zum Anstoßen, aber nicht genug für Drinks in einer Bar, wie Ben gehofft hatte. Also doch wieder Café Minus. Rachid hatte nicht mitkommen wollen, Lisette war schon gegangen.

Mick, Ingrid und ich, dachte Ben. Was für eine Partycrowd.

»Ist Lisette in Ordnung?«, fragte er Mick.

»Sie hat gesagt, sie fühle sich nicht wohl«, erwiderte Mick. »Und ich muss sagen, sie sah auch ziemlich mitgenommen aus. Und Rachid?«

»Der hat lamentiert, wenn wir auf ihn gehört hätten, dann hätten wir auch die anderen beiden und Bassir erwischt«, sagte Ben.

Ingrid zuckte mit den Schultern. »Immerhin, die Beweise, die wir haben, reichen aus. Dieses Mal wird Anklage erhoben, ganz sicher.«

Die Doppeltür schwang auf, und Veldhuizen stürmte herein. Bens Schultern sanken herab. Wirklich eine tolle Party.

»Einen Drink, Chef?«, fragte er trotzdem und rang sich sein nettestes Lächeln ab

Veldhuizens Blick blieb grimmig. »Wo ist Lammers?«

»Nach Hause. Hat sich krankgemeldet.«

Einen Moment lang stand Veldhuizen nur da. Abweisend, undurchdringlich. Dann wandte er sich zum Gehen.

»Ich rufe sie an«, sagte er. »Ich habe gerade gehört, dass eine der Zielpersonen tot ist. Der Syrer. Erschossen. Ein Sicherheitsmann hat ihn in einer leeren Tiefgarage gefunden. Bewusstlos, ist auf der Fahrt ins Krankenhaus gestorben.«

Der Chef ging wieder.

Ben spürte, wie sich sein Magen verkrampfte. Aissa Tahiri? Würde sie so etwas tun? Bestimmt nicht. Nicht mit einer Schusswaffe. Das musste irgendein Konflikt innerhalb der Gruppe sein, und mit der hatte sie ja nichts zu tun, das stand fest. Sie war unverdächtig. Aber trotzdem wünschte er sich, er hätte ihr die Bilder nicht geschickt. Jetzt war es zu spät. Wenigstens würde sie die kleine Ratte nicht heiraten. Das könnte Lisette vielleicht aufmuntern. Sie hatte das Mädchen vor dieser Ehe beschützen wollen. Und wenn es etwas gab, das Aissa darüber hinwegtrösten konnte, dass ihr Angebeteter tot war, dann doch sicher solche Fotos.

»Tja, man kann nicht immer gewinnen, was?«, sagte er und prostete den beiden Kollegen zu.

Aber irgendwie war Ben nicht mehr nach Feiern zumute. Er leerte sein Glas.

»Ich gehe dann auch mal.«

***

Veldhuizen saß in seinem Wagen in der Tiefgarage unter dem Café Minus. Was zum Teufel war da passiert? Wer hatte den jungen Haddad erschossen? Holten ihn seine Missetaten in Syrien jetzt doch ein? Und er war verdammt noch mal der Letzte am Tatort gewesen! Der Letzte, der das arme Schwein lebend gesehen hatte. Veldhuizen fröstelte vor Erleichterung darüber, dass er vorher alles genau überprüft hatte und wusste, dass die Überwachungskameras abgeschaltet waren. Und dass ihn niemand auf der Straße hatte kommen und gehen sehen. Aber trotzdem …

Lammers ging nicht ans Telefon. Vielleicht auch besser so. Er musste erst nachdenken. Wenn sie wusste, dass er heute nicht im Büro gewesen war, zwei und zwei zusammenzählte und plötzlich 106 als Ergebnis hatte … Was dann? Sollte er sie kaufen? Ihr drohen? Seine Beförderung war ihm sicher, und er konnte ihre Karriere vorantreiben. Aber darauf würde sie nicht anspringen, er kannte sie. Also drohen? Sie steckte schließlich auch mit drin, zumindest konnte er es so darstellen. Aber vielleicht war es am besten, erst einmal abzuwarten, was sie unternahm, was sie sagte. Mit Lammers würde er schon fertigwerden, es wäre nicht das erste Mal. Und wer weiß, vielleicht war es gar nicht so übel, dass der junge Haddad aus dem Weg geschafft war. Tote reden nicht.

Einen Moment lang packte Veldhuizen das Mitleid mit seinem Freund in Damaskus. Etwas Schlimmeres konnte einem Vater nicht zustoßen. Selbst in einem Geschäft wie dem ihren. Was sollte er Haddad sagen, wenn sein Sohn morgen nicht nach Hause kam? Veldhuizens Hände schlugen einen raschen Rhythmus auf dem Lenkrad, als er überlegte. Die Wahrheit. Er würde ihm die Wahrheit sagen. Dass er den jungen Haddad nach Brüssel geschickt hatte. Vielleicht würde er die Wahrheit ein bisschen aufpolieren. Sagen, dass er den Jungen hatte abfahren sehen. Sein Mitgefühl erklären und seine Hilfe anbieten. Haddad würde sich natürlich nicht damit zufriedengeben, das wusste er. Aber was für Spuren gab es schon? Man hatte bei der Leiche nichts gefunden, außer den falschen Ausweis. Der Motorroller war weg. Selbst wenn Haddad die Verbindung zwischen ›Khaled‹ und seinem Sohn zog, würde er sicher denken, diese Damaskus-Geschichte habe ihn eingeholt. Nein, es war schon in Ordnung, dachte Veldhuizen. Er würde gewinnen.

Die Tiefgarage machte ihn allerdings nervös. Veldhuizen drückte auf den Anlasser, und der Lexus röhrte die Rampe hinauf, hinaus in die Lichter des Abends.

***

Posthumus mühte sich mit dem Haustürschlüssel ab und schaute dabei immer wieder auf die Uhr. Kurz nach acht. Er war länger als geplant im Dolle Hond geblieben, und jetzt waren die Abendnachrichten vorbei. Nicht weiter schlimm, es würde einen ausführlicheren Bericht in den Spätnachrichten geben. Endlich ging die Haustür auf. Auf dem Boden dahinter lag ein dicker Briefumschlag. Eigenhändig eingeworfen, an ihn adressiert. Als Posthumus ihn aufhob, hörte er, wie Gusta aus ihrer Wohnung herunterkam. Er trat beiseite, um ihr die Treppe frei zu machen. Es war eine enge, gefährliche Treppe, typisch für Amsterdamer Häuser. »Als ob der Architekt eigentlich einen Aufzug geplant hatte, um im letzten Moment doch eine Treppe einzubauen«, hatte ein Freund aus England einmal gesagt, »und zwar in den Aufzugsschacht.«

»Hallo, mein Lieber. Hast du den Namiki-Füller schon verkauft? Bist du jetzt reich?«, fragte Gusta auf dem Weg nach unten, eingehüllt in fließende bunte Seidenstoffe und die übliche Wolke aus Tabakrauch und Talkumpuder.

»Den kann ich leider nicht verkaufen«, erwiderte Posthumus und drückte sich an die Wand, als sie sich in dem engen Flur an ihm vorbeischob, fast Wange an Wange. »Ich habe inzwischen herausgefunden, dass er ursprünglich dem alten Hooft gehört hat, der den Stand auf dem De Looier Markt hatte. Sein Enkel hat ihn geerbt, ein sehr einsamer Mann, der sich vor einigen Wochen erhängt hat. Er hat Gedichte damit geschrieben.«

»Meine Güte«, sagte Gusta, während Posthumus ihren Platz auf der Treppe einnahm und sich auf den Weg nach oben machte. »Wie hast du denn das alles rausgekriegt?«

»Das ist eine sehr lange Geschichte«, sagte Posthumus vom ersten Treppenabsatz aus. »Erzähle ich dir ein andermal ...«

In seiner Wohnung angelangt, streifte er sich die Schuhe von den Füßen, legte die Aktentasche ab und öffnete den Briefumschlag. Er war von Cornelius. Amirs Notizbuch. Und Cornelius hatte eine Übersetzung aller Stellen beigelegt, die sein Freund und er entziffert hatten. Nett von ihm. Posthumus legte das Notizbuch neben die schwarze stoffbezogene Schachtel auf seinem Schreibtisch. Die Übersetzungsmitschrift warf er aufs Sofa und ging in die Küche, um sich ein Glas Wein einzuschenken. Es klingelte an der Tür. Posthumus seufzte. Wahrscheinlich noch einmal Gusta, die beim Aufschließen ihres Fahrrads gemerkt hatte, dass sie ihren Haustürschlüssel vergessen hatte. Das geschah durchschnittlich etwa zweimal pro Monat. Er drückte auf den Türsummer.

»Bist du's, Gusta?«, rief er ins Treppenhaus hinunter.

»Nein, ich bin's. Merel.«

»Komm rein, setz dich. Ein Glas?«, fragte Posthumus, als Merel oben war. Sie war schick angezogen.

»Nein danke, ich habe nicht viel Zeit. Ich muss zum Hauptbahnhof. Ich war eben im Dolle Hond, aber Anna hat gesagt, du bist nach Hause gegangen. Hast du's schon gehört?«

»Mohammed hat mich angerufen. Er ist am Boden zerstört. Ich weiß noch keine Einzelheiten, die Nachrichten habe ich verpasst.«

»Ich habe sie auch nicht gesehen. Aber ich habe mit der Redaktion telefoniert. Drei Mitglieder der Amsterdamer Zelle sitzen wieder im Gefängnis. Und zuletzt habe ich noch gehört, dass nach Khaled gefahndet wird … und nach Najib. Das muss passiert sein, kurz nachdem Aissa aus der OBA nach Hause gekommen ist. Ich meine, *Najib*? Das arme Mädchen, jetzt auch das noch. Ich habe versucht, sie zu erreichen, aber sie geht nicht ans Telefon.«

»Die Polizei hat sie befragt, aber sie ist nicht festgenommen worden, hat Mohammed gesagt. Möchtest du dich wirklich nicht setzen?«

»Nein, nein. Ich habe es wirklich eilig. Ich wollte über etwas anderes mit dir sprechen, persönlich, nicht am Telefon.«

Posthumus fühlte plötzlich wieder die Nadeln unter dem Brustbein zustechen.

»In den letzten Tagen ist ziemlich viel passiert«, fuhr Merel fort.

Posthumus nickte. Sie standen noch immer an der Tür. Ihm war, als arbeite sein Gehirn mit eingebauter Zeitverzögerung und brauche immer ein, zwei Sekunden extra, um zu verarbeiten, was sie sagte.

»Das hat mich zum Nachdenken gebracht«, fuhr Merel fort. »Die ganze Geschichte mit Aissa. Hör mal, PP …«

Merel lächelte vorsichtig. Wieder ganz Willem.

»Was immer damals zwischen dir und Papa vorgefallen ist – manches ist einfach zu wichtig, als dass ich darauf verzichten kann. Vertrauen zum Beispiel. Ehrlichkeit. Offenheit. Ich bin dir dankbar, dass du mir alles erzählt hast. Das war sehr mutig von dir. Und ich bewundere dich dafür. Als ich klein war, warst du ein Held für mich, und dann bist du mir plötzlich weggenommen worden, genau wie Papa. Es ist einfach gut, dich wiederzuhaben. Und was immer Mama davon hält – ich will nicht, dass die Geschichte sich wiederholt.«

Diese Rede hatte sie viel Kraft gekostet, jetzt schwieg sie. Posthumus blinzelte heftig.

»Freunde?«, fragte Merel.

»Freunde.«

»Und außerdem«, fügte Merel hinzu, »finde ich, du machst dir zu viele Vorwürfe. Vielleicht solltest du versuchen, dir zu verzeihen.«

»Ja, vielleicht schaffe ich das.«

»Wollen wir morgen Abend zusammen essen? Und richtig lange reden?«, fragte Merel.

»Abgemacht.«

»Du musst mich aber einladen.«

»Kein Problem«, erwiderte Posthumus.

»Da gibt es nämlich noch eine Sache, mit der ich fertigwerden muss. Aller Wahrscheinlichkeit nach bin ich meinen Job los.«

»Was?«

Merel öffnete die Tür.

»Ich bin nach dem Mittagessen noch recht lange bei Aissa in der OBA geblieben und nicht in die Redaktion zurück, und auch nicht ans Telefon gegangen. Mark Koning – der wichtige Regierungsberater aus Den Haag, von dem ich erzählt habe, als ich unsere erste richtige Verabredung abgesagt habe – hat angerufen. Als er mich mobil nicht erreichen konnte, hat er in der Redaktion angerufen und eine Nachricht hinterlassen: Ich solle ihn dringend zurückrufen. Worum es da auch ging, wenn mein Redakteur davon hört, was angesichts der kollegialen Atmosphäre bei der *Nieuwe Post* sicher sein dürfte, und dann die Verbindung zu heute Nachmittag herstellt … zack, Kopf ab. Ich bin nicht mal bei der offiziellen Pressekonferenz gewesen.«

»Das tut mir leid, Merel.«

»Muss es nicht. Bei Aissa zu bleiben, war unendlich viel wichtiger. Außerdem hat Koning vor einer halben Stunde noch mal angerufen. Er ist auf dem Weg von oder nach Amsterdam wegen irgendwas und will mich auf einen Drink treffen. Café Eerste Klas am Hauptbahnhof. Ich werde versuchen, Schadensbegrenzung zu betreiben. Vielleicht kriege ich doch noch meine Story. Beten wir um ein Wunder!«

Sie warf zum Abschied einen Kuss in die Luft und lief die Treppe hinunter.

»Bis bald, Meertje«, sagte Posthumus leise, als er die Tür schloss.

Dann stand er eine Weile da, die Hand noch auf der Türklinke. Vielleicht hatte Merel recht. Es fiel ihm schwer, die Vergangenheit hinter sich zu lassen, das wusste er, aber vielleicht war es jetzt an der Zeit, sich keine Vorwürfe mehr wegen Willem zu machen. Dass Heleen sich geweigert hatte, ihn die Kinder sehen zu lassen, war keine Hilfe gewesen, aber jetzt, wo Merel wieder zurück war? Sie wusste Bescheid, teilte seine Erfahrung. Auch wenn sie damals noch ein Kind gewesen war. Immerhin war sie Willems Tochter. Er ging zum Sofa hinüber. Es war ihm schon lange klar, dass er Anna nicht weiter mit dieser Geschichte belasten konnte. Bei Merel war das anders. Sie gehörte zur Familie. Noch etwas, was er in den letzten zwanzig Jahren nicht an sich herangelassen hatte. Zeit für eine Veränderung? Posthumus setzte sich hin. Auch Anna gehörte in gewisser Weise zur Familie. Aber ohne die vielen verschlungenen Verbindungen und die Verpflichtungen von Blutsverwandtschaft. Posthumus lachte leise. Blutsverwandtschaft! Was für ein altmodischer Ausdruck. Er nahm Cornelius' Übersetzung von Amirs Notizen zur Hand, wog sie einige Sekunden lang in den Händen und begann dann zu lesen.

Als das letzte DIN-A4-Blatt mit dem Text nach unten auf den anderen lag, neben ihm auf dem Sofa, stand Posthumus auf und ging einige Male in der Wohnung auf und ab. Dann trat er ans offene Fenster und starrte lange über die Gracht hinaus. Um 22 Uhr schaltete er die Spätnachrichten im Fernsehen ein.

Der Aufmacher war ein langer Beitrag über die erneute Festnahme der Amsterdamer Zelle. Drei Verdächtige noch auf freiem Fuß. Ein Foto von Najib. Es versetzte Posthumus einen Stich. Mohammed tat ihm unendlich leid. Ein aufgezeichnetes Interview mit Mark Koning, Berater der Regierung. War das nicht der, mit dem Merel sich gerade traf? Er war Posthumus sofort unsympathisch. Ein gerissener Hund. Grinsend erzählte er von neuem Beweismaterial, dass auch die anderen Mitglieder der Zelle bald gefasst würden, wie dieser Fall die Notwendigkeit schärferer Gesetzgebung unterstreiche. Dann ein kurzer aktueller Beitrag: Leichenfund in den südöstlichen Vororten Amsterdams, Zusammenhang mit dem Terrorfall. Posthumus erstarrte. Aber es war nicht Najib. Ein Passfoto von Khaled. Der Ausweis, aus dem es stammte, sei gefälscht, erklärte die Polizeisprecherin, aber vermutlich handele es sich um einen syrischen Staatsbürger. Die Bevölkerung wurde zur Mithilfe aufgerufen. Der Tote trug auffälligen Schmuck. Posthumus ließ die Sendung mit Live Rewind zurücklaufen, dann drückte er auf Standbild. Eine goldene Halskette, als Anhänger eine alte Medaille: ein Vogel in einem Kreis, darum ein fünfzackiger Stern.

Als Posthumus wieder auf die laufende Sendung zurückschaltete, war schon die Wettervorhersage dran. Er machte den Fernseher aus, sammelte die DIN-A4-Blätter vom Sofa, ging um die Wendeltreppe herum zu seinem Schreibtisch und öffnete die schwarze Grübelbox. Er holte die Medaille und die Fotos aus der Aktentasche und legte sie oben auf den Karton. Syrien also. Khaled musste aus Syrien stammen. Das Puzzlestück, das ihm noch gefehlt hatte. Der Teil von ihm, der Bücherregale durchsuchte und CD-Sammlungen, Tagebücher las, ein Bild seiner Fälle aufbaute und den Beerdigungsreden für unbekannte Tote Substanz verlieh, betrachtete das neue Tableau. Er begann ein Szenario zu entwerfen. Khaled. Nennen wir ihn weiter so, sonst war ja kein Name bekannt. Khaled – Barts ›Master‹, Amirs Folterer. »Damit du mich nicht vergisst«, sagte Posthumus zu sich selbst. Khaled war die Verbindung. Zwei Erinnerungsstücke, eines aus Liebe – oder das, was er darunter verstand –, das andere aus Hass. Ein und derselbe Urheber, die zwei Extreme einer Skala.

Cornelius' Übersetzungen waren furchtbar zu lesen gewesen. Besonders dieses letzte Stück über die Brandmarkung.

Cornelius hatte die Schilderung synästhetisch genannt. Körperliche Qualen, beschrieben als Geräusche und Gerüche. Der Gestank von Amirs eigenem verbrannten Fleisch, der Klang einer bekannten Stimme, der Schmerz des Verratenen. Posthumus schloss die Schachtel, nahm sie aber mit sich, zuerst in die Küche, wo er eine Flasche Wein aus dem Kühlschrank holte, dann zum Fenster im Wohnzimmer.

Mohammed hatte gesagt, dass einer von Amirs Freunden in Damaskus Polizeispitzel gewesen sei. Die bekannte Stimme? Posthumus stieß das Fenster weit auf. Er ergänzte das Bild und füllte die Lücken zwischen den Puzzlesteinen. Khaled als Spitzel in Damaskus. Khaled in Amsterdam. Wieder in Amsterdam. Um sich wieder in die Abgründe Amsterdams zu begeben, in Barts Welt? Oder um Amir aus Syrien zu folgen? Khaled als Mitlied einer Terrorzelle. Khaled, der aus irgendeinem Grund hier wieder dasselbe tat wie in Damaskus. Aber warum? Für wen? Wusste er, dass Amir etwas mit Najib zu tun hatte, und suchte er deshalb den Kontakt zu Najib? Oder war das ein Zufall? Hatte er Najib besucht und Amir wiedererkannt? Nein, genau andersherum. Khaled hatte Angst, erkannt zu werden, Angst, dass seine Tarnung aufflog. An jenem Abend in Mohammeds Haus, als er Amir erkannt hatte, ohne dass der ihn sehen konnte. Er hatte die Gefahr eliminiert. Posthumus schauderte trotz der warmen Frühsommerluft. Und die Beziehung zwischen Khaled und Aissa? Alles nur vorgespielt? Auf seiner Seite jedenfalls schon. Das arme Mädchen, doppelt hintergangen. Und Najib? Najib, der aus irgendeinem Grund (warum eigentlich?) in Amirs Wohnung herumschnüffelte, von zwei Beamtentypen überrascht wurde und in Panik einen davon mit dem Taser angriff. Mit einem

Taser, den er von Khaled hatte? Nachdem Khaled damit Amir getötet hatte. Und wo war Najib jetzt? Hatte er womöglich Khaled umgebracht? Najib ein Terrorist? Kaum. Oder vielleicht doch?

Posthumus holte sich ein Kissen vom Sofa, legte es vor dem offenen Fenster auf den Boden und setzte sich mit dem Rücken gegen die Wand, die Beine ausgestreckt, die schwarze Schachtel neben sich. Er stellte die Weinflasche neben die Schachtel und behielt das Glas in der Hand. Unten in der Gracht glitt ein schlafender Schwan vorbei, den Kopf tief im Gefieder versteckt, und verschwand unter der Brücke. Die Giebelfronten der Häuser mit ihren erleuchteten Fenstern sahen aus wie eine Laternengirlande, die sich am Ufer entlangzog. Dr. Jansen vom Erdgeschoss nickte einen stummen Gruß hinauf, als er nach Hause kam; der junge Bildhauer ein paar Häuser weiter machte sich auf den Weg ins Nachtleben. Rasseln und Scheppern klang durch die Stille, als eine Frau ihr Fahrrad vom Brückengeländer losmachte.

Posthumus goss sich ein weiteres Glas Wein ein und öffnete die Grübelbox. Die Puzzles, von denen er nicht lassen konnte. Kopien von Bart Hoofts Gedichten und ein Foto des Namiki-Füllers lagen noch darin. Er nahm die drei Fotos, die er mitgebracht hatte: Barts Tätowierung, Khaled, Amir. Nacheinander warf er sie in den Karton. Dann die Übersetzungen aus Amirs Notizbuch, und schließlich die Medaille. Posthumus nahm einen Schluck Wein, starrte einen Moment lang auf die Giebelfronten jenseits der Gracht und schloss dann langsam den Deckel.

Epilog
Ein einsames Begräbnis

Fünf Trauergäste folgten dem Sarg aus der Kapelle des St.-Barbara-Friedhofs zum offenen Grab. Der Friedhofsdirektor, der Bestatter, Pieter Posthumus von der Stadtverwaltung, der Dichter Cornelius Barendrecht und eine Journalistin namens Merel Dekkers. Sie gingen durch die Kieferngehölze, vorbei an prächtigen Grabstätten, dann an den bescheideneren Einzelgräbern und erreichten schließlich einen öden, sandigen Streifen entlang des Bahndamms, wo nur da und dort ein Grabstein die allgemeine Anonymität durchbrach. Posthumus war in Erfüllung seiner dienstlichen Pflichten auch schon allein hinter dem Friedhofsdirektor und dem Bestatter hergegangen, aber selbst dann wurde die Zeremonie mit Anstand und Würde zelebriert. Die ehrwürdige Choreographie der Sargträger, die feierliche Atmosphäre, das Blumengebinde der Stadt Amsterdam auf dem Sarg.

Posthumus hätte vielleicht damit rechnen sollen, dass der Fall des als Khaled Suleiman bekannten Toten auf seinem Schreibtisch landen würde, aber der Anruf hatte ihn doch überrascht. Er hatte diskrete Erkundigungen eingezogen, aber Aissa war bereits in Marokko, und Mohammed würde ihr sobald wie möglich nachfolgen und wollte nichts mehr mit der Sache zu tun haben. Najib war nicht wieder aufgetaucht. Dann ein merkwürdiger Anruf: eine Frau, die sich bei Posthumus danach erkundigte, wann die Beerdigung stattfand, ihren Namen jedoch nicht nennen wollte. Polizei, dachte

Posthumus. Womöglich sogar der Geheimdienst. Und tatsächlich hatte, wie der Friedhofsdirektor Posthumus auf dem Gang zum Grab anvertraute, noch eine sechste Person der Trauerfeier beigewohnt, im kleinen Nebenraum der Kapelle, aus dem der Direktor selbst mitunter durch eine diskrete Spiegelglasscheibe den Ablauf überwachte.

Der Aufruf der Polizei an die Bevölkerung hatte keine Informationen über Khaled Suleiman erbracht. Es war, als sei er schon vor seinem Tod ein Gespenst gewesen.

Der Sarg wurde, wie es das Gesetz bei nicht identifizierten Toten vorschrieb, in ein flaches Grab gebettet, ›Ebene eins‹ im Totengräberjargon, damit man die Leiche, wenn nötig, leicht exhumieren konnte. Einer nach dem anderen traten die Trauergäste vor, streuten eine Schaufel Sand über den Deckel und wandten sich ab, um wieder in die Kapelle zu gehen.

»Ich finde, dein Gedicht war wirklich gelungen, wenn man die Umstände bedenkt«, sagte Posthumus zu Cornelius.

»Wie du richtig bemerkt hast«, erwiderte Cornelius, »verdient auch ein Mörder eine Art letzten Gruß. Aber leicht war es nicht. Auch wenn seine Geschichte ziemlich spektakulär war.«

Posthumus hatte dem Dichter erzählt, was er sich zusammengereimt hatte.

»Die Polizei wollte nicht weiterermitteln?«, fragte Cornelius.

»Sie haben alles zu Protokoll genommen, aber sie wirkten nicht sehr interessiert an Theorien über das Vorleben eines toten Terroristen.«

»Und dieser Dichtertyp?«

»Bart Hooft? Ich habe seinem Vater lieber doch nichts gesagt«, erwiderte Posthumus. »Ist besser so. Aber er würde die Gedichte seines Sohnes gern publizieren.«

Cornelius warf Posthumus einen überraschten Blick zu.

»Zumindest einige. Die harmloseren.«

Sie erreichten die Kapelle.

»Möchten Sie noch hereinkommen?«, fragte der Bestatter. »Die üblichen zwanzig Tassen Kaffee stehen im Vorraum bereit.«

»Heute nicht, danke«, lehnte Posthumus ab. »Wir sind noch mit Freunden verabredet.«

Anna erwartete sie im Dolle Hond. Alex wollte auch vorbeikommen.

»Du bist so still«, meinte Cornelius zu Merel, als sie gemeinsam zum Auto gingen.

»Ich muss nachdenken«, erwiderte Merel. »Zum Beispiel über meine neue Karriere als freiberufliche Journalistin.«

Das Wunder war ausgeblieben. Mark Koning hatte sie lediglich ins Bett kriegen wollen, und das kam für Merel nicht infrage.

Posthumus legte seiner Nichte den Arm um die Schultern.

»Es war schon ganz richtig, dass du an dem Nachmittag neulich bei Aissa geblieben bist«, sagte er und öffnete die Wagentür. »Du hast überhaupt alles richtig gemacht. Und du bist gut in deinem Beruf. Du bekommst deine große Story schon noch. Eines Tages. Davon bin ich überzeugt.«

***

Lisette Lammers, verborgen im Nebenraum der Kapelle, sah zu, wie sich die kleine Trauergemeinde langsam zerstreute. Sie hatte bis jetzt gewartet. Gewartet, ob doch noch irgendjemand aus dem Umfeld des Syrers auf dem Friedhof auftauchen würde. Sie war neugierig gewesen, ob Veldhuizen den Mut oder das Quäntchen Anstand haben würde, zur Beerdigung zu erscheinen. Aber er war nicht gekommen. Sie wusste, was sie zu tun hatte. Aus der Innentasche ihrer Jacke holte sie zwei Briefe. Der eine war ein kurzes Kündigungsschreiben. Er war ihr leicht gefallen. Der andere war deutlich länger. Ihn zu scheiben war schwierig gewesen. Sein Inhalt würde gravierende Konsequenzen haben. Er würde die Anklage gegen die Amsterdamer Zelle ziemlich sicher zusammenbrechen lassen und konnte Lisette wegen Verrats von Staatsgeheimnissen ins Gefängnis bringen. Adressiert war er an Merel Dekkers, die Journalistin, deren persönliche Angaben in einer Geheimdienstakte standen, weil sie mit Frauen aus dem Umkreis der Amsterdamer Zelle bekannt war. Der Brief enthielt alles, was Lisette wusste, über den Syrer und über Veldhuizen. Sie schonte auch sich selbst nicht. Sie spielte ihre Rolle nicht herunter, legte nur dar, was sie hinsichtlich des neuen Beweismaterials vermutete und wie sie es erhalten hatte.

Auf dem Rückweg in die Stadt warf sie beide Umschläge in den ersten Briefkasten, an dem sie vorbeikam.

Dank

Wir sind Bert Kiewik und Ton van Bokhoven von der Abteilung TRUP beim Dienst Werk en Inkomen der Stadtverwaltung Amsterdam für ihre Hilfe bei den Hintergrundrecherchen für unser (vom wirklichen völlig verschiedenen!) ›Bestattungsteam‹ sehr dankbar. Die Inspiration für Cornelius Barendrechts Gedicht verdanken wir dem Werk F. Stariks, der im wahren Leben Gedichte für die Begräbnisse anonymer Verstorbener verfasst.

Und wir danken Elik Lettinga, unserer früheren Verlegerin bei De Arbeiderspers, sehr herzlich, dass sie den Mut hatte, zwei völlig unbekannten Krimiautoren eine Chance zu geben.

Ebenfalls danken wir den Übersetzerinnen Kathleen Mallett und Heike Schlatterer; ein großes Dankeschön auch an Daniel Kampa und Cornelia Künne von Hoffmann und Campe, die die deutsche Ausgabe mit so viel Sorgfalt und Geduld betreut haben.

Ganz besonderer Dank an Farid, Kate und Michiel, Mohammed, Pierre, Rob und Yassine für ihre persönlichen und unschätzbaren Beiträge zum Gelingen unseres Buches.